I0818804

MEI IVENS

ASESINOS *del* ARTE

MEI IVENS
ASESINOS
del
ARTE
ALFAGUARA

El papel utilizado para la impresión de este libro ha sido fabricado a partir de madera
procedente de bosques y plantaciones gestionadas con los más altos estándares ambientales,
garantizando una explotación de los recursos sostenible con el medio ambiente y beneficiosa para las personas.

Asesinos del arte

Primera edición: octubre, 2025

ISBN: 978-607-386-514-2

Impreso en México – *Printed in Mexico*

Nunca he disfrutado tanto la vida
como lo he hecho escribiendo sobre la misma.
Este libro es por mi amor a la creación
y para todo artista que comparte la misma dicha.
Leer, escribir, decir algo, no siempre ha sido divertido,
pero ha sido muchas más cosas.

INTRODUCCIÓN

La vida me enseñó que lo que marca la diferencia entre *uno* y *otro* es *la presión*. Siempre he creído que no somos más que la cantidad de grietas que tenemos en nuestro cerebro. Somos nuestro sistema nervioso que, antes de siquiera respirar, toma las decisiones más importantes, como actuar; banales, como comer, y simples, como parpadear.

Mi sistema nervioso era particularmente… tenaz. Lo describo así por la capacidad de estrés que podía almacenar sin colapsar. Pero, como cualquier ser humano, también era imperfecto. Estaba segura de que aquella resistencia era temporal y no me dejaría llegar a los treinta años sin pasarme factura.

Por ello, estaba decidida a vivir contrarreloj.

—Muchísimas gracias a quienes adquirieron *Día Cero* durante la preventa internacional —hablé, acomodando el celular que grababa el directo sobre el escritorio—. No tengo palabras para agradecer todo lo que han hecho por mí. Soy quien soy y hago lo que amo gracias a ustedes.

Vi a Leany, mi diseñadora, sonreír en pantalla, la única persona que me acompañaba más allá de los comentarios que se apilaban en el directo.

—«Tu obra marcó mi vida como ninguna otra. Sé que no fue fácil el proceso por el que pasaron para que este libro viera la luz, por eso quiero atesorarlo tanto» —leí, con el corazón encogido—. Nicole, gracias a ti por estar desde mis inicios. Siempre que veo tu nombre en mis proyectos me consuela saber que, sin importar qué escriba, nos encontraremos ahí.

—«Con la preventa ya pueden darse el lujo de comer más que sopa instantánea» —leyó mi diseñadora, quien soltó una carcajada mientras rodaba los ojos—. Vamos a comprar una sopa premium, Angie.

—Verdaderamente…

Desvié la vista a mi tableta para saltar la canción que estaba por comenzar. No quería que me tiraran el directo por *copyright*.

Planeaba terminar mis agradecimientos antes de anunciar mi siguiente proyecto: uno que no saldría bajo el sello de la editorial independiente de la que era parte ni que publicaría en redes, como había sido costumbre. Se trataba de una puerta que se mantuvo cerrada para mí desde el momento en que conocí la pluma y el papel. Era mi salto a la escritura comercial.

Mi primer contrato con la editorial más importante de nuestros tiempos.

—Sí, bueno, estoy aquí porque quería anunciarles… —bajé los ojos hacia las pequeñas notas que enviaban al grupo de nuestra editorial. No coordiné lo que decía con lo que pensaba, quedé absorta por el texto, con la ingenuidad de que lo enviaron por accidente.

«Sí, sí, dice que la preventa fue bien, todo vendido, pero, en sí, ganancias no hay. De hecho, añade que todavía sigue debiéndole a la imprenta. Pasa que como se agotó tan rápido y se nos exigió un restock inmediato, tuvo que usar las ganancias de la preventa, así que no tiene cómo liquidarnos hasta en unos cuatro meses.»

«¿No se supone que nos vamos 50/50 con ella porque es quien corre el riesgo económico Y PONE LA PLATA DE SU BOLSILLO?»

—Gen, ¿se te congeló el *live*? —mi diseñadora me habló. Apenas pude tragar saliva.

—Denme un segundo, alguien me está pidiendo un favor urgente —usé mi mentira más común.

«Justo así. Ya le dije que no puede usar dinero de A para financiar B.»

«Dentro de todo, la entiendo. No sé si le ganó la ambición o simplemente la presión por tenerlo de inmediato, pero son cosas que deben consultarse. Bien pudimos reinvertir en un tiraje menor para hacer el *restock* que se solicitó. Algo que sí me enoja es que no se le cruzara por la cabeza que necesitamos ese dinero. No podemos esperar tantos meses.»

«Voy a seguir hablando con ella, pero por el momento no tenemos nada. Estamos en ceros, justo como empezamos, jajaja. Pero como dijo Gen: vergüenza y presupuesto son dos cosas que esta editorial no tiene.»

—Chicos, eso era todo por hoy. Solo pasaba a agradecerles por hacer de esta preventa una experiencia maravillosa, es algo que siempre recordaré con mucho cariño —balbucí, con una mano aplastando la otra fuera de cámara para mantener la compostura—. ¡Les quiero muchísimo, espero vernos pronto!

Aunque vi la confusión de Leany, se ahorró cualquier comentario. A ella le venía bien que mis *lives* fueran cortos, pues no era tanto de convivir con los lectores.

Al cortar la transmisión, mi cabeza fue directo a clavarse contra el escritorio. Sentí caer sobre mí las notas de papel que pegaba en la pantalla de mi segundo computador, que apenas funcionaba porque me faltaba el dinero para cambiarle la pasta. Entre las notas que cayeron visualicé cuatro puntos a atender los siguientes meses, los dos primeros ya habían fallado indefinidamente:

1. Liquidaciones de la preventa.
2. Anunciar nuevo proyecto editorial.
3. Comenzar a trabajar con mi ilustrador asignado.
4. Recuperar mi amor por la escritura.

Tenía la sensación de que la tercera estaba por fallar también. Díganme negativa, porque lo soy: nunca fui alguien a quien otros pidieran consuelo, era la persona a quien acudías por consejo si estabas entre la vida o la muerte, pero sabiendo que tendría toda la intención de escoger la muerte.

Estaba predispuesta, con uñas y dientes, a lo que Dios, o cualquier ser lunático, estuviese decidido a arrojarme. No había llegado tan lejos ni escogido el camino más difícil si no supiera que era capaz de soportar eso hasta los treinta. Y todavía me quedaban seis años por delante que ni siquiera un trabajo en equipo iba a frustrar.

Tienes un nuevo correo.

Pero, como dije en un inicio de esta agridulce historia, la pequeña diferencia que existía entre las personas, o entre mi ilustrador y yo, era... *la presión.*

CAPÍTULO 1

Notas del subsuelo

Dios te libre de algún día caer en lo mismo que él, Génesis. Tu futuro es más brillante que el de cualquiera, así que no nos hagas pasar por el mismo dolor.

Desperté con las gotas de agua salada corriendo por mi espalda. El sudor se había llevado todo rastro de sueño.

Ah… Mi existencia se ha definido por una sola palabra desde que tengo memoria: fracaso. Bastante digna del Génesis, por supuesto que un comienzo deplorable para el ser humano fuera mi nombre.

—Este control ya no sirve —carraspeé. Apliqué más fuerza para centrar la imagen.

Una vez calibrado, me eché a andar por el valle oscuro, cerca del árbol dorado que me gustaba visitar por inspiración. Me senté en un área de reanimación antes de cruzar por unas ruinas que le prohibían la entrada a mi caballo. Allí estuve por varios minutos, con mi vista clavada en las piedras que solían ser ventanas, apreciando a lo lejos la puesta de sol.

Saqué mi libreta e hice algunas anotaciones sobre la conversación previa que tuve con un explorador retirado. Él, tan pronto supo que había tenido la necesidad de pelear con ayuda de su excompañero, me preguntó si acaso aspiraba a ello.

No esperó mi respuesta antes de decir:

«Puede que admiraras la sabiduría y mente clara que portaba al combatir, solía ser así. Ahora puedes verlo sacudirse de rabia, con su piel comiéndose a sí misma por la peste, como si estuviera medio muerto ya. No hay problema si es lo que deseas... supongo que, de cualquier forma, lucirás así al llegar al final del camino.»

La historia de *Wild Caves* me resultaba fascinante.

Lo mío no eran los videojuegos. Compré mi consola en un arranque de necesidad por encontrar un pasatiempo fuera de mi trabajo y elegí un juego que se destacaba por escenarios masivos y fascinantes de explorar, pero nunca me había topado con algo que me despertara las ganas de saber más allá de lo que me mostraba, de detenerme a leer la historia y conversar con cada NPC en mi camino. Quería más de su *lore*. Desgraciadamente, para ello tenía que pelear y envenenarme en las cuevas.

Y no soy muy buena que digamos.

Los recuerdos de la noche pasada me inundaron. Sacudí mi cabeza para olvidar al gigante que me arrastró de las piernas y me arrojó del puente unas... doce veces.

—Me gusta la mención de que terminaré así. Puedo transmitir algo similar en el *one-shot* de Athens —mencioné un personaje de *Día Cero*.

Mordisqueé mi labio, miré de reojo mi exceso de cafeína disfrazada de matcha que me serví para la sesión nocturna y también a un personaje de melena rubia cruzar el follaje para

llegar a mí. Alcancé la bebida e hidraté mis labios, con la vista sobre el NPC.

Este desenvainó su espada. Fue hasta ese instante que reconocí el atuendo rojo del jugador.

—Mierda. Mierda, mierda, mierda, me está invadiendo de nuevo —me atraganté antes de tomar el control y huir del lugar.

La otra desgracia de *Wild Caves* era la función de poder «invadir» a quienes se encontraban posicionados en el mismo lugar que tú o a quien has guardado en la nube, ya fuese una partida individual, con el único propósito de obtener créditos. Desde que Zero, un jugador rubio que usaba técnicas de sangre, me invadió en un recorrido por mi escenario favorito, me tomó por alcancía. Yo sabía que si me enfrentaba a él no ganaría.

Correr me ganaba tiempo para gastar mi dinero.

—Dios, es que no me alcanza ni para subir de nivel —escupí, parándome de golpe. Giré con coraje para recibir el único espadazo que, por su habilidad, fue necesario para cortarme la cabeza.

Vi la pantalla oscura durante el proceso a revivir.

—Ja, ja —me reí sola. Por supuesto que me mataría.

—Ja, ja, ja, ja —continué, apretando el control en mis manos—. Jajajajaja. Estoy que me lleva la…

Me levanté de la cama para dejar el control sobre el mueble. Sabía que si jugaba enojada, terminaría por arrojarlo a la ventana, y así como estaba de quebrada en el juego, también lo estaba en la vida real.

—No tiene sentido que me enoje, es un simple juego. Un juego que compré para distraerme del trabajo, solo eso.

Apagué la televisión y me dirigí al escritorio a un costado de la cama. Llené mi mano con medicamentos que me pasé sin agua.

Terminé de agregar las imágenes de referencia junto a los párrafos que me recomendó mi nueva editora, sin tanto ánimo. Los ojos me pesaban y la cabeza también; sabía que eran las tres de la mañana, pero prefería enviar el correo ya, para no quedarme con la incertidumbre de esperar horas su respuesta.

—Cuando despierte ya me habrá respondido y, con suerte, le habrá enviado el archivo al ilustrador asignado —suspiré.

Estaba acostumbrada a mi editorial, donde todo lo comunicábamos por mensaje, a través de redes sociales, platicando de temas importantes mientras comíamos o cuando encontrábamos tiempo. Era nuevo para mí el proceso de publicación en una editorial grande, sobre todo del Grupo Vaud.

—Me da cosa demostrar que no le sé a esto —tuve escalofríos de solo pensarlo.

Eran tres meses asignados al ilustrador. Había tiempo de sobra.

Después de enviar el correo, volví a la cama. No tuve fuerza para responder los mensajes de mis colegas o amistades, mucho menos comentarios en mis obras digitales. Mis sueños no me permitieron tener un descanso, ya que tenía la desgracia de soñar con trabajo. Soñaba que me respondían, que debía corregir manuscritos, que debía ser más clara sobre lo que quería en la portada.

Específicamente *esa* última.

«El ilustrador no termina de comprender lo que quieres. Pregunta si buscas colores vivos o fríos, también si tienes más referencias de portadas que te gusten acorde al género que estás escribiendo.»

Leí la respuesta de mi editora al despertar.

—Mmm —cavilé—. ¿Cómo que «acorde»?

Era muy mi asunto lo que quería en mi portada.

—Quisiera saber qué propone el ilustrador… —balbucí, tecleando con los ojos entrecerrados. Sentía mi propia saliva por toda la mejilla y me pasé la palma para retirar el exceso. Estaba muerta de sueño.

Hoy era mi conferencia en la facultad de Letras.

Tomé un vaso de agua antes de meterme a la ducha. Al salir, hice algunas muecas para deshacerme de la rigidez facial y me apliqué delineador. Tras una breve parada en la cocina, abandoné el departamento con un pan de queso y el teléfono en mano.

—«Um, me comunica que es tu novela, no suya… Si puedes ser un poco más clara, él terminará de guiarte. Quiere más interés de tu parte» —murmuré, pasando de largo frente al ascensor decorativo que nunca había funcionado—. ¿Qué mierda dijo…?

Escuché mi propia voz hacerse eco en las escaleras.

No estaba comprendiendo lo que quería. Ya le había enviado todo en un PDF de seis hojas con todas las escenas a dibujar.

Saludé a Nelson, el taxista de siempre, dándole las indicaciones del destino mientras escribía otro correo con las especificaciones solicitadas. Nunca imaginé que la obra genérica entre un CEO y su secretaria, que escribí específicamente para vender a una gran editorial, resultara tan complicada de ilustrar.

«Le parece que no concuerdan tus imágenes con lo que has escrito. Le has presentado lo ideal para un libro clásico de autores ya fallecidos, dice, no para una comedia romántica comercial. *Enfatiza* que es la segunda.»

Mis ojos se arrugaron. ¿Y a este qué le pasa o qué? Tan agresivo de entrada…

Bajé del taxi con mi maletín y el ceño fruncido y corrí a la universidad sin apartar los dedos de la pantalla.

«Te enviará en unas horas unos bocetos acordes a tu idea y otros que recomienda, si deseas su opinión.»

El nombre del conversatorio era «Cómo abrirse camino en el mundo editorial». Solían invitarme a eventos dirigidos a un público joven, no tanto para llenar auditorios de lectores, sino de futuros escritores. A veces hablaba de la autopublicación o del desánimo ante rechazos. Yo era el ejemplo perfecto de cómo iniciar y cómo mantener una base estable.

—Muchísimas gracias por venir, Génesis —me habló la chica de la universidad con quien charlé en Instagram. Su mano se extendió para estrechar un saludo, la otra me abrió la silla frente a los alumnos que iban llegando—. Estamos realizando unas pruebas de sonido, pero, tan pronto terminemos, daré inicio a la charla. Perdona el retraso…

Sonrió apenada, sentándose al otro extremo de la mesa. Los micrófonos frente a nosotras estaban apagados.

—No te preocupes, así me da tiempo de apreciar la universidad —le devolví la sonrisa—. Se ve que han invertido un buen dinero en la estructura.

—Sí, por ser privada es bastante cara, creo que la colegiatura es de unos diez mil… —tosí, sosteniendo la botella de agua que estaba puesta en la mesa. La muchacha, de serio semblante, comprendió mi reacción ante tal cantidad—. Yo soy becada, así que desconozco en qué trabajan los padres de mis compañeros, ja, ja.

—Narcología yo creo —mi cínica voz resonó en el auditorio, a causa del micrófono súbitamente encendido.

A veces fantaseaba con engraparme la boca.

Bajé la palma para cubrir el micrófono. Después de tragar saliva e intentar encogerme para desaparecer bajo la mesa, me dieron la señal de que darían inicio al conversatorio.

—Hoy nos acompaña la escritora Génesis Asceta, mejor conocida por escribir *Cuídate en el camino, La vida es muerta* y su más reciente trabajo en la saga de Día Cero con... —murmuró lejos del micrófono—: ¿Estás bien?

—Seh —me reincorporé, sonriente hacia los alumnos. El recinto era demasiado grande como para llenarlo, pero al menos unas sillas estaban ocupadas.

Componte. Componte. Componte, me repetí.

—Es un placer estar aquí. Antes de comenzar quisiera saber si se me escucha bien —hablé, con los ojos entreabiertos por la luz que entraba en todas las direcciones.

—Sííí —la misma respuesta salió de la mayoría.

La charla fue amena. En gran parte me encontré hablando de mi trayectoria, amplia y de logros varios. Me fue difícil responder a las preguntas sobre si se podía vivir de ello. Se podía, claro, lo afirmé. Mientras hubiera dinero para invertir y alguien que confiara en ti, se podía. Claro, si la editorial aliada no tomaba el dinero de tus libros para reinvertirlo sin consultarte. Si las personas no me preguntaran dónde adquirir mi libro, para después decirme: «Perfecto, lo compraré cuando tenga dinero», cosa que se traducía a: «Jamás». Si no olvidabas tener ciertos ahorros en lo que recibías tus pagos anuales. Tener una reserva para todo el año era lo ideal.

(Hay como quince dólares en mi PayPal).

Me preguntaron sobre contratos y cómo evitar los abusivos; desgraciadamente, yo no era buena leyéndolos y mi asesor legal apenas me respondía, quizás porque su paga era baja.

También quisieron saber cómo me sentía respecto a mi posición en el medio literario.

—Es... —sentí el vibrar de mi teléfono dentro del abrigo—, ¿cómo decirlo? Se siente...

El arte es el peor de los engaños. No se dediquen a esto. No se hagan pasar por esto. Es una mierda.

Miré a los jóvenes, algunos atentos a lo que sea que dijera. Otros comían al fondo, uno en particular mascaba chicle. Hizo una bomba de aquel dulce, tan grande que esta explotó al instante en que escupí mi respuesta:

—Soy feliz —hablé, con los dedos dentro del abrigo, silenciando el teléfono—. Pese a todo, si sigo haciendo esto, es porque es lo que quiero y yo sabía todo lo que conllevaba hacer lo que quería. Aun si el camino a recorrer era largo.

Incluso si en el camino me quebraba.

—Gracias por habernos acompañado y ser tan paciente al esperarnos, Gen —la panelista me agradeció tras concluir.

Salí de la universidad mientras revisaba el correo de Marta, mi editora. Eran algunos conceptos de parte del ilustrador, pero las expresiones que había propuesto no eran lo que esperaba.

En primer lugar, yo no quería a los protagonistas en plena portada, buscaba algo más discreto. Me perturbaba ponerlos en mis estantes y estar viéndoles el rostro. Para eso, mejor me compraba algún cómic.

—La sonrisa de la chica me inquieta, luce como drogada. Él no destaca en absoluto —murmuré a media calle—. Creo que no termina de comprender lo que quiero. Los bocetos tampoco me parecen buenos, pero si quería agregarles un rostro, pudo hacerlos más lindos, no lo que sea que me entregó. Se ve fatal. Sucio, añadiría.

Me entró la llamada de Anny, la amiga con la que me reuniría a comer después del evento. Apenas salía del trabajo.

—Por cierto, Anny, no me has enviado la dirección —comenté—. Vengo saliendo de la universidad. Fue un relajo llegar, pero ahorita te cuento. Estoy cansadísima.

—¿No te despertaste a las siete?

Subí al taxi, pidiéndole un segundo para mostrarle la dirección que recién me había enviado Anny.

—Me dormí a las tres y media.

—Ah, cierto, recuerdo haber escuchado tu mensaje mientras estaba en la cama —la imaginé asintiendo. El taxista, por otro lado, arrancó hacia el destino—. Bueno, ahorita nos vemos, ¿va? Voy a manejar.

Tomé el trayecto como mi descanso.

El tema del dinero me tenía preocupada. La editorial nos comería vivas en lugar de ayudarnos a comer y, aunque mi base de lectores era estable, ya todos habían comprado el libro. Yo quería llegar a más público, pero no haríamos nada sin respuesta de los distribuidores, e ir librería por librería buscando que acepten los libros por consignación era desgastante. Amaba tanto mi trabajo que firmé contrato con Vaud bajo la esperanza de hacer las cosas bien y poder financiar mis demás proyectos.

Amaba mi trabajo.

—Pero si el libro no es llamativo, puedo ir despidiéndome —me dije convencida.

—¿Quiere que abra una ventana? —el taxista me habló. Tuvimos un intercambio de miradas por el retrovisor—. Parece que necesita aire.

—Creo que tengo aire de más —no se rio—. Sí, gracias. Yo la bajo.

Tengo sueños demasiado grandes, ese es el problema.

«Se lo he comentado ya al ilustrador... fueron comentarios severos, pero no se lo tomó a mal. Es muy profesional. En realidad, me dice que preferiría hablar contigo para tener mejor comunicación porque necesita explicarte unos puntos.»

«Estoy completamente de acuerdo en que debemos explicarnos unos puntos, tengo bastantes en mente. Porque si no resolvemos esto, realmente no sé si quiero trabajar con él a largo plazo.»

«Los pongo en contacto. Saludos.»

La cafetería donde me reuní con Anny tenía una temática de jardín oculto. Siempre era una sorpresa para mí el lugar donde íbamos a comer: podía ser desde una cafetería japonesa hasta un restaurante italiano o una marisquería.

Me aproximé al ver una melena de rizos rubios dándome la espalda.

—Gen, tenemos que hablar. ¿Viste lo que hizo Ji-oh?

—¿Engañar, manipular y sepultar la carrera del supuesto amor de su vida? Por supuesto. Me recordó a mi ex, sin la parte en la que vuelven a estar juntos —sonreí al tomar asiento. Mis conversaciones con Anny eran chismes sobre personajes ficticios.

—¿Ya dejaste de pelear con tu ex por los derechos de autor? —me preguntó. Su rostro lució preocupado.

—Sí —vi a un mesero acercarse—. Consejo: nunca confíes en un hombre. Terminas como yo: soltera, quebrada y con dificultad para manejar la ira.

—Ay, mi amor, es que tú también…

Sacó su teléfono para mostrarme imágenes de novelas que leía. De algunas me envió enlace porque me vio muy interesada en la trama. Mis salidas a su lado me desconectaban del trabajo, me volvían una lectora que se emocionaba sin saber qué pasaría en el siguiente capítulo.

Pedimos unas baguettes del mismo tipo. Después de intercambiar libros físicos, pedimos un postre, un chocolate caliente y un café que ella degustó. El sol se ocultó sin que nos diéramos cuenta.

—¿Quieres que te pase a dejar? Ya es bastante tarde —mencionó Anny con su abrigo en los brazos.

—Gracias por la caridad a esta pobre alma —junté mis manos.

—Ya, ya, Gen. Eres y serás grande, no pienses solo en el ahora.

Le sonreí.

Mi teléfono vibró en el bolsillo interno. Metí la mano de inmediato porque reconocí el sonido que hacían mis correos.

—Creo que es mi ilustrador…

—Voy a buscar el coche mientras lo revisas, ¿va?

Asentí.

Sus rizos se fueron saltando, chocando con algunas plantas mientras subía las escaleras para salir del jardín. Yo volví a sentarme en las sillas con ornamentos antiguos, siendo iluminada solo por mi pantalla y la luz amarilla de una fuente a lo lejos.

«Querida Génesis, Marta me ha proporcionado su dirección de correo electrónico. Pensé mucho si hablar directamente con usted porque no es algo que suela hacer, pero creo que es un asunto importante.»

—Qué formal —bromeé. Vi mis propias uñas mordisqueadas y apreté los dedos para alejarlas de mi boca.

«Quiero trabajar con usted estos tres meses que estamos bajo contrato. Esta comunicación se queda solo entre usted y yo. Por ello, se lo diré sin pelos en la lengua:»

Achiqué los ojos ante semejante expresión.

—Se volvió viejo de repente.

«Comprenda lo que escribe.»

Eché mi cabeza a un costado. *¿Había leído bien?*

«No digo que sea su caso, pero es necesario siempre mantener los pies sobre la tierra y no subirnos en una nube. Las tapas duras que describió, las portadas blancas que le gustan con solo un título en el centro y detalles dorados son para autores de millones de ventas. Escribe una comedia romántica que si no vende, que si no luce rentable, que si no les convence, los lectores van a patear fuera del mercado.»

—Gen, ya aparqué el vehículo… —Anny se detuvo al ver que la miraba de reojo, con los dedos paralizados sobre la pantalla—. Eh, yo creo que te espero afuera.

«Así que tiene dos opciones: trabajar conmigo o decidir sola sin aceptar mi consejo. La situación es que está forzada a escoger la primera, ya que firmó el contrato, igual que yo. Aprecio mucho su comprensión y anhelo que podamos tener una exitosa colaboración en la que ponga de su parte.»

Arranqué mi abrigo de la mesa, con las uñas chorreando sangre sobre el césped.

«Saludos, ZeroArts.»

Qué imbécil…

CAPÍTULO 2

¿Las Noches Blancas te tienen despierto?

A ti, querido lector, quisiera recordarte que mi nombre es Génesis. Y por si no ha quedado claro, mi profesión es escribir libros.

Conocía mi trabajo como la palma de mi mano. Dudaba tan poco de mis habilidades que, cuando me propuse escribir algo que iba en contra de lo que siempre quise hacer, confié en que todo saldría bien. Así fue al terminar mi manuscrito, pero más allá de las letras, mi creatividad se desvanecía al escapar de las hojas.

—«No estoy entendiendo qué propone...» —jalé con ambas manos la piel de mi cara mientras me lamentaba sobre el teclado—. ¡¿Qué quieres de mí, carajo?! ¿QUÉ QUIERES?

«Le recomiendo los títulos grandes, con letras de ancho fijo para que este se pueda leer a simple vista. Sé que los rostros no le gustan tanto, así que podría ponerlos de perfil, o inclusive hacerlos a ellos más pequeños con un fondo simple de un solo color.»

—«Pero no le entiendo…» —balbucí, tecleando nuevamente—. «¿Eso que envió es una propuesta de imagen o ya es lo que hará de portada? Me parecen muy grandes las letras.»

«Es para que vea el fondo, si ese estilo acuarelado le va bien o nos vamos por colores sólidos. No tome en cuenta las letras por el momento.»

—«Odio las caras en las portadas y no me gusta el rojo; me satura la cabeza» —suspiré. No sabía cómo comunicarle que no me gustaba nada de lo que hacía.

«El rojo lo hace destacar como no tiene idea.»

—«Que no me gusta» —releí mis propias palabras—. «Usted no entiende lo que es tener preferencias, ¿cierto? Quíteme eso.»

«¿Qué parte de "estamos proponiendo cosas" no comprende, srta. Asceta?»

Tomé aire con fuerza al verle usar mi apellido. Alguien que utilizaba un seudónimo para su trabajo profesional, y uno bastante común, quisiera añadir, no tenía el derecho a responderme de forma tan pasivo-agresiva.

—«Usted no propone, usted impone.»

«Usted pasó toda la noche imponiendo su portada blanca con letras doradas. ¿Está bien?»

—«¿Y usted está bien?» —bufé.

«Perfectamente. ¿Tú?»

—«Mejor que nunca.»

Juro, juro que si me lo encuentro, lo mato.

«Ya somos dos.»

—«Mire, tengo que salir a realizar unas compras. Continuemos la conversación por la tarde, que justo ahora no le voy a dar la respuesta que quiere.»

Y dudo que lo haga algún día.

«A esta hora no hay nada abierto. Debería dormir, no hemos parado de hablar y debatir por lo mismo. Yo la dejo, ya es mi hora de dormir.»

—«Van a dar las siete de la mañana, no es hora de dormir...» —murmuré horrorizada al ver que podía darse el lujo de decir que dormiría a esa hora.

«Ah, no me había dado cuenta de la hora. Pensé que aún eran las cuatro.»

—«Usted debería comenzar a trabajar en la propuesta. Tiene la fecha encima» —solté, junto al mensaje.

No obtuve respuesta.

Me arranqué del escritorio. Cerré las cortinas que daban hacia la avenida principal, me quité la camiseta y caminé al baño con la esperanza de tomar una ducha caliente, pero solo salió agua fría. Mal augurio que se acabara el gas. Salí de casa con una cachucha encima.

La única razón por la que me mudé a ese edificio era porque el supermercado que se encontraba abierto las veinticuatro horas del día estaba justo debajo de mí. Bastante conveniente para alguien que olvidaba preparar la comida o trabajaba hasta tarde.

Mi madre y hermano mayor venían de visita el fin de semana. Aún tenía cosas que hacer en casa para prepararles el lugar. Si quería dedicar un tiempo a mi familia, debía dejar el resto de las tareas concluidas, sin importar que la interacción con mi ilustrador fuera tensa. Y yo sabía por qué me tensaba, pero no podía comprender qué le estresaba tanto a él.

Mi primera parada en el supermercado fue el área de farmacia. Compré laxantes, melatonina, pastillas para el estrés y unos sueros, junto con mi medicación. Después eché los cereales preferidos de mi madre, las botanas favoritas de mi hermano y cosas básicas en mi despensa.

Acarreé las bolsas hasta mi departamento y las dejé sobre la mesa mientras me tronaba la espalda después del esfuerzo; tenía ya semanas molestándome el dolor. Abrí la nevera, guardé los artículos y estornudé. Mi cabeza no estaba presente, sino absorta en escenas de novelas por construir.

—Voy a sacarlas de mi mente, porque me distraen… —quise tomar nota, pero me detuve al ver el archivo abierto de mi actual novela. Esa comedia romántica que incluía todo lo que no me fascinaba en los libros: trama centrada en el mero romance y en el clásico «¿Cuarenta y siete centímetros te parecen bien?».

La odiaba. Nunca había detestado tanto algo, ni siquiera los bocetos psicodélicos que me había enviado Zero.

—No hemos empezado las ilustraciones interiores —susurré, sentándome en el piso de la cocina—. ¿Siquiera leyó el libro? ¿O lo leerá? No hay nada bueno escrito allí.

Miré el reloj apuntar las ocho y, antes de que el siguiente minuto marcara las nueve, dejé caer mi cabeza al suelo. Al darle el espacio a mi mente para reflexionar, una pregunta se hacía presente: «¿Por qué estoy haciendo esto?»

«¿Por qué quiero hacer esto? Algo como escribir.»

No recordaba la última vez que había sentido con fuerza algo más allá de rabia, monotonía o tristeza.

Desde que empecé a medicarme, las cosas eran distintas. Antes tenía una rutina inalterable que me hacía comenzar el día desde las cuatro de la mañana y concluirlo a las diez de la noche. Me presionaba a la producción, por ello tuve un buen comienzo. Lo tuve de verdad.

—Hace doce meses comencé esta historia de mierda —mascullé, mirando mi pantalla—. Yo creo que me arruinó la cabeza escribir tanto *mete-saca.*

Hace doce meses me dije que necesitaba más dinero.

—Ja, ja... —me reí sola.

Volví a levantarme cuando me sentí invadida por mis pensamientos. No podía permitirme eso.

Terminé el acomodo de la alacena y preparé la habitación donde mi familia pasaría la noche.

Abrí el manuscrito del siguiente proyecto que tendría Dione, mi pequeña editorial. Ocupé la impresora todo el medio día para imprimirlo. No solo pasaba el tiempo creando mis historias, también me dedicaba a hacer el proceso de corrección de estilo en obras independientes.

Cuatrocientas cincuenta y nueve páginas.

Encendí la luz de escritorio y comencé con la primera página.

Apenas comenzando la segunda, el gato naranja de la vecina chocó contra mi ventana, que daba al pasillo. Después de mirar a ese gordo imbécil, las manos de mi mamá me saludaron de repente.

—¡Ya llegamos, princesa!

Me levanté a abrirles, seguido de un abrazo a mi madre, que entró de inmediato. Escuché la voz de mi hermano afuera, con el felino, así que lo esperé en el umbral.

—¿Es tuyo?

—¿Ese jamón? Nah, es de la doña que vive al lado —aclaré.

Mantuve una sonrisa al verle jugar en el piso con tanta calma. Se había cortado hace poco el cabello cenizo hasta los hombros y llevaba puesto ese cárdigan color menta con flores que usaba cuando hacía buen clima.

Mi sonrisa perdió fuerza cuando se levantó y entró al departamento. La cicatriz aún me era difícil de ver, quizás porque no vivía con él como lo hacía el resto de mi familia.

Pensé que debía estar sola, sobre todo después de mi ex y el incidente que mi hermano sufrió.

—¿Cómo han ido las cosas con la editorial, mi amor? —mi mamá me habló tan pronto se acostó en el sofá—. ¿Ya les liquidaron lo que vendieron o todavía nada?

—Nop. De igual forma, ya sabes que Viena es muy inteligente, anda intentando cerrar un trato de distribución nacional con los mil libros que recién mandamos a imprimir —comenté, pasando a la cocina para servirles algo de beber—. Andamos en espera.

—¿En cuánto les salió imprimir tantos, *sis*? —Bel tomó asiento—. Planean imprimir también los libros de Viena, ¿no?

—Pues no barato. Ahora nos arriesgamos imprimiendo de nuestros bolsillos para primero recuperar y luego reinvertir poco a poco —expliqué, con la vista fija en el jugo. Sentí que la energía se me había agotado—. Solo queda que oren por nosotras si queremos estar en librerías.

Habíamos tenido tan mala racha que a la imprenta de Chile le cayó el Vaticano… y la cerró, así nada más.

—Ay, hija, les deseamos lo mejor. Sabes que por cualquier cosa puedes volver a casa, si la situación económica es complicada —sus palabras quedaron de fondo mientras vertía hielos—. Tu cuarto está intacto, dejaste sudaderas, hasta algunas cosas de Abrah…

Se me resbaló el vaso. Retrocedí con migraña por la falta de sueño, paralizada por la simple idea de que si intentaba recogerlo podría cortarme y ver sangre.

Otro charco de sangre.

El rojo que me hacía vomitar.

Los jugos gástricos subieron a mi garganta, así que tapé mi boca.

Mi hermano se levantó de inmediato para ayudar.

—No te acerques, yo lo recojo —dije, alzando la mano para detenerlo. Sus ojos eran excesivamente expresivos, por lo que supe que le hablé con mal tono—. Perdón, no he dormido bien. ¿Les molesta si recojo esto y vuelvo al estudio para trabajar?

—Es tu casa, mi cielo…

—Sí, lo siento.

No les conté sobre la mala suerte que teníamos en la editorial, que nos acechaba como si nuestros sueños fuesen un peligro para la humanidad. Mi madre no debía enterarse, ya tenía suficiente estrés en casa.

—¿Que quieren cuánto? No entendí la conversación que me enviaste, explícate —le pedí a Viena una vez Leany abandonó la llamada—. Háblame más simple.

—Ellos se llevan el setenta por ciento del precio del producto —habló sin su acento chileno característico.

—¿Quieren el setenta por ciento de veintitrés dólares? —arrugué el entrecejo. Para ser ese tipo de noticia, aún no estaba tan alterada—. Es demasiado. No nos da. No, no, no.

—Pues en otros lados piden el noventa por ciento.

—¿COMO POR? ¿Es una mafia de libros? —me llevé las manos a la cabeza—. Yo apuesto a que sea el cincuenta por ciento. O máximo el sesenta por ciento. Dios…, no sabía que trabajaban así.

—Hay que probar a negociar el sesenta por ciento, aunque igual no creo. Me parece que lo mejor es no darles los mil libros, quizás la mitad, y hacer venta directa con el resto

—ella también suspiró—. Dentro de todo, sabemos que hay que hacer ese sacrificio. Somos una editorial relativamente nueva, no nos conocen las librerías. Hagámoslo al menos para obtener los contactos y luego vender otros libros metiéndolos por nuestra cuenta. Pero mil libros, no. No es ni el salario mínimo.

—Las desventajas de que nadie nos tope.

—Ey… —la imaginé asintiendo detrás de su escritorio.

—Está bien, intentemos eso. De igual forma yo estoy pendiente de mi otro libro, que espero esté saliendo dentro de cuatro meses, si es que no sigo teniendo problemas con el ilustrador.

—¿Sigue de sapo?

—Ando esperando sus nuevas propuestas. Bastante *meh* lo que hace. Siento que se droga… Se duerme a las cuatro de la mañana, ¿tú crees?

—Gen, realmente sé más flexible con lo que pida, *po*. La historia ni te gusta, las ilustraciones ya son lo de menos. Necesitamos que tu nombre esté en librerías —ahora asentí yo con un movimiento de cabeza mientras ella continuaba—, no podemos seguir siendo de nicho. Hay que irnos a lo grande. Por cierto, más tarde te comparto también mi siguiente éxito comercial. Puro mete y saca.

Me carcajeé, quitándome uno de los audífonos.

—Sip, no olvides compartirlo. Te quiero, Vie.

—Yo a ti, Gen… —hizo una pausa—. Cuídate mucho, ¿sí? Intenta dormir, aunque sea un poco. *Chao, chao.*

Mi editora de Vaud, Marta, citó una futura reunión para recomendarme añadir escenas que desarrollaran más ciertos acontecimientos. Sabía que habían aceptado mi trabajo no solo por el género que escribí, sino por mi trayectoria y mi actual posición. Era rentable tenerme en su casa editorial, o al menos eso pensaban.

Eso les hice creer.

Pese a que debía trabajar en el manuscrito, organizarme con el ilustrador, realizar mi trabajo dentro de Dione, convivir con mi familia y tomar mis trabajos independientes, hice lo que cualquier persona cuerda haría a la 1:47 a. m.: vertí pastillas mentoladas en mi boca mientras presionaba los botones del videojuego. Me incliné para agarrar el refresco sobre la cama y me resolví a pasar un rato sin pensar.

No puedo estar peor que el ilustrador ese.

De vuelta en la pantalla, me abrí paso con ambas manos a través del follaje, dando estocadas sobre mi caballo a cualquier criatura que se acercara ofensivamente. Jugaba con toda la intención de progresar en la historia, siguiendo la ruta de la vendedora ambulante que padecía de una enfermedad severa producida por una maldición.

Frené de golpe cuando estuve por estrellarme contra un convento en ruinas. Dejé mi caballo en la entrada con la esperanza de que no fuese asesinado mientras me esperaba. Me apresuré a buscar bajo el sol cenizo las manchas de sangre escupidas, estas me llevaron hacia la hoguera de aquella mujer sentada que vestía como espantapájaros.

Al apoyarme sobre la madera, me dirigió la palabra.

—¿Eres un explorador? ¿Buscas algo en particular?

Tenía una especie de maldición que me recordaba a la tuberculosis, si hablábamos en términos actuales, pero su piel se volvía seca entre más palabras formulaba. Sabía que no moriría aún, pero que sería inevitable en algún punto de la historia. Yo necesitaba saber más de su maldición para evitar seguir ese camino y poder enfrentarme a un jefe que también la padecía.

—Cuéntame más sobre Rodrik.

—¿Rodrik? —bajó la cabeza, ocultando su piel con el gorro alto de tela que portaba—. Hace tiempo no escuchaba ese nombre. ¿Te interesa saber sobre su maldición? No hay mucho que decir más allá de que es contagiosa.

Sus dedos se detuvieron en el recorte que cubría la mitad de su rostro. Sabía que había heredado la maldición de su padre, pero no estaba segura de si Rodrik era su padre o solo parte de su árbol genealógico.

—Jugábamos juntos en aislamiento... Se convirtió en el señor de las tierras del sur. Lo último que supe de él es que envenenó a todos los nobles y cerró las rutas subterráneas. La enfermedad te afecta la cabeza, aunque supongo que nunca fuimos los hijos más sanos.

Rodrik tenía en su posesión los estatutos del gobierno antiguo sobre su región. No solo debía obtenerlos si quería conseguir una audiencia con el rey, también debía adentrarme por la superficie para entregar una carta como misión secundaria. No tenía ni idea de cómo entrar y salir no solo con vida, sino con salud.

Dejando de lado las maldiciones, el envenenamiento era un problema recurrente en *Wild Caves*. Claro, si te movías entre rutas subterráneas.

—¿Cómo puedo evitar el contagio?

—Puedo venderte mi sello familiar —explicó—, pero antes...

Al ser alguien que prefería estar en la superficie, mantenía la guardia baja cuando no estaba en las cuevas. Por eso no estaba lista para un ataque externo.

Escupí sangre cual animal sacrificado. Caí de muerte sobre el césped y observé mi cuerpo retorcerse.

La melena rubia a mis espaldas, con el manto que silenciaba su andar, me congeló las manos.

Debo repetir esto.

Vi ese nombre tan genérico que usaba uno de diez jugadores, pero ese diseño tan característico y ese deleite en asesinarme sin siquiera confrontarme, como si supiera que no pelearía de ninguna forma, como si matarme distraída fuese más divertido que matarme ya rendida. Solo era capaz de hacerlo una persona, una muy retorcida.

Zero, al que, si tuviera frente a mí, le habría puesto diez órdenes de alejamiento.

CAPÍTULO I

La muerte y Séneca

La sangre y la muerte no como un acto desconocido, sino uno que vivimos cada día, desde el momento en que nos extraen de ella hasta que nos sepultan. ¿Qué sabríamos de la vida si no nos contaran del pasado? Ese antes de nacer en que nuestro ser yacía muerto. No nato.

Me clavé el estoque, casi tan largo como una lanza, atravesando mi pecho hasta bañarlo en sangre. Me encogí ante la dolorosa acción, con el puñal del color carmesí que se derramó sobre el follaje.

Pese a mis pensamientos, que pudieran sonar desalentadores o hasta retadores a la existencia, evitaba preocuparme excesivamente por la muerte, así como por la vida que me perseguía. El ser sano, el encontrarse tranquilo, requería no aferrarse a ninguno de esos dos conceptos.

Por eso, como alguien que respetaba la muerte, extraje de mí el arma ya sellada con sangre. Y como persona dispuesta a vivir, me arrojé contra el sujeto que vestía de dorado, un clérigo de mala muerte que me venía atormentando hacía tiempo. El ataque redujo su vida lo suficiente para que la pelea se desenvolviera a mi favor.

Recogí los artículos que llevaba de entre sus escombros. Tan pronto terminé mi recolección, invoqué con un talismán a mi caballo y cabalgué cuesta abajo en búsqueda de las ruinas que transitaba con frecuencia. Deseaba subir de nivel, pero el dinero se me había ido en unas mejoras para asesinar al clérigo que yacía árido frente a las cuevas.

Cambié mi dirección, salté del caballo y caí al suelo para quemar un sello de profanación que me convirtiera en invasor. Me dejé cubrir por el manto de sigilo y me aproximé al sujeto quien escuchaba atento una misión que yo había realizado la primera vez que jugué… hace dos años.

Nunca había visto a un jugador escoger un diseño tan bueno y jugar tan mal. Me daba asco.

—¡¿Eres pobre o qué te pasa?! —dijo su globo de texto.

—No —respondí al teclear.

—PARA. DE. INVA-

Cerré la función de invasor. No andaba con el tiempo para quedarme a leer las quejas de un niñato que prefería desvelarse sabiendo lo malo que era jugando.

Me torcí en la silla al apartarme del televisor, alcancé mi Monster en el escritorio y tiré de la madera para acercarme al computador. El manuscrito de *Nunca digas que no* estaba abierto en la pantalla de soporte. Mastiqué la bebida como si eso fuese a relajarme, pegué otro sorbo, leí dos párrafos y volví a sorber.

—Ah… no sé ni qué leer de esto. ¿Tengo que hacerlo? Me quedo con la sinopsis —me di por vencido. En videojuegos tenía más perseverancia.

Abrí el correo para escribirle nuevamente a la autora. No podía mentirle sobre entender su novela porque no la estaba

Nunca digas que no
Génesis Asceta

leyendo, pero por supuesto que comprendía el género. Desde que tengo memoria, mi portafolio de fantasía fue poco a poco reduciéndose a novelas juveniles. La tarea de composición en ellas era simple: personaje de frente, personaje con alguien, personaje de perfil o personaje entre dos personajes. Nada nuevo. Lo mismo de siempre. La misma basura comercial que me daba de comer.

Sonriente, pensé en qué decirle: «Hola, autora. Sé que es noche, pero tiene que ver esto.»

«Apreciada Génesis, sé que es tarde, pero he notado que nos escribimos en horas similares.»

Tecleé, acomodando las ideas de forma profesional.

«Desarrollé este nuevo concepto basado en la premisa de un romance de oficina. Como podrá ver, la protagonista se encuentra sentada viendo unos papeles, mientras el CEO está recostado en el escritorio, queriendo arrebatárselos de forma coqueta. Si le parece bien, podemos trabajar en esa línea.»

«No. Hablemos mañana de por qué no.»

Levanté un costado de mi boca, mostrando media sonrisa a la pantalla.

«¿Y por qué no ahora?»

«No quiero tratar ahora contigo.»

Suspiré. La desgraciada no era consciente de que tenía tres meses para trabajar la versión ilustrada. Para un ilustrador cada hora era de vida o muerte, y para alguien con una lesión como la mía debía valorar mucho las horas que pasaba sentado.

«Mire, tengo esta segunda propuesta. Ella sobre el regazo de él, mirando hacia el espectador. Él mirándola a ella, absorto. Alrededor se ven todos los papeles de trabajo, tirados.»

«¿Siquiera leíste mi obra? No, no, no. De verdad que no.»

Abrí otra lata de Monster. La bebí mientras miraba ese último correo. Me encogí de hombros para darle la razón. Tenía un punto: yo no había leído la obra. Pero tampoco pensé que habría algo nuevo escrito ahí y, si soy sincero, hace tiempo que dejé de ser artista o lector. Mi trabajo era levantar ventas.

Cerré el correo y abrí nuevamente el manuscrito. Me sentí preparado, gracias al desvelo y la cafeína, para leer el primer capítulo.

En otras circunstancias, no habría leído ni el primer párrafo.

—Empieza con el sol golpeando su cabeza...

No era un apasionado de las novelas, pero solía pasar mi tiempo leyendo obras gráficas, mangas o *webtoons* por el tema de la ilustración; lo consideraba parte de mi trabajo. Supe por dónde iba la cosa cuando quien despertó en su obra para comenzar un día de trabajo fue el CEO, un joven apuesto. Al parecer, el protagonista era él.

La obra seguía a Cédric (clásico nombre) en su día a día como heredero de un conglomerado de quién sabe qué. Cuando hizo aparición su secretaria, de quien no esperaba mucho al oír la descripción de mujer fría que sigue al pie de la letra su itinerario, me sorprendió el giro que dio al final del capítulo.

Cédric la consideraba masculina, del tipo que si él tropezaba, ella lo levantaría en brazos y se encargaría de conseguirle a un médico en minutos, así que quería casarla con un hombre que fuese más rudo que ella para hacerla sentir protegida. Ella accedió a la búsqueda de marido porque estaba por llegar a los treinta sin formar la familia que tanto le exigían sus padres.

Decidí hacer dos propuestas.

«La primera propuesta consiste en hacer ver este lado protector de ella, que siempre lo descoloca. Tiene su brazo apoyado en la pared (quizás conozca el clásico *kabe-don*), mientras él mira al espectador, nervioso. Por otro lado, lo tenemos a él de frente, alguien tira de su corbata mientras le sostiene el rostro. Él hace su mayor esfuerzo por mantenerse serio. Siento que no mostrar su interés romántico es algo acertado, da más a la imaginación.»

«¿Por qué no vamos con la portada en blanco y el título en dorado?»

«¿Vio las propuestas? ¿Puede comentarlas?»

«Las vi. No me gustan las caras en las portadas.»

—«No me gusta tu jodida actitud en mi correo».

«Mire, Gen, sé que es difícil tomar una decisión, pero le pido de favor que trabajemos lo más comprometidos posible. Que seamos abiertos a otros puntos de vista.»

«¿La primera línea fue un error? Revise bien lo que envía.»

—Mierda, debí borrar eso… —suspiré.

¿Qué le pasa a esta tipa? Si no fracasa por la portada, fracasa durante sus presentaciones de libro.

«Iré a las oficinas de Vaud la siguiente semana, tengo unas cosas pendientes con Marta, la editora. ¿Te parece retomar la conversación ahí? El viernes.»

Tengo una cita ese día. Sale el DLC *de* Wild Caves.

«¿Qué conversaríamos? No tengo intenciones de asistir si no llegaremos a nada.»

«Entonces no llegaremos a nada.»

Elevé el dedo corazón frente a la pantalla. Imaginé que ella había hecho lo mismo.

«Estaré desde las cuatro.»

Gen Asceta era una novelista que tenía tiempo escribiendo, fue fácil notarlo en sus habilidades para dar inicio a una historia; si tenía buenos finales, eso lo descubriría. Cuando me contactaron para trabajar en su obra, no lo pensé mucho, pues necesitaba dinero; más bien, pensé bastante... en la plata. Como artista, no podía darme el lujo de no contemplar las atribuciones monetarias, porque aunque tenía una amplia trayectoria, los escritores no eran tan rápidos trabajando, menos las editoriales.

Y había gastos mensuales que pagar.

—No sé por qué actúa tan infantil con su propia obra —musité, jalando mi tableta para abrir el calendario—. Yo iba bastante feliz a tomar el trabajo, pero dijo que mis personajes lucían drogados. Ja, ja, ja, he lidiado con autores peores. Sé ponerles límites...

«Bro, ¿sigues despierto?»

Alcé los ojos a la notificación.

«Algo así. ¿Qué pasa?»

«¿Te van a pagar plata pronto?»

«En tres meses, ya sabes que Vaud me paga al terminar.»

«Pues acaba antes.»

«Ahorita, mi rey.»

«Hablo en serio. Necesitas dinero. Viene el equipo desarrollador de *Wild Caves* al país, en seis meses. No solo está por los cielos el *meeting*, VENDERÁN ALGUNOS ARTÍCULOS DE PRODUCCIÓN.»

«Héctor, te voy a bloquear. Eres un peligro para mi economía. Puto terrorista.»

«¿Cuánto te pagarán?»

«Dos mil quinientos dólares.»

«Bueno, también ve abriendo comisiones. Y recuerda pagar tus tarjetas de crédito, ya debes como mil.»

«Te odio.»

Apunté la reunión con Génesis en mi calendario. Su edición ilustrada saldría bajo mi nombre, aunque tuviera que atarla de manos respecto al área creativa. Porque no es que amara mi trabajo, le perdí el gusto hace tiempo, pero sí apostaba por las regalías. Tenía el tres por ciento de su obra y eso, al final de un año, significaba bastante dinero en caso de que vendiera bien.

Pero MUY bien.

CAPÍTULO 3

Juguemos rayuela

Algunos jugadores del foro abierto quedaron en reunirse por el tema del DLC, por lo que, una vez en línea, me senté en la mesa redonda del gremio, consciente de que Zero, el Terrorista, estaba presente. Yo no sabía por qué decidieron invitarme, pero resulté ser conocida; parecían traer un chiste interno a costa mía, pues cada vez que encontraban cenizas y las tocaban, podían reproducir el instante en que me asesinaban.

Mis cenizas estaban por todo *Wild Caves* ese año, señalaron.

—¿Les gustaría hacer grupos? ¿O quieren hacer intercambio de cuentas quienes no puedan costear el DLC?

—¿Planeas jugarlo, Tarn? No te será tan complicado porque tus estadísticas son bajas y el DLC se adecúa a tu progreso actual —un sujeto se paró detrás de mí, con el globo de texto sobre su cabeza. El diseño de su personaje era bajito, así que giré medio cuerpo y bajé la vista.

—No lo creo. Tengo una vida ocupada.

—¿Dejando que te maten? Lol, kakaka, no te hagas el interesante.

—Trabajo, a diferencia de los demás.

—Habló el godínez.

Soy escritora, soy escritora, soy escritora. No necesito golpearlo para afirmármelo.

—Sí, Zeroed —tecleé su nombre de usuario para sentirme mejor. Al menos yo no usaba el nombre más genérico entre jugadores. No sé qué manía tenían con llamarse igual que el maestro oficial de las cuevas.

Por otro lado, estaba viendo la respuesta que envió ZeroArts durante la mañana. En su correo preguntaba por el día exacto para nuestra reunión. Estiré una mano para darle de fecha el viernes.

—El DLC sale este viernes. ¿Algunos ya lo han preordenado?

—¿Midas? —le hablaron a uno de los directores del gremio.

—Hey, no dialoga. Recientemente se volvió un jugador AFK.

—¿Le pasó algo?

—Qué sé sho, jjj. Herneyl está igual. Es más, ni está.

«¿El viernes? ¿Podemos evitar que se retrase? La vería desde las cuatro.»

«Sí, tampoco quiero extenderlo.»

—Zero, ¿ya te retiras? —el guía del gremio se dirigió al jugador de rojo, quien estaba camino al atajo para transportarse a la salida.

—Tengo trabajo —y no escribió más.

—¡Espero te vaya bien, tú puedes! 0U0 —recibió ánimos del grupo.

Hermanos, ya digan que se lo chuparían si pudieran.

«Vale, el viernes a las cuatro. Llevaré unas propuestas de color sobre los últimos conceptos que le mencioné. Prefiero que vea el trabajo impreso para comenzar a visualizarlo.»

«No lo aprobé.»

«Para que COMIENCE a visualizarlo.»

—¿También te retiras, Tarner? —un asistente del gremio destacó su mensaje.

—Sí, tengo trabajo.

—Lololol, adiós.

Me quité los cascos. Estaba decidida a pasar esos días con mi familia.

Aproveché para ir con ellos a algunos centros comerciales, mientras me detenía en librerías. No podía permitirme asistir a la reunión con ZeroArts sin haberle echado un ojo a las portadas de libros populares y ver lo que podía trabajar con base en mis gustos.

Me detuve a observar la cubierta de un libro de negocios. Estaba consciente de que no era el camino a seguir para mi libro, pero no por nada yo era escritora. Tenía ingenio, pasé años tratando de creérmelo. No iba a dejar que me hiciera dudar de eso.

¿Quiere que venda? Haré que venda.

Saqué el teléfono y fotografié la portada.

Antes de cruzar las puertas giratorias del edificio donde se hallaba Vaud, el dibujo de una rayuela me frenó. Quienes ingresaban con prisa no parecían prestarle atención, pero yo la miré mientras me aferraba al abrigo en mis hombros. No solo la miré, sino que la envidié: nuestra editorial independiente no tenía ni oficina.

Enfócate, comparar no lleva a nada bueno. Eres solo tú contra ti misma.

Pisé la rayuela, pero no me atreví a jugarla.

Cuando ingresé al edificio mi respiración se volvió más pesada y mantuve la barbilla en alto. Mi trabajo también consistía en ser actriz, ya fuese para interpretar mis propias escenas, comprender las intenciones de los diálogos o sobrevivir al mundo del que uno se oculta tras las letras. Debía pretender que merecía estar ahí, junto a los grandes.

—El elevador de Vaud no está funcionando. Si desea subir al piso de edición, tendrá que tomar el camino largo por las escaleras o subir por el elevador compartido —me informaron en el lobby.

Bueno, empezamos mal. Eran como nueve pisos.

—El editor bajará en un momento, señor Davis —le hablaron a un joven escritor a mi costado. Había una gran diferencia en el trato entre un autor desconocido y alguien que llevaba años bajo el sello.

Bueno, bueno, ahora solo hay que subir, ¿no?

Aquel elevador iniciaba desde el estacionamiento, así que su diseño era de dos puertas paralelas para conectar ambos edificios. Esperé algunos minutos sentada en un sillón. Después de un rato y ver la hora encima, me decidí a tomarlo, pero un tipo rubio con lentes de sol que masticaba chicle mientras hablaba por teléfono presionó varias veces el botón de cerrar puertas. No me irrité porque no estaba segura de si me había visto levantarme, pero entré antes de que la puerta se cerrara por completo.

Dios, por eso detesto el elevador compartido.

Toqué el número de mi piso. Había otros dos presionados.

—Sep, me tendrás esta noche, querido —su voz hizo eco en el estrecho espacio. Deseé llevar audífonos ante ese inicio de conversación—. En cama, con el montón de trabajo que tengo pendiente, jugando el glorioso DLC. Justo donde quiero estar.

Oculté una risilla entre mis labios. *En algo concordamos.*

Y lo miré de reojo, no solo sorprendida por su tamaño, sino por ese fuerte olor a cafeína que se desprendía de sus hombros. Un arete en su oreja derecha destacaba, al igual que un tatuaje cerca de su nuca, casi cubierto por la chaqueta. Parecía el tipo de chico del que mi madre me advertiría, con el que mi hermano saldría, con el que yo... debería voltear la vista y bloquearlo de mi mente, con rapidez.

—Si *Wild Caves* fuese una mujer, yo creo que por fin te gustaría la idea de casarte —la respuesta al otro lado se escuchó en bajo tono.

Algunas personas entraron al elevador, consiguiendo que nos echáramos para atrás, casi rozando brazos. Cambié mi bolso de hombro por seguridad.

—En el foro dicen que no jugarán hasta que termines el DLC, así que avisa, ¿no? Nadie quiere enfrentarse al «Dios Zero», conociendo tu manía por invadir.

—Qué vergüenza me dan esos nerdos...

Miré de reojo al sujeto una vez más. De perfil, podía ver sus pestañas rozar con los lentes oscuros. Sus ojos me parecieron claros, diría que cafés con un tinte rojo. Alto, facciones delgadas pero bien definidas y unos dientes perfectamente blancos cuando sonrió.

Oh, si alguien tuviese que ser el más cabrón de los jugadores, tenía que ser ese imbécil.

No solo cambié mi bolso de hombro, también me alejé dos pasos más de su cuerpo. Me miró de soslayo, así que volteé a una de las paredes.

Error. Nos veíamos de todas formas en el reflejo.

Aquella acción hizo que se oliera a sí mismo.

—Te colgaré, ya llegué a mi piso —habló apenado.

Le seguí el paso en silencio. El lado izquierdo del pasillo estaba cubierto de ventanales que brindaban una vista espectacular hacia los edificios vecinos. La oficina de Marta era la última a la izquierda, así que no dejé de ver con sospecha al rubio que caminaba delante de mí.

Te ha afectado la cabeza escribir, Gen.

—Iba de salida —pronunció Marta al verme, sin cerrar por completo su puerta—. Puedes usar la oficina para la reunión.

No me hablaba a mí, pero le sonreí como saludo. Y no borré mi sonrisa, sino que giré levemente el cuello hacia el hombre a mi costado.

—Gen, ¡llegaste al mismo tiempo que tu ilustrador!

Pensé que mis dientes se quebrarían por la presión que ejercí en ellos para no torcer una mueca. Él me miró sobre su hombro, oculto tras los lentes.

Ja, ja. Por supuesto que si alguien iba a ser mi ilustrador, solo podía ser ese imbécil.

¿Quién usaría su *nickname* de trabajo en un videojuego si no?

CAPÍTULO 4

Como si fuese Jane Eyre

Aquel día no fue posible tener un encuentro cordial, con presentación de parte de algún tercero, o siquiera el día soleado. Las nubes cubrieron el cielo desde nuestra llegada al edificio y mi editora se marchó en tacones azules tras saludar con prisas.

Silencio.

Tomé aire.

Ah... estoy que me lleva el carajo.

Elevé mi rostro con un dejo de desinterés. Conocía mi deber como escritora. Supongo que él también conocía su papel como ilustrador, ya que pasó una mano por sus rubios cabellos y la extendió a mí, sonriente.

—Génesis Asceta... —pronunció mi nombre.

—¿ZeroArts? —tomé su mano y esperé me corrigiera.

—Puedes decirme Zero.

—De acuerdo, aunque espero no me tuteé —estreché con más fuerza nuestro apretón.

—Yo le agradecería recordar mi nombre legal. Estaba en el contrato —no me soltó.

—Ja, ja, sí… —fui la única en reírse a sus adentros.

Podría decir que ese día, en lugar de dar inicio a una gran colaboración, me hizo evaluar mis decisiones. Mi exitosa carrera como escritora estaba por empezar y aun así me arrepentí de haber tomado un lápiz en primer lugar.

—Puede servirse un poco de agua… —Zero me dio la bienvenida a la oficina de Marta como si fuera la suya. Él llevaba años trabajando para Vaud, lo sé por el portafolio lleno de novelas románticas que había ilustrado para la misma. Parecía muy cómodo con sus zapatos de cuero, sentándose de piernas cruzadas, con los lentes aún puestos y el cel en mano.

Su descaro me daba náuseas.

Tomé asiento. Aparté mi gabardina para poner mi portafolio entre mis piernas. Él abrió una lata de café, bajó la cremallera de su chaqueta verde y se inclinó al frente.

—¿Entonces? —repuso. Sus piernas se sacudían con arritmia—. ¿Ibas a presentar una nueva propuesta o…? —me habló, como ansioso por largarse.

—Claro, ¿por qué más le citaría, Zero? —enfaticé. Los ojos se me hicieron chiquitos al sonreír falsamente.

—¿Para recordarme que no le gusta el rojo?

—Lo suyo con el rojo es personal, no lo traiga a la mesa —evidencié su identidad como jugador escarlata, pero él miró mi portafolio sin detenerse en aquello.

Todos los dioses del *danmei*, denme fuerzas.

—Mira —comenzó, pero tosió al momento en que hicimos contacto visual—. *Mire* —corrigió—, llevo ya dos años trabajando como profesional externo para Vaud. Conozco en especial las obras que salen de la mano de Marta, he intercambiado correos con ella desde antes de que escribieras tu novela. Sé que no te has… no *se ha* llevado una gran primera impresión, ya que tenemos conceptos distintos de lo que es una comedia romántica, por ello traje estos bocetos. Por favor, revíselos con la mente bien abierta. Ábrala, ábrala.

—¿La cabeza o el portafolio?

—Lo dejo a tu imaginación.

Dejé escapar un suspiro y tomé la tableta que extrajo de su mochila atascada de tachas. Pasé las imágenes, con predisposición, pero analizando las cinco ilustraciones en el álbum para darle una opinión válida. Después de todo, se trataba del rostro de mi novela.

En la primera aparecía la protagonista, Lauren, con el boceto de un vestido que descubría sus hombros. Tenía el dedo índice en su boca para indicar que guardaba un secreto, mientras Cédric, su coprotagonista, estaba de espaldas a ella recibiendo la luz. Un pequeño texto acompañaba la imagen: *Ella lo ha creado a él. Este concepto nació a partir de…*

Lo miré. Miré su mochila. Volví a los bocetos y pregunté:

—¿Te gusta el anime?

—¿Qué? No, siga viéndolas…

La segunda: la espalda de él en la portada, mientras Lauren se asomaba sobre su nuca: *Ella tiene poder sobre él y el espectador. Su mirada refleja…*

La tercera: ella sentada al frente, él detrás de la silla. Y demás cosas así.

—Mire, llevo años escribiendo y también observando portadas que salen y entran de Vaud desde antes de que usted se uniera. Hice mi investigación, pues era la editorial a la que apuntaba —di inicio a lo que pensé sería una crítica constructiva. Él se recargó en el sofá con la tableta que le devolví—. Comprendo que podamos tener conceptos distintos, pero yo no le veo conceptos. Esto es lo mismo que he rechazado todo este tiempo.

—¿Y sugiere que los quite y meta... un fondo blanco y texto dorado? —me interrumpió con sarcasmo. Negó con la cabeza al momento—. Disculpe, no fue el mejor comentario. Asceta, *autora*, debemos llegar a un acuerdo rentable. Es mi trabajo como ilustrador hacer sugerencias si lo veo necesario. He visto cómo devuelven los libros después de los tres meses de novedad y los libreros nunca vuelven a pedir su colocación. Usted apunta a lo grande con su obra, ¿no? Lo he notado desde el primer capítulo. Sé que puede venderse bien con el enfoque indicado.

—Se involucra demasiado como ilustrador.

—Más de lo que me gustaría. Pero antes que ilustrador, soy comerciante. Es mi trabajo.

—Mire, Zero, *ilustrador...* —pronuncié con sarcasmo, levantándome del sofá por un vaso de agua—. Nunca he dicho que no voy a colaborar; claro que lo haré, es mi novela y por contrato estamos trabajando juntos. Si no lo deseara, hace rato le habría dicho a Marta que prefiero rescindir y por ende perder la oferta de una novela ilustrada. Pero no es eso por lo que le he citado, sino... Creo que necesita escuchar una sincera opinión.

—¿Yo? —pude ver su ceja elevarse detrás de los lentes—. Ajá, la escucho. Dime. *Dígame.*

—Para ser un ilustrador, tiene muy poca creatividad.

Vi cómo pasó saliva casi a la fuerza. Yo bebí un poco de agua antes de volver a sentarme en la esquina del sofá frente a él.

Aquel gesto me sacó una sonrisa. Había olvidado la sensación de competencia entre artistas desde aquel incidente; sobre todo, cuánto la disfrutaba.

—Me ha entregado lo que he visto en cientos de obras que son empleado por empleador —expliqué, tratando de buscar entre mi portafolio los recortes que hice el fin de semana—. Entiendo que conoce lo que vende, *si es que vende*, pero también debe darles originalidad a las creaciones ajenas. No porque sea la misma obra para usted, el público debe interpretarla igual, ¿entiende? ¿No se supone que, aunque ya todo ha sido creado, seguimos inventando obras porque no han sido contadas por nosotros? Y le recuerdo que Marta nos ha dado completa libertad. Sé que eso es un privilegio. Y, sinceramente… usted lo está desperdiciando.

Extendió sus manos pálidas con las venas pronunciadas, como si estuviera haciendo presión. Tenía unas cadenas de plata que observé mientras él mantenía la vista sobre la ventana que daba a la ciudad.

—Entiendo su punto —suspiró, y dejó caer su espalda contra el mueble.

—Perfecto —sonreí con cinismo—. Ahora, mire.

Le entregué un portafolio con ideas, algunos colores de mi agrado y el ejemplo de la portada de inversiones que vi en la librería, pero no tuve reacción inmediata, sino la prolongación de un silencio tenso.

—Tenía la idea… quizás la mitad del cuerpo del protagonista contra el suelo, con una vista contrapicada, enfocándolo de perfil. No sé si me doy a entender —expliqué. No estaba segura de con qué ojos miraba mi propuesta mal boceteada—. La corbata extendida a un costado y quizás la zapatilla de ella sobre su rostro. Estaba pensando igual en ceder ante su insistencia de añadir el rostro de alguno de ellos, así que él podría estar viendo al espectador. Puede darse el lujo de hacerlo atractivo, lo más que pueda —terminé. Mis dedos se enredaron por las ansias.

Sin elevar el rostro, se retiró las gafas.

Sus ojos no estaban disparejos, como lo imaginé, por el contrario, lucían perfectos en su rostro. Sus pestañas eran rubias, las cejas más oscuras que su cabello y tenía un lunar poco visible en el pómulo izquierdo. Mantuve mi vista fija en aquella marca, hipnotizada, pero dejé de verla cuando abrió la bocota.

No dijo nada.

—¿Se encuentra bien? —sacudí una mano.

—Me gusta la idea. Puedo verla. Es más, creo que es con la que trabajaré.

Se llevó una parte de los recortes con él. Me quedé con las manos al aire.

—Su corbata podría ser roja, o añadir un fondo rojo y un piso blanco.

—Por favor, no insista con el rojo.

—Soy el ilustrador, déjeme participar también…

—Rojo no.

—Usted es indomable —rio, manteniendo esos ojos de fascinación sobre los papeles.

Me dijo indomable… como si fuese la maldita Jane Eyre.

—¿Puedo llevarme esto? —preguntó. Era la primera vez que cruzábamos miradas sin nada en nuestro camino. El cabello le brillaba bajo los pocos rayos de sol, y ni hablar de sus pupilas, que parecían doradas.

Puedes llevártelo todo y desaparecer.

—Adelante —cerré los ojos y ahogué un suspiro. De a ratos, recordar que publicaría esa obra me detenía el corazón. Odiaba la idea de hacerla pública.

—Perfecto. Nos mantenemos en contacto. Le estaré enviando bocetos —agregó, poniéndose de pie. Por su altura evité mirarle y así no lastimarme el cuello—. Me retiraré ya.

OH, ES . . . GUAPO

Acomodé el resto de los papeles en mi portafolio. Tenía que esperar el regreso de Marta, después me retiraría para instalar el DLC en mi consola y llorar mientras me asesinaban una y otra vez.

—¿No quiere comer algo?

Giré ante su invitación. Zero volvía a tener sus gafas puestas, su mochila colgando de un brazo y el cabello despeinado hacia el frente, cubriendo sus párpados casi por completo.

Enarqué las cejas.

—Hay un restaurante asiático cruzando la calle. Venden como *bowls* o algo así, no he visto más del menú —continuó. Su tono no expresaba emoción ni vergüenza, fue solo directo—. Es chino.

—Estoy ocupada —respondí golpeado—. Estaré en reunión con Marta. ¿Recuerdas?

—Bueeeno —elevó ambas manos con las palmas hacia arriba—, lo ofrecí para demostrar que no estamos en malos términos y que ya nos entendimos mejor, solo necesitábamos hablar en persona.

—No estamos en malos términos —mentí.

—No, ¿verdad? —articuló una enorme sonrisa—. No lo estamos. Que te vaya bien.

—Que *LE VAYA* —levanté la voz, viéndolo cruzar el umbral con esa enorme dentadura ignorante— BIEN.

—Adióóós.

Cerró la puerta. Acababa de hablarme informalmente. Y lo sabía.

Me llevé las manos a la cabeza y ahogué un grito. Me había enfrentado a mi mayor asesino; peor aún, a mi ilustrador, y no estaba segura de haber ganado.

—¿Aceptaremos la oferta de los distribuidores?

—No tenemos una mejor opción, bebé —Viena insistió.

Sentí el pesar recorrerme. Cerré la puerta de mi estudio pese a que estaba sola, otra vez, pero la costumbre de ocultar mi estrés del mundo era difícil de arrancar.

—Mira, me explicaron cómo funciona. Los libros, que originalmente pensábamos vender en veintitrés dólares, recomiendan que cambiemos el PVP a veintinueve dólares con treinta y un centavos. Menos el descuento comercial que suelen ofrecer a librerías, se encontrará a la venta en veintitrés a veinticinco dólares. Nuestra ganancia, que es lo que ellos nos darán por cada libro, será de ocho dólares con cincuenta y seis centavos.

—Eso serían ocho mil quinientos sesenta dólares por nuestro *stock* de mil libros.

—Sí —pude verla asentir.

—La inversión que hicimos fue de casi cinco mil dólares. Debemos considerar la reimpresión, el pago mensual de la cuenta bancaria, la contadora y que si no se venden en tres meses, la novedad puede ser retirada, ¿no? Bestia…

—Gen, si te soy sincera, para mí esto es *stock* de un año. No creo que se venda ni la mitad en los primeros tres meses.

—La sinceridad es buena —reí.

Hicimos una pausa. Yo abrí mi computador para seguir corrigiendo otra novela, la de Viena, ya que también publicábamos sus obras… o estábamos por hacerlo. Teníamos una que fue el primer título de la editorial: *Zmaj*.

—A cada una le corresponderían mil ciento noventa y tres dólares —le recordé.

—Tenemos que dejar unos seiscientos dólares para el fondo de la editorial —también aclaró—. Eso nos deja con novecientos noventa y tres dólares para cada una, que veremos por partes cada mes. Hay que considerar también la devaluación de la moneda, entre otras cosas. Pero eso sería la ganancia a lo largo de un año.

—El salario mínimo anual es de más de cinco mil dólares.

—Gen, te voy a colgar ya. Hablar contigo me recuerda que debimos ser mejores en matemáticas. Como que esto de escribir no la pega, ¿no?

—Lo odio tanto como contar... Pero sí, terminaré las correcciones de mis niños, ¿va? Luego hablamos. Pásame el contrato cuando lo tengan.

—A tus órdenes, gorda —colgó.

Corregí mientras el DLC se descargaba desde las doce de la noche. Estaba segura de que lo correcto después de un día tan pesado detrás de la pantalla era dormir, pero nunca fui alguien correcta.

Digo, mi primera vez jugando *Wild Caves* fue bajo una crisis de identidad, de ansiedad, de pánico y de todas las crisis habidas y por haber. No había entendido para nada el funcionamiento de aquel mundo y, preguntando en un foro abierto, terminé hablando por horas con un usuario llamado ArleyEspresso. Si me mantuve en ese juego de infierno fue por él, junto a las palabras que me dio antes de despedirse:

«*Wild Caves* te enseña a sobreponerte a las dificultades. No importa cuántas veces pierdas, no es más que experiencia para que aprendas a hacerlo mejor. Lo haces por divertirte al final del día... No te permitas olvidar eso.»

Una vez instalado el DLC, pasé a la cocina por unos panqueques y volví a la habitación para ponerme los cascos. No quise mirar el espejo de la esquina porque estaba segura de que me asustaría mi imagen, sentada como Gollum. Estaba allí otra vez, frente al título dorado en un fondo oscuro, ante el texto que decía: «Presiona cualquier botón para iniciar».

Se desplegó un menú y entré a esta nueva extensión del mundo. *Wild Caves* siempre lograba encantarme con sus sonidos ambientales y las composiciones musicales que acompañaban la narración. Un mundo caído en enfermedad y condenado por la ambición, nada alejado de la realidad, aunque con dragones y esqueletos andantes.

Estaba pensando en volver a mi vieja vestimenta por mero recuerdo, pero mantuve mi actual capa rasgada; me hacía creer que me notarían menos si usaba negro. Conservé mi bastón para incrementar la fuerza de mis hechizos al ser tan mala peleando cuerpo a cuerpo, además de un par de cuchillos a la mano.

Simples ruinas de un castillo, piso de piedra que ya podía dejar entrever maleza creciendo debajo. Unas escaleras amplias que llevaban hacia una entrada de más de dos metros, con tallados de piedra que reflejaban una luz verde, como viscosa. El escenario me pareció claustrofóbico. Sabía que no había estado allí antes por el tipo de construcción.

Miré alrededor, pero no había salida. Paredes altas, estructura de frasco. Le di la vuelta viendo si podía recolectar algo, pero la única entrada de luz era el aro en el techo por el que se colaban las cenizas del sol.

—¿Es un tipo de acertijo o tengo *lag*...?

«Mente clara. Consumida por la peste.»

No supe si debía echarle un hechizo a la puerta, intentar golpearla, o esperar a que el sol estuviese bien alineado con la estructura del sitio, pero recordé la pose de aquel NPC que fue mi compañero contra uno de los jefes, quien me habló sobre la peste que consume la mente de los más sanos. Abrí el menú para buscar su pose, aquel consumido por peste, y me senté con lamento sobre las escaleras.

Su pose me recordaba las imágenes de los lobos solitarios.

Me reí. Cómo me gustaba la historia de *Wild Caves*.

Cambié la dirección de mi pantalla cuando escuché el crujir de la entrada. Las puertas se habían abierto, y con ello comprendí los rumores que circulaban acerca de que el DLC estaría lleno de acertijos. Quién diría que eran de ese tipo.

—Fascinante… —me puse de pie.

Llevé mis manos a los botones laterales y presioné B, rodando por el concreto para evitar ser atravesada por la espada larguísima que trató de quitarme la vida.

Me golpeé contra una de las paredes. Rodé una vez más, pero tomé la suficiente distancia para ver sus largos cabellos rubios que parecían mezclarse con el rojo de sus prendas. Zero estaba allí para cazarme, aunque no había pasado ni media hora desde que el DLC comenzó a ser jugado por la mayoría de nosotros.

¡¿A quién se le ocurre invadir en este punto?! ¡¿Siquiera es posible?!

EL JUEGO DEBERÍA BLOQUEARLO.

—¿Qué te pasa? No tengo cristales, no ganas nada con mi vida, imbécil —escribí.

Él permaneció inmóvil unos instantes. Pensé que era mi oportunidad para atacar. Di algunos pasos, pero retrocedí al ver su globo de texto.

—¿Mmh? ¿Abriste la puerta?

Junté las cejas, sin saber por qué ahora conversaba. Me tenté a mejor señalarlo como objetivo y atacar con magia.

—No pensé que pudiera invadir, estuve tocando botones al azar… ¿Cómo abriste la puerta?

—¿Te puedes largar?

—No me voy a suicidar.

Si querías retirarte como invasor, debías matar o morir. En caso de que lo hubieses hecho por error, lo ideal sería suicidarte, así que mi sonrisa se iluminó al ver su respuesta tan inconsciente hacia mi bienestar.

Me mataría si no le daba respuesta.

—Ve un tutorial.

—Acaba de salir, dudo que alguien suba videos todavía. Y no suelo ver videos. Vivo la experiencia.

—El gran Zero no puede con algo tan simple… —caminé, pasando del umbral que se había abierto por mera suerte. Él, allí dentro siendo invasor, no podía perseguirme a un área sin desbloquear—. Vete a la mierda. No me has dejado jugar en paz por meses.

—Niño…

—Apuñálate, no sé. Total, te gusta clavar cosas, ¿no?

—Hey, hermano, sé un poco más amable.

—Oh, púdrete.

Lo acribillé con el hechizo equipado.

CAPÍTULO II

Óleo para la balsa

En nombre del arte se han hecho muchas cosas. No diría que ha superado la religión, pero el artista ha existido desde la creación del mundo y suele fascinarse por cosas que carecen de sentido, como la vida, la belleza y la muerte… o el anime. Porque si el arte es completamente inútil, un sin remedio creado solo para admirarlo y sacudir al espectador, la vida y la muerte es también la reflexión más inútil.

Por eso Géricault robó cuerpos de la morgue para retratar la negligencia de los mandos en mar abierto. Incompetencia en una base inestable. Y, con grandes cantidades de óleo y bocetos sin llevar a cabo, pintó *La balsa de la Medusa*.

El tema era la esperanza, ya fuese que la hubiese o que estuviese ausente… y la depravación en su esplendor. Pero así era el arte, capaz de hacer cualquier cosa en su nombre, y como diría Wilde, la única razón válida de admirar lo inútil.

—Perdí mis cristales en otra tierra —murmuré, dejando caer la frente sobre uno de mis cojines.

Pensé que, como artista, me inspirarían los colores de *Wild Caves*. Que si necesitaba dinero, solo debía invadir a aquel jugador reservado llamado Tarner. También, que podía apuñalarme a mí mismo si la intención era obtener algo del enemigo, ya fuese matándole o bajando sus defensas.

Pero perdí de vista cierto arte: la historia.

Jamás reparaba en lo que decían los NPC, leía por encima para saber a dónde ir y me echaba a correr con prisas a la siguiente misión. Llámenme ignorante, pero me gustaba el aspecto visual y la emoción de estar al borde de la muerte. Así que cuando *Wild Caves* arrojó un maldito acertijo desde el inicio del DLC, no solo me jodió a mí, sino a todos los jugadores que también se saltaban los diálogos y evitaban hacer misiones secundarias.

Y quienes eran fanáticos de la historia estaban desde la primera hora vendiendo el acertijo por medio de suscripciones a sus cuentas.

—Hey, ¿cómo vas? —pregunté mientras rascaba mi nuca. Héctor había tomado mi llamada en seguida.

—Acabo de cerrar directo. No pude entender lo que pedía el juego, ni siquiera *lootear*... Me cago en mi madre. Esperaré hasta mañana, alguien ya habrá publicado algo —se oyó devastado, casi como si jalara sus mejillas. Pude imaginar sus ojos bien abiertos—. ¿Y tú para qué llamas? Si no lo resolviste, menos yo.

—Un cabrón, capaz un mocoso o qué sé yo, ya resolvió el acertijo.

—Varios lo han hecho, pero...

—¿Ubicas a Tarner66? —mantuvo el silencio—. Lo invadí por accidente y tenía la puerta abierta.

—¿El pelado que siempre andas matando? Todo el terreno de *Wild Caves* tiene su sangre embarrada... —rio con frenesí e hizo una pausa al comprender—. ¿QUÉÉÉ?, ¿DE VERDAD? Qué chiste. Ya me iré a dormir. Si me sigues contando me voy a enojar.

—Va, hablemos mañana —colgué, exhausto.

Metí la mano en la bolsa de cacahuates sobre mi escritorio y tragué un puño antes de sacar mi sello profano. No pude invadirlo nuevamente, fui bloqueado en automático por el juego.

Debería trabajar.

Giré para ver mis bocetos en la pantalla y moví el *mouse* para que esta no se apagara. La idea estaba definida, al protagonista lo dibujé con suficiente atractivo para que los compradores se detuvieran a mirarlo antes de pasar de largo.

Lo bello te hacía mirar dos veces, como una maldición.

No me puedo concentrar si no abro primero esa puerta.

Le envié una solicitud de mensaje al jugador. La verdad es que no tenía nada personal en contra suyo, se me hacía alguien perseverante en guardar dinero; en mi caso, no tenía todo el tiempo para dedicarme a solo andar por ahí ahorrando. Comúnmente *farmeaba* a lo grande y lo gastaba con velocidad para mejorar mi armamento.

—Disculpa por la insistencia, pero de verdad quiero pasar este nivel. No dormiré sin hacer esto.

Su respuesta fue inmediata y clara:

—.I. .I. .I. .I.

Se tomó el tiempo de añadir espacios.

—Hermano, haré lo que quieras. Te dejaré de invadir, si gustas —añadí.

—Eso no me devuelve seis meses de plata. .I.

—Puedo ayudarte a ganar más —comenté, quedándome sin aire mientras escribía. Nunca había rogado tanto por algo, pero por *Wild Caves* podría hasta arrastrarme—. Sabes que juego bien, puedo levantar tu nivel y enseñarte algunos trucos para *farmear*.

—No quiero tener nada que ver contigo, Terrorista.

—Es solo un juego, precioso —presioné los botones con coraje. Estaba siendo molesto para él y para mí.

—Es mi descanso de la vida.

—Si te están matando a cada rato no creo que sea un descanso de la vida, LMAO.

—Kakaka.

Bueno, yo creo que aceptará si lo hice reír.

—Vete a la ***********.

Me eché hacia atrás ante esa censura. En todos mis años de jugador nunca la había visto. No sabía que existía la censura para *Wild Caves*. Mierda, lo que sea que me dijo, hizo enojar a los desarrolladores.

Me abracé a mí mismo por el susto.

—Puedo hacer que mates a cualquiera si solo me dices cómo abrir esa puerta. Es más, yo podría matarlos. Hagamos campaña.

Aguardé unos instantes. Me puse de pie para dar golpecitos a mi espalda y tener la fuerza para volver a sentarme. Desde que acabé mis estudios, me estaba jodiendo la vida por dinero, ya fuese en un videojuego o en la vida real. Ahora presionaba a la autora de mi trabajo y al jugador detrás de la pantalla por mera necesidad monetaria.

—Siéntate.

Me dejé caer sobre la silla y agaché la cabeza por miedo a que alguien me estuviese acechando. Yo no era paranoico, pero el nivel de cafeína en mi sistema y que fueran las cuatro de la mañana me estaba afectando el cerebro. *¿Dejé una maldita puerta abierta?*

Levanté las manos para sostener el control y descubrir de qué hablaba.

—¿A meditar?

—No, con lamentación. Usa la postura de Ramir.

—¿De quién?

—Ramir, el sujeto que te ayudó a pelear con el primer jefe de la rama principal. Se encuentra saliendo del castillo donde reanimas.

Supe de qué hablaba. Arrugué el entrecejo y me reincorporé para ver mejor el intercambio de mensajes.

—¿Uno con sombrero de pija? —releí. Lo escribí mal—. De paja, digo. ¿Me dio una postura? —pregunté.

—Fue su amigo, el del consejo. Cuando lo visitas y charlas con él, termina por darte la postura, y creo que una katana.

—¿Cómo supiste que era eso?

—El acertijo es similar a lo que él dice. ¿No lees o qué mierda? ¿Tienes la postura siquiera?

—La tengo, pero presioné A a sus diálogos.

—Ah…

Sonreí ante su suspiro virtual. Me parecía surreal la interacción, por un tiempo pensé que se trataba de un *bot*, quizás un niño inexperto con la tarjeta de sus papás, pero ahí estaba, hablando con ese sujeto que se sentía tan viejo como un coral.

Y había peleado con muchos corales en *Wild Caves*.

—Acaba con eso y mañana hacemos campaña. No se te ocurra progresar más.

Miré alrededor de mi habitación. La cama a un costado mío, yo sobre la silla ergonómica, el escritorio frente a mí donde se encontraban tres de mis pantallas donde jugaba, donde dibujaba, donde veía mis correos. Y una ventana a mi costado.

—Ya es mañana, Coralito.

—Al mediodía nos conectamos, imbécil. Deja descansar un rato.

—Pásame tu Discord.

—No tengo. Y no hablo por chat de voz.

—Hermano, ¿de verdad estás viejito?

—********.

La risotada se me escapó.

Me gustaba mucho el arte de Géricault. Por eso cuando descubrí *Wild Caves* en un foro de poca popularidad, me vi atrapado ante un escenario mórbido y azotado por la muerte. Fantasía oscura era su género, justamente lo que quería dibujar para vivir. Pero me convertí en un artista demandando por escritores juveniles y, peor aún, no orientados a fantasía, sino a romances escolares o de oficina. Me vi fácilmente en un vórtice de autodesprecio, pero no porque odiara aquellos géneros… solo no era lo que esperaba. No pensé que me rechazarían tantas propuestas que salían de lo convencional, que enfrascarían mis intentos de ser creativo, que recibiría siempre la orden de hacer lo mismo que hice el mes pasado y antepasado.

Que en lugar de enviarme un buen *briefing* para crear, me enviarían un maldito PDF con toda la historia, como si tuviese el tiempo de leerla.

Y siempre se podía poner peor.

«Eres mi ilustrador, cierto? Dios, amo tu trabajooo. Recién me enviaron los bocetos de la portada y la estoy amando. ^0^ Solo quería consultarte un detalle... Viste el croquis que les envié?»

«Hola, lindo día. ¿O ya es noche allá? ¡Me alegra mucho que le esté gustando el trabajo! Puede comentarme cualquier cosa con confianza. Y sí, vi su croquis, me lo enviaron adjunto al *briefing*.»

Vi su nombre de usuario en Instagram para asegurarme de que hablaba con quien creía hablar. Solo tenía otro encargo aparte de mi trabajo con Génesis y estaba seguro de que quien me escribió no fue ella.

«Ayy, qué vergüenza que lo vieras, era terrible jajajajska. Es solo que quería saber si le podrías añadir algunos elementos de cocina, como algo relacionado a panquecitos o así. Mira, como había dibujado en el croquis.»

Junté los labios y los llevé al frente. Un chico batía lo que parecía ser algún postre, la chica a su lado yacía de brazos cruzados. Sí, me di cuenta con rapidez: en mi vida había visto ese boceto.

«Mmm... ¿Está seguro de que yo estoy trabajando en su portada? Espere, deme un segundo, jajaja. Creo que nos hemos confundido. Deje revisar mis correos. Su boceto dice "A tu servicio"... En mi correo me hablan de algo llamado "Proyecto panquecito". ¿Estamos hablando de lo mismo?»

«Sí! Así es como llamé el proyecto. No habías visto el boceto entonces? O-O.»

«Yo recibí este.»

El documento que me enviaron con los detalles esenciales del proyecto, conocido burdamente en inglés como *briefing*, contenía la imagen de unos chicos que cayeron sobre otro en un pasillo. El teléfono roto de uno de ellos y esas miradas de chicos tontos fue lo que me pidieron hacer. No tenía nada que ver con su boceto.

«Ay... no, no era lo que les envié. /n\ Creo que mi editor cambió de parecer, pero, vaya, es que ni siquiera me preguntó.»

La primera vez que tuve esa experiencia, me asusté. Pensé que había arruinado mi trabajo al contactar con los escritores para tener más información y, en el proceso, revelar que la editorial tomaba sus propias decisiones, porque yo no sabía originalmente que así funcionaba.

Ahora, con mi experiencia, resoplé.

«Mire, ya me aprobaron lo que recibió. Pero dígame qué elementos quiere añadir o qué cambiamos para que vaya acorde a su obra. Si le soy sincero, la descripción solo mencionaba que un chico arruina el semestre entero de la protagonista y se ve forzado a servirle lo que queda del año escolar. No sabía que la cocina fuera tan importante.»

«Sí, él comienza a cocinarle panquecitos cada mañana porque ella lo exige. No es tan dura, solo le pide que tienda su cama y mantenga su dormitorio en orden, pero él hace los panquecitos sin falta; se trata de un chico muy responsable así que quería destacar eso en su mirada al cocinar... unu Pero si la editorial ya ha aprobado y pidió eso, ellos sabrán por qué. Quizás ya está muy quemada la idea de una cocina.»

Al menos no es un fondo blanco y texto dorado, como si fuese Fitzgerald.

«Déjalo así. No nos metamos en problemas. Confío en ellos. Son los que pagarán el trabajo, no yo.»

Mis nudillos se tornaron blancos mientras escribía en el celular.

«Déjemelo a mí. Si les gusta no suelen decirme nada, y casi siempre lo aprueban. ¿Qué le gustaría? Le propongo meter quizás un saco de harina de fondo, como si hubiese caído en ellos, eso puede hacer más dramática y graciosa la escena. Puedo espolvorear un poco sobre sus narices y quizás rayar una flecha de harina sobre la mejilla de ella y sobre él un corazón. ¿Le parece?»

«Haces magia. Eres Dios?»

Me reí. A veces había autores como ellos, que no se sentían como una patada al culo... pero eran los que más se hacían pequeños ante sus editoriales por miedo a perder la oportunidad de no ver realizados sus sueños.

Ustedes son los dioses, escritores.

Pasé la madrugada, después de haber resuelto el acertijo, aplicando a diestra y siniestra color sobre los bocetos de *Nunca digas que no*. Quería tener lista la propuesta de color para dormir aunque sea tres horas y poder estar alerta cuando Tarner me enviara algún mensaje a mi cuenta de Xbox; hasta activé las notificaciones de mi teléfono porque lo tenía enlazado.

—No le diré que recorrí el lugar y me encontré con otro acertijo —sentí mi ojo izquierdo cerrarse por el sueño. Haber hablado con el autor de hace un momento solo me había abierto el derecho.

«Es buena. O sea, aceptable. Puedes seguir con el rojo, pero no añadas más de lo que hay.»

Abrí ambos ojos al ver el mensaje saltar sobre mi pantalla. Mi computadora y mi tableta también habían vibrado; tenía activadas las notificaciones de Gen en todas partes.

¿Esa chiflada había aprobado el boceto?

—Debería dejar de blasfemar sobre Dios —junté ambas manos—, me ha bendecido.

Antes de conocerla creí que sería más problemática, que tendría apariencia de loca. Pero su semblante, más que cerrado, me dio la sensación de que si le planteaba bien las cosas, llegaríamos a un consenso. Y aunque no podía describir a detalle la experiencia de verla a los ojos, ese vórtice que se abría entre parpadeos para juzgarme, toda ella era difícil de sacar de mi mente.

¿Por qué lucía así? Como si no estuviera… viva.

«Perfecto. Trabajaré en ello. ¿Continúo mostrándote el progreso? ¿O lo transfiero con la directora de arte para afinar detalles? De igual forma, se lo enviaré a Marta una vez terminado para que lo aprueben.»

«Sí, no hay problema. Solo se te escapó un "mostrándote". Que tampoco se le olvide enviarme bocetos cuando empiece con las ilustraciones interiores. Saludos.»

«Como le dije en mi correo anterior, está perfecto. Ha quedado claro. Pero le recuerdo que, por las prisas, no puedo retrasarme en lo que usted aprueba las ilustraciones interiores, por lo mismo me tomo libertades sin consultar. La portada fue una excepción. Saludos cordiales.»

«Le señalo que, si no se ha leído la obra, puede haber errores en sus vestimentas y detalles a corregir. El *briefing* no siempre es perfecto. Le envío un fuerte abrazo.»

«Si es así, lo resolveremos. Besos y abrazos.»

«¿Cómo que besos y abrazos? No envíe correos profesionales así. Saludos.»

«Saludos revueltos. Devueltos.»

Maldito autocorrector. Me jode todos mis correos.

El sol estaba bien puesto sobre la ventana.

Había salido el día anterior para ir a la reunión con Génesis en la editorial, así que pensé en ir a comer en aquel restaurante chino que recién abrieron. Supuse que me faltaba tomar aire, hacer algo más que no fuera hincharme de refresco con papas en casa de Héctor, o ir a alguna convención ya sea como comprador o vendedor de mercancía, en lugar de pudrirme en mi cama jugando videojuegos.

Pero ya había tenido mi dosis de aire exterior. Los malos hábitos me matarán más rápido que mi trabajo, eso también era un hecho.

Vi el mensaje de Tarner junto a su luz verde que lo mostraba en línea. Le pedí que me diera un momento. Me lavé la cara y pasé a la cocina por los restos de ensalada con pollo en el refrigerador antes de empezar.

—Tan temprano, vivito y coleando.

—¿Ya recorriste la montaña, Terrorista? —fue tajante desde que aparecí en el mapa. Su mano apartó un pedazo de su capucha para verme, antes de darme la espalda y caminar cuesta arriba sobre el asfalto—. Pensé que progresarías sin mí, pero si estás aquí es porque no lograste cruzar el puente a la ciudad, ¿cierto?

—Para nada. Soy Zero, me conocen por mi palabra.

—Yo te habría abandonado.

Le seguí el paso al ver que seguía avanzando.

—No entendí de qué hablaban los ocultistas en el puente ;D

—No uses esas caras, le quitan tensión al juego —giró amenazante, con esos ojos oscuros llenos de la ceniza que desprendía su propia capucha. El sujeto era un verdadero fanático de la historia, y eso no me molestó—. Sabía que no cumplirías tu palabra. Yo tampoco tenía intenciones de jugar contigo, pero aunque supe lo que querían, me mataron una y otra vez. No puedo pelear contra tantos.

—Mira, también disfruto mucho esto... Sé que el culto tiene relación con los jefes dobles de la misión siete, la cinemática es de ambos apuñalándose y conozco la historia detrás —había visto en un video de Héctor mi propia pelea mientras él contaba información recopilada sobre aquellos personajes—. Pero no puedo ni acercarme dos metros sin que pongan una barrera. Afuera solo hay NPC basura, los he estado matando para recolectar cristales.

Se fue desnudando. El rostro se me torció. Prenda tras prenda, hasta ver sus zapatos desaparecer. Mínimo conservó un pedazo de tela para cubrir su retaguardia.

Entreabrí la boca al percatarme de su clase. Tenía un enorme tatuaje negro como de sangre que se desprendía de su espalda, casi la imagen viva de alas arrancadas, y en uno de sus tobillos un grillete. Pensé que había escogido a un hechicero para jugar, pero parece que era originalmente un prisionero.

Creo que al final del día se inclinó por la magia. No sabe pelear cuerpo a cuerpo.

—Desvístete también. Es por la plata. Todos ellos se matan, ya que es un culto suicida... y se reconocen por aquel metal. El problema es que casi toda la ropa tiene hilos de plata en *Wild Caves*, es difícil saber cuál sí y cuál no —explicó, mientras yo me retiraba los ropajes al igual que las armas.

—¿Eso dónde lo leíste?

—Conocí a un fabricante de ropas en la ciudad de Atardeceres. Él explica ese detalle. Aunque las descripciones digan que son solo harapos, no es del todo cierto.

Pasamos entre el culto, rozando con algunos de ellos para llegar al puente. Fue cuando pisamos roca que supe por qué Tarner no había logrado pasar solo.

Los caballeros de plata giraron a vernos con espanto, alertados por el sonido de nuestros pies descalzos sobre el territorio, así que hábilmente me vestí. Pero Tarn, lento Tarn, estaba atorado tratando de tomar sus armas sin siquiera haberse vestido.

Le abrí la cabeza al guerrero que casi lo parte en dos.

CAPÍTULO 5

Una habitación no propia

En mi habitación solían ocurrir aquellos eventos de vital importancia para el desarrollo de mundos.

Allí, en mi escritorio o hablando sola a medianoche, decidía si Sat de *Día Cero* volvía a ganarse el corazón de su excompañero. Si mis protagonistas se abalanzarían sobre la oficina hasta arrancarse cada prenda o se sentarían a hablar de negocios. Si los presos de la obra que estaba editando tendrían un cambio en aquella conversación icónica para mejor o si mantenía las líneas originales para hacerles guiños a sus antiguos seguidores.

Mi habitación era compartida con historias de distintos personajes, con el arte que se apilaba en mi correo. Y, por supuesto, un enlace a la fantasía de mi videojuego favorito. Mi vida no era la que figuraba allí, solo era un par de manos detrás de las paredes construyendo lo que era *la habitación*.

—Mierda… —me despojé del casco que recién había tomado del inventario.

Un cuerpo había caído a mi costado tras ser derribado por Zero. Escuchaba el golpe de sus armas: dobles, el estoque con el que solía atacarme y una katana que potenciaba el sangrado de a quien cortaba. Lo había notado desde antes: no solo amaba el color rojo, también le hacía honor al usar un tipo de maldición sanguinaria.

La sangre hacía los ataques más críticos, ya fuese que los tiñera de enemigos o de él mismo.

Me puse el casco para protegerme mientras guardaba distancia de los templarios que cubrían cada espacio de tierra libre. Apunté uno a uno, arrojándoles pequeños cometas azules; deseaba actuar, aunque fuera como apoyo.

Zero era un asesino con gracia, su cabello dorado y los deslices entre cuerpos capturaban mi atención, casi como si fuese un arte el rebanar. Miré detrás las puertas de la ciudad, debajo había un subsuelo lleno de cadáveres en movimiento que no detectaban nuestra presencia. Aquel mundo abierto se sentía cerrado durante el DLC debido a los acertijos.

¿Debería alejarme más? Sentí que ahí estorbaba.

Giré al escuchar estocadas más cerca. Pensé que un enemigo me atacaría, pero no que mi cabeza se desprendería. Aquella mirada, como de animal poseído sin reparar en lo que devoraba, me arrancó de la vida para teñir su rostro de sangre.

Zero me había asesinado y, con ello, todo deseo de disfrutar la estancia en mi habitación.

Maldito tú y toda tu descendencia.

—BAH.

Apagué la consola, arrojé el celular al otro extremo de la cama. No estaba duchada, mucho menos bien vestida, pero abrí el computador con la intención de trabajar. Los correos que había intercambiado con aquel jugador, en nuestros disfraces de civiles, me recordaron que aprobé la portada para mi libro.

—¡¿Por qué no lo torturé más?! Mierda —escupí, con las manos aferradas a mi cabeza—. Me mató. Como si nada. Es una bestia.

Tras ver unos instantes su correo y pasar la rabieta, tecleé su nombre en internet, o al menos su usuario: @zeroarts. Instagram fue la primera red social que apareció, al instante mis dedos se paralizaron sobre las teclas.

El aclamado ilustrador tenía más de ciento cincuenta mil seguidores, casi cuatrocientas publicaciones, tutoriales de menos de dos minutos con su rostro expuesto y los comentarios abarrotados por sus fans:

«Nació con skin legendaria y talento.»

«Está guapísimo.»

«Qué bonitas manos tiene, patrón.»

Miré mi perfil a un costado. Apenas llegaba a los veinte mil seguidores, después de un año de trabajo duro y hacer las entrevistas que me solicitaban para trabajos universitarios. Mi contenido se basaba en compartir fragmentos de la novela, repostear lo que subía algún lector y *posts* relacionados a mis actualizaciones. Los suyos: eventos, convenciones, *fanarts* y memes. Yo ganaba diez seguidores al día y perdía como seis. Dudaba que nuestras cifras diarias estuviesen siquiera cerca.

El *post* más reciente llamó mi atención por el texto en grande que lo condecoraba como «Genio Creativo del Año». Había asistido a un evento de ilustración digital, invitado por la academia *online* de arte contemporáneo Becault. Lucía sonriente unas gafas de sol, con unos afiches del evento, junto a algún profesor.

—Es un *post* colaborativo…

«En esta ocasión, tuvimos el placer de recibir a uno de nuestros colaboradores: Zero, mejor conocido como @zeroarts en Instagram. Es un diseñador e ilustrador que se ha abierto camino en el arte editorial. Ha trabajado en darle vida a un sinfín de historias, desde cuentos infantiles hasta fantasía moderna. Especializado en el diseño de cubiertas y narrativa visual, nos complace otorgarle el reconocimiento a Genio Creativo del Año por su labor como embajador de nuestra academia, su gran trayectoria en el lapso de tres años y su actitud profesional. Y por supuesto, su gran humor.»

Varios lo felicitaban. Uno que otro preguntaba qué libros ilustró. Solo un comentario preguntaba por otro artista que, según, debería tener ese reconocimiento también.

¿Genio Creativo del Año? ¿Qué premian, la cara del artista?

Lo estaba *stalkeando* desde mi cuenta falsa. Desplegué más comentarios y comencé a escribir: «Alguien que solo se dedica a dibujar lo mismo una y otra vez no tiene nada de creativo. El tipo dibuja como si solo le importara terminar, hace las mismas caras en todos los personajes. Pero bueno, es popular, ya sea por su cara de *fuckboy* pendejo o por sus tutoriales a los que no se les entiende ni un carajo de la corta duración que tienen. Todos estos creadores se aprovechan de la falta de tiempo y poca capacidad de atención que tienen sus usuarios. Pero bueno, sigan aplaudiendo eso.»

Publiqué el comentario.

Pasaron solo unos minutos de duda, preguntándome si borrarlo. Pero las personas siempre están esperando a quien lance la primera piedra.

«Su trabajo es básico.»

«Lol, sí, tiene cara de pinche otaku LGBT.»

«Está bien guapo, sí. Pero tienes razón, vende más por su apariencia y la forma en que maneja su contenido. Eso debería ser elogiado, el cómo se hace marketing. Pero es ilustrador, no artista, supongo.»

—Es solo ilustrador —me afirmé al leer la respuesta de otro perfil—. Ese hombre ha asesinado cualquier rastro de arte en los libros.

«Exacto. Ni hablar de sus colores, parece que nunca ha experimentado otras cosas en su vida», añadí.

Debía editar el manuscrito de Dione o ducharme, hacer cualquier cosa que me desprendiera de las redes, porque ya había caído en ellas. Viena pareció escucharme a kilómetros de distancia, pues en mi computador apareció su rostro solicitando una videollamada.

—¿Qué haces? Te extraño —dijo tan pronto me vio.

—Pero es fin de semana —me carcajeé—. ¿No te cansas de hablar conmigo todo el tiempo por trabajo?

—Me canso de mi colaboradora. De mi amiga, no —enfatizó, inclinándose frente a la pantalla para ver que su delineado le quedara bien—. Ay, hermana, pareces un loquito. ¿Ya te bañaste?

—¿Qué plan tienes hoy? —me reí para ignorar su comentario. Traté de acomodarme el cabello también.

—¿Mmm? Voy a salir por unas hamburguesas. Había invitado a Leany, pero dice que no, ya tenía planes de mandar a hacer ropa, así que saldré con Pececito y pasaremos al parque.

—¿Cómo anda? —pregunté por su hijo, de apenas siete años. Lo vi de fondo cuando se inclinó—. Pececito, holaaa.

—Estaba triste, el chanta de su padre no le quiso comprar un trenecito, así que iremos a buscarlo nosotros. Lo pagaré con lo que me cayó de la venta por el *ebook* de *Zmaj*.

—¿Necesitan más dinero...?

Me comenzó a marcar, también por videollamada, Leany, la diseñadora. Con ella solía hablar más los fines de semana porque eran los días libres de su trabajo principal, la editorial era un proyecto secundario.

—¿De qué hablaban sin mí, zorras?

Se estaba pintando las uñas.

—De que dejaste plantada a Viena por hacerte ropa —solté.

—¿Crees que quiero salir después de una jornada laboral de cinco días? —me miró aguantando la risa—. NO, QUIERO ESTAR EN CASA ORDENANDO MI ROPITA. Aparte viene mi abuela. Tú deberías ser la que sale, precaria.

—¡¿Qué tenía que ver mi situación económica?! —de fondo, Viena se rio. Concluyó su delineado y pareció comenzar a teclear.

—Que ya te urge salir de tu cueva. Llevas todo el año viéndote igual. Lo único que cambia, o empeora, son tus ojeras.

—ESTOY DEPRIMIDA, DÉJAME. A ti jamás te han robado, ¡¿o sí?!

—Ya, luego hablamos, chicas, yo las dejo. Pero recuerda salir, Gen. Invita a tu amiga la de ricitos, o a quien sea —Viena intervino.

—La vi la semana pasada...

—¿No vas a salir con tu amiguita? —preguntó Leany una vez quedamos solas en la llamada. Le veía solo la frente, pues se recostó.

—No, la vi recién. Aunque no le he respondido los mensajes desde hace como tres días... Ando escribiendo cosas inéditas para distraerme de lo que hago con Vaud.

—Deberías responderle, siempre haces lo mismo de parecer muerta...

—A ti te respondo siempre, mi amor.

—Porque también trabajamos juntas. Si me ignoras, abandono la editorial —sonó seria, pero así era su tono natural.

—Igual te dejo ahorita, me tengo que bañar —suspiré.

—¿Por? Méteme al baño.

—JA, JA, PERO ES QUE SALDRÉ A BUSCAR ALGO DE COMER. Volveré para corregir la novela de Viena, tenemos el plazo encima.

—Va, márcame cuando lo hagas y lo leemos juntas, si quieres.

Su respuesta me animó a prepararme y trabajar. Las lecturas eran más fluidas con ella, me divertía leyéndole en voz alta y actuando escenas.

Supe que debí haber permanecido en casa una vez pisé la calle. Pero así es la vida, todo necesita ser confirmado.

Me entregaron un *flyer* en blanco y negro que aprovechaba ese recurso de sombras para crear las siluetas de dos sujetos con cuchillos ocultos en sus espaldas. Aquella era mi novela, y el afiche, publicidad de su primera presentación acompañada de libros firmados. En la librería más grande del centro, con cupos limitados.

Pero el autor que los firmaría no era yo. Era mi exnovio. Se presentaría el domingo de la siguiente semana.

Arrugué la invitación y, en lugar de dirigirme a mi cafetería favorita, di la vuelta e ingresé al supermercado bajo mi edificio. Iría por unos *dumplings* congelados, *matcha* y prepararía algo rápido para sentarme a trabajar. No tenía tiempo de disfrutar la comida; debía seguir escribiendo para enviar más propuestas editoriales, crear nuevas obras, corregir lo que ya teníamos, generar ganancias, hacerme de un nombre antes de que fuese aquel día.

Debía ser alguien para no sentir que me arrebataron el derecho de triunfar.

—Disculpe, no encuentro los *dumplings*... —me acerqué a una mujer con red en la cabeza.

—¿No estaban ahí? —señaló el final del pasillo. Negué con la cabeza, las manos juntas y los labios tensos—. Yo creo que se agotaron, muchacha.

—Gracias...

Mi exnovio, Abraham, gran chiste su nombre junto al mío, me amó cinco veranos. Aunque no le gustaba que trabajara tanto, siempre se aseguraba de cuidar mis comidas... preguntándome si había comido. Siempre me llevaba a citas, que me ofrecía a pagar porque él aún estudiaba. Y siempre era de apoyo, aunque tuviera que limpiar la sangre en el baño donde mi hermano estuvo a punto de morir el año pasado.

Después de esa noche, de haberme hecho compañía, me terminó al día siguiente. Eso no fue tan grave como el delito que cometería después: Abraham había tomado de mi estudio el manuscrito que había estado trabajando los últimos meses y, con ello, toda intención de mi parte por recuperarlo, pues no deseaba comenzar una guerra tras el accidente de mi hermano. Yo estaba en un estado vulnerable... del cual Abraham se aprovechó.

Ese fue el cruel destino de *Cuando cante el sol*, mi obra favorita con un final sanguinario. Ya no era mía.

—No puedo... —me puse de cuclillas, con la mano helada tras haber rebuscado mi comida hasta en la parte baja de los congeladores.

Cerré la puerta de cristal y recargué mi frente hirviendo sobre ella. Las yemas de los dedos se me habían puesto rojas, se me sacudían. No tenía agua a mi alcance para tomar algo, ni mis pastillas cerca para componer mi cabeza. Permanecí temblando sin pelear contra ello. ¿Cómo me había convertido en esto?

Mi teléfono estaba dormido dentro del abrigo, así que lo extraje a duras penas y lo encendí, viendo un montón de notificaciones de la aplicación de Xbox.

«Hey, responde. No me tortures.»

«Te juro, te juro que fue un accidente. Lo lamento muchísimo. De verdad que no supe que se trataba de ti hasta que el juego me sancionó.»

«No sé si fue por las prisas, Coralito, pero te vestiste de templario. ¿Se te olvida que debíamos matar caballeros? ¡Te veías igual que el resto!»

Las lágrimas comenzaron a fluir. El día estaba siendo terrible. Saber que tenía parte de la culpa por ello se sintió peor.

Volví a golpear mi frente contra el cristal y me encogí.

«Juguemos, ándale. Conéctate. Hey. Responde. Planeaba hacer esto toda la tarde.»

¿No que no puede perder el tiempo trabajando en mi libro? Rata mentirosa.

«No puedo, ocuparé la tarde para trabajar. Me conectaré en la noche.»

«Ya, me conectaré más noche entonces. Aprovecharé a trabajar por ahora.»

Como debe, pensé, retirándome las lágrimas antes de que cayeran sobre el teléfono.

«Lo siento otra vez. No vuelvas a ser tan bruto ;D»

«Te voy a bloquear.»

CAPÍTULO 6

La metamorfosis de un escritor

Tras varias mañanas, después de sueños intranquilos relacionados con aquella novela mía perdida para siempre, desperté convertida en nada más y nada menos que un ser común, un no-escritor. Me vi sobre la cama como restos de vigas y ladrillos derrumbados; en mi mente, no había más espacio para personajes, novelas ni música que acompañara aquellos escenarios. Nada de eso. Todo se había colmado de resentimientos e ideas de mi vida, lo cual poco o nada tenía que ver con un escritor.

Si quería retomar el ritmo de mi trabajo y ordenar mi mente en lugar de pasar horas frente al juego, lo ideal habría sido reconstruirme.

—Coralito, estás en las nubes… —vi de reojo a Zero, quien ya había terminado de librar el camino.

Apagué el teléfono ante su evidencia. Me estaba volviendo adicta a revisar etiquetas con el nombre de *Cuando cante el sol* y ver la gran cantidad de ejemplares que había por librería. No se trataba de un tiraje pequeño lo que imprimieron, podía apostar que cada librero tenía más de cuarenta libros en *stock*.

—Perdona —invoqué mi caballo para seguirle el ritmo. Ambos cabalgamos por la ruta ya trazada, pasando entre acantilados antes de descender al río.

A esas horas, con la mañana fría y los colores de la pantalla dominados por el azul, su vestimenta lucía morada. Su caballo blanco era más veloz que el mío, pero casi como las nubes sobre nosotros, lo seguí sin esfuerzo.

—Parece una pintura de Monet —comentó.

—Si seguimos a este ritmo, mejor detengámonos en un *ember* para descansar. Guardemos el progreso y sigamos después.

—¿Tienes que ir a otra parte? —preguntó. Me pareció que reía detrás de esos cabellos dorados.

—Tengo que hablar con alguien. Es importante.

—Pensé que no hablabas por chat de voz.

—Llamada, por llamada. Como una persona normal y civilizada —frené, vislumbrando la cruz sobre el *ember* a unos metros. Él también lo vio, así que continuamos.

—No tiene nada de raro jugar con otros. Pero vale, habla con tu mamá o lo que sea.

—¿Por qué metes a mi mamá de repente?

—No te ves muy sociable.

—Tu personaje sería genial si no tuviera acceso al chat —añadí.

—Lol, te creo. Eso dijo mi ex.

—Dudo que hablara de tu avatar.

—Kakaka.

La vida, con frecuencia, me impedía reconstruirme. Pero la vida misma era experiencia, y esta te forzaba al cambio. Era inevitable rendirse a la inspiración, sin importar si tomaba días, meses o años; haría presencia otra vez. Solo su ausencia anunciaba la muerte y, con ello, toda incapacidad de reconstruirse.

Pero hablando de la vida de un artista, esta estaba brutalmente aferrada a vivir, a crear, a romper y cambiar, a sufrir metamorfosis. Porque un creador debe estar dispuesto a ser tanto el verdugo como la víctima, rico como pobre, e ingenuo como sabio. Y si cree haberlo vivido todo, si cree haber dicho suficiente, si su inspiración ya no es capaz de tomar forma, su final ha llegado. Ha perdido la capacidad de ser artista.

Por ahora, soy solo una escritora.

—Viena, ¿has podido escribir tu historia comercial? ¿La que me contaste y pediste que leyera?

—La odio, la odio, la odio. Me gustaba, pero me cagué en el tercer capítulo; me hizo odiar toda la obra —contó, haciendo una pausa para tomar aire y no atragantarse—. Luego la seguí, la arreglé, escribí hasta el capítulo diecisiete y me gustó muchísimo. Ya la estoy terminando, pero volví a sentir rechazo hacia ella. Siento que está vacía. Le falta algo.

—¿Verdad que se siente así? —llevé mis manos al rostro, que sentí reseco—. Aún sigo pensando en *Nunca digas que no*. Estuve reflexionando estos dos días si pedirle a Marta que me deje volver a meter mano en el manuscrito. Es que no le encuentro sustancia ni significado. Sabes que hago cosas más profundas.

—Y yo, más poderosas… —suspiró.

No acusaba a las novelas actuales de carecer de sustancia. Siempre había libros malos, sin importar la época. El poder estaba en sumergir al lector en cualquier mundo, ya fuese una secretaria o un superviviente de guerra. Y definitivamente, yo carecía de talento para escribir la primera.

—A mí me está gustando tu novela, estuve leyendo apenas lo que me enviaste —sonó sincera. Mis manos sobre el teclado, ingresando correcciones, permanecieron inmóviles. Le gustaba, pero ¿qué más?

—A mí me gusta tu narración en la propuesta que me compartiste —reí, yo tenía solo algunos fragmentos, ya que la preparó antes de siquiera haber escrito el cuarto capítulo.

—Gen, por cierto, ya comenzaron las colocaciones de tu libro. Estarán solo en la capital y sus alrededores por el bajo *stock* que proporcionamos —me informó Viena, en un tono relajado pese a ser una conversación de trabajo—. No creo verlo en mi ciudad, porque vivo a donde Dios no llega —tosió—. Pero, ajá. Voy a pedir las direcciones de algunas librerías en las que lo pongan para que puedas ir a verlo, ¿sí? *Baby*, aprovecha a grabar una cantidad insana de contenido. Debemos ponernos más fuertes con la publicidad, así que igual iré apresurando a Leany.

—Esa mujer es rapidísima, de todas formas.

—¿Verdad? Andaba queriendo venir a un evento de diseño. No creo que asista ni un alma a comprar, pero la vi muy emocionada y acepté porque se lo merece la trabajadora.

—Tómale fotos con su examiga —dije. Nos vimos con malicia.

—Ya, te dejo, gorda.

—Nooo… si te vas, me quedo sola pensando mientras hago esto y me dan ganas de cancelar mi contrato.

—TE ODIO —recriminó—, NO DIGAS ESO. TENGO QUE ALIMENTAR A MI PECECITO.

—YA, DÉJAME. Vete con tu niño, vieja.

Paré el trabajo cuando me llegó un correo de mi ilustrador. Sonreí con molestia.

Ese sujeto enviaba avances cuando parábamos de jugar. Estaba claro que trabajaba rápido, pero usaba la mayor parte de su tiempo «buscando inspiración» mientras mataba criaturas lejos de Adobe Photoshop.

Fua, sueno bien hipócrita.

«¿Qué te parece?»

«*Le* parece. Saludos.»

Me envió bocetos, sin decirme qué escena era, cuál de todas las ilustraciones estaba realizando y sin siquiera escribir: «Querida Génesis, le adjunto…».

«¿Qué se supone que estoy viendo o qué?»

«La escena donde ella le entrega flores a la pretendienta del protagonista. ¿No lo ve a él de fondo, observando la escena? ¿Le faltan sus lentes? Planeaba hacerlo desconcertado, un poco triste.»

«Debería estar molesto, frustrado, abatido.»

«¿No debería estar sorprendido de que Lauren le diera las flores que él le envió a OTRA?»

«Está enojado consigo mismo porque Lauren fue incapaz de comprender que eran para ella. Cédric siempre se ha encargado de intentar casarla, de retratarla como una mujer con la que nunca podría estar, y por años ella preparó ramos y cartas para las conquistas de él. Ha perdido ante sí mismo.»

«Bueno, ya. Lo corregiré…»

Mi teléfono vibró. Pensé que era él desde su cuenta de Xbox, pero fue mi Instagram.

Había conseguido una cantidad inmensa de respuestas por los comentarios que dejé con mi cuenta falsa. Tanto así, que incluso había conseguido un *me gusta* del autor del video.

«Solo se hace el guapo, por eso la gente lo sigue.»

«Es el equivalente a los hombres que cocinan sin ropa. Solo que se dice artista xd.»

«Sus portadas me gustaban, pero siempre veo lo mismo. Le falta creatividad y profesionalismo.»

—«Bueno, parece que otros también lo notaron» —publiqué otra respuesta.

¿Por qué le dio *like* a mi comentario? ¿Fue como decir: «Ja, ja, me vale madres»?

Volví a mi cuenta principal. Tenía un mensaje de una aspirante a escritora, que era también una artista tan grande como Zero, pidiendo por consejo en mi rubro. No era la primera vez que quería saber algo similar, mucho menos que me preguntaba algo.

Todos sus mensajes comenzaban con: «Hola bebé, hola nenita, hola Gen... ¿Cómo estás? ¿Puedo hacerte una pregunta?»

La primera vez que me escribió fue agradable. Pero ya habían pasado dos años o más de acumular esos mensajes cada semana.

«Génesis! Qué tal todo? Será que te pueda hacer una pregunta? Pasa que eres la única que tengo de referencia sobre este mundo ;)»

«Claro, Tempo. Cuéntame.»

«Quisiera comenzar a publicar mi novela. Qué me recomiendas? Jasjjakska. Me lanzo de una vez con una editorial para que me publique? O creo una base de lectores primero en alguna plataforma?»

«Yo empecé subiendo lo mío en internet.»

«Genial, entonces subiré mis cosas ahí y ya luego me voy con alguna editorial, jajskak.»

Imaginé que, si su trabajo escrito era bueno, la publicarían. Su número de seguidores era bastante tentador para cualquiera, sus ilustraciones eran un plus del que muchos carecíamos y llevaba ya bastante tiempo dibujando a sus personajes e insistiendo en que otros los dibujaran también. Eran buenos perfiles, con *marketing* inteligente, que de alguna forma terminaron siguiéndome porque yo era una referente en el país como escritora de nicho.

Tenía uno que otro video viral de mis ponencias, de mi trayectoria. Aspiraban a tener lo que yo: un libro publicado, un trabajo poco convencional que se ganó la fe de una editorial.

Si tan solo supieran que aquella editorial independiente está legalmente a mi nombre.

Mordí mi uña y me decidí, antes de ahogarme, a trabajar en mis escritos inéditos. No debía parar de crear. No debía parar de reconstruirme. Si tomaba una pausa, el siguiente éxito en ventas me devoraría; no había espacio para una escritora muerta en la estantería.

¿Quién demonios ha tenido fe en mi obra, a excepción de mí?

CAPÍTULO 7

Si sueño dentro de este sueño

—Ven, te daré el beso. Baja la frente o ponte de rodillas.

—Sé que te expliqué qué hacer, pero aún no apruebo que el DLC deba jugarse en campaña —bufé, guardando mi escudo detrás de mi espalda.

—Coralito, es solo un besito.

Lo miré amenazante. Estaba por volver a tomar mi vara si daba un paso más. Él lo supo, así que puso las manos al aire para mostrarme que no me tocaría, pero con irritación dijo:

—Tarner, si no te dejas besar, prefiero matarte y decirle a alguien más que te suplante. Olvídate de seguir en campaña conmigo.

—¿Y qué harás tú, adivinar solito lo que debes hacer con el siguiente acertijo?

—Te volveré a invadir y te ahorcaré hasta que me digas qué hacer.

—Arrodíllate tú. Yo te besaré la frente de zángano terrorista que tienes.

—¿?

—¿Qué? —le apunté con mi bastón mágico, de casi dos metros de largo.

—O sea, ¿prefieres besarme a que yo te bese? —guardó su espada, apoyándose en el altar donde debíamos llevar a cabo el rito. Necesitábamos que aquella piedra se abriera para liberar en nosotros un hechizo de protección—. Eres un exagerado, en serio.

—¿Te vas a poner o no?

—No, tampoco quiero que me beses. Ni siquiera quiero besarte, Tarner. Pero es un puto videojuego, solo hagámoslo.

—Deja de romper la historia —insistí. No quería que me sacaran de aquella realidad virtual; me haría pensar inevitablemente en mi trabajo.

—Ugh… —refunfuñó.

Di algunos pasos a la derecha. Tampoco estaba segura de que funcionaría, era solo una teoría sin llevar a práctica. Quizás sí había otra manera y podría encontrarla en los alrededores, algún tipo de mecanismo para abrir el altar… lo que sería bastante lógico, ya que no todos los jugadores pueden jugar en campaña, sobre todo en un ambiente tan hostil y competitivo por ser de los primeros en concluirlo.

Al no encontrar nada en las paredes de piedra, pensé darle la vuelta al altar hasta encontrar algo, pero al girar me encontré solo con Zero.

Su rostro frente a mí. Los cabellos rubios, que caían como cascadas bajo el atardecer alrededor de sus mejillas. Las facciones duras que componían su rostro, pero esos ojos azules que le suavizaban la mirada. Cuando sus manos acunaron mi cara, estuve por tomar la daga oculta entre mis mangas.

—Que no se te ocurra.

Me besó, abriendo así el altar. Este desprendió un vapor blanco en una cinemática que nos forzó a separarnos para cubrirnos. Las piedras volvieron a sellarse, y el luchar también se esfumó. Teníamos lo necesario, después de haber pasado ya días recolectando ítems entre peleas, para ir tras uno de los jefes.

—Bueno, fue fácil, ¿no?

—Si dices una palabra más, no me volveré a conectar por un mes —le advertí.

—Ya, nada pasó.

Antes de subir a su caballo, Zero se detuvo a ver su arma. A él rara vez lo veía usar escudo, solía utilizar una espada larga que aparentaba ser un estoque y en la mano izquierda llevaba su katana. Pensé que al ser alguien que valoraba mucho el aspecto visual le molestaría usar dos armas tan contrarias, pero por supuesto que también era un guerrero.

—¿Podemos desviarnos a ver al herrero? Quisiera hacerle unas modificaciones a mi estoque. Creo que se dañó contra la vieja esa de sal caliente.

—Vamos rápido —consentí observando a lo lejos la colina por la que llegamos. El camino hacia delante era de muerte total, no estaba lista para ello—. Ya casi se oculta el sol, así que podemos dormir en la ciudad y que el día termine rápido.

—Ya, voy.

No hablamos nada durante el trayecto. Las cosas fluían mejor entre nosotros si nos reservábamos pensamientos relacionados al otro. Aunque lo vi frenar una que otra vez, me alcanzaba con suma velocidad; quizás se había detenido a admirar algo. Él tampoco me hacía preguntas cuando intercambiaba diálogos con NPC en las puertas de la ciudad.

—¿Sabrá de alguna posada en la que podamos pasar la noche? —pregunté, con una mano sobre mi caballo para tranquilizarle en la espera.

La mujer joven tenía los rasgos difusos por las sombras y el contraste con el sol ya casi oculto.

—Tarner, te alcanzaré a donde vayas —Zero ató su cabello mientras me daba la espalda. Llevaba sobre el hombro las riendas de su caballo, confiando en que no huiría—. Me adelantaré de una vez para ver lo que necesita mi arma. Nos vemos más tarde, ¿sí? Mantente vivo hasta entonces.

—Lo haré —le miré de reojo. Su coleta rubia, que le llegaba hasta la espalda baja, se perdió entre la muchedumbre que se movía frente a la catedral.

Al terminar mi conversación, la capucha que me había retirado volvió a estar sobre mi cabeza y caminé entre callejuelas, ya entrada la noche. El ambiente se sentía denso, era común el tráfico de armas y asesinatos por robo durante la noche, incluso cruzarse con uno que otro proxeneta o centros de esclavos.

No me atrevía a hacer guardia en el pantano donde indicaban los mapas; aquel lugar estaba plagado no solo de enfermedad, también de espíritus con los que había que estar peleando constantemente sin regenerar *stamina*. Un calvario antes del verdadero infierno. La ciudad me parecía ideal para encerrarse en una posada de confianza.

—Dos camas sería lo ideal —solicité, con los cristales ya puestos sobre la mesa de recepción.

Escuché la conversación de dos hombres mayores, que parecían estar recuperando energías antes de abandonar aquel espacio. Uno de ellos hablaba sobre su esposa mientras retiraba la sangre de una de sus cervezas. Bajé los ojos hasta sus piernas para notar que era en realidad una mezcla de *tiefling* y humano, por la ausencia de cuernos, pero su cola estaba allí.

—Encontraremos a tu mujer, cueste lo que cueste.

¿Será una misión secundaria?

Negué con la cabeza. Zero odiaría desviarse, aun si se trataba de mis rutas favoritas.

—Vamos ya, Warmell... Levántese y compóngase, que no nos dará tiempo para encontrarnos con el monje.

Aunque me entregaron la llave de nuestra habitación, salí por la puerta trasera del lugar con mi daga descendiendo por las mangas hasta tenerla entre mis dedos. Si sucedía algo lo suficientemente llamativo como para creer que tenía relación con la ruta principal, intercambiaría palabras con ellos. De perderlos ante la oscuridad, volvería dentro; solo tendría el recuerdo y el morbo de qué habría pasado.

No habría llegado hasta acá sin Zero, pero las rutas también se ven limitadas.

Me detuve al escuchar al mitad *tiefling* toser como si estuviese enfermo. No di la vuelta completa al edificio, pero en el reflejo de un charco sobre la calle pude verlo escupir sangre. Su compañero acababa de atacarlo con la espesura de cuarenta espadas fundidas en una.

Conocía esa arma. Era famosa por tener a su dueño ya fallecido: el superviviente de un reino caído, traicionado por su clan de guerreros, al que después derrotó y usó cada arma del sitio para forjar la suya como venganza. Un ítem bastante legendario, pero que había caído en oscuridad hasta darse por perdido.

La espada de Zair Rumien, uno de los hijos de Zeron. Ahora estaba en manos de algún ladrón.

Retrocedí al ver mi propio reflejo en sus espadas.

—¿Pasa algo?

Su acompañante le habló, pero el enemigo no apartó los ojos de mi dirección.

—No… —dudó—. Sube a esta desgracia de *tiefling* a la carretilla. No creo que nos den más de cincuenta mil cristales por esta puta mezcla de bárbaro.

Pensé que me habían atrapado, pero fue Zero quien, con su mano cubriéndome la boca después de arrastrarme contra la pared, me inmovilizó mientras observaba el reflejo del traficante. Algunas criaturas de clase alta se habían congregado y, con el arma en manos del enemigo, quizás pensó que atacar en plena noche sería peligroso.

En *Wild Caves*, lo mejor era evitar conflictos innecesarios. Si no se trataba de los jefes, te verías expuesto a pelear y morir una y otra vez con criaturas que de igual forma volverían a la vida, porque en ese mundo solo se te permitía el descanso eterno por enfermedad, no asesinato.

Y aún no es el momento, si es que debemos ir tras la espada.

—¿Qué carajos haces afuera?

—Estaba dentro, los seguí por…

—Tarner, te dije que te mantuvieras vivo, no que salieras a lo idiota. Te he hecho acumular tantos cristales… si los pierdes ahora y mueres, tengo que ir por ti hasta la catedral de reinicio y esperar a que te levantes de entre los muertos, imbécil.

—Estoy muy seguro de que esto es importante. ¿Puedes soltarme ya? Se han retirado.

Zero me apartó. Guardé mi daga mientras él se asomaba para inspeccionar la zona.

—El herrero me dijo que tuviera cuidado si venía con un *tiefling*, ya que los secuestraban durante la noche. El avatar que utilizas era un prisionero, pero humano, ¿no? Vengo de semidioses caídos de gracia, así que no suelo desbloquear rutas relacionadas al hurto o tráfico. Imaginé que desbloquearías algo así...

—Entonces tiene relación con la rama principal, ¿no? Para que te hayas enterado por un herrero...

—Exacto. Así que es inútil seguirlos ahora. Los volveremos a enfrentar en el futuro.

Me sacudí el polvo y regresé al edificio.

Zero entró poco después, pero se detuvo en la taberna para negociar sus artículos. Yo, en cambio, me encerré en la habitación y me puse a pulir mi vieja espada, la segunda que había conseguido en todo el juego y que, durante el DLC, no había abandonado. La idea de acumular armas nunca me entusiasmó y, aunque en ese universo parecía inevitable, me había enfocado en mejorar únicamente esa.

—Si sigues forzándola de esa manera, la partirás en dos —comentó Zero, negando con la cabeza al verme junto a la ventana—. No le prolongues la vida.

Guardé silencio. Zero siempre tenía el número preciso de almas, minerales o cristales para pagarle a un herrero, además de contar con las armas ideales. No era mi caso; mi espada era solo un complemento, ya que mi verdadero apoyo era el bastón.

Se sentó en el borde de la cama. Limpió partes de su armadura bajo la luz tenue de la lámpara puesta sobre el escritorio. Las dos camas, cubiertas por cobijas de aspecto áspero, apenas recibían ese tibio resplandor, mientras el resto de la habitación se perdía en oscuridad y, con ella, llegaba un frío casi tangible.

Me sentí reacia a terminar, a parar de pulir mi espada, porque eso significaba acabar con la calidez de la linterna y brindarnos a un helado sueño.

—¿Podemos tomar una pausa una vez acostados? Tengo cosas que terminar allá afuera —Zero fue quien rompió el silencio.

—Está bien.

No quiero dejar de jugar hasta que pase el domingo.

—También tengo trabajo —le dije, como si buscara recordármelo a mí.

Zero se recostó en la cama, apoyando la cabeza en una mano mientras me miraba fijamente. Su cuerpo, relajado y vuelto hacia mí, parecía decir que tenía todo el tiempo del mundo solo para observarme.

—¿Y de dónde eres, Tarner? —preguntó con una curiosidad más intensa de lo habitual—. Sé que eres del país, lo dice tu perfil, pero ¿de algún estado en especial?

—De la capital —respondí, concentrado, pese a que su atención me hacía difícil el estarlo.

—¿En serio? Yo nací en el norte, donde ni Dios se atreve a llegar, pero me mudé a la capital hace años.

—Bueno, yo nací en el estado, aunque me mudé al centro hace poco.

Zero sonrió.

—Si no estás ocupado el domingo, ¿no te interesa asistir a un evento hecho por fans? Es un mercadillo, van disfrazados de sus avatares y habrá algunos puestos que recrean comidas representativas de ciertas aldeas. Iré con un grupo de amigos. Puedes juntarte con nosotros, si gustas.

Sus palabras me hicieron detenerme. Alcé mi espada, viendo el fuego reflejarse en su filo mientras sentía la invitación flotar en el aire, cálida y tentadora.

—No asisto a esos eventos. Me gusta este mundo así como está, lo siento más real.

—El intercambio con otros jugadores es mucho más real, Coralito.

—No suelo salir de casa, me ocupo con trabajo. Y… no soy bueno para esas cosas.

—Eres un ermitaño total, ¿no?

Me aparté para dejar la espada entre mis cosas. Desplegué el inventario y aproveché a guardar también parte de mi armadura.

—Deberías asistir. Es bueno tomar aire. Puedes encontrar más información en el foro oficial si gustas, lo organizaron fanáticos con licencia para vender.

Me llevé una mano a la espalda. Sentí un retorcijón que me hizo permanecer de pie, sin movimiento alguno. Aquel dolor ocasional estaba volviendo y, con ello, mi exasperación por no saber de qué se trataba. ¿Eran los laxantes que consumía? ¿Falta de ejercicio? El médico no me daba respuesta y yo no tenía tanto dinero para pagar por otra opinión. Solo quedaba esperar.

—¿Te vas a acostar o no? Tengo prisa por dejarlo aquí —me pareció irritado.

Apagué la pequeña linterna y me recosté en la cama, a su lado. El techo era lo único iluminado por la luz de la luna; la viga parecía haber sido usada ya para arrebatar vidas.

—Mi estoque estará listo por la mañana —comunicó.

Solo quedaba esperar un minuto antes de que nuestros cuerpos cayeran en sueño. Yo me sentía ya dentro de uno. Pasé la noche en vela, sin estar segura de si dormiría toda la tarde o esperaría a que la noche me reclamara otra vez.

«No suelo salir de casa, me ocupo con trabajo. Y… no soy bueno para esas cosas.»

Recordé sus palabras sobre mi vieja espada y que no podía aferrarme solo a lo conocido ni prolongar su final.

Tenía que atreverme, sin importar que en el proceso pudiera errar.

—Quisiera tener una espada que valga la pena —le confesé, antes de cerrar los ojos en el mundo real.

Fue la primera noche que dormí temprano.

—Respóndame, Dios. Envíeme ya los resultados. Ni siquiera sé si puedo seguir comiendo pan —me retorcí ante el computador, casi queriendo apuñalar mi pantalla, impaciente por la falta de respuesta de mi médico.

Traté de animarme e ignorar las notificaciones que reflejaba mi cuenta falsa. Marta me había dicho que no había problema con las últimas correcciones que recibió de mi novela, que ya estaba lista; no debía meterle más mano. Y me solicitó que confiara en ella, porque mis dudas se reflejaban en los correos y a los inversionistas no les agradaba ver eso.

Las ilustraciones. Solo faltan las ilustraciones.

Zero me había enviado más propuestas y avances de otros bocetos que ya había aprobado.

El primer beso de los protagonistas, visto a través de un espejo en la oficina. Me gustó la sutileza, pero que fuese un espejo redondo en el escritorio me incomodaba. Algo me hacía sentir tensa. ¿No era mejor un espejo normal?

«Saludos, ilustrador. No me gusta ese tipo de espejo. Me había gustado la vista del anterior, el largo. ¿Podrá realizarse el cambio? Saludos.»

«Hola. Jaja. No. Usted no había aprobado esos bocetos porque dijo que él solo tenía un espejo de escritorio. Podría hacerlo cuadrado, eso sí, tipo marco de fotografía, pero no más. Le envío un saludo.»

«Ah. Bueno, entonces creo que lo mejor es no seguir la idea del espejo. Me gustó cuando lo propuso, pero la ejecución no es buena. Tenga una linda tarde.»

«Génesis. Por lo que más quieras, solo hagamos el espejo grande. Retomaré la idea si es necesario.»

«No, nos retrasará. Solo use el boceto de ellos besándose, se ahorra dibujar el escritorio y el espejo. Por favor, sea más formal. Linda tarde.»

«Génesis, déjeme hacer el espejo. Ya me había propuesto hacerlo. Creo que es lo ideal para su escena. De verdad, reconsidérelo. Le envío un fuerte abrazo y espero su pronta respuesta. Saludos.»

«No me parece ya seguir con la idea. Usted me corrigió con mis propias palabras, así que haré lo mismo: no es posible. Déjeme en paz.»

«Este es un correo de vital importancia. Autora, está metiéndose con mi creatividad. Está matando mi arte. ¿Sabe lo que es eso? ¿Sabe lo que está haciendo? Vamos, no sea rancia.»

«¿Acosas a todos tus autores o qué te pasa? No se hará como dices. No lo apruebo.»

«Ok, ASESINA del arte. Le envío un fuerte abrazo, uno tan fuerte, pero tan fuerte, que espero le haga meditar. Adiós.»

Mis dedos no se movieron más. Había un gran abismo entre un par de teclas y el mundo virtual detrás de la pantalla. Las palabras a menudo se hundían y deslizaban en aquellos bordes, especialmente los insultos, como tinta desbordada o teclas presionadas en arranques de ira.

Mi ilustrador no tenía ni idea de lo que acababa de escribir. Pero así era él, un impulsivo que se tomaba la presión como una obligación y jamás como si significara una regla para sobrevivir.

CAPÍTULO III

Hipocresía y calumnias

Génesis Asceta no me respondió por días.

Nunca fui muy bueno comprendiendo lo que la gente quería de mí. Y si en algún punto lo fui, ya no lo recuerdo.

Las personas me rechazaban los bocetos como si no hubiese invertido ya horas en ellos, creado un *moodboard* e intentado atrapar ideas que se escabullían como insectos en movimiento. A menudo me veía reflejado en las cosas que hacía con esa cara de tormento.

En redes, la situación era igual. Si mostraba mi cara, me odiaban; si no lo hacía, mi arte no tenía más alcance. Si hablaba, si opinaba, si negaba, el público era infeliz. Estaba resignado a ello, a que no les gustara mi arte o mi persona.

—Gracias por tu comentario de mierda...

Reporté como *spam*, después de días, el comentario que un tal @alalargateacostumbras había dejado en mi *post* colaborativo con una marca. Que las respuestas se estuvieran acumulando allí me daba una imagen terrible. Los *haters* me daban igual, pero joderían mi trabajo.

«Oh, borraron mi comentario.»

«Lo notamos. Yo quería responder xd»

«Es que devoraste, vv»

Desconecté mi computador sin pensar. No me dio tiempo ni de confirmar que ya había cerrado Photoshop o siquiera que había guardado mi último avance. De todas formas, no había podido avanzar por culpa de una autora desaparecida.

Había entrado a Instagram para grabar contenido. Muchos me pedían que hiciera estudios acerca de Franz Xaver Winterhalter, conocido como el retratista favorito de la corte real francesa. Pero, aunque amaba su arte y quería hacer estudios de sus trabajos, como muchos otros artistas, no era el tema de interés que deseaba abordar.

Había otro artista con las mismas siglas que me resultaba interesante comparar con Winterhalter. Se trataba de Franz Xaver Messerschmidt.

Ambos, alemanes: Messerschmidt, un nato escultor que nació en febrero de 1736 y murió en 1783, quizás con esquizofrenia. Y Winterhalter, pintor que nació en abril de 1805 y murió de tifus en el 1873.

Había menos de cien años entre sus nacimientos, pero mientras Winterhalter era codiciado por la realeza y considerado el mejor artista si querías que tus joyas fuesen las más brillantes de la corte, Messerschmidt no solo comenzó a escasear de encargos antes de llegar a sus cuarenta, sino que a los treinta y ocho lo rechazaron del puesto titular de maestro en Bellas Artes debido a que presentaba «problemas mentales».

Los burgueses se peleaban por uno, ¡y vaya razón! El arte de Winterhalter era el equivalente a un filtro actual.

Cualquier rostro lo hacía ver bello. En comparación, Messerschmidt todo lo convertía en raro, inquietante. Talló más de sesenta cabezas a lo largo de su vida y las conservó en su hogar, sin poner ni una a la venta.

Kaiserin Elisabeth era mi obra favorita del pintor. *El hipócrita y el calumniador* era, por excelencia, mi preferida del escultor.

Había algo en esa estatua... quizás el hecho de que debías ponerte debajo de ella para visualizar de forma correcta sus rasgos, el no saber si dormía o yacía despierto. Era la expresión de quien ha mentido mucho y poco se ha sincerado. Era aterrador, desgarradoramente humano también. Todos habíamos sido él.

Messerschmidt creó lo que un ser humano podía ser. Winterhalter retrató lo que el ser humano nunca podría igualar: la perfección.

—Cuéntenme en comentarios qué piensan de esta curiosidad. ¿Conocías ya a ambos artistas?

Y... corté el video.

No había más al terminar. Solo hipocresía. Estaba subiendo ese video para reafirmarme a mí mismo que nada tenía que ver con lo que otros decían, que no me importaba, que no leía comentarios. Mi contenido trataba de abordar todo lo que podía en menos de un minuto, porque así funcionaba el algoritmo.

«Pues solo comparten nombres y ya», comentó @alalargateacostumbras.

Me reí como tonto tras leer su usuario como la primera vez, pero mis risas se tornaron maníacas al llenarme del mismo coraje que me producía verlo comentar.

Váyanse al diablo.

Todos y cada uno de ustedes, adictos al internet.

Aunque le pedí a la autora que me diera una respuesta pronto, me ignoró. Eventualmente trabajaría con lo último que exigió, aun si eso destruía por completo la mínima intención que tuve de ponerme creativo. Ni siquiera algo tan básico se me permitía hacer. Pero bueno, así era la señorita Asceta, incluso escribiendo basura comercial, porque estaba aferrada a conseguir un éxito en ventas.

Se le notaba por todas partes.

—Tiene más obras, eh… —vi *Día Cero*, su reciente trabajo que solo se podía adquirir en línea. Tenía una calificación de 4.58 por parte del pequeño público.

No había leído su libro, ni siquiera escuchado de él. La portada no me parecía tan llamativa, se trataba de… no estoy seguro de si aquello era un hombre siendo enterrado. Me pareció fotomontaje, de libro pirata; el rostro estaba casi ausente. Le urgía un rediseño.

«El poder que esta obra tiene en mí es inigualable. Sin ser romance o haber uno, se puede sentir esa obsesión y deseo que tienen los protagonistas uno por el otro. La idea de revivir lo que otra persona ha vivido. La subtrama relacionada a las inteligencias artificiales... Dios, todo es tan mágico y doloroso por igual. Ansío muchísimo el siguiente tomo. Sé que debemos prepararnos para tener un final trágico porque Gen disfruta las lágrimas de sus lectores...»

«Amo esta obra pero ODIO a la autora. Escribe fantástico, PERO SUELTA A MIS NIÑOS, LOS LASTIMAS.»

«Tuve que dejarla a la mitad. Pesada de leer. No la soporto.»

«Me veré muy inmadura por poner solo cuatro estrellas. Sé que le quité una. PERO DETESTO QUE NO HAYA MÁS ROMANCE.»

La mayoría de los comentarios tenían rechazo hacia los finales de Gen, pero amaban su escritura. Si hubiese estado disponible, aunque sea una vista previa de lo que era su obra, la habría comparado con su trabajo actual, al menos para dejarle un comentario tan honesto como el suyo.

Me llamó «poco creativo para ser ilustrador».

Estuve por dejar una reseña sobre la falta de trabajo que tenía la edición del libro. Pude haber sido cruel y comentar: «Escritores vendidos, no me sorprendería que su siguiente novela sea un romance cliché CEO x empleado», quizás así recordaría su trabajo y respondería mis correos.

Pero no era lo mío ser cruel con cosas que no conocía… así que hice lo más maduro que alguien podía hacer.

«Buenísima», reseñé, con una estrella.

Me ataqué de la risa solito. Su calificación acababa de descender por aquel simple acto. Pude imaginarla frente al computador como: «¿Estuvo buenísima y me das una puta estrella?».

Sí, le daba una estrella.

«Fue fascinante», dejé otra estrella desde otro perfil. Una más. Eran dos reseñas de una estrella.

Me volví a carcajear. ¿Debía seguir creando más cuentas?

Di un brinco al escuchar el fuerte sonido de mis mensajes. Tarner me llamaba a la acción, así que en lugar de continuar editando mis videos y despotricando veneno en internet, me arrastré hasta arrojarme en la cama y encendí la consola.

—¿Siempre tienes tiempo para esto, Terrorista? —dijo nada más verme.

—No te imaginas.

—Qué lástima para tus jefes, si es que trabajas.

—Soy mi propio jefe —comenté con cierto orgullo.

—No es para sentirse orgulloso.

Ese último texto mientras preparaba sus artículos para partir por la mañana fue una puñalada imprevista. Realmente no me enorgullecía mi estado actual.

—Andas chistosito, ¿no?

Tarner cargó todas sus cosas y dejó la habitación. No pude imaginar qué lo tenía de tan mal humor, ¿qué había hecho yo? Le estuve salvando el trasero esos días, haciendo todo lo posible para pasar sus acertijos sin oponerme. Estaba siendo un gran compañero… y poco valorado, he de añadir.

Me levanté y salí tras él. Devolvió las llaves al casero y casi cerró la puerta que daba a la calle en mi cara. Quise reclamarle, pero ya estaba en su caballo cuando salí.

Ni siquiera me esperó para comenzar a cabalgar.

¿Qué mierda le pasaba?

Le seguí con fastidio. El camino hacia el pantano estuvo ausente de riesgos ya que a caballo, sin parar, no nos distraíamos matando a cualquiera. Aun así, lo vi lanzar hechizos inútilmente a las criaturas que se le paraban al frente.

Le corté la cabeza a una antes de que su hechizo le cayera encima. Tarner me miró, y dijo con rabia:

—No te metas en mi camino, carajo. Tú sigue avanzando.

—Tú aprende a jugar. Me estás cansando.

—Eso he estado haciendo, desde el inicio, sin PARAR —su respuesta me hizo suspirar. Estaba consciente de que él llevaba ya bastante tiempo invertido en aprender cómo funcionaba este mundo pero, a diferencia de mí, lo suyo simplemente no era el combate—. No me trates como imbécil por no poder hacer una puta cosa.

—No te llamé imbécil.

—Ajá.

—En ningún momento. Deja de asumir cosas solo porque estás delicado hoy.

—Ya, perdón por estorbar.

—Tarner…

Se aferró a las riendas de su caballo para no perder el control de este. Exhalé antes de ponerme en marcha y esperar que no se alejara demasiado.

El escenario no tardó en tornarse lúgubre.

La mañana ya no lucía soleada, sino oscura, de un tono verdoso, como si el sol recién se hubiese ocultado y solo quedaran vestigios de luz mezclados en el espesor de los árboles. Fue difícil ver más allá de tres metros. En algún punto, nuestros caballos ya no pisaban tierra, sino lodo y, por momentos, agua.

—Podría ser venenosa.

—También lo creo. Es roja —añadí al parar. Pensé que era una mezcla de arcilla roja, sangre o algún tipo de tóxico en el agua.

Cuando descendí, pude sentir aquel veneno tratando de penetrar mi carne. Afectaría a mi caballo con rapidez si no hacía algo.

—Tengo hechizos de protección contra este tipo de áreas —dijo Tarner, haciéndome elevar el rostro.

¿Ya se le bajó el coraje? Qué rápido.

—Yo tengo prendas especiales, las usaré… ¿Puedo pedirte un favor? —giró a mí antes de quemar un sello sobre su pecho—. ¿Será que también puedas bendecir a mi caballo? Mi linaje no me lo permite, se nos arrebataron las bendiciones.

—Los prisioneros tampoco pueden, pero de algo sirve hablar con NPC y hacerles solicitudes, ¿no? —su respuesta me hizo sonreír; era bueno jugando en verdad—. Lo bendeciré. Tú encárgate de pelear por mí.

Le dejé a mi caballo mientras recogía algunos ítems entre la hierba. Ciertos tipos de plantas eran buenas para comerciar. En momentos críticos encontraría a algún comerciante para venderlas y actualizar mi armamento o subir de nivel.

—No te alejes mucho, puede haber enemigos campeando.

Me detuve al darme cuenta de que había una zona cubierta por neblina, pero aunque estaba a menos de un metro de ella, no pude visualizar más del pantano. Miré a Tarner detrás, quien también se había detenido a *lootear.* Yo tomé restos de piedras y las arrojé a la niebla; no las escuché sonar, pero tampoco había restos de cenizas que evidenciaran si alguien falleció allí en su propia partida.

Creo que sé dónde estamos. Héctor pasó por acá anoche.

—Sigamos. Debemos encontrar al guardián del pantano —dije.

—¿Podemos desviarnos? Hay una misión secundaria que puedo desbloquear.

—¿Tú quieres hacer una misión secundaria? —me miró sobre el hombro—. No me digas… relacionada a armas y trajes. Te llaman como azúcar, ¿no?

—¿Podemos o no?

—Vamos… —avanzó en mi dirección.

No le dije que se detuviera. Tarner entró a la neblina con confianza y, de pronto, todo su cuerpo se hundió. Pero no hubo muerte instantánea.

Lo sabía.

Me arrojé tras él.

Debajo había corrientes de aire que no permitían una caída y que te obligaban a regresar de un salto al pantano.

Parecía una ruta para acortar camino una vez llegado al objetivo, pero lo que buscábamos se encontraba abajo. El reto era pisar tierra, obtener el arma que había sido forjada por huracanes y no morir por hiperventilación.

Mi cuerpo se encontró con el de Tarner, colisionando como si todo a nuestro alrededor tuviese fallos, y manteniéndonos unidos por la presión del entorno. Traté de sostenerlo, pero su cuerpo aún se torcía como si tratara de agarrarse de cualquier cosa o activar algún hechizo que detuviera el efecto.

—¿Nunca has estado en un tornado?

—¡¿Te parece que sí?! —sus manos quisieron agarrarse de mi cuello, pero la corriente nos hizo golpear cabezas—. SIEMPRE LOS EVITO. DEBISTE DECIRME QUE ERA UN ACANTILADO. ¡¿Querías matarme?!

—Quería confirmarlo.

—Lol, qué mal… Hazlo con mi cuerpo, ¿no?

—No estás muerto, Coralito —destaqué—. No aún.

Tarner trató de maldecirme y dialogar, pero era difícil descifrar lo que quería decir pues sus acciones erráticas seguro le entorpecían los dedos tras el teclado.

Volví a chocar con su cuerpo. Esta vez pude rodear su espalda e inmovilizarlo.

—Basta. Solo debes dejarte caer. Nos moveremos cuando sea el momento.

—¿Qué sentido tiene hacer esto si de igual forma volveremos a subir?

Su cabellera era oscura, tenía facciones duras y cejas pobladas. La forma en que había cuidado cada detalle en su rostro me agradaba; podía notar lo importante que era para él lucir bien y, para un ilustrador como yo, eso resultaba fascinante.

Me sonreí.

Se le ha olvidado.

—Querías una espada, ¿no? —solté mientras dejaba ir su cuerpo—. Te conseguiré la mejor.

Así se divertirá más.

Arrojé un ataque pesado al aire, alterando la corriente, que terminó por escupirnos contra el concreto.

CAPÍTULO 8

Linterna de colegiala

No se podía confiar en un adicto, menos uno que acumulaba fracasos como polvo detrás de la nevera. Y yo me había vuelto adicta a la presión autoimpuesta.

Toda mi época de colegiala estuve en casa recluida con tareas, proyectos y trabajos que decidí tomar porque deseaba estar en el cuadro de honor, cosa que nunca conseguí. Mi carrera universitaria, que abandoné antes de terminar, me había hecho incapaz de dormir sin pensar en que tenía investigaciones por entregar. Nunca poseí un título para colgar en casa.

Todos mis trabajos los llevé al máximo, aunque significara aferrarse con uñas y dientes, poner dinero de mi bolsillo o estudiar en ratos libres, porque deseaba vivir de ello. Cosa que, por supuesto, tampoco conseguí. Y mi escritura, más de un millón y medio de palabras escritas todos estos años… ¿Para qué?

Todos esos desvelos, esos esfuerzos, esos capítulos y obras sin final… pensarlo me mataba de la vergüenza. ¿Qué demonios era todo eso? ¿Estaba mal de la cabeza?

Iba a darme a conocer en el mundo con mi obra más mediocre. Recibiría críticas de viejos lectores hablando de mi retroceso como escritora y de nuevos que me tacharían de regular. De la crítica más experta: una promesa decepcionante.

No soportaba que mi ilustrador me llamara asesina del arte, no porque no lo fuera, sino que se quedaba corto. Yo era la asesina de mi trabajo, la asesina de mis sueños. Peor aún, la asesina de mi propia vida.

Veintitrés años y me habían diagnosticado discopatía.

—Debes ser muy disciplinada con la fisioterapia. Te ayudará a mantener tu vida sin dificultades, pero no puedes volver a llevar el mismo estilo, Gen —recordé las palabras del médico, pese a que el dolor me había hecho incapaz de darle una buena mirada—. El mejor ejercicio es elevar el sacro mientras exhalas y mantienes la planta del pie sobre el suelo, ¿vale? Igual te hacía falta tener una vida más activa, ja, ja.

Le agradecí a pesar de su chiste de mierda.

Reacomodé la compresa caliente en mi cuello antes de levantarme del terreno donde caímos bajo el pantano. Zero me ofreció una mano que no tomé.

—¿Estás molesto, hermano?

—¿Molesto? —recogí mi bastón con los dedos tensos mientras veía su expresión torcerse en una risa divertida—. No, para nada. ¿Te parece? ¿Siquiera lo notas? ¿O te importa?

Se acercó más de lo necesario.

—Solo no pensé que me buscarías un arma —dije.

—Dijiste que querías una… enfrente de mí.

—¿Gracias por eso?

—Qué lindo que no sepas recibir regalos.

Lo miré en silencio.

—¿Acaso tienes apego evitativo? —preguntó.

—OYE.

Él se rio.

El rubio no guardó su estoque y desenvainó su katana con la mano libre. La visibilidad en el área apenas era buena debido a los vientos presentes; si era una cueva o un campo abierto, no pude descifrarlo.

Chocamos con roca, parte del acantilado por donde nos arrojamos. Zero posó una mano sobre la pared y caminó a la derecha para guiarse con ella. En algún punto chocamos con un par de dedos que eran casi de nuestra altura.

—Espérame aquí. Guarda distancia.

Aún entre la neblina, pude ver cómo caminaba sobre la mano. Me dijo que aquel sujeto estaba dormido, que aprovecharía a ver si podía cortarle la cabeza. No me opuse ni recomendé nada, hice lo que me dijo. Me alejé algunos metros para observar los alrededores. Por el territorio imaginé que estábamos en alguna parte del bosque, quizás en una zona con acceso a cuevas.

Me encontré con una nota de otra persona. El videojuego tenía una función que bien podías desactivar en caso de que te arruinara la experiencia, pero que era mi favorita: cualquier persona en partidas individuales podía dejar notas para otros jugadores que pisaban el mismo terreno, y con ello alertar o burlar a los demás. Las notas podían decir «No intentes saltar, hay muerte detrás» o «Ese imbécil saltó sin leer la nota».

Mi segunda función favorita era ver muertes ajenas, pues con tocar las cenizas con sangre se desplegaría un pequeño fantasma u holograma de lo que había pasado con su cuerpo. Es así que todos me conocían en *Wild Caves*: hallarme asesinada era el pan de cada día.

¿Debería quitarle el misterio a esto?

Presioné la nota del jugador. Era breve, pero me paralizó un instante.

«Corre. Solo corre.»

Elevé la vista. La neblina ya había comenzado a cubrir unos restos de ceniza más adelante. Di algunos pasos hasta invocar su fantasma y, así, vi el final de aquel jugador: levantado al aire, como si algo le estuviese empalando por la espalda, sacudido y azotado contra la tierra hasta dejarlo ahogado en su propia sangre.

—¡Zero, ¿nos vamos?!

—¿Puedes venir? Ya he matado al gigante dormilón que la tenía en brazos... —parloteó, sacudiendo sus manos como si fuese pan comido—. ¿Qué pasó? ¿Te comió los dedos el ratón?

Desenvainé mi espada, pero una lanza le atravesó antes de que siquiera pudiera verla abrirse paso.

—Bueno, debí terminar el video de Héctor —dijo.

Yo le miré horrorizada por la cantidad de sangre que le estaba absorbiendo el arma.

Traté de redirigir mi ataque detrás de él, pero lo vi ser arrastrado hacia atrás, dejándome sola en el ojo del huracán. Nada más se percibía alrededor.

Aquellas situaciones siempre aceleraban mi pulso, oprimían mi pecho y me dolía la cabeza más de lo normal. Odiaba los enfrentamientos, sentir el terror de no poder defenderme, de estar a ciegas. Ni siquiera con toda mi energía ni los hechizos que perfeccioné había aprendido a atacar.

Debería morir. Si lo han matado a él, lo mejor para mí es morir aquí.

Levanté mi espada y estuve por clavármela, pero el golpe a mi columna me hizo caer. Giré para no darle la espalda al enemigo y ataqué con pulsaciones de luz, consiguiendo que en mi pantalla apareciera su barra de vida.

Ya no estaba oculto.

Saqué la espada y traté de atacar, pero el estoque de Zero se cruzó conmigo, obligándome a retroceder.

—No ataques con espada, te va a rebotar —ordenó.

—¿Entonces qué hago?

—Me he quedado sin frascos de magia, solo cargaba uno. Necesito que lo ataques con tu bastón o infundas la espada con tu energía. Preferiría que eligieras la segunda… —se apegó a mí, malherido, apenas de pie mientras sostenía sus propios órganos, que parecían querer escaparse de su torso.

—¿No puedes intercambiar tus frascos de vida por magia?

—Claro, Tarner, ahorita lo hago.

Me costó respirar al tratar de hacer lo que me pedía. Giré la mira a todos lados para asegurarme de que guardábamos distancia de lo que sea que nos atacaba. Los dedos se me tensaron.

—Ataca de frente. Si lo distraes, puedo hacerle un ataque crítico por la espalda.

—¡¿No puedo transferirte energía?!

—TARNER, POR FAVOR, TIENES QUE HACERLO AUNQUE NO QUIERAS.

Retrocedí de un salto, girando a la derecha, y reforcé mi arma con energía antes de clavarla contra su pecho. Desgarré hacia arriba, pero no pude cortarle el brazo. El acero de mi espada vibró por la tensión.

—TRATA DE HACERLO SANGRAR.

Me arrojé a la tierra para evitar su ataque, pero su golpe con escudo me volvió a tumbar. Tomé un frasco de medicina al levantarme y remonté, sin parar, sin siquiera darme cuenta de que mis ataques no estaban aterrizando.

—Señálalo, Tarn. Vamos.

Con ambas manos clavé la espada sobre su estómago, consiguiendo ver la sangre en mi puñal. Zero se movió con rapidez y hundió su katana en la espalda de la mujer de piedra, partiéndola en pedazos que rebotaron hacia nosotros. Su vida y la mía se redujeron por debajo de la mitad.

Detrás de la pantalla, llevé mi mano al pecho y permanecí tumbada. Las sábanas que me rodeaban se sintieron frías, mi espalda caliente por la compresa y mi corazón latía a mil. Pude sentir el cortisol derramarse en mis venas. Había fundido mis nervios con ese ataque.

Zero apareció en mi campo de visión para arrojarme el arma. La miré, confundida. Era negra, tan larga como una hoz, aunque la forma de su hoja era como la de una cimitarra y, según sus estadísticas, ligera y mortal como el huracán que la había forjado.

—Usas bastón, así que creí que algo largo sería lo ideal para ti. Te permite guardar distancia —mencionó, poniéndose de cuclillas para darme la mano—. Felicidades por haberla matado, es tu recompensa.

—Tú la mataste.

—Entonces es un regalo —sonrió—. En serio tenemos que hablar de esto en persona, Tarner. Fue un GG. Y por fin cambiarás tu equipo.

¿Qué le pasa a este sujeto?

—Fue increíble, te lo juro. Me estaba cagando —me pareció que estaba alucinado por la experiencia de muerte—. Lo hiciste increíble.

Yo estaba fascinada no solo por su capacidad de vencer, sino también por haberme hecho olvidar que maté mi trabajo. Había asesinado y vencido por primera vez.

Las personas en internet me trataban con desconfianza, ya sea por la cantidad de personajes que había asesinado, por los giros de tuerca de mis historias o por mi manera de reír fácilmente cuando me comentaban: «Por favor, deja de escribir, ya no puedo con tanto dolor». Había una cantidad inhumana de solicitudes para que no creara más, para que parara de causarles tantos problemas.

Quizás esa era la solución para todo: no escribir más. Podía solo jugar videojuegos.

—No, no creo que hablara en serio cuando se mostró deseoso de hablar conmigo en persona —me afirmé con las manos en la cadera—. Pero, hasta me regaló una espada. Ese detalle es lindo viniendo de un coleccionista de armas.

Mi sábado se había esfumado en el centro buscando todo lo que necesitaba para recrear la apariencia de mi personaje. Las botas las tenía ya, en una tienda de temática medieval conseguí parte del traje y la capucha negra más similar que pude encontrar. Por supuesto que no faltaron los detalles de los brazos y mi bastón. Y el mismo domingo por la mañana terminé de coser la mascarilla que usaba al cabalgar, que me cubría desde el cuello hasta la nariz y el comienzo de las ojeras.

Si me amarraba el cabello y me ponía el manto…

—No, ¿qué te pasa, Gen? —me senté en la cama.

Dios, solo salí a perder dinero.

—No, tú no pierdes dinero —me puse de pie—, todo es una inversión. Sí, fue una inversión. Podría acercarme a Zero y decirle: «Soy aquel que te ha hecho superar obstáculos. Ahora me debes un trabajo ilustrado fiel a mi novela.

Déjate de payasadas y dibuja bien. Solo así perdonaré que me llamaras asesina».

No, definitivamente deberían encerrarme en casa, de preferencia sin acceso a internet.

—Pero…

Por supuesto que vivo de la experiencia.

La mascarilla apenas me permitía respirar allí, de pie sobre la avenida. Más de cinco peldaños me esperaban al frente, cada uno con una anchura de casi diez metros. En Palco se encontraba el evento, que pensé se trataba de algo pequeño.

Pero desde afuera podrías notar que no era así.

Bueno, no creo encontrar a algún conocido.

Ese mismo día, al otro extremo de la ciudad, se presentaba mi expareja. Seguro estaba sentado, sonriente, esperando el momento en que abrieran las puertas del recinto para subir al escenario y saludar a su público. Firmar libros, hablar de los personajes, del impacto que ha tenido la obra en él y no de cómo, por supuesto, había asesinado todo rastro de su creadora: yo.

Porque Abraham era peor que un cínico o un terrorista.

Era un ladrón.

Y al otro lado de la capital, me encontraba yo. Génesis Asceta no existiría esa tarde, solo Tarner; un terrible jugador al que le gustaba invertir tiempo en escuchar NPC.

Di un paso sobre el escalón, pero me paralicé al visualizar en la parte alta a un grupo de chicos disfrazados. Me dije que había visto mal, que Zero no lucía como el tipo de persona que tendría un traje idéntico al de su personaje, que no llegaría a esos extremos.

—Te juro, no creí que saldríamos de allí con vida. Pero Tarner, el chillón, le dio pelea hasta que pude matarlo —el sujeto con casco sacudió los hombros de un chico vestido de azul. Sus cabellos dorados le llegaban debajo de la cadera; la calidad de su peluca era buenísima, lucía bastante costosa—. Ni siquiera tú conseguiste esa espada, ¿no? De algo sirve perder cuatro horas diarias de mi vida...

Era Zero.

—Podría incluso perder ocho.

—Ja, ja... —me reí sola.

El ilustrador es un fanático total.

Bajé el pie del escalón y giré para irme. Aquel no era mi lugar. Jamás me había disfrazado de algo relacionado a videojuegos o a mis personajes, ni siquiera en Halloween. Prefería quedarme en casa a comer y ver películas con Bel.

Me sostuve con mis propias manos. No había dónde ocultarme sobre la avenida, mucho menos con la cantidad de personas que se estaban reuniendo y casi pisándome. Me tuve que reanimar contra mi voluntad, aun tratando de ocultarme del rostro que vi, y entré al edificio camuflada entre el mar de jugadores que se morían por pasar.

Mi amiga Anny estaría dentro en algún puesto, con sus cabellos rizados y rubios, sin disfraz, más allá de unas orejas de elfo. No jugaba *Wild Caves* solo porque no tenía consola, pero le fascinaba ir a eventos de fantasía... Si ella me veía, lo gritaría a los cuatro vientos.

Mierda, no lo vi venir.

Qué fracaso como autora.

CAPÍTULO IV

Pájaro

Siempre tuve afinidad hacia la belleza, lo estético, lo agradable a la vista. No tanto hacia lo que no tuviera errores; a veces el caos me cautivaba, lo visceral o lo irreverente, así que el jazz, la obra de Basquiat o *Wild Caves* eran parte de mi identidad. Y tal como mi carcasa pintada a mano era la pintura *Bird on Money*, en mi clóset se hallaba cada prenda que mi avatar usaba en combate.

Siempre que tenía la oportunidad y un poco de dinero mandaba a confeccionar una parte del traje. Estaba seguro de que mi ex decidió terminar conmigo cuando abrió el armario, porque al cortarme usó la frase: «No sabía que eras un teto».

Aparentemente, mi apariencia era muy *cool* para ser un nerd, había asegurado Héctor.

Bueno, es que también le pedían mucho a un graduado de Diseño. Imagínense si me hubiesen aceptado en Bellas Artes.

—Hermano, te quedó perrísimo el casco. Es nuevo, ¿cierto? —Héctor me retiró parte de la armadura, examinándola sin importarle bloquear el paso a la exposición. Varios asistentes a su alrededor lo observaron sin quejarse—. Necesito que me pases el contacto de tu herrero. De verdad que se lució, vale cada centavo.

Por fortuna, había personas que sabían apreciarlo.

—Tengo diecisiete días para abonar setecientos dólares a mi tarjeta de crédito —comenté sonriente.

—Shhh... no, no digas eso —Héctor puso un dedo sobre mis labios mientras encogía sus ojos y la barba de tres días se le acercaba a los pómulos—. Ya ahuyentaste a las mujeres. Serías más *cool* si no hablaras.

—Algo así me dijo Tarner.

—Ya quítame el título de mejor amigo y dáselo a ese sujeto, ¡eh!

Me reí a carcajadas.

Me arrastró a los pasillos con su brazo sobre mi hombro. Luis, otro amigo que hice durante la universidad, iba detrás pidiéndonos unos minutos para ver un *stand* pues quería llevarle cosas a su novia. Aunque su disfraz consistía en una espada en su espalda y botas, no destacaba más que Héctor, quien fue vestido por completo de rosa y azul para hacer alusión a su avatar.

—¿Vino ese al que matabas a cada rato? —preguntó Luis, reacomodando sus lentes mientras se inclinaba a ver unas runas hechas dijes—. Lo invitaste, ¿no?

—No creo que haya venido, es especialito cuando se trata de socializar —me apoyé en el *stand*.

—Pensé que era un *bot*, juega como si le pagaran por morir.

Me reí de su comentario, pero enserié el rostro rápidamente al recordar lo mucho que le molestaba a Tarner cuando señalaba su terrible habilidad de combate. No era malo jugando, solo peleaba fatal.

—No digas eso, que si llega a escucharlo se pondrá bien triste —le pedí.

Los eventos de la capital se caracterizaban por ser ostentosos, aunque dependía de la zona si eran regulados o no. Prefería mantenerme de ese lado porque me disgustaba haber comprado algo en cierto *stand* y después ver cómo los levantaban. Pese a ello, el hecho de que hubiera eventos de esa magnitud nunca dejaba de sorprenderme. Abandonar mi ciudad natal por la carrera y decidir estudiar acá fue la mejor decisión que había tomado.

Y probablemente la única buena.

Me coloqué el casco cuando vi a un par de sujetos acercarse, reconociéndome como Zero, el jugador. En algún punto de la conversación tuve que desenvainar mi espada, pues querían que recreáramos una escena en la que los había asesinado en una de mis invasiones.

—Eres un genio, hermano… —el hombre de lentes se aferró a mi pecho mientras pretendía apuñalarlo.

Le sonreí a medias.

—Lo sé. Gracias.

Cada mesa expositora tenía lonas que presentaban el puesto, con nombre y una imagen de ellos o sus mercancías. El techo tenía una altura de casi seis metros, de donde también colgaban hojas de árbol falsas y una que otra flor dorada, como imitando las Tierras del Este en *Wild Caves*.

—¿Tienen algo de Zeron? —pregunté en una mesa.

—¿El lord de *Wild Caves*? —me sonrió la pareja que comía al otro lado de la mesa—. ¿En un evento de *Wild Caves*?

Rodé los ojos.

—Perdón, ¿tendrán a su pájaro muerto?

—Muéstrale los que tenemos.

Me expusieron cuatro tipos de pájaros en crochet. Vendían gallinas, huevos, dinosaurios, distintos animales personalizados como criaturas de fantasía. Conocía el puesto a través de Instagram, así que me prometí comprarles algo una vez asistiera. Entrecerré los ojos y señalé el de mi preferencia, metiéndolo de inmediato a mi *tote bag* una vez pagué con tarjeta.

—Hey, ¿no eres @zeroarts? —la chica me reconoció cuando me iba. Elevó sus lentes para dejar al descubierto sus brillantes ojos.

—Depende del día.

—Oye, dale nuestra tarjeta y una bolsa de regalo.

Aquellos eventos existían para darse a conocer, ganar contactos, hacerse notar con algún grande. El compañero de la vendedora, que lucía distraído, arrugó el entrecejo y tardó en procesar la petición. Tras una mirada sutil hacia mí, se agachó velozmente y me extendió una bolsa llena de *stickers* y pequeñas ilustraciones, acompañadas de su presentación como colectivo.

Acepté la bolsa con vergüenza. El trabajo de ellos tenía más sustancia que el mío. Ser artista consistía también en saber a quién le regalabas tu arte, y no me pareció que ellos supieran hacerlo.

El olor de brochetas de carne me atontó de repente, así que me aparté de Héctor y Luis cuando los vi con intención de juntarse con *cosplayers* profesionales. Moría de hambre.

—No, no te voy a vender una brocheta de solo cebolla. ¿Qué te pasa? —el vendedor ya estaba harto, antes de que fuese mi turno—. CABRÓN, QUE NO. Guarda tu dinero. No te voy a vender nada.

—Ya, ya, Michelin. Usted sírvame mis cebollas.

La fila era casi nula. Solo dos sujetos por delante.

—¿Hace cuánto se están peleando? —pregunté, con una mano apenas rozando el hombro del disfrazado frente a mí—. ¿Crees que va para largo, hermano? Salí de casa sin desayunar…

No me consideraba alguien sociable, pero en eventos de ese tipo me programaba para hablar. No a todos les agradaba ni tenían intenciones de ser amables, y el sujeto de baja estatura frente a mí ni siquiera se volteó.

—Perdón… —retiré mi mano y di un pequeño paso para acercarme a los otros dos—. Disculpe, ¿será que pueda…?

—Espera tu turno, teto.

El insulto me paralizó. No pensé que volvería a escuchar esa palabra.

—Ah. ¡¿Eres Zero?! —dijo el hombre de las cebollas, reconociéndome de repente.

—Sí… —cerré los ojos y sonreí.

Ah… qué ganas de llorar.

—Diooos, lo siento.

Me eché para atrás. El chico que me había ignorado levantó la barbilla sobre su hombro y me centré en la mascarilla familiar, después en el bastón que tenía rodeado con el otro brazo y sus características prendas oscuras, hasta un grillete. Entrecerré los ojos y lo miré una vez más, pero el chico me dio la espalda.

Era él, definitivamente. Haciendo fila para comerse una brocheta, como cualquier persona.

Oh, Tarner… eres más bajito de lo que pensé.

—¿Podemos tomarnos una foto? —lloriqueó el hombre.

Me sorprendió lo fácil que olvidó el haberme ofendido.

—Si te sales de la fila, sí —miré nuevamente a Tarner—. Tú espérame, me tomo una foto y te invito la brocheta, ¿vale, Coralito?

Aunque no tuve respuesta, me aparté para sacarme las fotos. En cualquier otro momento habría desistido de comer ahí, pero si Tarner también estaba aguardando, no me pareció mala idea ceder.

Después de tres fotos le dije al fanático que me permitiera hacer fila y se fue muy contento pese a mi expresión de disgusto.

Una vez concluida la misión, ordené tres brochetas de carne. Una para Tarner, una para mí y una extra por si nos quedábamos con hambre.

—¿Te gusta BBQ o natural…?

Tarner había desaparecido.

Miré al señor apodado Michelin, quien se encogió de hombros al ver mis ojos a través del casco. Me quité parte de la armadura y estiré el cuello para observar entre la multitud algún bastón, pero había varios y con su pobre altura no pude identificarlo.

—Se fue cuando terminaste de tomarte las fotos.

—¡¿Se largó?! —grité.

—Eso te estoy diciendo…

Giré en mis talones y comencé a alejarme.

—HIJO, PERO ¿LAS BROCHETAS?

—Ah, perdón —regresé, sacando dinero de una pequeña bolsa de tela en mi cadera—. ¿Puede ponerles BBQ?

¿A dónde demonios se fue? Más bien, ¡¿por qué se fue?!

Anduve caminando con tres brochetas y un casco bajo el brazo por todo el evento. Rechacé varias fotografías, pero de igual forma las tomaron, en las que seguro lucía desesperado tratando de no soltar la comida.

Si encontraba a Tarner, lo primero que haría sería cobrarle.

¿Habrá dejado el lugar?

—No lo entiendo… —exhalé, casi por rendirme.

Me paré en la salida, donde una chica de rizos rubios hablaba con un sujeto altísimo vestido de látex. Ambos cubrían por completo el área, ya que estaban cargando una linterna del tamaño de un adulto. Miré el artículo sorprendido y me aparté para que no sintieran la presión de volver a levantarlo. Choqué con alguien al instante.

—Perdón… —volteé, fatigado.

Tarner retrocedió con espanto y yo di un brinquito de igual forma.

El tipo estaba vestido casi idéntico a su avatar: como si fuese la maldita parca. Por poco olvidé la molestia que me hizo pasar, pues aunque dijo no asistir a esos eventos, tenía el talento para recrear su imagen casi a la perfección.

No, no. No lo vas a perdonar solo porque luce increíble.

—Dios, ¿sabes cuánto tiempo llevo buscándote? —dije. No me miró. Su vista estaba atenta a la salida—. Hey, Coralito. Te estoy hablando. Me vas a pagar la comida, ¿sabes?

Se aferró a su bastón, casi como si fuese a atacar. Me reí y traté de tomar su mano para que no estuviese tan nervioso, pero me apartó con violencia. Aquello me hizo arrugar la nariz, hasta recoger la mano.

Me trata como si fuese una plaga.

Su capucha no me permitía visualizar ni una parte de su rostro, lo que me hizo enfurecer.

—Tarner, ¿qué te pasa? En serio —fruncí el ceño—. Está bien que estés molesto conmigo, te maté por meses en algo que comprendo era importante para ti. Pero si estás actuando así por rencor, de verdad que me sorprende.

Al dar un paso hacia atrás, volteó la mirada. Bajé ambas manos, con ellas las brochetas, y elevé el mentón sin quitarle los ojos de encima.

—¿De verdad? ¿No tienes nada que decir?

Tarner no tenía ni una sola palabra para mí. Eso dolió más lo de que pensaba.

—Si tanto te molesta jugar conmigo, de una vez te elimino de mis referidos.

Permaneció en silencio, como si estuviera delante de un enemigo. Ni siquiera hizo el intento por atacar o defender. Pero yo era solo un sujeto disfrazado de guerrero, tampoco tuve la fuerza para armarme de valor y encararlo.

—Dios, qué pérdida de tiempo… —resoplé, antes de girarme hacia la salida.

Tarner intentó salir por un costado, pero nuestros hombros chocaron hasta hacerlo tropezar. El sitio estaba en silencio por las palabras que compartía uno de los organizadores en el escenario, así que pude escuchar cómo sus manos se estamparon con el piso para evitar golpear su rostro.

Miré por el rabillo del ojo hacia atrás.

Aunque nadie lo levantó, tampoco despertó en mí el deseo de ayudarle.

CAPÍTULO 9

Porvenir del recuerdo

Estaba allí, sentada sobre alguna silla aparente. En mi memoria así lo recuerdo. El frío del banco, el sonido de los turnos, las luces sobre mi cabeza, como si estuviese en un interrogatorio.

Estuve allí días, semanas, llevando a cabo el proceso de apertura para mi cuenta moral, la cuenta de Dione Editorial. Fue en mi última visita, cuando firmé papeles para obtener un plástico, que Abraham me vio escribir mi nombre completo y murmuró:

—Génesis Zanoli.

Por un momento olvidé cómo me llamaba. Zanoli era su apellido. De él.

Le miré sobre el hombro con una sonrisa, encontrándome con su feliz expresión y su mano por debajo de la mesa tratando de sostener la mía. Ambos comprendimos ese intercambio de miradas. Nos casaríamos, algún día sería su esposa, nos prometimos a los meses de comenzar a salir. Y si los años se seguían prolongando, cumpliríamos la palabra.

—Génesis Zanoli... —repitió en voz baja, casi como si encontrara fascinante aquella combinación.

Yo consentí entre risas.

—Zanoli... —lo imité.

En ese momento no pude arrebatarle la sonrisa y me prohibí borrar la mía. Pero mi pecho se decía, en una respiración violenta:

Génesis Asceta.

Soy Génesis Asceta.

Soy la escritora Génesis Asceta.

Cuando Abraham Zanoli decidió terminar conmigo, sentí que era dueña de mi nombre otra vez, mas no de mi obra. No me pertenecía aquel mundo, esas noches de desvelos y de dolores atorados en la garganta, de manos torcidas por el frío... mucho menos la silla en la que estaba sentada.

Fue la mayor pérdida de mi vida. No él.

Definitivamente, no él.

—Dios, qué pérdida de tiempo...

Escuché la voz de Zero, pero no pude encontrar la fuerza para levantarme.

El evento al que quise asistir en completo anonimato salió terriblemente mal desde mi llegada, cuando no calculé el costo de la mayoría de los artículos y me sorprendí sin la cantidad adecuada para comprar algo más que no fuesen *stickers* y algo de comer. Eso último tampoco pasó, pues detrás de mí se formó el gran e icónico jugador Zero, alterando por completo mis nervios.

No le puse una orden de restricción cuando me lo prometí.

Quizás dentro de mí no quería que Zero descubriera quién era, por incomodidad, disgusto o decepción. Como ilustrador me caía fatal, pero era un increíble compañero de videojuegos. Me distrajo por completo del trabajo o la firma de libros que se llevaba a cabo ese mismo día.

Y aunque pensé que estaría bien decírselo, me aterró perder ese único escape de la realidad: la fantasía.

Gracias a Dios, Viena estuvo para mí los siguientes días como mi compañera de videojuegos en *Wild Caves*, vestida de bárbaro con dos metros de altura y una fascinación por coquetear con cada usuario al que invadía. Pero de repente, cuando quería pedirle ayuda en cierta tarea, ya no estaba; se había marchado a invadir a alguien, ya fuese para matarle o para hacer amistades.

—¡¿Otra vez?! —rechisté, gritando mientras giraba a mis espaldas sin verla en ninguna parte.

Su avatar era masculino, por lo que su voz al otro lado de la llamada sonaba graciosa en compañía de aquella imagen.

—Ya, perdón, gorda —apareció nuevamente en mi pantalla.

—Por favor, llámame Tarner mientras jugamos… —suspiré hondo—. No tengo mucho tiempo para estar aquí, así que quiero avanzar. Sabes que debo hacer rehabilitación más tarde.

—Toda bonita cuando quiere jugar… —cuchicheó, consiguiendo que silenciara la llamada.

Debí insistirle más a Leany, pero ella solo sabe jugar *Genshin*.

Génesis era una cobarde. Asceta era una escritora vendida. Tarner… TERRIBLE GUERRERO SIN ZERO, DIOS MÍO. Quería ahorcarme por tomar la decisión de asistir a ese evento, de huir, de guardar silencio por miedo a que se diera cuenta de que era mujer y, peor aún, su colega menos favorita.

Habría preferido diez veces más pelearme en correos y pretender que todo estaba bien en *Wild Caves*. Pero el rubio ni siquiera parecía animado por pelear o defender lo que hacía con su arte. Me estaba desquiciando solo de ver sus respuestas.

«Saludos, Srta. Asceta. Le envío los últimos vistazos de esta ilustración para saber si necesita alguna corrección o puedo pasarle el archivo de una vez a la encargada del departamento de arte. A Marta le ha gustado, solo espero su confirmación.»

«Querido Zero. Sí, perdona la tardanza al responder, me encontraba realizando algunas pruebas de título con el diseñador para tu ilustración de portada. Esto que envías es la ilustración de la página 80, ¿cierto? Me gustaría que la chaqueta fuese blanca. Saludos. Génesis Asceta.»

«Ya veo. Mire, el personaje a su costado viste de blanco, el de fondo. Y a ella le he puesto una camisa blanca. Le recuerdo también que el cabello de Lauren es de un rubio cenizo, casi gris. La chaqueta negra es para que se destaque entre la multitud.»

«O sea, ¿la mantendrá de ese color?»

«No, está bien. Enviaré el archivo con la chaqueta blanca. Saludos.»

«Perfecto, mil gracias. Un abrazo.»

¡¿Un abrazo, Gen?!

De solo pensar en ese intercambio de correos, me retorcí. Yo parecía ansiosa por hablar con él; él, por hacer su trabajo. Por supuesto que si Tarner se le cruzaba por la cabeza, se trataba solo de eso. No, Génesis.

Viena, como Rizz, estaba delante de mí, esperando alguna respuesta. Su avatar poseía unos músculos abrumadores, su complexión era ancha, de brazos largos y mandíbula cuadrada. Los pectorales firmes sobresalían de su traje de cuero, como escote, y la cicatriz que empezaba sobre su ojo estaba alineada con la parte rapada de su cabeza. Era una bestia destinada por completo al combate.

Le quité el silencio a su llamada, escuchando por fin esa voz femenina que me recordaba que era mi amiga.

—Gorda, ¿viste lo que subió Temporal? —se me torció la vista al escuchar aquello. Continué recogiendo hierbas de la zona para vender, sin darle una respuesta—. ¿No quieres hablar de eso o no lo has visto?

—No, sabes que Tempo me incomoda… hace una semana estuvo insistiendo de nuevo en saber cómo logré publicar mi novela. También me preguntó sobre asuntos legales.

—Aún lo mantienes oculto, ¿no? Que financiaste tu libro.

—No ahora, Vie… —suspiré.

Ella se disculpó de inmediato, pero me recordó que no era algo por lo cual avergonzarse, después de todo, ella también había financiado el suyo.

Me habría gustado darle la razón.

—En fin, estoy viendo que a la chula esa le preguntaron en sus *stories* cómo le ha hecho para progresar tanto en su arte y escritos.

—Ajá…

—Y dijo que no le pide consejo a nadie —escupió, como aguantando las risas—. Que ella ha llegado a todas partes estudiando y adivinando sola, ¿tú crees? Gen, digo, Tarner, Gen… ¿Por qué me estás apuntando con tu bastón?

—Si te mato, quizás se me pase el coraje —hablé sonriente.

—Gorda, yo solo… —rio nerviosa—. Ja, ja… ¿Ya te dije que están terminando de colocar tu libro en librerías? Pronto podrán adquirirlo algunas personas. Si te das una vuelta por el centro, quizás lo encuentres ya. Tarner. Tengo muchos cristales porque soy nuevo en este juego. Ten compasión por mí, por Rizz. Conocí a una astróloga, maga, que viste un traje divino en la taberna; me invitó a una expedición grupal de uno de los gremios más populares. Por qué no vamos, me enseñas a combatir y sacamos un poco de dinero, ¿sí? —suplicó, consiguiendo que torciera la mano—. Te amo, gorda.

—QUE ME LLAMES TARNER.

—GÉNESIS.

—Me encanta tu faldita, Circe —Rizz se apoyó en el umbral que daba a la taberna. Sus pectorales me hicieron desviar la vista hacia la pared donde se hallaba un cuadro torcido. Cualquier cosa me parecía más interesante que ver coquetear a la chica frente a él.

—¿Estás seguro? ¿Prefieres esta o la plateada? —la muchacha, de cabellos azules con unas alas cubiertas por un manto negro que apresaba la luz de estas y la armadura sobre su torso, dio media vuelta para mostrarle el traje completo. Tenía unos ojos enormes, como dos topacios insertados—. Lol, igual todo se me ve bien, ¿no?

—Kakaka, por supuesto —me atraganté con el vaso de agua turbia al ver su respuesta—. Pero creo que deberías combinarla con la falda… ¿Es dorada? Siento que el azul, la plata y el dorado se complementan con tu cabello. Te hacen ver preciosa. Deja el rosa.

—Hermano, tienes un gusto increíble —ella posó la mano sobre el pecho del bárbaro—. ¿Te gustaría ir al mercado conmigo? Podemos encontrar cosas buenas. Puedo usar lo que sea que me compres.

Lo van a estafar.

—Si me invitas una pizza, por supuesto —Rizz sonrió—. ¿Te paso mi dirección?

Olvidé que es Viena Quinn.

Me giré hacia la barra, evitando hacer contacto visual con parte del gremio que abandonaba la sala de reuniones, pidiéndole a Rizz que se apartara, ya que obstruía la entrada.

El fortachón lo hizo aprovechando la oportunidad para acercarse más a Circe.

Mi compañero estaba tan ensimismado que no se dio cuenta de mi actitud, como de guepardo tímido tratando de no mirar al asesino escarlata que hablaba sobre hacer cierta expedición con el resto de los jugadores. Rizz dijo que no se uniría a ellos la próxima semana porque aún no terminaba el DLC, así que no había desbloqueado esa ruta. Los presentes actuaron sorprendidos, pero le expresaron que estaba bien.

—Igual si lo terminas para entonces, estaremos campeando la zona. >< —lo invitaron de todas formas.

—Vámonos ya, que apesta a muerto —comentó Zero, agarrando de la muñeca a Circe.

—Hey, espera —la chica lo detuvo antes de seguir su conversación—. ¿Entonces no te unirás, Rizz? Pensé que tenías el DLC, ya que andabas con tu amigo.

—¿Con Tarner? Sí, aunque solo le estoy haciendo compañía. No suelo jugar estos videojuegos —Rizz me traicionó al decir mi nombre y señalarme.

—¿Qué sueles jugar?

—*Stardew Valley* —pude ver su sonrisita del otro lado de la pantalla.

—Gran juego —Zero se interpuso entre ambos, con su casco puesto, que le cubría por completo el rostro—. Ahora vámonos, ¿quieres?

Circe y Rizz

—Tar, ¿no te unes tú? Amaríamos tenerte en el equipo, odio ser la única hechicera —Circe se dirigió a mí.

La miré sobre el hombro. Pensé en señalarme para confirmar que me hablaba a mí, pero eso sería estúpido; claramente me hablaba a mí. Puse el vaso sobre la barra y giré con los brazos descansados en las piernas.

Negué con la cabeza sin escribir nada. Zero habló una vez más:

—Púdrete —maldijo al rostro de la chica.

El rubio azotó la puerta del lugar al abandonarlo. Pese al ruido de la avenida principal, se escuchaban sus pasos contundentes. Varios jugadores nos miraron con extrañeza y Circe rio como si eso no hubiese sido nada. Se despidió de Rizz y se apresuró a salir de igual forma, dejando la tensión en el aire.

—¿Me perdí de algo? —mi compañero lució confundido.

—El berrinche de un sujeto que debería estar trabajando.

—¿Eh?

—Perdón, me desconectaré por hoy…

Abrí el menú y cerré sesión.

No tardé en disculparme con Viena por mensaje.

—Está bien, chiqui. No te preocupes por eso, mejor ocúpate haciendo rehabilitación, ordena tus cosas, báñate y, si quieres, jugamos mañana —abandoné un suspiro al escuchar su tono tan comprensivo. Quería muchísimo a Viena—. Igual tengo que cocinarle a Pececito, así que te dejo, *baby* —hizo una pausa, y añadió—: Gen, si tienes algún problema dentro del juego, o si tanto deseas jugar con alguien más, solo hazlo. Exprésalo. No te tortures con algo que te gusta.

Antes de sentarme en el tapete de yoga junto a mi cama y buscar en el televisor el canal de fisioterapia, me arrebaté la mascarilla hidratante del rostro y olí mi playera sin mangas. Tomaría una ducha más tarde, quizás me ayudaría a pensar mejor las cosas, a animarme después de meses sin salir de mi autodesprecio. O a no escribirle a quien me había eliminado de sus contactos.

Pero, soy sincera, lo extrañaba muchísimo. Aun cuando el terrorista ese solo me matara o robara.

«Hola.»

Ja, ja... No pensé qué más escribir.

«Me quedó bien claro que no quieres tener nada que ver conmigo desde lo que pasó en el evento, pero no comprendo lo de hace un momento. ¿Puedes, acaso... actuar como si nada? Con más normalidad.»

Me até el cabello. Estaba por darle inicio al video cuando su respuesta llegó.

«¿Normalidad, dices? Ajá, supongo que puedo mantener esa actitud. Nos conectamos al rato a jugar, ¿no? Para apaciguar lo que tenemos.»

«Sí, hey, me parece... Estoy algo ocupado, pero trataré de hacerme tiempo.»

«¿Es una puta broma? No vamos a jugar otra vez.»

«a»

Está muy molesto.

«No tienes ni idea de lo que es que te ignoren enfrente tuyo, ¿cierto? Lo que es quedarse allí, inmóvil, esperando algo. Me debes dinero, me hiciste parecer un tonto buscándote y ni siquiera con palabras me quisiste responder, hermano. Te falla.»

«No quería encontrarme con nadie.»

«Eso no te da el derecho a comportarte como un imbécil.»

«Bueno, no es competencia.»

«Eres un idiota, Tarner.»

«Si te soy sincero, quería disculparme. Y si pudiera ser más sincero, te daría mis razones, o tal vez excusas, pero me las ahorraré.»

«Discúlpame por hacerme ideas. Pensé que teníamos un acuerdo seguro y creí que lo íbamos a cumplir de todas formas. Ha sido un problema para ambos después de todo. Saludos.»

Esa noche, después de la rehabilitación, volví a escribir ideas para mis nuevos proyectos, historias que quería vender el siguiente año. Irremediablemente, mis personajes se sentaron a comer brochetas y charlar después del trabajo como cada cosa que me negaba a experimentar, escribiendo en minúsculas mi vida a través de la de alguien más.

Tampoco tuve pesadillas de esa noche, ni los cálidos brazos de Abraham que me rodeaban cuando dormía a mi lado.

«Si tanto quieres jugar con alguien más, solo hazlo», me aconsejó Viena.

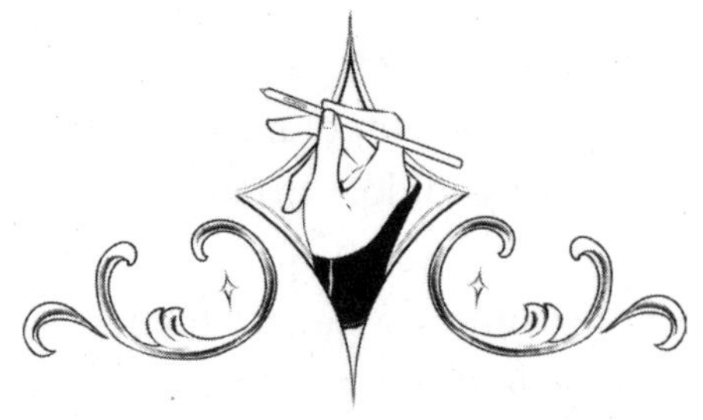

CAPÍTULO V

Reflejos estancados

Conciliar el sueño era el mayor reto para alguien creativo. Para mí, más que un reto era una tortura. Tan solo pensar en el trabajo producía toneladas de imágenes en mi cabeza que se apilaban una tras otra, llegando a asfixiarme y hacerme abrir los ojos con frecuencia. Mi cerebro no paraba de trabajar, peor aún, con ideas que no podría llevar a cabo.

Todo había empezado con un *fanart* que hice de mi novela favorita. Con un lápiz que usaba para apuntes escolares, una foto tomada con un celular de menos de cien dólares y una publicación en redes sociales en la que etiquetaba a la autora. Eso bastó para que quisiera experimentar otra vez el hacer feliz a un escritor.

Poco después había abierto una cuenta para subir *fanarts* de videojuegos y libros. A los dos años comencé a tomar comisiones y decidí que estudiaría Arte. Las cosas no siempre salían bien, así que terminé en Diseño. Tuve mi primera comisión para un libro físico de parte de una autora a la que ya le había hecho ilustraciones con anterioridad. Aunque sus viejos escritos eran fantasía, el que le había cedido a una editorial era un romance contemporáneo con contenido adulto.

Cuando recibí su pedido y firmé el contrato, fue el día más feliz de mi vida.

—¿Estás segurísimo de que tú invitas? —Héctor me había arrebatado el vaso, sonriendo con malicia. Sacudí mi cabeza de arriba abajo—. ¿Segurísimo? ¿No te arrepentirás mañana?

—¿De qué voy a arrepentirme? —me apoyé sobre la mesa del restaurante y pasé mi propio plato a Luis—. Toma, prueba esto. Vamos, coman sin pena. Me van a pagar muy muy bien. Es mi primer trabajo editorial.

—De gastar tu primer sueldo y no guardarlo para las siguientes semanas sin trabajo —Héctor fue descarado, con media cerveza siendo empinada sobre su boca.

Me serví más agua y miré a Luis disfrutar la carne asada.

—Que se note la envidia, amigo —soltó este.

—¿Yo? Ni nos topamos. Soy un futuro ingeniero en sistemas. Preocúpense si me vuelvo *youtuber*.

—Al menos él tiene trabajo —Luis bebió de su refresco, prolongando el silencio que llegó después.

Sabía que la cuenta sería elevada. Mis dos acompañantes no se podían pasar un bocado sin tomar sus bebidas, así que los vasos en nuestra mesa se acumularon. Pese a ello, en el video que documenté de ese día lucía una gran sonrisa. Estaba por entrar al mundo editorial.

Juré a los quince años que viviría del arte. Que abandonaría mi ciudad para estudiar fuera. Que una vez tuviese la oportunidad, sería un gran artista.

Solo necesitaba que me dieran la oportunidad, había dicho, *solo deben confiar en mí.*

Pero el video no tenía continuación.

—¿Dormiste aquí?

Vi la figura de Héctor pasar junto a la cama.

—Hermano, ni siquiera dormí —me miró sobre el hombro—. Me prestaste tu videojuego y lo terminé. Lo sabrías si no te hubieses echado a dormir frustrado por no avanzar el DLC.

Llevé mis manos al rostro. Estaba seguro de que me había quejado toda la noche. Tarner no se dignaba a salir de mi cabeza, junto a la culpa de no haberlo levantado cuando tropezó y ser más despectivo de lo que merecía. Mi intención era pasar una buena tarde, no decirle que nuestra colaboración llegó a su fin.

—No parabas de quejarte de…

—Sí, sí, de Tarner. Ya cállate.

Me levanté irritado, arrojando las sábanas al piso. Estas ocultaron la orilla del mueble donde estaba mi televisor, así que mi dedo meñique fue directo a estamparse contra él.

—De Génesis… ¿Estás bien?

—Que no, que no —bramé, dando pequeños saltitos para sostener mi dedo—. ¿De qué me voy a estar quejando de Génesis? Gracias a ella me pagan.

—Mencionaste una chaqueta blanca.

Mi mañana era perfecta antes de que me lo recordaras.

Giré enfurecido, echando mi cabello hacia atrás con una mano. Héctor paró un momento de servirse cereal, como arrepentido de haber abierto la boca.

—Sí, insistió en que fuese una chaqueta blanca. Una puta chaqueta blanca —hablé y entré al baño para lavarme los dientes—. ¿En qué mundo una maldita chaqueta blanca se verá bien sobre una camisa blanca, con su cabello rubio cenizo, parada junto a un tipo que viste también de blanco y al fondo *alguien de negro*? ¡Ella no destacará! El protagonista parecerá el otro. Te roba por completo la atención de lo que en verdad importa.

Héctor apretó los párpados cuando me vio asomarme con el cepillo de dientes en la boca.

—Pero nooo, pidió que fuese blanca. ¿Y a quién van a criticar por esa ejecución? ¡Por supuesto que a mí!

—¿Y no le sugeriste que lo ideal era usar el color negro?

—LO HICE.

—¿Y por qué no insististe?

Saqué el cepillo de dientes de mi boca y centré la vista en el piso. La cantidad masiva de correos en los que discutí asuntos similares durante aquel año en que tuve mi primer trabajo editorial inundaron mi mente. Ahora no le había encontrado sentido a insistir por el mero hecho de estar acostumbrado a ser un empleado, así fuese un profesional externo. La última palabra no me correspondía.

Ni siquiera con mi vista intacta, a diferencia de Monet, podría observar los nenúfares estancados de mi mente. Hace tiempo me había rehusado a sacar mis ideas de aquel estado pantanoso en que las dejé hundir.

Yo ya no era el artista de antes, si alguna vez conocí el arte.

—No conoces a Génesis Asceta. Esa mujer nunca da su brazo a torcer —aseguré, regresando al interior del baño.

—¿Y tú sí la conoces?

—¡¿Qué es esto, *Durmiendo con el enemigo*?! ¡A ti qué te importa! —cerré la puerta a mis espaldas, perturbado por la simple idea de volver a tener su imagen en mi cabeza. Algo en ella, en sus ojos, me removía emociones poco agradables—. NO TE QUIERO AQUÍ CUANDO SALGA.

Nos citaron esa mañana, a mí y a algunos ilustradores, a un evento de Becault, así que, una vez despedí a Héctor, me trasladé al lugar. No solía poner la cara allá con regularidad, pero desde mis últimos videos, necesitaba grabar contenido. Las personas con menos de cien mil seguidores no tenían ni idea de cómo se veía una gráfica de crecimiento en perfiles que rebasaban esa cifra. Si ganaba quinientos seguidores al día, perdía ciento cincuenta. Y si tenía rato sin subir algo, ganaba noventa y ocho y perdía ochenta y cinco. Pero al menos, desde mi experiencia, se perdían casi cien seguidores diarios, ya fuese por *bots*, personas a las que no seguiste de vuelta o simples dedazos.

—Se detuvo por un rato, el imbécil… —suspiré al notar la ausencia de @alalargateacostumbras en mis notificaciones.

En el evento, aproveché para desayunar lo que vendían afuera y permanecí en una esquina donde todos se congregaban. Ver un espacio abierto, de solo ilustradores, te hacía notar similitudes en todos ellos, ya fuese por sus posturas, la forma en que agarraban sus cabellos, las mochilas, las tabletas bajo el brazo o la ropa.

Acomodé los lentes de sol en mi rostro. Nunca fui bueno relacionándome con los estudiantes o profesores que impartían los cursos digitales, mis contactos solían ser escritores antes que ilustradores por razones que debo aclarar: no eran agradables. Aun si no hacían lo mismo ni tenían por qué competir, las interacciones falsas abundaban si los números en redes eran similares a los tuyos.

Dicen que en esta industria todo se trata de egos. Una razón más para que mis ilusiones de joven sigan muriendo, igual que mi alma.

Reconocí a algunos del medio, pero me entretuve saludando a Paula, quien me había invitado. No la conocía en persona.

—¡Zero! No pensamos que llegarían tan puntuales, por eso los citamos antes. ¿Saliste sin desayunar?

—No te preocupes, aproveché para comer acá... Por cierto, tu acento es bastante lindo, Pau. ¿Es de otra región? —intuí mientras bebía de una lata.

Ella se carcajeó, con una mano sobre mi hombro.

—Eres muy carismático —dijo, con su dedo índice apuntando a mi rostro. Otra mujer que apenas hablaba español le tocó la espalda hasta acaparar toda su atención.

¿Es o no es?

Recibí los folletos frente al foro, metí mis manos en la chaqueta e ingresé para sentarme en las butacas, a una distancia perfecta para grabar el escenario y tomarme fotos antes de comenzar. El recinto no tardó en llenarse casi por completo. No me retiré las gafas, usé el folleto como abanico y sentí las ansias por marcharme aun sin dar inicio. Chisté con la lengua más de ocho veces.

Me habría gustado recibir retroalimentación y motivación para seguir haciendo mi trabajo, pero eso sería mentirme a mí mismo, como lo hice con mi audiencia. Aquel conversatorio no fue sobre la creación del arte, sino sobre cómo vivir a través de él. Inevitablemente, el tema de la ilustración editorial acaparó el escenario.

No hubo consejos sobre cómo vivir de libros para colorear autopublicados en Amazon ni charlas sobre campañas de ilustración y marketing para la industria alimentaria, ni siquiera sobre el arte y la moda, los videojuegos y su arte conceptual, aunque sí dieron algunos minutos para hablar de marcas personales y mercancía.

—Para el mundo editorial, debes ampliar tu portafolio y enviarlo a…

Hecho. Mi portafolio ya fue prostituido.

—Si les interesa ilustrar cierto tipo de libros, les recomendamos muchísimo hacer ilustraciones enfocadas en lo que quieren trabajar. Tómense su tiempo para mostrarles a las editoriales el tipo de arte que pueden crear.

No puedo quedarme sin comer todo el mes.

—Organicen sus gastos.

Mmta.

—Nunca es tarde para comenzar.

Mi espalda dice lo contrario.

—No hay excusa para ello.

Sentí cómo me silenciaron.

A los dos años de que obtuve mi primer trabajo editorial, hubo uno que me cambió la vida cuando descubrí que bajo algunos contratos no solo se me pagaría por las ilustraciones, sino que además recibiría entre el dos y tres por ciento de regalías por libro vendido. Eso fue un milagro para alguien que ya estaba pensando en tener un trabajo secundario o volver a casa de sus padres. Se trató de un romance juvenil con un tiempo de entrega casi imposible sumado a la terrible organización para indicarme lo que debía hacer, dejándome casi a mi suerte, prisionero por un mes en mi propia habitación, atrapado en la silla, en el escritorio, en la pantalla. Al finalizar tenía un orzuelo, una lesión en la espalda baja y la incapacidad de recargarme en mi codo derecho hasta el día de hoy.

—Pero, sobre todo, no olviden tener un dinero guardado para el tiempo en que tendrán otros proyectos.

Después de esa novela, tuve solo dos proyectos a largo plazo. Viví de los ahorros que acumulé un año antes, que en realidad estaban siendo guardados para cuando algo valiera la pena, y que se fueron como agua en vaso roto. Durante las festividades, en especial Navidad, no tuve dinero para visitar a mis padres.

Pasó un año entero de haber desaparecido de redes por el consumo de trabajo, de que pensaran que no estaba haciendo nada porque aún no salían a la luz los libros en los que trabajé, de pagar cuentas de hospital para estabilizar mi salud. De maldecir cada ilustración en mi computadora. *¿Quién demonios me dijo que podía vivir de esto?*

Es mi culpa. Yo me puse aquí. Yo me jodí la vida con esto de dibujar, me repetí un sinfín de ocasiones. A veces entre llantos precoces, incapaz de aceptar frente a mis papás que me equivoqué de carrera.

El año siguiente, catorce mil dólares fueron transferidos a mi cuenta. Para pagar las deudas, para mejorar mi equipo, para comprar otra consola y guardar para emergencias. Catorce mil dólares que incluso Héctor y Luis vitorearon como si fuésemos ricos.

Ese fue el precio de mi salud física, de trabajar a costa de mi deterioro mental.

—Vivimos para darles imagen a los sueños de escritores.

En el video que se proyectaba detrás de los ponentes pasaron algunas ilustraciones. Allí reconocí a un personaje de *Día Cero*, un *fanart* que hizo la más joven de los cuatro ponentes. Me quité los lentes, entrecerré los ojos por el nombre de la escuela que yacía en un letrero luminoso y suspiré.

Génesis Asceta no tenía ni idea de lo que eran para mí sus novelas: mi sustento y mi ruina. Pero si a otros les parecían maravillosas, yo terminaría la orden sin meter mis deseos personales.

Solo necesito el dinero, no disfrutar mi trabajo.

Saqué más fotos antes de que fuésemos guiados al *coffee break.* Como los folletos indicaban la finalización del evento a las cuatro, pensé que habría algo más aparte de la convivencia que iniciaba a las dos, pero estuve sentado en una esquina, casi durmiéndome con un café en mano, sin saber qué esperar.

—Toma. Gracias —me pusieron una tarjeta de presentación enfrente y una postal ilustrada.

Bajé la mirada sin quitarme los lentes.

—Toma, puedes seguirme en Instagram... —pasó un chico con su usuario en los *stickers* que me dio.

Asentí.

Varios estudiantes estaban recorriendo la sala con sus tarjetas. Quizás por eso pensé que la chica que me habló haría lo mismo, pero al ver su rostro me puse de pie.

—¡Zero, ya no pude saludarte antes! —me extendió la mano, y se inclinó hasta conseguir que su cabello corto se le fuese al frente—. Perdón, es que venía con mucha prisa, pero te vi entrar al conversatorio. ¡No sabía que eras de la capital!

—Muni, sí, no te preocupes —pronuncié su nombre de Instagram para recordármelo—. Yo pensé que tú no eras de por aquí.

—Estoy en las afueras —me dio una palmada.

Muni era una ilustradora que impartía cursos y vivía de ello. Nos seguíamos hace un tiempo, sin haber interactuado más allá de darle *me gusta* a las ilustraciones del otro. Nunca la había visto en persona, así que no tenía una impresión previa suya.

—Ay, vine con un amigo, pero aproveché para saludarte porque quién sabe a dónde se fue...

Miré por el rabillo del ojo al sofá donde la vi sentada antes, ese que estaba apenas a tres metros de distancia, casi frente a ambos.

Yo me reí.

—¿No es ese? —y apunté con el dedo índice al sujeto de allí que nos observaba.

—¡Ay, sí es él! —desvió la vista hacia la mesa con panecillos y café—. Está genial esto, ¿no? Solo que veo a todos repartiendo sus tarjetas y me siento mal. No se me ocurrió, ¿sabes? Uno no piensa en darse a conocer tan fácil.

—Estaba pensando en que debí traer las mías...

—Pero la comida está genial —señaló un pan, solo un pan—. Nada más que traigo un dolor de estómago horrible. Es que me comí un asado antes de venir y en el transporte público todo se me revolvió. Por poco me vomito, de no ser por una abuela que pasó en moto.

—¿Quieres una pastilla? Cargo para el do...

—¡No, no! Yo cargo para la digestión —me detuvo sonriente y deslizó sus manos por su cadera hasta su cintura, casi llegando a sus pechos, mientras decía—: Así como me ves de delgada, COMO MUCHÍSIMO.

—Ah...

—Por lo mismo, siempre estoy preparada para cuando mis intestinos no procesan bien la comida.

—Ahhh —le sonreí.

Ya fue, me voy.

Dijo que volvería con su amigo para no dejarlo solo. Me aparté para brindarle espacio por el estrecho pasillo, pero sin siquiera dar más de tres pasos, se giró de nuevo. Su playera amarilla de manga larga, ceñida a la cintura, robó mi atención. Ese era su color y quizás lo sabía, pues nunca le había visto un *post* vestida de uno distinto.

—¿Nos tomamos una foto? —su pregunta fue directa, pero no me agarró desprevenido.

Di un paso para acortar la distancia y me quité los lentes, pero ella no hizo otro gesto más allá de mirarme con anhelo.

—¿Quieres que yo… —sus ojos se iluminaron— la tome?

—Por favooor. Tengo una cámara terrible.

—Vale, dame un segundo.

Me incliné a su altura y tomé la fotografía. Mi sonrisa era enorme; ella lucía sofisticada a mi lado. Me repitió lo agradable que fue conocernos y que no olvidara etiquetarla en la foto. La subí como historia momentos antes de retirarme, con la leyenda: «Nos encontramos en Becault».

Camino a casa recibí varios mensajes de distintos seguidores diciéndome que dos dioses se habían encontrado y preguntando por el evento, pero en su mayoría se alegraban de que pudiera pedirle una foto a Muni.

Ella, por su parte, la reposteó sin texto ni un emoji.

Tardé en darme cuenta de lo que había pasado.

«Hermano, te ves bien feliz. Pareces su fan ANKSKAKA», texteó Héctor.

—Odio, odio, odio ir a estos eventos —bramé, arrojando mi chaqueta contra la cama—. Odio a la comunidad de ilustradores. DIOS, Y ESA HISTORIA LLEVA SOLO DOS HORAS, LE QUEDAN VEINTIDÓS.

«Eres su fan, ¿no? Lol. ¿No? No me dejes en vistooooo. Estoy aburrido, sin nada que hacer.»

Abrí las notificaciones y comencé a teclear. De inmediato me di cuenta de que estaba en mi correo móvil, escribiendo una dirección inexistente en lugar de las maldiciones hacia mi amigo. No piqué su notificación, sino la de Gen en mi correo.

«Hola otra vez, Zero. ¿Cómo se encuentra? Estuve meditándolo y… ¿será que pueda hacer un cambio en la última ilustración que me envió?»

—No, no. Si sigo hablando de trabajo e ilustraciones, moriré —negué con la cabeza. Arrojé el teléfono y tras sacarme las botas, encendí el televisor—. Solo procrastinar podrá curarme.

Y un café y una torta y un videojuego y de paso dormir sin despertar.

Recién iniciando sesión, apareció sobre mí una pantalla negra. Sentí el dolor de cabeza aterrizar, desenvainé mi estoque y giré apoyándome con fuerza en los pies para frenar el ataque. Mi sorpresa fue mayor cuando tuve que retroceder, pues el arma del enemigo tenía mayor alcance.

Parecía un híbrido de guadaña y cimitarra, que bajó a la altura del follaje al errar. El párpado me tembló.

Tarner, pese a lucir amenazante, no dijo nada. Guardó silencio, con casi todo su rostro cubierto como si no fuese capaz de estar bajo la luz del gris sol; una criatura que venía a cobrar vidas en la superficie. Tomé mi katana, la cubrí con runas de fuego y le sugerí que viniera por mí.

Te vas a arrepentir, dije a mis adentros. *Hoy no ha sido mi día.*

Pero Tarner no atacó.

—Tengo cuarenta mil cristales y minerales que he acumulado gracias a ti —dijo, y retiró su defensa mientras se quitaba la mascarilla. Sus ojos oscuros quedaron al descubierto—. Te vendría bien matarme.

Las manos se me destensaron. Él era en definitiva un cobrador de almas, no necesitaba pelear para vencerme. Con solo esas palabras ya me había desarmado.

—Ah… Una tipeja se tomó fotos conmigo como si yo fuese su fan —comenté. Las llamas que cubrían mis armas se apagaron al momento.

—No me cuentes y mátame.

—De verdad que no tengo cabeza para nada ahorita.

—Hey, Terrorista, vamos... Mátame.

—Quiero seguir avanzando en este juego —confesé, devolviendo mi katana a su vaina. Tarner se desprendió de su equipo de igual forma, limitándose a mirar—. Esto también me da un descanso de la vida. Y me jode no poder disfrutarlo solo porque rondas en mi mente como la maldita parca, así que deja de hacerlo más incómodo. ¿Podemos solo seguir?

El sujeto aguardó, con los fuertes vientos sacudiendo su manto negro. Me asustó la idea de que volviese a huir.

—No debería estar aquí —dijo de pronto—. Sufro un problema en los discos.

—Yo en el sacro, me lesioné hace dos años.

—Ya...

Llamé a mi caballo con un silbido. Aquello le hizo retirarse por completo las armas junto a la capucha y caminó algunos metros para montar el suyo.

—¿Podemos continuar jugando? Hasta terminar el DLC.

Su propuesta me tiñó una sonrisa.

—Pensé que odiabas jugar conmigo, Coralito.

—Ya te ganaste mi confianza, no la traiciones ni con chistecitos, ¿sí? —avanzó colina abajo.

Otro correo me llegó esa tarde y me quitó por completo la sensación de opresión que cargué todo el día:

«Después de meditarlo, creo que tienes razón. Debemos conservar la chaqueta negra. Besos y abrazos.»

CAPÍTULO 10

El viejo y el mar oculto

«¿Besos y abrazos? Ja, ja. Tenga una excelente semana, Génesis. Haré que la ilustración luzca genial. Saludos.»

«¿De qué se ríe?»

«Ja, ja, ja.»

«Saludos.»

«Saludos, ja, ja, jaaaaa.»

—¿Se quedó sin aire? —me reí, con esa «a» alargada abarcando mi pantalla. Saber que Zero se encontraba más relajado con su trabajo me hizo sentir satisfecha. Quizás con menos culpa.

Pobre diablo, vi las fotos en Threads que le tomaron en la convención. Solito, comiendo brochetas.

En *Wild Caves*, Zero se sentó a la sombra de un árbol mientras me platicaba lo que había vivido, quizás ese mismo día o ayer, durante un evento al que fue invitado. No mencionó su profesión ni a la persona que se encontró, pero me pidió permiso para enviarme una fotografía suya. Sonriente, con el símbolo de amor y paz, junto a una muchacha de apariencia más joven.

—Pareces su fan —confesé.

—LMAO, YA SUÉLTENME -n- —me sacó una carcajada verlo romper personaje—. Me dijo que su teléfono tomaba malas fotos. ¿Cómo voy a malintencionar eso?

—Me costó aprenderlo en el trabajo, pero cuídate de las personas «buena vibra».

—Es que también depende del trabajo. Acá debes chuparle los pies a la gente si no quieres que se te vayan cerrando puertas. Necesito plata, ¿sabes? Tengo gustos caros, excesivamente caros —me confió, y arrancó un par de hierbas del césped que guardó en su inventario—. He considerado varias veces vender un riñón.

Yo, mis óvulos, pensé.

—Seh, te comprendo.

—Pero, según lo que investigué, no te dan mucho. Es el salario de un año.

—Sirve para un emprendimiento.

—¿Qué? —me miró sobre el hombro—. ¿Quieres emprender, Coralito?

—Ya lo hice. No me he recuperado.

Mi querida y amada editorial.

Se tomó más tiempo de desahogo, de hablarme de su día sin soltar datos íntimos. Permanecí sentada a un costado mientras apreciaba sus cabellos dorados enredarse entre sus dedos, como las hojas del árbol que caían sobre ambos. Me pareció que tenía mucho que compartir, pero no quise asumir que no hablaba con muchas personas; quizás, simplemente deseaba hablar conmigo.

—Deberías comer un día en Zhong, los *bowls* son deliciosos. Vi que lo abrieron frente a un edificio en el que trabajo regularmente, así que me arrepiento de no haber ido antes.

—¿Sí?

—Podría hacerte una lista de todos los lugares que te recomiendo en la capital. Si quieres, con servicio a domicilio, porque sé que eres un ermitaño.

—Me parece, ja, ja, ja.

Mi rostro estaba apoyado en mis rodillas. Zero me observó y estiró una mano para darme algunas palmadas sobre la cabeza. Permanecí sentada pese al golpecito que me dio con su dedo en la frente, entre otras poses producto de sus logros.

—¿Por qué me miras así? —cuestionó de pronto.

—¿Así cómo? —empujó mi cara para cubrir mi sonrisa—. Extrañaba tus conversaciones sosas y gestos irritables, Terrorista. Así que estoy disfrutando esto.

—Bueno, ahora vas a escuchar cómo he ido al baño tres veces hoy.

—No, demasiada confianza —me puse de pie.

Después de asesinar al sujeto del pantano, rondamos por al menos una hora la zona buscando alguna pista para seguir el camino. Tras un tiempo perdido, Zero me propuso volver a la rama principal, ya que uno de sus amigos estaba en línea, así que podíamos preguntarle qué ruta tomar de ahora en adelante.

Nos encontramos en God's Sake, la taberna que concurrimos Rizz y yo. Era mi segunda vez allí, ya que en partidas individuales el lugar se hallaba vacío, sin nada más que cuerpos en descomposición carentes de voluntad para atacar a cualquier visitante y, por lo mismo, sin objetos de valor encima. Se encontraba en la avenida principal de Atardeceres. La entrada a la taberna era la parte trasera de la mesa redonda donde se reunía el gremio de jugadores apodado Nenatum.

—Lo había pensado antes, pero tu apariencia es increíblemente atractiva, Tarner —señaló Circe, apoyada contra la pared para evitar que terminara de entrar. Su cuerpo, casi encima del mío, me descolocó, haciéndome incapaz de escribir—. Pareces ser del tipo que invierte generosamente en esto.

Viena se moriría por estar en mi lugar.

—¿Quieres acompañarme de compras más tarde? —propuso, y con una mano sostuvo mi mandíbula para observar con más detalle mis facciones.

—Quítate de encima, Dios —la apartó el rubio, tirando del manto que cubría sus alas hasta meterla nuevamente a la taberna—. Él viene conmigo, lo que significa una cosa para ti: NO es tu blanco. Si te encuentro haciéndole algo, más te vale que no te conectes un mes entero.

—Hey, mi amor, no digas eso… —posó su dedo índice en los labios del otro.

Supongo que sí es una estafadora.

—Héctor, me estás desquiciando.

Los miré de reojo. Había leído bien. Pero ellos continuaron forcejeando como si no lo hubiesen escrito en el foro abierto.

—¿Eres hombre? —alguien en la barra hizo la pregunta que se formó en mi cabeza. Se trataba de un Cristalino—. Lptm, mi salario del mes…

—¿Que Circe qué? —otro volteó sorprendido. Un vaso cayó de fondo, igual que la mentira.

Puse mi palma sobre Zero, quien seguía gritándole cosas a Circe mientras el otro reía con las manos al aire. Me miraron irritados por la interrupción, pero pararon de igual forma cuando hablé:

—Oigan, están en el chat general...

—LMAO, ¿de qué hablas? —Circe se rio. Zero no lo hizo—. LMAO. Hermano... ¿De qué hablas? ¿De qué estás hablando? Hermano, nooo... —casi se suelta a llorar.

Zero agarró sus cosas, me sostuvo del brazo y nos arrastró fuera del caos que comenzaba a producirse dentro. Aparentemente, la hechicera era bastante conocida no solo por sus hazañas en el videojuego, sino por obtener fondos monetarios de otros jugadores a base de mentiras, así que su rostro de espanto y el silencio al huir se debió ante la idea de que acababa de sepultar su propio avatar.

—Me jodiste la vida —balbuceó, pero Zero no volteó a ver siquiera su cuerpo moribundo que trataba de seguirnos el paso—. Es porque no le bajé a tu taza cuando me fui, ¿verdad?

—Qué bueno que lo mencionas... PORQUE LA TAPASTE.

Apreté los ojos con fuerza. En definitiva, no deseaba esas conversaciones durante mi escape de la realidad. Quería muertes, enfrentamientos, magia, poder... así que les propuse guardar un minuto de silencio y, aunque se rieron porque no tenían los micrófonos encendidos, lo respetaron.

El sol de las tierras bajas, ya fuese por su ausencia de color o la forma en que era ajustado, siempre me hacía entrecerrar los ojos cuando levantaba la vista. Casi blanco, abrumador, frío; todo bajo él lucía muerto. Me puse mi capucha y miré de reojo a los otros que avanzaban en silencio. Me pareció que Circe estaba herida, la armadura que rodeaba sus piernas apenas podía mantenerse firme en el asfalto.

—¿Te hace falta energía o algo...?

—¿Mmm? —levantó el rostro hacia mí. Zero se detuvo a observarme cuando paré—. Solo no me he alimentado. Estaba en la taberna para reponer las casillas vacías.

—Tengo tartillas de frutos rojos…

—Eso es de nosotros —el rubio me sonrió—. De solo los dos.

Parece que me rebanará la cabeza.

—Tengo retazos de res marinada y puré de papa —ofrecí.

La muchacha, Héctor, elevó sus comisuras.

Nos arrastramos bajo el sol hasta ocultarnos de él. En la sombra de algunos árboles se acumulaba la niebla, que contrastaba con la hierba pintada de rojo cuando el sol comenzaba a ponerse; era el único momento del día en que las tierras de la superficie se teñían de color. La sangre de los reyes y el lord Zeron que las gobernó, antes de que le fuesen arrebatadas por Naverlo, examigo y padre de Rodrik.

No he solicitado la audiencia con Naverlo porque no he podido acercarme a Rodrik y sus estatutos.

Saqué un vino obtenido en una batalla anterior, mucho antes de conocer al rubio, que me miró sorprendido por compartir algo como aquello. Nunca fui una persona de hacer las cosas en compañía, así que pasé bastantes horas peleando sola. Deseé invitarles, como si fuese cosa de una vez y la excusa perfecta para sentir que valió la pena abrirlo.

Nunca había disfrutado tanto jugar como esas últimas semanas.

—¿Esa es la tartita? —Circe señaló el pequeño postre, que tenía una especie de glaseado blanco sobre la mermelada y algunos frutos rojos encima para hacerlo más apetecible—. Son unos egoístas.

—Cállate, ya te está dando demasiado…

—¡¿Por qué parece que quieres pelear conmigo, maldito perro?! Dile a Luis que entre, a ver si con él te pones de mamón.

—Él detesta jugar en público o cooperativo y lo sabes, pero bien que quieres a alguien que te dé la razón.

—QUIERO A ALGUIEN QUE NO ME APUÑALE POR LA ESPALDA.

—Voy a tirarnos un maleficio si siguen jodiendo mi sesión nocturna —les advertí.

—Para eso ya mejor cambia de amigos. Yo te ataco con amor —le corrigió Zero, mientras tiraba de mi brazo y me rodeaba con los suyos—. ¿Verdad, Coralito?

—Preferiría trabajar en un *call center* o leer otra vez *El Alquimista*.

—Pongan a Paulo Cógelo —escribió Circe en broma. Tras unos segundos volvió a teclear—. Paulo Cohell* COELHO.

Zero volvió a mí, exigiendo que lo repitiera. En algún punto sus abrazos extremos comenzaron a quitarme el aire y, por consiguiente, a hacerme daño, así que comenzamos a revolcarnos en el césped mientras forcejeábamos a puño limpio. Yo reafirmé que mi época de *call center* había sido mejor, respuesta nada sincera para describir la peor época de mi vida. No había cosa peor que un *call center.*

—Bueno, disfruta lo votado —espetó. Yo me volteé, indignada.

—¿Qué hablas de votar tú, pelos de elote? —Circe nos interrumpió, mientras se pasaba una de las tartitas que le prohibimos—. Mi hermano, eres un HOMBRE INGLÉS.

—Nací aquí, segregador. ¿Cuándo vas a dejar de insistir con eso? No vuelvo a llevarte con mi familia.

Circe se llevó su dedo índice a los labios, en un sonido apenas perceptible que rasgó el aire con delicadeza. Mis manos se quedaron inmóviles, pero Zero, quien estaba recargado en la corteza del árbol, apuntó su estoque al rostro que nos sorprendió por detrás.

Un jovenzuelo, que retrocedió empuñando una daga de acero, lo miró asustado. Sus reflejos eran buenos; por sus prendas oscuras, la cantidad de pequeñas bolsas alrededor de su cintura y los brazos ágiles, me pareció un bandido. El asesino escarlata, sin interés alguno en escucharlo, elevó el estoque para matarlo.

Circe lo detuvo con apenas unas palabras mientras se servía elegantemente el vino dentro de una taza de madera.

—Será mejor que no lo mates —dijo, como si supiera algo. Esto me pareció que le crispó el nervio a Zero, pues giró a verlo, como espantado—. No te diré más. Acaben solos.

Apoyó una mano en mi hombro y añadió:

—Gracias por la comida, Tarner. Te debo la vida.

Invocó a su caballo para marcharse. Por supuesto que yo tuve que intervenir entre los dos hombres silenciosos que se ahorraron palabras.

El joven apenas era capaz de formular una oración pero, tras insistir, confesó que estaba huyendo de una caravana de traficantes. Se retiró por completo la mascarilla, bastante similar a la mía, y preguntó por lo que comíamos. Zero intercambió miradas conmigo antes de levantar las manos.

—Haz lo que quieras, luego me lo resumes. Estaré un momento AFK.

El chico se atascó de comida como si nunca hubiese probado bocado en su vida. Sus pantalones estaban rasgados por alguna caída; las puntas de los dedos oscuros, como contagiado por la peste del mundo.

Miré fijamente el vino vaciarse. Alguna deuda se debía saldar, ¿no?

—Guilde, el deshecho, asesinó a mi familia hace dos noches en compañía de cuatro vástagos. Lo he perseguido sin parar, pero me ha visto… Me ha visto, pese a mis habilidades para pasar desapercibido. Ese hombre está maldito. El arma que carga… estoy seguro de que no le ha enfermado la cabeza, sino que ve con más claridad que nunca. Jamás he creído en los dioses, por mí pueden perecer en su reino, pero si algo le falta a Guilde es un dios —hizo una pausa—. Se cree un maldito dios.

Guilde… Trabajaba para Ramned, un diplomático de Naverlo. ¿Había desertado o estará siguiendo órdenes?

—¿Tu familia era humana…?

—Mi hermano mayor, medio hermano, era mitad *tiefling*.

Creo que hemos llegado a «ese» punto…

—¿Sabes a dónde se dirigían?

—¿Te vas a comer esa tarta? —señaló el postre en mis manos.

—¿O en qué dirección estaban avanzando?

—¿Puedo comérmela? —la miró con ojos de cachorro. Me recordaba a mi hermano, siempre disociado cuando estaba compartiendo la mejor información del día: un chisme. Me dieron ganas de ahorcarlo.

—Adelante.

Devoró. Zero, en ese instante, quizás regresando en vida, me cuestionó lo que pasó con la comida e insistió, casi tirando de mis hombros, para que hablara, pero me dio mucha vergüenza explicarle que se lo comieron todo frente a mí, en especial el jovenzuelo del que me advirtió.

—Lo repondré más tarde.

—NO SE TRATA DE ESO, CORALITO. ¿NO VES QUE ES UN BANDIDO?

—Iban al norte, a las ruinas conocidas como Mar Oculto. Hay fosas que te sumergen en el mar subterráneo, pero me he rendido de perseguirlos. No solo le temo a la oscuridad, sino que lo mío es vivir así. Solo robo y revendo.

—Qué bueno que sea sincero.

—Shhh —silencié al rubio.

Tras limpiar algunas moronas de la tartita que cayeron sobre su atuendo, el tipo juntó las manos y casi se arrastró para sostener mis brazos. Zero pareció frenarse a sí mismo de cortarle y se retiró para no estar a la defensiva, y el chico aprovechó a seguir hablando conmigo. Primero agradeció el alimento, después me pidió dinero.

—Hágame cualquier encargo y yo lo realizaré —especificó—. Le daré descuento, explorador. Puedo proporcionarle cualquier información; en el proceso me hago de artículos limitados.

—Me parece bien.

—¿De verdad? —Zero bufó, mirándome como si fuese un bruto—. Eres todo un caso, Tarner. Con razón te mataba tan fácil, eres el más ingenuo.

—Métete en tus asuntos.

—Das ternurita.

—¿Y me puedes dar un vaso con agua? —insistió el chico de cabellos castaños, nombrado como perro: Hachi.

«Tarner. Tarner. Coralito. No me dejes solo con este loquito. Hachi no ha parado de seguirme y yo solo entré para *lootear*. Insiste en que le compre frascos, ¿sabes? Lo tuve que mandar a pedir información de Letrades, el acompañante de Guilde.»

Me reí, pero, aunque me lo pidiera en ese tono, no podía detener mi trabajo.

Viena estaba ocupadísima desde el fin de semana llevando a cabo el proceso para dar de alta la editorial dentro del portal donde hacíamos los envíos internacionales. Debido al incidente con la editorial extranjera que reinvirtió sin consultarnos, Maroon Ediciones, decidimos reevaluar el tener a otra editorial como colaboradora. Nos habían dado la mano, y confiaron en nosotras, así que esperaríamos a que el tiraje que tenían se vendiera, pero una vez estuviese agotado, nos encargaríamos de proporcionarlo a la web directamente.

Yo debía terminar de editar el manuscrito de Viena, nuestro siguiente título: *La herencia de la diosa*, un romance entre dos chicas con ambientación *steampunk.* Estaba trabajando ya en los últimos capítulos, pero en lugar de leerlo en voz alta a Leany, corregí en silencio para no estresarla mientras diseñaba los *posts* que anunciaban nuestra colocación en librerías.

—Gen. Gen.

—¿Qué pasó?

—Quiero unas botas blancas —expresó Lea. De fondo sonaban sus dedos sobre teclas—. Unas botas bieeeeen caras. Con florecitas. Ciento noventa dólares.

—Medio sueldo.

—Pero son hermosas, Gen. De verdad son hermosas. Sería más feliz con ellas.

Agarré mi celular un momento. Alguien me había etiquetado en una historia y también a la editorial, pues me llegó la notificación de la cuenta en Instagram. Trabajar tan temprano era vital para mí, operaba mejor en las mañanas y las tardes las invertía en jugar con Zero.

Ojalá él también esté usando sus demás horas del día para trabajar.

—Yo te diría que lo reconsideres, Lea —hablé, queriendo reír—. Piénsalo bien. ¿Necesitas botas blancas con florecitas de colores?

—Mira, es que yo creo que no le estás preguntando a la persona correcta. Siento que las necesito —suspiró—. O sea, no las compraría ahorita. Es algo que quiero considerar para mi cumpleaños.

—Ajá.

Estaba sonriendo ante su dilema, pero al ver la historia de Instagram mi rostro se torció en una mueca. Alguien había comprado mi libro y me había etiquetado, junto con la editorial.

—A veces odio ser pobre con gustos caros —formuló Lea, arrastrando las palabras con pesar—. JA, JA, JA, bueno, no soy pobre como tú, pero… No tengo botas con florecitas.

—Lea, alguien ya compró mi libro en una librería —balbucí, y con ello las lágrimas comenzaron a abandonar mis ojos.

—Ay, bebecita —habló con ternura—. Sabes lo orgullosa que estoy de ti. Voy a terminar este *post* para anunciarlo públicamente al rato y que más personas puedan adquirirlo, ¿sí?

Afirmé dejándole saber que me parecía bien.

—El chiste es que recuperes tu dinero invertido, cada centavo que hayas puesto. Tu libro es bueno, así que confío en que eso se logrará —se oyó segura, lo que hizo que mis manos en el rostro se apretaran más fuerte para dejar de llorar—. Así deba sacrificar a los distribuidores o vender a la misma Viena.

—¿Por qué sentía que ibas a mencionar a nuestra anterior correctora? —me carcajeé.

—Sí, se me olvidó que ya la sacrificamos.

Las risas casi me sacan un moco, pero de aquel incidente no se hablaba, así que detuvimos el asunto.

—Dentro de todo, y lo digo como alguien que sí trabaja en oficina a diferencia de ustedes, no siento que vayamos mal para solo tener dos libros y poco trabajo. Hay que organizarnos seriamente, es todo —explicó en una pausa que tomó para enviarme la *preview* del *post*—. Es normal no ganar los primeros años.

—Hermana, te quedó hermoso.

—Lo sé —la diseñadora no necesitaba halagos, todos sabíamos que, en Dione Editorial, ganábamos seguidores gracias a su trabajo.

«MUJER, acabo de ver la historia que compartiste. NO NOS HEMOS VISTO HACE SEMANAS. Hay que salir a comer un finde y de paso compro tu libro, ¿sí?»

—Me escribió mi amiga. Dice que salgamos a comer.

—¿La de ricitos? —le confirmé—. Síií, vayan a comer algo rico. Aprovecha que están en la misma ciudad. Me envías fotitos.

—Sí, te hago llegar todo.

«Hola, Génesis. Le escribo nuevamente para enseñarle la ilustración 7 de 12. Dígame qué le parece y si requiere alguna modificación. He quedado encantado con esta. Muchas gracias por permitirme usar los colores de mi preferencia. Espero tenga una excelente mañana. Con amor, Zero.»

A veces era tan fácil odiar y amar el trabajo que hacía, no solo por el placer de hacerlo, sino por las personas que confiaban en ello. Mi ilustrador, que sin saberlo me ponía de buen humor y despertaba en mí el deseo de disfrutar no solo los videojuegos, sino lo que escribía, me había hecho más blanda y hasta provocó que sintiera afinidad por el trabajo.

Eso era también parte de crear.

CAPÍTULO VI

Carrillo y *La voz del sueño*

Nada me removía más que sentarme a observar *La voz del sueño* de Lilia Carrillo. Ese rostro malformado, ese rojo deslavado y el movimiento que solo podría imitar en mis pesadillas. Si lo miraba, me veía de vuelta. Si no lo sentía, me carcomía como la peste. Y si mi trabajo no se percibía así, ¿qué demonios estaba haciendo?

—¿Necesitas una mano? —Tarner se inclinó en el pantano, arrancándome de aquel sueño donde el tiempo no transcurría. El coral que estaba por alcanzar mis piernas se hundió en lo profundo.

Me retiré los restos de musgo pegados al cuerpo y escupí la llave que me había pedido. Quiero decir que Tarner también estaba siendo considerado; el pobre hombre tenía estadísticas físicas bajas, lo que no le permitiría realizar acciones que sabía lo matarían.

Sabía que me agradaba porque me arriesgaba a hacer estas tonterías.

—Sabes que no ganamos nada con esto, ¿no? —le recordé—. Hay varios retos que desbloquean cosas y los suelo hacer, pero… hay otros que simplemente no valen la pena.

—Es el arte de saber apreciar —sonrió, observando la llave de aspecto genérico para cualquier desarrollador a contraluz del sol, como si fuese un valioso objeto—. Deberías intentarlo un día.

Soy ilustrador, claro que sé apreciar.

—Uno consigue apreciar incluso las cosas sin valor

Entendí lo que decía, pero no me pareció tan sencillo. Había un estándar para todas las cosas, y aun si parecía fallar, alguna razón existía detrás. Yo no veía valor en mis obras más allá de un medio para el fin de algo, y aunque quería culpar a mi más reciente *hater* por los pensamientos intrusivos, le di la razón.

—Es tan fácil como decir que te gusta la rutina del trabajo —agregó, como si leyera mi silencio a través de la pantalla—, el exceso, las mañanas, o comer de madrugada. Amo comer de madrugada. Pero a lo que voy: las cosas naturalmente carecen de valor. El ojo que las observa es quien decide lo que ve en ellas y cómo las interpreta.

—¿Estudias Filosofía o Letras, Coralito? —pregunté curioso, con una risilla en mis labios que no pudo ver y tampoco complació con su respuesta. Me encogí de hombros y añadí—: Bueno, a mí me encanta beber café de madrugada.

—Sé de arte, sí.

Elevé la mandíbula. Mi cuerpo se aproximó a la orilla del asiento por reflejo.

Tarner me estaba hablando de él. Aquello no ocurría con frecuencia.

—Conozco el arte, y quiero creer que me conoció a mí. Aunque dudo lo recuerde.

—Eres todo un poeta.

—Lo sé, gracias por recordármelo.

Arrojamos una señal al cielo, la chispa de un grito de estrella ahogado. Mientras esperamos respuesta, Tarner me habló sobre sus estudios, pues, aunque no terminó su carrera universitaria, un exprofesor de filosofía que fundó su propia academia le impartió cursos privados durante tres años, que pagó de su bolsillo. Aunque quise preguntar sobre su trabajo actual, me pareció poco prudente.

En cambio, le hice una petición:

—¿Tienes alguna clase grabada o documentos relacionados al tema que me puedas compartir? —su rostro, antes enfocado en la señal estática sobre el cielo, me observó. Sentí que me había visto en realidad—. Me gustaría saber un poco más, por mero pasatiempo.

—Te comparto algunas sesiones después.

Recargué el pulgar sobre el botón y caminé hacia él antes de que el rostro a su costado me distrajera.

El joven con cara de tonto nos saludó. Cargaba una pequeña caja con cerradura. Tarner la tomó de inmediato, ambos atentos al momento en que introdujeron la llave. Sentí cómo pasé saliva del coraje, pues dentro solo se hallaba una fotografía y un dije de edición limitada. Tarner explicó que esa imagen expandía el árbol familiar de los Rumier, la casa de Zeron.

Es solo coleccionable, no cambia nada…

—Tarner, señor, ¿tendrá otra de sus tartas?

—No —miré a Tarn—, no tiene ni una, ¿cierto?

Tarn hizo un gesto negativo con la cabeza.

—Ya veo…

Comencé a desmontar el pequeño campamento que pusimos durante nuestra persecución a Guilde, el traficante.

Hachi era un seguidor recurrente, se separaba en ciertas ruinas para allanar y vendernos objetos que ampliaban el conocimiento de historia que teníamos acerca del mundo. Por eso el exprisionero deseaba tenerlo cerca, aunque tratara de gastarse nuestros recursos.

Miré de reojo sus manos, las cuales pasaron una tartilla envuelta en harapos. Hasta posó sus dedos en la cabeza de Hachi para acariciarlo como a un cachorro.

—¿Le acabas de dar comida? —Tarn giró hacia mí—. HEY, no seas tan débil. Puedes negársela, no la necesita, es solo un NPC.

Él se carcajeó.

—Lo siento, me recuerda a mi hermano —y dijo aquello con una sinceridad que me forzó a juntar las cejas—. Soy débil con esas cosas.

Me hace débil a mí si lo dice así.

—Entiendo… —suspiré, consciente de que no se detendría—. Mira, trata de guardar algunas cosas para ti. Si se te acaba, te compartiré un poco de alimentos, pero aunque sea restringe lo que ofreces, ¿sí? Prefiero que TÚ te alimentes bien, lo necesitarás en batalla.

—Ya, ya, gracias, mi Terrorista.

—¿Estás siendo sarcástico? —lo rodeé con ambos brazos.

Durante nuestra sesión arrasamos con varios campamentos y un culto que levantó a Hachi a nuestras espaldas, casi raptado en brazos de un orco. Hubo algunas misiones secundarias, entre ellas un castillo que preferimos rodear: teníamos el plan de volver allí para buscar cofres una vez termináramos el DLC, ya que nos urgía entrar en las cuevas subterráneas.

La ausencia del escenario más simbólico de *Wild Caves* nos estaba comenzando a atormentar.

—Siento que no es WC sin entrar a una cueva.

Vaya siglas.

—Jamás me había identificado contigo —confesó Tarn, echándose agua en un pocillo que me extendió no solo a mí, sino también a Hachi.

—Pueden acortar la ruta a través del castillo que dejaron atrás —mencionó el pecoso—. Conozco el camino de unos comerciantes que fueron detenidos hace poco.

—¿De verdad acaba de decirnos esa mierda? —estuve por arrojarle el pocillo, pero Tarner inclinó su cimitarra para bloquearme la vista—. HACE DIEZ MINUTOS NOS PUSIMOS A RECORRER OTRA ZONA.

—Por eso no es bueno saltarse rutas —lo defendió.

—Me gustaría acompañarlos también. He escuchado que allí se encuentran los anillos de Irina, La Grande —explicó el chico, acercando sus manos al fuego de un área de guardado. La llama en su rostro me hizo notar no solo sus heridas y la tierra en sus mejillas, también su juventud; tendría unos diecisiete años—. Los custodia su hermano, también esposo.

—Bueno, eso será para otra ocasión. Me tengo que ir, Tarner.

—Me avisas cuando nos volvamos a encontrar. Te enviaré lo que me pediste, ¿sí?

—Lo espero ansioso.

Guardé mi estoque y cerré sesión.

Quería saber más de él, de mi compañero, pero me encontré estos últimos días respetando su privacidad. Desde el evento en Palco, algo me quedó claro: no le gusta conocer a otros en persona.

Imaginé que Tarn, si es que trabajaba como oficinista o en alguna tienda, solo tenía tiempo para jugar en las tardes y noches, así que estuve haciendo un esfuerzo esas semanas por conectarme. Mi hora de dormir predilecta era a las 4 a. m., despertaba pasado el mediodía, hacía algunas actividades como ejercitarme, beber café, preparar mis comidas del día, beber más café y pretender que después de mi lesión estaba llevando una vida saludable.

Me sentaba a trabajar alrededor de las 4 p. m. y, ya entrada la media noche, me dedicaba a jugar o me distraía con cualquier actividad de ocio. El horario laboral perfecto de ocho horas.

Mi compañero no tenía ni idea de cómo me estaba consumiendo jugar con él. Y eso, quizás, me estaba jodiendo la mente un poco más de la cuenta.

«Para ser alguien que habla tanto de arte, me parece que nunca lo has conocido.»

Fue el último comentario que @alalargateacostumbras dejó en mi Instagram. Su odio no se había prolongado más allá de dos semanas, pero, aunque se detuvo, quizás buscando otro contenido que criticar, sus opiniones bastaron para que se me cuestionara el contenido que estaba compartiendo en internet.

Que, de ser atractivo, pasara a ser un aprovechado de mi apariencia.

Que, de ser un genio creativo, me convirtiera en un producto del montón. De diez comentarios positivos, había uno negativo en mi perfil, como si yo no fuese a leerlo entre tantos. Porque sabían que leería aquel pequeño texto. Que influiría en mí. Que aquel martirio en mi cabeza me dejaría mirando al techo en completa quietud y oscuridad.

«Hasta un perro puede hacer esto. Y lo haría muchísimo mejor.»

—El hombre no puede ser individual —cerré los ojos ante la voz que emitía el audio—. *Claro que sus pensamientos están ligados a decisiones personales, pero condicionadas por el entorno. Somos la suma de creaciones ajenas, conceptos, normas, y es imposible existir sin generar un cambio, ya sea en el movimiento de una roca o las palabras que transmitimos a otros. Quien es individual de la humanidad, de la creación, de la acción, no existe.*

Giré el rostro hacia el teléfono. Llevaba ya casi veinte minutos escuchando una de las clases que me compartió Tarner, pero todo ese tiempo parecía ser solo un recorte de algún texto que se leyó en la sesión.

—En el existencialismo, el hombre existe porque genera cambio. Su presencia moldea el entorno, pese a su responsabilidad individual. La existencia precede a la esencia —carraspeó la voz. Mis ojos descendieron hacia mis piernas, después pasaron a mi computador encendido—: *Y la esencia, el arte, es la expresión del hombre. Es esa ilustración, esa lírica, esas palabras que sugieren emociones en los demás o en quien lo ha creado. Es la máxima representación de la expresión humana.*

El hombre tosió con más fuerza, dando por concluida la lectura.

Me reincorporé con una fuerte migraña, ahogado en silencio, apenas siendo capaz de ver el brillo de la pantalla.

Le preguntaré qué libro estaban leyendo.

—Has hecho un buen trabajo en el ensayo, de verdad. Quiero felicitarte. Hay cosas a corregir y replantear, pero te enviaré las correcciones la siguiente semana, ¿sí? —mis manos se detuvieron antes de pausarlo—. *Deberías unirte a mi grupo de fin de semana. Sé que se cruza con tus horarios, pero me gustaría que leyeras cosas de mis chicos y que tengas la oportunidad de compartirles tus proyectos. Hay buena retroalimentación.*

El video se cortó o, más bien, fue cortado. Pese al silencio abismal y la desilusión de no escuchar su voz, nada me preparó para la sonrisa que reclamó mi rostro.

¿Tarner lo escribió? ¿Él pensaba así?

—¿Quién demonios eres? —esbocé una risilla, casi fascinado.

No es bueno crear tanto misterio, Tarn. Me carcome la cabeza. Y eso también me fascina.

Tiré de mi silla para sentarme frente al computador y apliqué las medidas con las que trabajaba el libro en el lienzo: 15.5 cm de anchura, 23 de altura. Configuré el espacio de trabajo con las líneas de sangrado y agrandé la ventana de color, pues, aunque el libro se imprimía en blanco y negro, yo gustaba de trabajar así en caso de que se pudieran usar para publicidad o la versión digital. Todo era un recurso.

Alcancé la tableta y abrí la escena de la novela. Página 251: Cédric interrumpe la cena de compromiso de Lauren. Tenía que retratarlo.

—Sugiere que dibuje cuando él agarra su mano, evitando que tome asiento. O, ya estando fuera, sosteniéndole la mano, porque desea esos momentos íntimos en que intercambian miradas —esbocé. Con el aire siendo masticado, las indicaciones del *briefing* de Gen—. Yo quiero que estén cruzando la puerta, como huyendo o siendo libres.

Ahhh.

Bajé la cabeza con las manos en ella, evitando que me fuese de boca sobre el teclado. Había momentos así antes de empezar, no era fácil hacerles frente. Si estuviese haciendo una ilustración solo porque sí, haría el *moodboard* más genérico y seguiría lo indicado. Pero mi trabajo comparado con aquel ensayo se quedaba corto.

Me faltaba chispa para transmitir la emoción de pelear por algo, de no rendirme en crear arte sin siquiera intentarlo. Sobre todo, cuando me comprometí la semana pasada a hacer algo decente para la escritora Asceta.

Me brindó más libertad, después de todo.

—Debería leer el capítulo entero —tomé mi decisión.

La prosa de Génesis me parecía elocuente, algo limpia. Saltaba a la acción en lugar de irse con vueltas y después se expandía, como quien observa y luego describe al lector. También parecía gustarle, particularmente, el intercambio de silencio entre sujetos, ese frenesí de emociones que se desbordaba con apenas una mirada.

—«Tienes las mejillas rojas de nuevo...» —leí, con un suspiro.

Lauren, la secretaria, por primera vez mostraba vulnerabilidad. Sus mejillas ardían al haber corrido sin soltar a Cédric, esbozando aquellas palabras que ya se habían intercambiado antes, cuando él la besó días atrás, por mero impulso.

Ahora la frase significaba más: *tú sientes algo por mí.*

—Disfruto su novela... aunque no sea del tipo que acostumbro leer.

Busqué su nombre en internet, pero no para ver reseñas ni dejar calificaciones tontas como la última vez.

Me apareció contenido bastante variado, desde entrevistas de estudiantes para sus proyectos, su nombre como colaboradora de una empresa llamada Dione Editorial, hasta una plataforma donde subía escritos inéditos.

No podía adquirir de forma gratuita *Día Cero* ni tenía la intención de comprarlo, así que comencé a leer sus publicaciones por curiosidad. Quizás esperaba toparme con algún romance literario escrito con anterioridad.

Por supuesto, nunca recibes lo que esperas.

«No creo en la culpa, pero sí en la responsabilidad. En el grito ahogado, bajo tierra. En la lluvia y el rojo de la patrulla. En el actuar, sin crueldad en las manos. Quiero creer que aún hay responsabilidad.»

Textos breves. Algunos cuentos cortos que comenzaron con fuerza en el primer párrafo:

«"La vida no es solo creación", Z se repitió eso cuando el último gato que salió escupido del útero estaba muerto. Del tamaño de sus manos, rayado con colores grises, cubierto de sangre que su madre no limpió. Los gatos olían la muerte, no perdían tiempo en seres que no podían sobrevivir por sí mismos, aun si se trataba de sus crías. Eso no era un espectáculo que ofrecía la vida, era solo la muerte interponiéndose en ella.»

Algunos parecían desahogos específicos hacia alguien.

«Le pedí, por lo que más quisiera, que no volviera a hablarme. Si lo hacía, yo pretendería que jamás pensé algo como esto e incluso me disculparé. Seremos como antes. Viviré con el dolor constante de estar a su lado.»

Después de algunas lecturas incómodas, tensas, llenas de arranques de ira, llegué a la última actualización. *El monólogo de un desconocido*, septiembre del año pasado:

«¿Sabes? Siento que esto apenas es el principio. Que solo estaré bien por momentos, por pequeñas etapas, pero progresivamente terminaré conmigo misma.»

Aunque no sabía lo que las personas percibían de mí o lo que ellos deseaban, me era fácil comprenderles si me adentraba en el arte que construían. Ya fuese demostraciones de ego o sus críticas personales, inclusive lo que más procuraban ocultar.

Génesis era una gota, una transparentemente frágil.

Pero la mujer sabía escribir, era innegable. Antes de existir, su esencia se desbordaba, sus emociones florecían, justo como una artista. Quizás en presente, quizás en pasado.

Agarré el lápiz y comencé a dibujar.

Pintaría el instante en que las mejillas de Lauren se tornaban rojas, desde un ángulo contrapicado. Quería que se apreciara su vestido y el cabello siendo echado hacia atrás por el viento. Cédric tomándole la mano. El intercambio de miradas, al menos la de ella hacia él, para enmarcar la esencia de su autora. Y ese rojo de la sangre, el que tanto me gustaba, para cumplir mis caprichos personales.

Quiero que reconozca mi trabajo. Si es una artista como ella, quizás vea valor en lo que hago.

CAPÍTULO 11

Guárdame un baile, Zelda Fitzgerald

Cuando se trata de hablar de mis novelas, nadie me calla. Mi exnovio me lo repetía, ya fuese durante el baile de graduación, el abandono de mis estudios o durante las primeras conversaciones sobre el proyecto de Dione Editorial. Pese a que recalcaba mi fascinación por hablar tanto de mis historias, no lo hacía con connotación negativa. Me escuchaba, realizaba algunas preguntas, otras veces guardaba silencio.

—En *Cuando cante el sol* quisiera que se viva parte de la Gran Depresión, pero me gustaría retomarlo unos meses antes, cuando aún no existían más que rumores y los economistas, en su mayoría, creían que había iniciado una época dorada en el mercado.

—¿Por qué quieres iniciar antes de que eso explote? —curioso, cambiando los canales del televisor sin decidir qué ver—. Pensé que querías hablar de la desigualdad y mostrar la miseria en que vivía el protagonista.

—Pero también quiero mostrar esa falsa realidad de estabilidad económica que vivía la familia de Elnath, los Mars

—detuve mis dedos antes de seguir escribiendo para pensar un poco más en mi respuesta—. Deseo reflejar el crecimiento de una burbuja ficticia y que esta explote cerca del final de la trama. «Cuando canta el sol, los pájaros se desploman.»

Giré la cabeza cuando sentí su mano rascarme en la espalda. Sus pies con calcetines estaban sobre la mesa de centro, a un costado de los platos ya vacíos del sushi que ordenamos. Era esa sala mi vieja confidente para escribir historias.

—Lionés es alcohólico, ¿no? El protagonista.

—Sí… ya imaginarás lo mucho que lo jodió la Ley Seca de aquellos años.

—Me identifico —confesó, haciéndome reír—. Pásamelo cuando termines. Sabes que soy tu lector beta, y es mi obra favorita.

—Estudiaste Nutrición.

—Hey —me dio un empujón—, no olvides que gracias a mí te interesó la literatura. Yo te llevé a esa feria de libros.

—Lo sé, lo sé… Serás el primero en leerlo, lo prometo.

Por un tiempo creí que solo me escuchaba para que no me sintiera tan sola durante mis largas jornadas laborales, pero, bueno… el hijo de puta me prestaba más atención de la que creí. Abraham fue elogiado durante su primera presentación por la elocuencia que demostró al hablar de mis libros.

Al romper, como si de un divorcio se tratara, el más desfavorecido se quedaba con «la casa». Él se quedó con mi obra. Fueron los daños a pagar por no haber pensado un poco más en cómo se sentía, quizás cansado de la relación pero con miedo a perder su único sustento, al no trabajar. Y una vez tuvo la oportunidad de independizarse, la tomó.

Solo eso. No fui la mejor pareja para oponerme al resultado. Tampoco me consideré una gran escritora. Aunque dejara mi alma en un libro, jamás la encontrarían.

—Circe es una estafadora, Vie... —musité, omitiendo el detalle de que se trataba de Héctor.

—¿La chica de *Wild Caves*? —le afirmé—. Pues sí, ¿no es obvio? JA, JA, JA. Se ve que come de puras donaciones.

—¿Lo sabías? —reí por lo bajo.

—No me conoces, Gen, no me conoces... Cuando era más joven, conseguía todo tipo de cosas en LoL. Siempre querían estafarme a mí —explicó, enfocando la cámara del teléfono para hablarme al rostro—. Les decía que hiciéramos intercambio y yo les compraría lo más caro si me hacían un regalo, ¿cacháí? Los terminaba bloqueando.

—¿Qué te pasa, desgraciada?

—ESO FUE HACE AÑOS, TENÍA COMO CATORCE.

Me carcajeé, apartando el rostro del teléfono para seguir cortando trozos de cinta. Viena tenía un evento literario en su ciudad, llevaría nuestros escasos títulos y vendería papelería. Ella tenía impresora para los *stickers*, pero en imprenta nos hicieron separadores, así que me aseguré de recoger los libros para enviárselos junto a los marcapáginas.

—Serán... ¿cuatro cajas? ¿Estás haciendo cuatro?

—Sí, hay veinte libros en cada una —la sellé y me estiré al pararme del suelo. Mi cadera perdía fuerza por momentos—. En la cuarta estoy añadiendo los separadores. ¿Ya subiste el *post* de aviso?

—Sí, hay varios que preguntan si voy a estar firmando —Viena tenía experiencia de sobra con eventos, era autora publicada desde antes de conocernos—. Prepararé los ejemplares que sobren para algunas cajitas literarias.

—Súper, súper. Pídele ayuda a Leany, que vive cerca de ti… —tomé mi teléfono y abrí el correo—. Oh, mi ilustrador se está luciendo.

No necesitaba más de un boceto para darme cuenta de la escena que estaba ilustrando. Por la fluidez en la composición, y aun sin color, me pareció que estaba inspirado. No supe qué responderle, ya que ni siquiera pidió mi opinión; se reservó a decirme que ya estaba trabajando en la siguiente.

Aquello me sacó una sonrisa. Zero lo estaba haciendo increíble.

—¿ZeroArts? Me apareció un *reel* suyo el otro día… —cerré el correo para volver a la videollamada—. Está carita, ¿no? Tú que lo viste en persona.

—Está bieeeeeen guapo —suspiré—. Tiene el serio problema de que habla, ¿sabes? De todas formas, me gusta su estilo, bastante cómodo, pero a simple vista asumes que está en el medio artístico. El cabello se lo peina fatal y aun así es el tipo de rostro que usaría para una novela.

—Suena como guapo promedio.

—Tiene más presencia en persona, no puedo decir que es positiva. Es como cuando los altos se pegan con los techos.

—Ya… —se metió un palito de pescado a la boca. Yo la miré extrañada.

—¿No has comido?

—No he ni desayunado. Recogeré a Pececito y volveré para cocinar.

—Entonces te dejo, que me hice un hueco en el itinerario para comer con Anny.

—Salúdamelaaaa —asentí—. Súper, igual me dices lo que comiste.

Antes de colgarme, me sonrió.

—Te ves bien, Gen. Me alegra verte salir de esa rutina horrible en la que te dejó el chanta ese. De verdad.

Llené mi termo de agua antes de dejar el apartamento. Nelson me esperaba abajo. Nos saludamos cordialmente y apreté los párpados cuando me preguntó si tenía demasiado trabajo, pues no había salido en medio mes de casa. Yo lo corregí, había salido al súper tres veces.

Tenía algunos mensajes de mi hermano preguntando cómo iban las cosas con mi libro, que uno de sus conocidos lo había comprado y me enviaba felicitaciones. Yo quise saber si estaba comiendo bien, pero se desconectó con rapidez mientras explicaba estar en su clase de baile de los martes.

En la plaza más cercana al restaurante donde quedamos Anny y yo se hallaba una tienda de libros que me gustaba bastante, de franquicia. Dos pisos, con unas escaleritas que la dividían de la cafetería en el primer nivel. El fuerte olor de café mezclado con la madera del lugar me acompañó en cada pisada.

Al subir, sonreí por inercia ante el *stand* con las novedades expuestas. Un empleado que salió de la bodega pasó con una gran cantidad de libros, algunas chicas estaban en la caja esperándolos para comprarlos. Me aproximé a las novedades en búsqueda de mi trabajo entre más de cincuenta libros expuestos.

El Gran Gatsby, otra edición ilustrada, protagonizaba el área.

—Oh, Zelda, habrías odiado ver esto… —murmuré con una sonrisa. Si por mí fuera, habría pegado su nombre en el libro.

A un costado, una portada ilustrada de dos chicos vestidos de traje me cortó el aliento. De tonos pálidos, destacaba el color café, junto a esa sensación de pintura vieja y las letras en dorado. Lo tomé en mis manos y observé la contraportada.

—«Una reescritura de Shakespeare nunca antes vista» —leí.

Debajo del que levanté, más de veinte ejemplares iguales se encontraban apilados. Bajé el libro, como poseída con la mirada en el resto.

Removí, giré, me agaché… pero mi nombre no estaba en ninguna parte de la pila. No había ni un ejemplar de *Día Cero*. Compré, eso sí, una libreta de colección especial con los girasoles de Van Gogh y me retiré sin más.

Llegué veinte minutos antes al restaurante que propuse para comer con Anny. Saqué mi laptop y me senté en una de las mesas cerca de la columna que permitía la carga de celulares. Delante estaba enmarcada una pintura china con el nombre de su artista en pequeño: Zheng Zhong. Le tomé una fotografía. Fue la primera que le envié a Zero más allá de fotos de mi inventario en *Wild Caves*, así que la acompañé de un mensaje simple.

«Comeré en el lugar que me recomendaste. No puedo esperar a probar la comida. Huele deliciosa.»

Me puse mi sudadera, también la capucha para generar calor.

El dorado del sol se metía naturalmente por los ventanales y reposaba en mis manos, que trataban de preparar el PDF que Marta me pidió reenviar a los de marketing. Tenía el correo de mi ilustrador abierto a un costado para responder a sus dudas sobre ciertas prendas de ropa. Cuando un mesero me preguntó si no iba a ordenar, respondí alegre que lo haría cuando llegara mi acompañante.

No me había sentido tan feliz de trabajar fuera desde el año pasado. Sin problemas, sin rencores, descansada. Me había divertido muchísimo esa semana jugando, leyendo *manhwas,* desglosando temas de mi interés, comiendo cosas ricas. No era más prisionera del aire almacenado en mi habitación.

Pensé en ordenar algo de beber, así que me distraje observando la carta. Mi reloj aún apuntaba las 5:24 cuando sentí a alguien llegar por la espalda. Sabía que Anny me asustaría, pero no esperaba asustarme realmente.

No esperaba que fuese alguien más.

—¿Te llamo Tarner? —preguntó un susurro junto a mi oreja que detuvo mi corazón.

CAPÍTULO VII

Campo de trigos

Cuando admiras algo, el cerebro te alerta de que lo que tienes delante no es ordinario. No es fácil de procesar. Nunca has estado delante de nada ni nadie así. Se vuelve único al espectador, así sea un campo de trigos o una noche estrellada.

Hablé con Tarner sobre el tema, cuando la oscuridad reinaba. Me dijo que no admiraba, en ese preciso instante, algo más que *Wild Caves*. Supuse que le era bastante difícil encontrar algo valioso como para ser capaz de decir eso.

¿Me preocupó? Sí.

Y me sorprendió la facilidad con la que le respondí:

—Creo que me atrae eso de ti.

—JA, JA, ¿por? —giró para verme. Aún en su rostro inexpresivo imaginé la sorpresa que se hallaba detrás.

—Eres tú mismo, supongo. Siento que eres fiel a ti.

Fui sincero con él. Aunque había mejorado sus habilidades de pelea con mi apoyo, nunca se presionó a hacer lo que pedía, ni cambió sus estilos de lucha característicos, mucho menos se detuvo de informarse de cosas que yo consideraba inútiles. Ni hablar de todas las lecturas que me compartió, sus reflexiones personales, que podía mostrar tan abiertamente a un extraño... todo de él me despertaba curiosidad.

Pese a mi sinceridad, bajó la cabeza y respondió:

—Es que no me conoces, ja, ja, ja... Solo he sido fiel a mí mismo cuando se trata de menospreciarme. He fallado en todo lo demás.

—¿Lo ves? Hablas como un poeta.

Tarner no se equivocó. Yo no lo conocía. Ni él era de admirar.

—Hombre, huele delicioso. Gracias por invitarme —Héctor entró a Zhong con la vista en los techos, apreciando las palabras asiáticas escritas en papeles que colgaban de las lámparas.

—Tú me invitaste a comer a mí —corregí, siguiéndole el paso con las manos en el bolsillo—. Yo solo te indiqué el lugar.

—Me debes una comida por ir abriendo tu bocota, genio. Deberías pagar con la tarjeta de tus papás. ¿Sabes que has condenado a mi avatar al ostracismo?

—Sí, sí...

Será por revelar su estafa, maldito aprovechado.

—No suenas para nada arrepentido.

Mientras pedíamos una mesa para dos, un mensaje en mi teléfono me hizo sacarlo del bolsillo del pantalón y levantar mis lentes con asombro ante el nombre. Sostuve el brazo de Héctor ante el gesto: Tarner me había enviado una foto. Por primera vez. Sin que yo le pidiera nada.

Por supuesto que la abrí con velocidad.

La foto de una pintura, parte de la colección de Zheng Zhong, *Buscando demonios en las montañas,* era lo que contenía la imagen. El reflejo del sol cubriendo el pliego, la pared color arena detrás y a un costado uno de los ventanales que daban a la avenida principal. Apagué la pantalla, di una palmada a mi amigo y caminé al otro extremo del restaurante.

—Hey, espera...

—No. Tengo que atrapar a alguien —soné emocionado.

Me quité por completo los lentes. Al ver entre las personas y encontrar solo una capucha negra delante del Zheng Zhong, avancé en su dirección. No podía ser nadie más, ni siquiera el lugar estaba lleno.

Doblé mis rodillas para estar a la altura de su cabeza. Pensé si poner la mano en su hombro o si taparle los ojos para molestarlo, pero ya había tenido una experiencia previa agarrándolo por sorpresa. Dudaba que huyera otra vez, aunque estaba muy seguro de que me golpearía a la mínima oportunidad.

No lo asustes otra vez...

Él estaba absorto en la carta de bebidas. Miré atento la pantalla de su computador, donde encontré un montón de palabras escritas que me forzaron a entrecerrar los ojos para leer. Encontré mi propio nombre, pero no en alguna cuenta de videojuegos, sino en mi correo electrónico.

Tenía mis correos abiertos.

Bajé la vista a sus manos, delicadas, de uñas excesivamente cortas. Conocidas. Familiares.

Ah... Dios tiene un sentido del humor retorcido.

—¿Te llamo Tarner? —rompí el silencio, inclinándome aún más sobre su hombro. No volteó, así que suspiré—. ¿O debería llamarle «La queridísima señorita Asceta»?

Bueno, si Dios era gracioso, yo lo era un poco más. Por ello reí por lo bajo y retrocedí, mirando su cara de espanto seguirme hasta girar su torso casi por completo.

Génesis tenía el cabello oscuro como Tarner, pero un poco más largo. Sus ojos claros te arrebataban cualquier capacidad de apartar la mirada. De pestañas largas, pero en cascada. Con un flequillo abierto que caía a los costados de su rostro y unas ojeras enrojecidas por falta de sueño. Era la segunda vez que la veía en persona, pero volvió a causar la misma impresión en mí que no podía poner más que en una palabra.

Terror.

Su apariencia me asustaba. No sabía si seguía viva o no, si se encontraba enferma, fatigada o desmotivada. Aquella escritora me parecía un símbolo negativo en su totalidad, alguien a quien naturalmente evitaría. Pero no pude frenar mi sonrisa, después de todo: se parecía a su avatar en cierto grado.

Y he de admitir que con ambos era incapaz de apartar la mirada.

—¿Mmm?

—Perdón por asustarte, sé que no debí acercarme así… —puse la mano en mi cuello y traté de calmar mis nervios—. Ja, ja. Fue una extraña coincidencia, ¿no te parece? Has de estar confundida, soy…

Me di cuenta solo cuando estiré la mano.

Ya nos habíamos visto, en la convención.

Mis dedos regresaron a mis palmas al no recibir su apretón. Aunque nos habíamos visto, yo llevaba mi casco puesto, ¿no? Ya no lo recuerdo.

Le envié una foto mía, con Muni.

Ella me vio.

Bajé los ojos a sus piernas. Sus manos apoyadas en estas, delgadas, como si fuesen a cortar a quien las tomara. La misma persona que me llamó poco creativo. Que se sentó a escucharme bajo el roble mientras me ofrecía alimento. No supe si era una bendición conocer a quien estaba detrás o si acababa de tragar veneno.

—¿Lo sabías? —interrogué—. ¿Por eso no me saludas?

Se retiró la capucha. Peinó su cabello detrás de la oreja mientras miraba por la ventana a un costado. No hizo contacto visual, aunque yo podría describir a detalle la blusa negra de manga larga que llevaba puesta y hasta el color de sus labios resecos.

—Sí —murmuró—, hace un tiempo. Desde que me propusiste hacer campaña.

Enarqué las cejas.

Tan fácil le habría sido mentir, me dije a mí mismo.

—No me gusta mentir.

Pareció leer mis pensamientos.

—¿No? Qué sorpresa —mi reacción fue sarcástica. Me apoyé en mis talones al retroceder y volví a ponerme los lentes de sol—. Para ser escritora, cuentas las cosas a medias.

—Ah, yo no… Zero, per…

—No me llame así, por favor —suspiré, con una mano sobre mi cabello—. Somos profesionales, ¿sí? Disculpe mi exceso de confianza estas últimas semanas, no sabía que estaba tratando con usted. Luego nos ponemos en contacto, pero ahora mismo no deseo hablar. ¿Puedo retirarme?

—Claro, puede…

Sus labios se apretaron como queriendo decir más, pero su mano quedó en el aire cuando le di la espalda. Héctor estaba por tomar asiento en la mesa junto a la entrada. Tomé mi mochila que él venía cargando. Me miró confundido y le informé que nos íbamos. Ni loco me quedaría con esa mujer ahí, ni cerca de esos ojos de grajilla que se posaban en mi nuca.

—No quiero comer aquí, busquemos otro lugar —mi zapato dio golpecitos en el piso.

—¿Qué? No —Héctor encogió los ojos—, no me voy. ¿Qué te pasa?

—No soporto la cabeza. Necesito aire.

—Apenas estoy viendo la carta… ¿Hey?

Comencé a caminar hacia fuera.

—HEY… ESPÉRAME. MALDICIÓN.

Dios, conocí a Tarner.

Choqué con un señor que iba entrando a Zhong. Giré en mis talones para disculparme y seguí caminando hasta la avenida con las manos en la cabeza para no sentir que me caería allí mismo. Héctor me siguió a gritos, cuestionando mis intentos por huir.

Maldita sea, conocí a Tarner.

—NO, NO SÉ NADA DE ÉL, MIERDA.

—¿Estás bie…?

—NO, mi cabeza está jodida. Se me fue el hambre, si me meto algo voy a vomitar. Vomitaré y moriré —sentí que hasta sudaba frío.

—Bueno, pudiste empezar por ahí, genio.

—Estoy somatizando.

—Ah… Tus padres tenían razón. Si no hubieses sido ilustrador, serías actor de teatro. Maldito dramático —miró mi sufrimiento, el estrés que ya me había reclamado, y suspiró—. Ya, no tengo tanta hambre, puedo esperar a que se te pase la mierda que tienes para que vayamos a comer.

—Eres el mejor…

—Shhh… —posó un dedo sobre mis labios—. Hoy por ti y también por mí: acompáñame al centro comercial. Aquí cerca, un ratito, ¿sí?

Me convenció fácilmente.

No solo se me había cerrado el estómago, también se me tensaban los dientes del coraje. Pero no estaba de mal humor, para nada.

Solo coraje.

—¿Estaba jugando conmigo? Haciéndose el misterioso…

—Hermano, hablar solo requiere de un psiquiatra…

Miré amenazante a Héctor. Él se limitó a encogerse de hombros y entró a la primera tienda de discos y libros que encontró.

Se detuvo en el área de novedades literarias. Yo pasé a la sección de manga, pero a simple vista ninguno de mis tomos mensuales estaba presente. Le di la espalda y caminé a ver los vinilos, con la mente completamente en blanco. Ni siquiera las portadas me despertaron interés o deseo por adquirir alguno.

Mi teléfono vibró antes de siquiera permitirme levantar el vinilo de The Strokes.

Era un mensaje de Tarner.

—Génesis —me corregí.

«Reconozco que estuvo mal no comentarlo. Me disculpo por ello, no pensé que quisieras descubrirlo. Y no quería volver incómodas las cosas, no solo por nuestra relación de trabajo.»

A una desconocida yo le podía perdonar cualquier cosa, pero a un amigo no, a un empleador menos. Independientemente de su identidad, ¿qué le hizo tomar la decisión por mí?

«Me estaba divirtiendo mucho contigo, no veo lo malo en ello.»

—¿Con quién hablas?

—Con tu madre.

—Oye, está bien que estés enojado por la cagada que dejé en tu casa —me encaró Héctor—. Pero tampoco te pases.

Una niña que veía los discos giró con sus ojos puestos sobre nosotros. Me disculpé tras devolver el teléfono a mi chaqueta. Héctor no solía tomarse las cosas personales, eso había aprendido de tantas estafas en internet y ser *youtuber*, sobre todo tras años de amistad compartida, así que le presté atención a la emoción que mostraba por un libro.

Él siempre era una buena distracción. También era mi mejor amigo.

—Está buenísimo, hermano. Me lo recomendó una amiga, como que me quería introducir al mundo del BL o algo así —puso un libro en mi rostro. Tomé distancia para apreciarlo—. Deberías leerlo. Yo ya me lo leí en Kindle, pero quiero tenerlo en físico.

La portada me gustó. El título en dorado lucía bien sobre la paleta de color, aunque me habría gustado algo más clásico para la fuente. No le pregunté de qué trataba, pero de todas formas me habló de él.

—Si no me equivoco, *Cuando cante el sol* es una reescritura de *La fierecilla domada.* Bueno, no realmente, eso sería *Diez cosas que odio de ti* —balbuceó, siguiéndome el paso mientras rodeaba los libreros—. Nunca he leído la obra de Shakespeare, pero tengo entendido que se basa en las primeras páginas de aquella, como de la introducción. En fin, no te puedo hacer *spoilers*, pero la mayoría de los *influencers* dicen que DUELE.

—¿Te sacó lágrimas? —bufé.

Me detuve de golpe al encontrar entre las novedades, en un cajón debajo de donde se solían exponer, el nombre de Génesis. Me pareció personal que estuviese tan oculto.

CÍNICA
TONTO

—Nah, a mí no. No sé por qué dicen que sufren mientras leen. Para mí fue un cague de risa. Es comedia negra, sabes que me gusta esa mierda.

—¿Sí?...

—En fin. Te lo presto. Luego lo lees.

No puedes escapar de un modelo, ni de un actor, menos de un artista. Sin remedio, lo encontrarás en cada lugar al que vayas. En las palabras. En el nombre de alguien más. En su obra.

No recordaba lo peligroso que era acercarse a uno. Ella podía quedarse con todo de mí y no lo había descubierto sino hasta ese instante.

—¿Vas a llevar ese? No es visual como te gusta —se inclinó, pero sacudió la cabeza sin prestarle más atención—. El nombre es simple.

—Bastante.

Compré *Día Cero.*

Terminamos en una cafetería de precios elevados tras caminar algunas cuadras. Me ordené una baguette y un dalgona café, que mi amigo juzgó duramente, recordándome que debía bajar el consumo de este. Le pedí que no se metiera. Yo no bebía ni una gota de alcohol; de algo debía morirme.

Héctor se había comprado un libro ilustrado de *Wild Caves* que yo adquirí hace tiempo. Permaneció en silencio leyendo mientras bebía su malteada como si se tratara de un café negro. Lo imité, abrí la novela en mis manos para comenzar a leerla.

Que la primera página fuese una frase de otro de sus trabajos, quizás un poemario, me pareció narcisista. Aun así, me forcé a leer las cosas en orden:

Cuando me siento en la orilla, donde acaba mi cuerpo y comienza el descenso, entre el levantar o permanecer en las sábanas.

La mañana no es aún, el frío no cesa, el sueño aún no repara mi cabeza.

Cierro los ojos ante el recuerdo. Si duermo, lo sueño; si despierto, lo pienso; aquel rojo vivo.

Los coágulos en mi cabeza, en su cuello, en mis manos. Qué tormento es pensar en el suicidio de mi hermano.

—«*La vida es muerta*, Génesis Asceta. Para mi familia y equipo… Para todo aquel que desee recordar su propia esencia, u olvidar cómo solía lucir, porque somos transmutadores.»

—No leas en voz alta, shhh… —Héctor me trató como si estuviéramos en una biblioteca.

Tar, Génesis, me dijo que tenía un hermano.

¿Su hermano estará bien?

Día Cero parecía ser una obra de ciencia ficción, pero bastante confusa de leer, como si fuese *Rayuela*. Daba inicio con «Día Cero», después «Día -1». Mirándolo por encima, me encontraba con capítulos llamados «Día 6 570», sin el signo negativo. Vi la fecha: ese capítulo transcurría dieciocho años antes de los sucesos actuales. Me dolió la cabeza de solo imaginarlo.

Seguía la vida de algo como un transmutador, un mimetista, que, para su compañero, llevaba casi nueve años muerto. Quise creer que eran policías o detectives, quizás alguna unidad especial. Pero desde el primer capítulo, Génesis, como de costumbre, no me permitía seguir el ritmo de la historia

Su personaje femenino comenzó a arrancarse la cara. No tenía nombre ni motivos para haber asesinado a un viejo momentos antes, mucho menos verle huir sosteniendo a una niña contra su pecho mientras la piel se le caía a pedazos.

Vagué por las páginas, leyendo cosas como: «Te quiero a ti. No deseo aquello que envuelve tu alma. Quiero conservar esto, inmortalizarlo», mientras una inteligencia artificial se aferraba a la cabeza de un científico. No eran los protagonistas, ni siquiera el presente, pero había algo más entre los mentores del Centro de Contención y Seguridad de No Identificados. Y vaya, un nombre que tampoco decía mucho.

Me había dado más dudas que respuestas, como sea, sin percatarme de la hora, me vi terminando los primeros tres capítulos.

—Hay que retirarnos, pelos de elote… —Héctor se inclinó hasta aparecer en mi campo de visión. Su cabello corto y ojos rasgados me hipnotizaron antes de volver a la realidad. Ya había oscurecido.

Tenía un par de mensajes de Génesis disculpándose, esperando que pudiésemos hablar y demás cosas así. Aunque no me despertó interés por responder, planeé continuar mi lectura llegando a casa.

Hay que separar al autor de la obra, me dije, para justificar que estaba enganchado. Y al jugador y al artista y al…

—Andas bien calladito, pero gracias por dejarme en el depa.

—Gracias por la paciencia —le sonreí a Héctor, aferrado al volante. Me asomé a la calle de su edificio y le indiqué que entrara antes de que hiciera más frío.

Un correo me llegó, esta vez, profesional:

«Hola, Zero. Le comunico una inquietud.»

—Qué inquietud puedes tener ahora —suspiré. Yo era el que la estaba pasando mal.

«Planeaba agendar una reunión con Marta para resolver el asunto. Deseo pagarle las ilustraciones, pero rescindir nuestro contrato. Saludos, G. Asceta.»

YO LA ESTABA PASANDO PEOR.

«¿Dónde se encuentra ahora? Envíeme su dirección. Voy para allá, así que no se mueva.»

CAPÍTULO 12

Un crimen y su castigo

La estaba pasando fatal.

El calor, como de costumbre a esas horas, era sofocante. No solo fue mala idea escoger aquel lugar para comer, sino escoger la mesa más cercana a la cocina, donde podía sentir el fuego a metros de distancia. O quizás era mi cuerpo, los nervios, la culpa. Me sentí enferma.

Anny lo notó, pero no en mi temperatura, sino en mi rostro.

—¿Gen? Estás pálida —agarró su cabello en un chongo sin quitarme esa mirada de sospecha—. No has ordenado, ¿verdad? Anda, pide algo, que conociéndote no has comido en todo el día.

—Solo me duele la espalda.

Me duele mucho.

Yo funcionaba igual que una pluma: en el momento en que me quedara sin tinta, mi vida comenzaba a frenarse. La razón era simple: no hablaba. Mis pensamientos, las cosas que sentía, lo que deseaba, se encontraba en cada uno de mis escritos, mis novelas, mi trabajo. Nunca aprendí a hablar correctamente o comunicar mis deseos personales. Y, tal como dijo Zero, para ser una escritora, contaba las cosas a medias.

Por eso no me pareció incorrecto omitir mi identidad. ¿Le afectaba en algo? ¿Le hacía daño? Solo no lo mencioné. Él nunca preguntó, ¿cierto?

¿Por qué querría saber algo como eso?

—Kang Ho es un egoísta, el peor —sentenció Anny, revolviendo con violencia su arroz con camarones y verduras—. ¿Cómo se le ocurre no decirle a SU PAREJA que era él su jefe? Dice que no fue algo grave, pero le estuvo jodiendo el trabajo por mero capricho. Eso es abuso de poder.

—No creo que haya sido con esa inten…

—HERMANA, PERO SI HASTA FINGIÓ QUE LO IBAN A DESPEDIR PARA HACER QUE EL OTRO SE QUEDARA ENCERRADO EN SU CASA.

—¿De qué *manhwa* hablamos? —torcí una sonrisa. No estaba ni segura de lo que me estaba contando.

—*Casado con el diablo (mi jefe) sin saberlo* —dijo con rapidez.

Fantástico título. Era más sincero que yo.

Mi hermano me escribió mientras pagábamos la cuenta. Había respondido a mi mensaje pasado.

Bel era un chico alto, de linda sonrisa, ojos como de bambi. Las personas pensaban que éramos amigos cuando nos parábamos uno junto al otro. Y solo era dos años mayor que yo, por ende, compartíamos gustos musicales, veíamos las mismas series, intercambiábamos libros. Pero nunca hablamos de nada personal, mucho menos le confesé el error que cometí al ceder mis derechos de autor.

Mi hermano sufría depresión severa desde la infancia. También era gay; uno de los mayores males que nos perseguía era confiar en los hombres. Así que crecí escuchando sus anécdotas de cómo conocía a un chico, para después escuchar, por parte de mi madre, cómo le habían roto el corazón. Pensé que lo mejor durante mi adolescencia era estar en casa, estudiando, ser una persona tranquila y no relacionarme demasiado con otras personas para evitar traer problemas a casa. Más tarde me encontraría escribiendo historias donde reflejaba mis pensamientos.

—No nos hagas pasar por el mismo dolor que Bel —pedía mi madre, aferrada a mi cabeza.

Mi tío, mirándome detrás de ella, reafirmaba.

Me asustaba pedir atención o comentar mis problemas, no fuese a ser que les hicieran mal a mis padres o a mi hermano, después a mi novio, preocupado por encontrar empleo. Los juzgué. No me entrometí. Decidí por mí misma.

Mientras pueda escribirlo, no es necesario que lo diga en voz alta. Ni siquiera debo pensarlo, me aseguré.

Mi castigo, después de sentir que mi terapeuta me estaba forzando a darme el alta tras sesiones que no resolvían mi incapacidad de expresarme, fue volver a casa sin el ánimo de revisar los mensajes. Me pareció que estaba bien sentirme miserable sola, poner el modo avión, enfrascarme en el libro que cargaba. Nada era mejor que estar escondida en las páginas.

«Si vienes a casa, no dejes que mi mamá me vea.»

Uno no debe olvidar que los mensajes de texto también son lecturas. Hay significados ocultos entre líneas. Y no porque el que lo haya escrito carezca de dotes de escritor significa que tenga menos peso o se trate de algo simple. No necesitaba ser poético para encantarte o hacerte añicos.

Para sentir que vomitarás y sufrirás cada vez que recuerdes aquel mensaje.

Bel me había escrito una hora antes de que llegara a casa. Subí las escaleras como si estas se desmoronaran con cada pisada. Mi voz interna no estaba presente, ni el color en mi rostro, mucho menos la fuerza en mis brazos al abrir la puerta con la que golpeé su mano.

Solo ese olor pútrido de sangre. De platos sucios, sartén quemado. Choquía.

Hay escenas que soy incapaz de escribir. Una de ellas fue esa. Aunque lo intenté por meses, para sacarlo de mi cabeza y encerrarlo en un libro, solo podía vomitar al bañarme ante el recuerdo. La sangre en la habitación, como si hubiesen apuñalado un ave en movimiento que se golpeó contra el espejo. No era la primera vez que estaba ante ese escenario, pero jamás me había manchado las manos de rojo.

Nunca había visto tal cantidad, reseca, cubriendo su cuerpo menudo, sin saber si aún seguía con vida. ¿Qué iba a poder hacer yo? Mi madre siempre se encargaba de eso. ¿Eso qué? ¿Eso ahí tumbado? Eso que se llevaron en la ambulancia, con la camisa rota, con el cuerpo helado, con una chaqueta que le puse y más tarde enterré en mi armario, incapaz de lavarla.

Eso. Eso era mi hermano.

—Gen, no puedo con esto… —me confesó Abraham de espaldas, limpiando la sangre en las plantas.

—Ya casi terminamos. No quiero que mi mamá vea esto. Prefiero que no sepa nada hasta estar segura de que Bel se recuperará.

—Fue demasiado dinero, ¿no? Falta también pagar la ambulancia. Deberíamos buscar un empleo.

—Puedo vivir de mis libros. Y ahora, con la editorial…

—Génesis, esto no es vida. Deberías mudarte, las cosas con él nunca cambiarán, sabes que no mejora por más que se le insista. Creo que ya es hora de que te rindas y…

—No ahora, por favor. Hablemos de esto mañana.

Me consoló y se mantuvo conmigo toda la noche. Para la mañana, ya se había marchado.

Abraham era el mejor actor que he tenido la dicha de conocer. No solo me enseñó a perfeccionar mi rol, sino también a no ceder ante la presión, a vivir a costa de los demás. Me arrebató la confianza en mi versión más natural y vulnerable.

Zero me castigó al recordarme que no puedo tenerlo todo. O soy la escritora que lo tortura o soy su amigo. O no soy ninguno.

Justo cuando deseaba ser lo que fuese suyo.

—¿Me esperas un momento? Vi que ya llegaron los tomos de Sailor Moon —Anny lució sonriente, e ingresó a una librería sobre la avenida antes de que el último rayo de sol se ocultara.

Permanecí de pie entre las pocas personas que transitaban. A unos escasos metros del vitral, delante de mí, estaba su nombre y *Cuando cante el sol*, como si nunca hubiesen rechazado el manuscrito y en algún sueño fuera adquirido por una gran editorial, bajo mi apellido.

¿Cómo conseguiste que te firmaran, Abraham?

Tal vez el problema no era la historia. Mi nombre lo era. Podía culpar al hecho de ser mujer o que no era buena presentando proyectos. Que, con solo una mirada, los editores podían ver el vacío que me caracterizaba. Yo estaba mal. Ese intenso olor, de apestosa melancolía, no lo podía ocultar ni entre cientos de hojas. Y no podía confiar en un autor inestable incapaz de describir cómo se sentía.

Vi mi reflejo a un costado del libro. Los sonidos de la calle se apaciguaron. Posé uno de mis dedos en el vitral, pero lo retiré al ver la nota de «NO TOCAR».

—Si yo tuviera otro nombre, escribiría libros exitosos…

¿Has pensado en ello, Autor Desconocido? Tal vez con otro nombre, tal vez con otro género, tal vez con otra apariencia, habrías escrito grandes libros.

Habrías… habrías podido cumplir ese dulce sueño.

Pensé en mi nueva novela. Bajé la cabeza ante la idea de no vender. ¿Qué me aseguraba que lo que escribí sería un éxito comercial? ¿Que le gustaría al promedio de los consumidores? Si a mí no me gustaba, si a mis conocidos no les fascinaba, ¿qué me hizo pensar lo contrario?

—Ya lo tengo —Anny salió radiante tras su baño de títulos y letras. Fijé la vista en su vestido amarillo y en los aretes de cochinito que llevaba—. ¿Quieres que te pase a dejar a casa?

Mierda… No va a vender. Ese libro no venderá.

—No, no te preocupes, ya pedí un taxi.

—¿Segura? Me gustaría llevarte, pero he quedado con unos amigos en el centro. Tenemos nuestra sesión de D&D.

—Súper segura, capaz entre a ver unos libros mientras espero. Quiero recorrer unos estantes.

No venderá. Componte. No venderá. Sonríe.

—Me avisas igual cuando llegues —se paró de puntillas y me plantó un beso en la mejilla.

No venderé. Y me criticarán.

Comencé a caminar en vez de esperar dentro de algún lugar. No había pedido un taxi. Si entraba en un espacio cerrado, me asfixiaría.

Traté de disculparme con Zero por mensaje, pero ni siquiera los abrió. En su lugar, me encontré con la publicación de Temporal hablándole a su público sobre una novela que tenía, pidiéndole a sus seguidores que etiquetaran a Vaud Editorial, pues quería publicar su obra con ellos. Yo solo estaba acompañada por los mensajes de mi grupo de lectores pidiéndome que parara de escribir, pues les lastimaba.

Saqué un par de pastillas para el estrés, que incluían melatonina. No planeaba llegar a casa solo para estar despierta.

Me sostuve del portón sucio de una calle cuando mi cadera dejó de responder, como un vacío entre mis huesos y los músculos. Doblé las rodillas y me reincorporé para seguir caminando sin dejar de sostenerme. Cambié de brazo mi mochila con la portátil, di unos pasos más pero el dolor incrementó. No iba a llegar a casa a ese ritmo, se haría más tarde. Si no trabajaba o descansaba, era un día desperdiciado.

Nada me asustaba más que la rapidez del pasar del tiempo.

Pisé un desnivel sin notarlo y me fui de boca sobre la banqueta. Mi primer pensamiento fue la computadora, que traté de mantener en alto cuando caí sentada sobre mi pierna, pero no prioricé mi bienestar. El tendón de mi tobillo derecho me pegó un fuerte tirón.

El dolor fue insoportable.

—¿Por qué carajo hago esto? —escupí, impulsándome a un costado para reposar frente a la puerta de una cochera—. Qué demonios pasa conmigo. Qué mierda.

¿Encuentro más valor en una computadora que en mi vida? ¿Desde cuándo ha sido así? ¿Cuándo producir y trabajar ha sido más valioso que mi cuerpo?

—Ya no puedo seguir de esta forma.

No valía la pena publicar una novela que me jodía tanto mentalmente solo por la ilusión de ahogarme en plata. Si iba a ser un éxito, que al menos lo fuese solo por mi escritura. Sin ilustraciones, sin que me importe lo que digan de ella, sin renovación de contrato. Todo podía pudrirse conmigo.

Tomé el teléfono y le envié un correo a mi ilustrador.

Zero bajó de su vehículo una vez me vio de reojo por su ventana. Se había estacionado a menos de tres metros, caminó hasta estar delante de mí y me observó sin agacharse.

Era un hombre simple.

Tenía tiempo sin observar con tanto detalle a alguien. Cuando te dedicas a lo que yo hago, corres el riesgo de olvidar lo que son las verdaderas interacciones humanas. Ese intercambio de miradas, el respirar lento, sus labios cuando me preguntaron si no iba a levantarme o decir algo. Yo no le había dicho que viniera o me buscara, creí que él era quien tenía algo que decir.

Qué ingenua fui, o cruel.

—No hablaré aquí con este frío —espetó de pronto, junto a un pequeño estornudo que sacudió sus cabellos. Se abrazó a sí mismo—. Pensé que estaría en una cafetería o algo así.

Ahora habla formal, eh.

—Me dijo que no me moviera de donde estoy.

—Chistosita.

Sobre nosotros había una luz blanca, de esas que incluso antes de que comience a parpadear, sabes que no tardará en mostrar fallas. Me había quedado sentada en la rampa de algún coche, frente al garaje. Era una zona acomodada, de calles anchas, poco movimiento, uno que otro gato que vi pasar. El único animal más grande, como un perro friolento, era él.

—¿Siquiera se levantará o no?

Negué con la cabeza.

—Vamos, no puedo seguir torciendo el cuello… —tomó mi brazo y tiró, haciéndome tragar saliva del dolor.

Me sostuve de la tela en su pantalón. No conseguí ponerme de pie, permanecí de rodillas.

—¿Está bien? ¿Qué le pasa?

—Me caí hace rato.

—No me diga —bufó sarcástico. No tardó en posar una mano sobre mi hombro y preguntar—: ¿Es en serio?

Zero se agachó sin retirar las manos de mis hombros hasta estar a mi altura.

—¿Puedes soltar mis piernas y retroceder un poco?

—Perdón —murmuré, confundida por su postura. Me estaba invitando a ser cargada—. Vamos, apóyese en mí —tiró de mis brazos hasta posarlos en su cuello. Su otra mano se acomodó debajo de mis rodillas y me levantó como si fuese nada.

Me agarré con fuerza, también con pavor a que fuese a soltarme. No podía confiar en él después de tantas veces que me asesinó por ser un donnadie. Ahora era su colega, eso le daba más razones para tirarme cuesta abajo.

—Hey, no me entierre así las uñas, no la voy a soltar —puso más presión en su agarre, forzándome a desenterrar mi rostro de su hombro para verlo—. Ya, OYE, quédate tranquila, que te me caes así. BASTA, DEMENTE.

Lo miré con una enorme sonrisa, incómoda. Sus ojos estaban arrugados y su lunar casi parecía estar a la altura de estos. El viento le movía el cabello hacia atrás y sus gafas, entre su camisa y mi rostro, me eran un estorbo. Le habría pedido que me bajara si no fuese por la dolorosa idea de caminar.

—Ya, perdón —balbucí—. Me pongo nerviosa. No me gustan las alturas.

—Dios, a ti todo te pone nerviosa, ¿no? Nada te gusta, nada te convence, de todo… Ah —resopló—. Al menos estás hablando.

Dijo lo último mientras caminaba hasta su coche, a escasos metros de distancia. No me sorprendió que su vehículo fuese rojo.

Se aproximó a la puerta del copiloto. Permaneció allí, conmigo en brazos, alrededor de un minuto, observando al interior. Después hizo contacto visual, uno que se sintió helado con tanto viento.

—Tengo mis llaves en el bolsillo. ¿Te puedo bajar?

—Bueno, igual no era necesario cargarme, solo sostenerme un brazo, una ayudadita pequeña para que no me tropezara. Pude haber caminado esta distancia, son como dos metros… —escupí, aún aferrada a su cuello como si fuese el único árbol firme en un huracán. No supe si seguir hablando o callarme, pues su rostro estaba desconcertado por lo que decía.

—No lo pensé —abrió la boca. Así la mantuvo un corto instante—, pero tienes razón.

—Sí, no era mucho. Igual gracias.

Me colocó sobre el cofre, sin permitirme tocar suelo. Extrajo sus llaves del bolsillo y abrió la puerta. Me senté.

Él abrió la cajuela mientras yo permanecía dentro. Olía a café tostado. Una decoración del pájaro muerto de Zeron colgaba de su retrovisor. Y a un costado, donde guardaba discos de rock, estaba también mi libro, *Día Cero*, junto a *Cuando cante el sol*.

¿Por qué tenía ambos?

—Ponte esto —ordenó al entrar, dejando sobre mis piernas una chaqueta verde que ya le había visto antes—. Estás helada de las manos.

Seguí su instrucción y me agarré de la puerta cuando aceleró. Siempre me asustaba subirme a un vehículo sin saber cómo manejaba el conductor, pero con él se me pasaron los nervios rápido. Manejaba bastante bien. Noté particularmente que, para tomar los topes, hacía una ligera maniobra a los costados para que no se sintiera abrupto.

Miré de reojo mi libro, varias veces. Tenía una servilleta de separador. El otro aún estaba envuelto en plástico.

—Ah… estuve leyendo un poco de su trabajo.

—No tiene que explicarme.

—Es bueno.

Miré su perfil. No estaba segura de si había escuchado bien o el frío me había congelado los oídos.

¿Me estaba halagando después de todo lo que pasó?

—Gracias —expresé con sinceridad—. Antes escribía cosas buenas.

—También disfruto *Nunca digas que no* —negó con la cabeza mientras hablaba—. No digo que sea buenísima, pero me gusta. No creo que todo tenga que ser profundo, solo bueno.

Se detuvo en un semáforo, con su silueta oscura delineada por otro vehículo. Expulsé vapor sobre mis dedos. Él encendió la calefacción casi de inmediato.

—Cuando comenzamos a trabajar en este proyecto, me pareció que se estaba autosaboteando —añadió—. Me causó intriga el por qué le hacía eso a su obra. Creo que pude entenderlo mientras leía su libro, también cuando me compartía sus trabajos académicos. Usted es volátil, de emociones violentas… No veo eso en su nueva novela. Y no digo que haya dejado de ser apasionada, porque si algo he aprendido de Tarner es que aún conserva aquella pasión.

—No soy la misma persona de hace un año. Cuando uno cambia, su trabajo también. Y me imagino que lo sabe, usted se dedica al arte.

—No, no hago arte —suspiró. Sus manos se aferraron con más fuerza al volante—. Solo ilustro. Pero es cierto que hay días en los que la calidad de un trabajo puede variar debido al estado de ánimo.

—Preferiría ser profesional a ser artista.

—Oh, no diga eso si se encuentra en una de las siete bellas artes.

Solté una risilla.

—¿Por qué quiere rescindir el contrato si lo que tanto desea es ser profesional?

Bajé mi mano a la rodilla, que quería comenzar a sacudirse, pero eso causaría más dolor en mi pierna. Sentí su mirada de reojo antes de que se girara y me preguntara si iba bien en dirección a mi casa.

Aquel gesto amable me sinceró.

—Por un momento me dio igual publicar el libro si eso causaba más problemas en nuestra relación, después de todo, no le tengo fe al proyecto. También asumí que usted no querría trabajar conmigo debido a esto.

—¿Debido a «esto»? ¿Por qué decides esas cosas por tu cuenta? —escuché cierto reproche en su voz. Bajé los ojos por vergüenza—. ¿No se te ocurrió consultarme? En lugar de ocultar algo simple como el hecho de que jugábamos juntos o lo que pienso sobre nuestro contrato. ¿Te es tan fácil pensar que no quiero ver un libro ilustrado por mí solo porque las cosas se tornaron incómodas? Y háblame, por favor, que eres más silenciosa de lo que alguna vez imaginé.

Zero me parecía alguien emocional, imprudente, que insistía en hacer lo que otros no le permitían para terminar haciendo lo que todos esperaban de él. Una postura inútil. Por mi parte, creía manejar ambas cosas a la perfección. Pero, como dije en un inicio, yo vivía al límite, el estrés ya había dañado mi cabeza y estaba cobrando factura mucho antes de lo que imaginé.

—A veces tomo decisiones impulsivas, no sé por qué lo hago. Pensé que era más meticulosa.

—Bueno, pues me estás jodiendo por tomar decisiones sola.

—Lamento que hayas sido víctima de mi nulo autocontrol —escupí.

—Yo no…

—Soy artista. Y sé que debería mejorar el control de mis acciones, sin importar mis emociones. Sé que debo tratarlo. Sé que debería cuidar más de mi salud, no descuidar mi estado mental, no haberme rendido en pelear y parar de suponer lo que otros quieren. Pero no sé cómo hacerlo —sentí la falta de aire y me aferré con fuerza a la puerta—. No puedo parar. Aún no puedo. No hasta que logre vivir de estas horribles emociones ya escritas.

—Eso es egoísmo, en especial contigo.

—Y lo lamento… ¿Qué se supone que haga para enmendar eso?

Me pidió que le indicara las calles con señas antes de darme una respuesta.

—Quiero seguir dibujando tu obra —exhaló—. Quiero verla en físico y recibir mi parte. Eres una adulta y está bien que vivas de las emociones cuando se trata de ser artista, pero intenta actuar como tal. Odio esa mierda de sufrir para crear. Quizás te da frutos, pero yo lo intenté y… solo me hizo incapaz de sentarme más de tres horas seguidas.

—Gracias.

—No te estoy halagando, Coralito.

—Por ser sincero.

—Bueno, si estamos en esas, quizás deberías...

—Gracias, no continúes.

Me pareció verlo reír. Tenía tiempo sin estar físicamente cerca de alguien, al punto de haber olvidado lo que era el calor de otro cuerpo en el mismo espacio o que podía hacer reír a alguien con mis respuestas.

—Puedes tratar de comunicarte más. No sueles hablar ni como Génesis ni como Tarner.

—Vale, me parece. Es un buen punto de partida.

—Eso no significa que dejes de escribir, Gen. Sigue haciéndolo. Naciste para ello.

—¿Me lo dices a mí o a Tarner?

—Son lo mismo —suspiró, en una risa ahogada—. Son tan parecidos que me perturba reparar en ello. Se dejan poseer por las emociones con facilidad y eso no pueden ocultarlo.

—Ya viste mi trabajo actual. Hace rato no escribo nada artístico.

—Creo que, una vez que lo has visto, él te devuelve la mirada —su tono fue suave, incluso dulce—. No puedes borrar algo tan intenso como el arte con solo decirlo.

—Debiste ser escritor, ilustrar no te queda.

—Estás hablando de más —me miró amenazante antes de parar frente a mi edificio.

Zero no dio indicios de hacerme bajar o abrir la puerta. Lo que me dijo fue más significativo que toda nuestra conversación, el cierre perfecto de un capítulo, el inicio de uno nuevo.

—Soy Zain —me dijo su nombre—. Zain Arley.

CAPÍTULO VIII

Basílica de Santa Cruz

«Escribir bien es lo menos que hay que hacer para que te acepte una editorial. Lo importante es contentar a las masas, escribir algo que venda y que sea comercial.»

Aquel comentario destacaba en uno de los videos del Instagram de Génesis. El *post* donde ella anunciaba haber firmado con Vaud, así sin más.

Nos empezamos a seguir después de esa noche, así que comenté en su defensa:

—«Creo que para dar ese tipo de opinión hay que haber experimentado o haber sido parte de lo que es un proceso editorial o selección de manuscritos» —mi respuesta fue claramente ofensiva.

«No hace falta estar metido de lleno en ese mundo para saber que amar el arte no es rentable. Igual le deseo ánimo con su obra.»

Me detuve al leerlo. Génesis Asceta todavía no revelaba el género de lo que publicaría ni un atisbo de la trama, pero ya todos suponían de qué se trataba. Me fue fácil comprender su miedo a la exposición, así que, en lugar de seguir peleando, la invité a jugar. No conseguiría nada denunciando los comentarios.

El castillo del monarca de Santa Fe, Zaul, tenía una entrada peculiar: completo vacío delante de sus puertas. No se podía volver a salir por el mismo camino y uno solo necesitaba fe para dar salto a la caída de quién sabe cuántos metros. Si no teníamos la suficiente, lo correcto era retirarnos.

—Qué bueno que no somos solo dos —comenté, con las manos sobre los hombros de Hachi.

El chico miró sonriente a Tarner, pero antes de que el encapuchado me alcanzara, arrojé al joven dentro del vacío. Mi compañero enfureció.

—Mucho cuidado con verme en persona, Arley —advirtió, con una mano señalando mi rostro.

—¿Es una amenaza?

Me empujó cuesta abajo. Desenvainé el estoque y traté de clavarlo en alguna superficie, pero aunque la caída fue prolongada, no me hizo tanto daño debido al estiércol apilado en el fondo.

Suspiré. Elevé una mano y arrojé una señal de fuego. Tarner no tardó en caer.

Me levanté arrojando trozos de estiércol al piso. Quedaron sobre el piso interior las manchas de nuestros zapatos. Vimos también las huellas de las pisadas de Hachi, hasta encontrarnos con él junto a la entrada de más de seis metros de altura. El mocoso ya estaba pegado a los estantes de libros, sin reparar en el peligro de estar en un área tan masiva y con tantas aperturas.

—A alguien más le gustan las letras —pasé mi mano sobre el hombro de mi acompañante.

—¿Y tú qué tal? —me miró de reojo, sonriente—. ¿Te gustan los diseños así de altos?

—Claro, me recuerdan a la basílica de Santa Cruz, en Florencia.

Recorrimos, con bastante distancia entre ambos, el castillo. Por fuera parecían ruinas; dentro, un lugar habitado, pero sin ningún alma a la vista. Había entradas altas, como pasadizos, que reflejaban luz, pero al cruzarlas parecíamos estar aún dentro de la biblioteca de más de cuatro pisos hacia arriba y hacia abajo. Tarner encontró un cofre en una esquina detrás de un librero, pero me lo señaló antes de abrirlo en caso de que fuese un *mimic*, criaturas que imitaban objetos, a menudo cofres con recompensas.

—Me han atacado bastantes veces…

Me reí de su postura.

—Déjamelo a mí, ¿sí? —lo hice retroceder.

Yo me veía *cool* haciendo lo mío y no perdería la oportunidad de lucirme con Tarner.

—Aguarda, ¿dónde está el niño?

Lo miré sobre el hombro con una mueca enorme sin retirar mi postura de ataque. Una de sus manos estaba sobre su barbilla, las cejas contraídas en preocupación, a contraluz. Me dieron ganas de jalonear sus prendas solo por haberme arruinado el momento.

—¿Hablan de este mocoso?

Tiré de la capucha de Tarner, pero no como castigo. Me posicioné delante del extraño, quien venía con Hachi prensado del cuello.

Era altísimo. De botas largas, hasta las rodillas. Usaba un traje y saco, que parecía estar condecorado. Guantes, hombreras, casquete militar. Unos cabellos se le escapaban, de color moka. Apreté con fuerza los párpados y maldije

internamente al ver el sello que colgaba de sus manos, haciéndolo inmune a mi ataque de sangrado.

Me deslicé con velocidad mientras sostenía el estoque en lugar de la katana, pero me detuve para apartar a Hachi, quien se había convertido en su escudo humano. El mocoso se agachó como respuesta a mi posible ataque, pero al tomar ambos distancia del sujeto, Tarner quedó desprotegido.

—HEY —giré con desesperación. No estaba a su lado, no podía auxiliarlo—. ALÉ. JA. TE.

Tarner juntó ambas manos mientras arrastraba una de sus rodillas por el suelo para acortar distancia entre el invasor, o lo que fuese aquel sujeto. No me permitió siquiera terminar de escribir.

Desplazó sus dedos como si jalara algo invisible hasta arrastrarlo por el piso, produciendo un destello verde de maná mágico que se hundió sobre el pecho del otro al atacar. Se arrebató la capucha mientras se aproximaba y le clavó su arma. La ráfaga de viento llena de la sangre que expulsó el desconocido se vertió sobre mi rostro. Me quedé paralizado ante tal escena.

Tarner, Génesis, había mejorado mucho en combate. No era la misma persona que conocí.

¿Ha estado conectándose sola? Lunática y fanática.

—Es fascinante. Mejor no la provoco… —murmuré con escalofríos tras la pantalla.

El tipo cayó de rodillas. Cuando Tarn estuvo por apuntar a su cabeza, este le agarró del cuello.

—No los estoy invadiendo, solo me pareció raro ver a este tipo vagando solo por acá —aclaró, sin atacar más allá de defenderse—. ¿Por qué demonios vagan con un ladrón?

Mi compañero era ingenuo en los videojuegos, ese toque no lo perdió. Retiró sus defensas y se apartó, antes de disculparse por atacar sin pensar. Yo tenía ganas de darle un empujón a Hachi por el mero antojo de desquitarme. Necesitaba más sangre.

—Viene con nosotros, ya tenemos un pacto con él —le explicó Tarner.

—Fue mi error —el extraño fue cordial.

Apunté en su dirección, visualizando el nombre en dorado sobre su casquete: Herneyl.

—No, una disculpa por precipitarme.

—Disculpa recibida. Espero que usted también me perdone.

Miré a Hachi, consciente de que no comprendería lo que yo estaba sintiendo. ¿Acaso era el único acostumbrado a jugar como una persona normal? ¿Matando sin cuestionar demasiado? Me pareció que ellos eran los malditos raros.

—Nos encontramos perdidos —confesó Tarner.

Yo me paré a su lado con los brazos cruzados. Herneyl no había mostrado su arma durante el combate, así que no bajé la guardia. Nos preguntó si veníamos por las cloacas conectadas al pabellón de caza, pero se sorprendió al escuchar que caímos en el interior por la falta de entrada principal. Aquello lo descolocó y pidió que señaláramos la apertura.

Tarner lo guio. Yo les seguí el paso con distancia.

—¿Cayeron de aquí? —su pregunta no buscó respuesta. De perfil se podían apreciar los rastros de enfermedad torciéndose como trazos oscuros sobre parte de su cuello y oreja izquierda.

Uno de sus ojos ya estaba casi blanco, envejecido. Tras unos segundos, citó el texto que aparecía en el sitio.

—«Caída sin precedentes no intentes volver.»

Enarqué una ceja. El encapuchado giró a él, y estoy seguro de que también achicó los ojos cuando leímos lo siguiente:

—Le falta una coma —destacó Herneyl.

—Los desarrolladores luego cometen esos errores —agregó Génesis.

—Pagué casi cuarenta dólares por este DLC, al menos deberían cuidar esos detalles.

—Hermano, es solo una coma. Mira la maldita fogata, si me acerco hasta siento que me quemo —me uní a la conversación, avanzando hacia ellos mientras señalaba con ambas manos el fuego del centro. Aun así, no pude quitarle la expresión de disgusto a Her.

—Es diseñador —destacó mi compañera.

—¿Sí? Pues ese letrero es una ofensa para cualquier editor y corrector.

Frené de golpe.

Dios, ya tengo suficiente con Hachi y Tarner, no me envíes otro fan de las letras. No creo soportarlo.

—¿Eres corrector? —y se pusieron a platicar.

Ambos caminaron hasta la fogata, agachados mientras conversaban como si se hubiesen puesto de acuerdo para buscar pistas. Traté de seguir el camino por el que vino aquel sujeto, pero ya se había sellado, y el mocoso, por su parte, seguía subiendo escaleras con acceso a más libreros.

—Corrector de estilo y ortotipográfico. Aunque suelo desempeñarme con más regularidad en la segunda.

Observé por curioso lo que hablaban, jugando con un libro cubierto de cuero sin nombre a la vista.

—¿Tienes algún trabajo reciente que pueda adquirir? —Tarner preguntó mientras sellaba una de sus manos para abrirse paso entre el fuego—. Trabajo con cierta editorial y estamos buscando correctores, de preferencia ortotipográficos.

—Puedes adquirir *Las luciérnagas de Nanciyaga* o… trabajé hace poco como corrector en *Cuando cante el sol*, así que también podrías revisar ese trabajo.

Las manos de Tarner permanecieron en el fuego, aferradas a las rocas dentro. Devolví el libro al estante.

Los recuerdos de la semana pasada me invadieron. Cerré los ojos por la luz intensa de la fogata al acercarme, sobre todo el silencio que prevaleció y la tos por enfermedad del individuo, que se hizo notar. Pensé que habían tirado otra piedra al caos ardiente que era Génesis.

A esa chispa suya que me dejó ver.

—Me ayudará a subir el guardia del edificio… —me informó mientras aguardaba en el asiento de copiloto. La vi soltar nubes de vaho sobre sus manos, esbeltas, pero con claras señales de haberse mordido las uñas.

Mi vista volvió a su perfil, la nariz recta que apuntaba hacia sus botas. Después a sus ojos, que me hicieron apartar la vista por vergüenza a ser visto.

Suspiré y posé las manos sobre el volante sin saber qué decir.

—¿No sientes calor? —me reí solito—. Se ha encerrado todo el camino. Ya se empañaron mis vidrios, ja, ja.

—Literalmente me estoy muriendo de frío —aseveró.

Volví la vista a ella con intención de preguntarle si el guardia tardaría. Ahora sus ojos estaban clavados en su libro.

—¿Estás disfrutando *Cuando cante el sol*?

—¿Mmh? —bajé la cabeza—. No es mío. Me lo prestó un amigo.

—Oh, bueno. Espero que te guste.

Aquello me hizo sonreír. Pensé que era algo como su novela favorita.

—Si me lo recomiendas, me lo leeré rápido. Aunque suelo tardar hasta dos meses con cualquier libro.

—¿Dos meses? —se le escapó en tono risueño—. Yo la escribí en menos de dos meses. En mi mente, no respiré en esas páginas algo más que no fuera sangre y alcohol.

Mis manos se deslizaron del volante hasta reposar en mis piernas. Tragó, junto a mí, el poco aire que se encerraba para empañar los cristales.

—Incluso ahora, no dejo de respirar su sangre.

—¿Abraham es tu seudónimo?

Negó con la cabeza. Tanta suavidad en aquel movimiento, casi sin vida, me oprimió el pecho.

—Es mi expareja.

Vi detrás de su oreja a un señor abriendo puertas del edificio. Ella tenía una perforación, solo una, pero le faltaba un arete. Después vi su ojo, negro y opaco. No era que careciera de vida, sino que me pareció que estaba al borde del llanto aún sin lágrimas, con el ceño fruncido y claras señales de cinismo en su expresión.

Supe que tenía vida, solo que le habían robado el alma.

—Gracias por regresarme a casa —pronunció.

¿Qué carajo hiciste, Abraham Zanoli?

—Tu sello se está quemando, te vas a lastimar —tuve que hablarle a Tarner para que volviera en sí.

Retrocedió de inmediato, dejando caer las piedras que reflejaban textos ininteligibles. Herneyl se agachó para recogerlas mientras seguía la conversación, informándole que si requería sus servicios se comunicara con él por privado por su LinkedIn.

—Gracias por la confianza. Desde que perdimos a nuestra correctora, he tenido que cargarme sus trabajos.

—¿Por qué no contrataron a alguien más?

—Ahorrar costos…

Gen, no creo que sea algo que debas decir abiertamente.

—Por favor, no me contactes —el sujeto se negó de inmediato—. No trabajo con ese tipo de editorial.

—Hey, hey, hey… —me interpuse entre ambos cuando vi a Tarner descender de su manga la daga oxidada que cargaba. No tenía siquiera idea de qué arma portaba el extraño como para iniciar una pelea por asuntos exteriores—. Es buena editorial, puedo respaldarla. ¿Has escuchado de Dione?

—¿Mmh?

—Dione Editorial —le mostré una gran sonrisa—. Publicaron *Día Cero.* Una novela buenísima, déjame decir. Ya se encuentra distribuida en grandes librerías, en la sección de novedades.

Oculta, pero ahí está.

El castaño, de gruesas cejas que se torcieron, desvió la mirada al mismo tiempo que nosotros. El piso había comenzado a sacudirse. No: eran las piedras apiladas, como buscando unirse mientras la temperatura aumentaba. El color rojo que emanaron se expandió sobre el concreto, casi alcanzando nuestros zapatos. Nos vimos forzados a retroceder, pero no paró de arder.

—Creo que se abrirá el suelo. Hachi, no bajes —le ordenó Tarn.

—Estaré revisando la biblioteca. ¡Hay artículos especiales que puedo recolectar! —nos informó el joven—. Así que bajen ustedes.

—Coralito, ven —tiré de su mano antes de hundirnos por completo.

Debajo había una especie de túnel, con escaleras improvisadas hechas de piedra fundida.

Mi cuerpo cayó sobre el suyo, creándole más daño por amortiguarme la caída. Ambos nos retorcimos, con Herneyl a nuestro costado, a la defensiva de lo que se hallaba alrededor. Poca luz provenía de nuestra posición, bañándonos como cascada; del resto, la oscuridad se sumaba en contraste. Por los charcos a nuestros pies reconocí el agua intoxicada de las cuevas, así que levanté a Tarner rápidamente para evitar su contagio.

Yo ya tengo marcada la mitad del cuerpo, hasta el torso. Él todavía era puro.

Estábamos en las cuevas, en área subterránea, por la bruma, el piso parecía desprender aromas fétidos, la savia caliente goteaba de las rocas en el techo. Y una flama dorada, como si floreciera del piso, anunciando el punto de guardado sobre la cruz.

Nos arrastramos los tres hasta ser cubiertos por su luz. El camino pintaba ser largo.

—Me adelantaré —informó el sujeto.

—Yo debo retirarme, Zero. Tengo unos archivos que preparar para imprenta y otros asuntos que resolver.

Estuve por responderle, pero Hachi se asomó de entre los escombros y gritó:

—SEÑOR TARNER, ESTARÉ BUSCANDO ARRIBA MÁS ARTÍCULOS, PERO TOME ESTE —le arrojó un anillo que cachó con ambas manos—. ¡LE PROTEGE DE LAS TOXINAS!

—¿Cómo es que piensa en ti? —escupí con amargura. Yo no había hecho relaciones significativas en *Wild Caves*, solo enemigos.

—Tómalo tú —rio, arrojándolo a mis manos—. Puedo protegerme con magia. No quiero que te contamines.

Ya estoy muriendo, Tarner.

—Sé que es la ruta común, pero me gusta más la idea de tomar el trono con salud —agregó—. Lleguemos sanos, ¿sí?

—Cierto, pero también debo retirarme. Aprovecharé a enviarte unos bocetos, ¿te parece? Porque no he trabajado demasiado y ya son las ocho —suspiré—. Volverás a jugar más tarde, ¿verdad? Has mejorado sola.

No me dio respuesta. La había atrapado.

—Ya es un plan —me sonrió, antes de desplegar el menú y desaparecer.

Permanecí en la quietud de la cueva. Sentí los hombros y manos heladas, así que arrebaté mi vista de la pantalla para centrarme en la ventana abierta. Y dejé ir un suspiro, sintiendo todas las responsabilidades pendientes al instante.

—Traje pollo —la voz a mis espaldas me paralizó— y paella. ¿Qué quieres abrir primero? También espagueti.

Miré con disgusto y horror a Héctor, que entró con medio pan dulce en la boca, algunas bolsas de comida y las llaves colgando de sus dedos. Sabía que le faltaba una novia y amigos presenciales, así que no me sorprendió verlo llegar.

—Yo no te di copia de mis llaves —fue eso lo que me descolocó.

—¿Mmm? La saqué yo.

—Hermano en Cristo. Eso es súper rancio.

—Tienes expresiones bien curiosas, Zain… —él mostró disgusto hacia mí.

—Dios, es que… Dios, me estoy muriendo de hambre, dame eso.

Estaba abriendo la bolsa de comida cuando recibí un mensaje de Génesis. No un correo, no de Tarner, *de Génesis.*

Aparté el platillo de golpe, a punto de dejar caer sus fideos sobre mi pierna, pero Héctor metió su mano para sostenerlos, asqueado.

«Puedes recoger tu chaqueta cuando quieras. O te la paso a dejar yo. Solo necesitaría tu ubicación.»

«Yo voy. ;) Quedamos en la semana.»

«Ya es un plan.»

—¿Te pagarán algo o por qué tan sonriente? —cuestionó Héctor con las manos llenas de salsa—. Imbécil.

CAPÍTULO 13

Rojo y negro

Afortunadamente para mi colega escarlata, yo estaría el resto del día en casa. Como de costumbre.

Preparaba unos archivos que le enviaría a la diseñadora, ella realizaría los ajustes correctos en la portada. Debíamos mandarla a imprenta para que hicieran las pruebas de color y, una vez aprobadas, imprimiríamos el nuevo libro de Viena, *La herencia de la diosa.* Por su parte, Viena se hallaba ocupada charlando con nuestros distribuidores; resultaba que *Día Cero* se vendía mejor de lo planeado desde que una ilustradora le dedicó gran cantidad de contenido.

@Vitori50 hizo la publicidad en una semana que yo no pude hacer en un año.

Atendí también el repentino correo de mi editora Marta, donde solicitaba, desde hace días, una reunión conmigo:

«Querida, Génesis, ¿cómo has estado? Hermosa, quería saber si podía robar un poco de tu tiempo la siguiente semana, aprovechando que vienes a las oficinas por tus fotos. Si es posible, espero tu pronta confirmación, ya quiero abordar un tema que me tiene preocupada. ¡Te envío un fuerte abrazo! Con amor, Marta.»

Como será obvio, tardé en darle respuesta hasta hoy, porque el texto me puso nerviosa. Aun así sonreí para darme confianza, y poder darle seguimiento a Herneyl como futuro colaborador.

«Mi nombre es Elijah Lambert. He trabajado con editoriales como Watson & Holmes, Ediciones Dandino, Vaud Editorial y Grupo Tierra.»

«Eso veo. ¿Puedo compartir tu currículum con mi colega? Ella se encarga de las contrataciones. Y gracias, Elijah, por darle un chance a nuestra editorial.»

«Aprecio las buenas lecturas. Me gustó su trabajo en *Día Cero*, se sintió familiar.»

Pues claro, yo escribí el puto libro de Abraham.

Herneyl, Elijah Lambert, accedió a una reunión con Viena para tenerlo en el equipo como profesional externo. De nuestra correctora, la cual evitábamos mencionar para no desenterrar tragos amargos, solo quedaban rastros en la dedicación del primer libro que publicamos, *Zmaj*. Su nombre se mencionaba como parte del equipo y, desde entonces, *Día Cero* ya no mencionaba nombres de colaboradores, ni nuestros futuros proyectos. Ni siquiera unas palabras a nuestras parejas o amigos; no sabíamos en qué momento nos dolería releer aquellas palabras.

El corrector Lambert, de veintiocho años, dejó bien en claro que no quería ni una dedicación a su nombre de parte de cualquier autor, sin excepciones. Me hizo reflexionar si debía añadirlo como una pauta a nuestros contratos.

Accedí a su petición. Antes de enviar el correo, una gota de agua cayó en mi dedo. Elevé la vista a la ventana abierta, al cielo aborregado, y observé la lluvia desplomarse.

—Al menos el Terrorista tiene coche —volví a centrarme en enviar el correo, pero Zain volvió a mi mente.

¿No le había recomendado el estacionamiento a cuatro cuadras?

—Ja, ja, sí…

Mis pies se enredaron al levantarme tan de prisa. Como si estuviese ebria, al salir agarré mi chaqueta y el paraguas de la entrada. Corrí por las escaleras sin detenerme en el elevador, que ni ante una emergencia funcionaría, y me aferré con fuerza al pasamanos cuando estuve por resbalar con el agua del pasillo.

Había agua en todo el piso. Nelson me miró con una sonrisa mientras le pasaba unas servitoallas al rubio de espaldas a mí. Me dio vergüenza siquiera decir algo.

Dios, está empapado.

Giró con tanta fuerza que las gotas en su cabello se estamparon en mis mejillas. Me había visto a través del reflejo en la recepción.

Su cabello estaba por primera vez peinado hacia abajo, como cortina. El rostro pálido, los brazos temblorosos, su chaqueta color mostaza tratando de cubrir su mochila pegada al pecho. Me dijo algunas palabras, pero no lo escuché, me fue imposible advertir algo más que no fueran sus labios rojos, que mordía por el frío.

Arley era enorme. Todo lucía pequeño a su lado, incluso Nelson.

—¿Puedo subir? —balbuceó, dando apenas unos pasos a mí—. ¿Gen? Si esto es porque no te he enviado más avances, prefiero que me lo digas antes de que me muera aquí congelado.

Era como un cachorro…

—Eres cruel —estornudó, con esos ojos tristes que me regresaron a la vida.

—¿Mmh? —incliné el rostro—. Oh.

—¿Oh?

—Sube, perdona. Estaba pensando. Pensando en cosas.

Me miró como si le hubiese contado un mal chiste. Nelson, a un costado, seguía sonriendo, como quien nunca había visto a un ser humano interactuar conmigo. Le devolví la sonrisa y me aparté para que Zain pudiese subir. El rubio inició el camino con desánimo.

Lo escuché estornudar todo el pasillo; culpó a sus alergias. Me detuve frente a la puerta a buscar las llaves en mis bolsillos. Él se entretuvo con el gato que salió campante de las escaleras del piso de arriba.

—¿Y este gordo? —le habló tiernamente al levantarlo con ambas manos—. ¿Quién es este gordo? Este gatito naranjoooo. Quién es este gaturrooooo.

Arrugué la nariz. Negué con rapidez cuando preguntó si era mío.

—Es el gato obeso de la vecina —mencioné, empujando la puerta hacia dentro—. Me sorprende que siga vivo con toda la comida prehecha que se roba de mi cocina, se ve que le encanta. No puedo tener la ventana abierta.

—Me recuerda a cierta ermitaña —lo devolvió al piso—. ¿No te gustan los gatos?

—Prefiero los perros. No me gusta tener cerca cualquier cosa que parezca más inteligente que yo —fui honesta, en exceso, mientras cruzábamos el umbral—. Es también mi gusto en hombres, por desgracia.

—Ja, ja —fue una risa robótica—. Me das miedo.

—Gracias.

—No es un halago —aquella línea familiar me sacó una risa—, Coralito.

—Hay cosas que es mejor guardar para uno, ¿no? —seguí riendo.

Zain se quitó la chaqueta tan pronto pisó mi suelo. Me crucé de brazos, miré la parte de su pelvis que quedó al descubierto por sus movimientos e irremediablemente subí los ojos por el tatuaje que se dejaba entrever debido a la playera empapada: la marca de un *neotribal,* que llegaba hasta su pectoral derecho. Siempre quise tatuarme uno de esos.

—¡Achú! —se encogió por los escalofríos—. ¿Tienes un cambio de ropa? Perdón, ya dejé mojada la entrada...

—¿Vas a algún gimnasio? —no, no mordí mi lengua; por el contrario, me excedí de curiosa.

—Sí, entre semana. ¿Recuerdas la lesión que te comenté? —confirmé. Le pedí que me siguiera con señas—. Desde entonces trato de ser más activo, también para poder llevar peso en mi cuerpo; no sabes lo que es estar disfrazado con armadura por horas en una convención. Deberías ir también, por tu problema en los discos.

—Tienes razón...

—Espera, ¿preguntaste eso por...?

Sí, eres terriblemente atractivo. Me da náuseas.

Empujé parte de la planta enredada en el librero de la sala para poder abrir los cajones debajo. Mis manos estaban frías, así que no quise imaginar cómo se sentía él. Lo miré de reojo, aún confundido por mi falta de respuesta, antes de agacharme por la caja de ropa almacenada al fondo. Camisetas, pantalones, sudaderas, todo se lo entregué.

—Puedes cambiarte en el baño, a la izquierda... —señalé el camino. Él se inclinó para verlo—. Ya, antes de que te enfermes.

Lo observé dar pasos inseguros por cada pequeña gota de agua que dejaba. Sus pantalones no estaban realmente empapados, pero la chaqueta amarilla seguía goteando y su cabello también. Antes de entrar a mi pequeño baño, me preguntó si acaso me gustaban las enredaderas. Allí dentro se hallaba una planta teléfono que creció sin parar sobre el estante junto al repuesto de papel.

—Es la única planta que no se me muere.

—No, parece que le gusta tu casa, yo creo… —la apartó para ingresar.

Llevé mis manos a la cadera y aguardé unos instantes, nerviosa. Zain no duró nada dentro del baño; volvió a asomarse con una camiseta blanca en manos y un ramo de flores artificiales que estaba dentro de la caja de ropa.

—¿Son cosas de tu ex? —me miró horrorizado.

Su pregunta me agarró desprevenida. ¿Era tan obvio? Me moví con cierta inseguridad.

—¿Qué te pasa? Dame algo más. Me voy a sentir raro todo el tiempo que lo use. Y esto no me quedará, es jodidamente corto.

—¡¿Tengo cara o cuerpo de tener algo que te quede?! —sacudió la cabeza de arriba abajo—. Dios, veré si mi hermano dejó algo acá. Agradece que le gusta usar *oversize.*

—¡No, está bien! Usaré esto, me quedo con esto —pisó fuera del baño, desesperado por detenerme.

Entrecerré más los ojos, en un esfuerzo imposible por no desviarme hacia su tatuaje expuesto ni las gotas en sus clavículas. Y me negué completamente a gastar hojas describiendo su cabello, oscurecido por el agua. O sus ojos, severos, ansiosos. Si tenía algo que decirme, no lo escucharía ni un poco. Es más, podría comenzar a cantar «Tengo orejas de pescado».

—No quiero faltarle el respeto a tu familia —insistió al aferrarse a mi brazo—. Solo me cambiaré la camisa.

—¿A qué te refieres con «respeto»? —tomé aire, presa de su agarre. Yo estaba ansiosa por tomar distancia de su pecho—. Deja te lo traig…

—No usaré algo tan delicado como la ropa de tu hermano, Gen. No. Estoy bien.

Me di cuenta en ese instante de la seriedad con la que hablaba. Alejé su mano y recuperé la compostura mientras mi cerebro se enfriaba.

—¿Eres homofóbico o algo así? —escupí. Él se puso tan rojo como sus labios—. No sé de dónde conoces o crees conocer a mi hermano, pero con esos comentarios le estás faltando al respeto. Solo toma lo que te ofrezco.

—Tar… Gen —se corrigió—, no, no sabía que era gay. Perdona. Solo no pensé que fuese correcto usar la ropa de alguien tan importante, que en paz descanse.

Que. En paz. Descanse. QUE. EN PAZ. DESCANSE.

—¿Estás bien, Arley? —incliné mi cabeza como si acabaran de golpearme—. Mi hermano no está muerto. ¿De qué mierda hablas?

—¿No está?

—No, según yo no. Hablé con él en la mañana… Me estás preocupando —murmuré, y con ello saqué el teléfono de mi sudadera para confirmarlo—. Está en línea, no creo…

Zain parecía uno con la planta. Curveados, inclinados hacia el piso, inmóviles. Si le soplaba, perecería.

—¿Por qué…?

—No preguntes, solo déjame… —elevé ambas manos. Si le insistía, yo creo que se habría soltado a llorar.

Le pasé una camiseta de Taylor Swift que compramos a juego mi hermano y yo cuando la vimos en vivo. Le entregué su chaqueta verde, que se puso de inmediato para entrar en calor. Una vez cambiado, salió del baño con disgusto a la prenda.

—Esto atenta contra mi estilo.

—¿El de perrito mojado o cuál?

Vi que levantó la mano, así que esperé ver su dedo corazón. En su lugar, talló una de sus sienes, avanzando por la sala hasta tener una mejor vista de mi estudio. Me abrigué, incómoda, como si ocultase la habitación con aquella acción.

—¿Es tu área de trabajo?

—¿Quieres ver?

—Si no tengo que firmar un contrato de confidencialidad...

—Adelante.

Zain entró a mi cueva.

La impresora estaba a un costado de la puerta. De frente, el escritorio junto a la ventana con cortinas semitransparentes. Un librero con cientos de libros y ensayos que necesitaba cerca para mis trabajos personales y las paredes tapizadas en orden alfabético de los trabajos activos que corregía, escribía o me gustaban, con el espacio semivacío donde se hallaba *Cuando cante el sol*, con ahora solo retazos de imágenes que usé como inspiración.

Aquella habitación era la víctima de mis arranques de energía nocturnos, cuando me ponía a imprimir, recortar y escribir para conectar cada punto en las paredes. La mayor parte del contenido era de *Día Cero,* como si investigara la escena de un crimen.

—No sabía que imprimías mis bocetos... —murmuró, detenido en el espacio dedicado a *Nunca digas que no.*

—Perdón, debí pedirte permiso.

—Deberías pagarme por licencia.

—Hey…

Se rio.

Siempre fui ese tipo de persona dañada. Si estudiaba para un examen, todo lo tapizaría de notas porque era incapaz de memorizar por mí misma. Me dedicaría a hacer recortes de cosas que les gustaban a mis parejas, para no perderme de detalles. Me obsesionaría con mis propias novelas o ajenas, porque era lo único para lo que creía ser buena.

No había más variables en mí. Pero él permaneció con la vista sobre todo ese desastre, en silencio, sin una pizca de disgusto en sus ojos.

—Tu nivel de organización es de admirar —dijo, en un suspiro—. Mis respetos. Es fascinante.

—Si no lo hago así, no puedo terminar mi trabajo.

—Es algo que podrías anotar en agenda, o solo añadir recortes, pero cuando lo expones de esta forma… es como un museo —me miró de reojo. El cabello aún húmedo lo hacía ver relajado.

—Ni un loco pondría plata para exponer algo así —expresé sarcástica y sacudí una mano en el aire para pedirle que saliéramos de ahí.

—Yo lo haría. Podría inmortalizar tu habitación en un museo.

Sentí un vacío en el estómago.

—Si lo acompañara de bocetos, podría llamarse *Creación*… —dio algunos pasos mientras rodeaba el espacio, atento a cada pared y repisa, incluso pasó las manos sobre el escritorio que cubría dos paredes enteras—. ¿Me dejarías tomar fotos? Pocas, y no a los textos, más que nada a los detalles. Me gusta hacer mis propias referencias.

Zain Arley miraba todo a través de su ojo de artista, o quizás humano, no lo sé. Pero por primera vez en veinticuatro años de vida, me pareció encontrar valor en esas paredes donde me había destrozado en pedazos para pegarlos bajo la idea de un bien mayor.

Mi vida estaba ahí, sacrificada. Y a él le fascinó.

—No. Sal de aquí —ordené sonriente, causando que el *flash* de su primera foto lo dejara helado.

—En mi defensa, tú me dejaste entrar… —salió entre maldiciones mientras eliminaba la fotografía. Yo estaba carcajeándome.

Se sentó en el comedor a ver la lluvia. Le pregunté si quería alguna bebida caliente. Yo me serví un té; a él le llevé lo que parecía ser su dieta básica: una taza de café instantáneo.

—¿Te puedo mostrar avances? Protegí del agua mi mochila… —se inclinó para alcanzar su tableta. Yo sorbí un poco desde la esquina de la mesa—. Quería que los vieras en persona. También te traje unas copias, puedes quedártelas con gusto.

Me entregó un sobre. Dentro había pruebas de la portada que él personalmente sacó de la imprenta encargada de sacar los ejemplares de Vaud. No supe cómo tenía eso si aún no se les había enviado el manuscrito, pero explicó que pidió permiso para mostrarme el resultado de su arte con las especificaciones que pidió.

En Dione solo hemos impreso portadas mate o brillantes…

—Mira, este es un laminado brillante, la opción principal —lo dejó en mis manos, invitándome a moverlo para ver mejor el efecto—. Originalmente sugerí que brillara porque no quería que el rojo luciera opaco. Pero después de hablar con Marta y el diseñador encargado del título, nos ha gustado mucho esta otra opción.

Me entregó una versión que al tacto fue más suave. Al extender los dedos, la sensación de plástico, el relieve, el brillo del rojo que destacaba más que el resto. Todo eso fue único. Era una portada con efecto.

—Solicité pruebas de portada mate termolaminado para evitar que se vean las feas marcas de los dedos al agarrarlo —explicó, guiando mi índice sobre el rostro del protagonista—. Para el fondo rojo y el título negro se indicó un stamping UV. Sé que odia el rojo, así que me encargué de que, como prometí, le hiciera destacar como no tiene idea. Y, sobre todo, identificando el negro como su color favorito, creí que se llevarían bien.

—Amas tu trabajo, ¿eh…?

—Si fuese bueno en matemáticas, no estaría metido en esto —juró. Me pareció que pensábamos igual—. Así que no me queda de otra más que dar lo mejor.

—¿No te gusta el mundo editorial? —me apoyé en una mano a observarlo.

—Me gusta. Es tedioso, sí. Pero hay cierta magia en ver tu trabajo en librerías, en los libros que cargan al viajar o un *post* donde te etiquetan como ilustrador. Pero lo mejor son los eventos literarios, te invitan aun si no fuiste partícipe en el libro mientras tengas alguna relación con la editorial.

—Entonces lo que te gusta es convivir con autores.

—Nah, me gusta sacar contenido y comer gratis.

—Suena fantástico.

Él también apoyó su barbilla en el dorso de su mano. Retrocedí ante su gesto, tan atento a mi rostro. Sus pestañas eran rubias, igual que sus cejas, un tono más oscuro a su cabello.

—Estaba por invitarte a alguno, pero recordé tu manía por fugarte —murmuró, como un secreto a voces. Estiró su brazo derecho sobre la mesa, donde reposaba el mío.

—Solo lo hice una vez.

—Ajá… —nuestros dedos se rozaron, pero no retiré mi mano. Zain lucía pícaro—. He contado todas las veces que has huido de mí como Tarner. No olvido a quienes asesino, Coralito.

—Eres medio psicópata, ¿no? —sonrió.

—Te invito al siguiente que asista. Estaré revisando mis correos.

Zain tenía un lunar que me moría por aplastar. Ese de su pómulo. Y unos ojos que, bajo el sol que comenzó a asomarse entre las gotas de lluvia, lucían dorados.

Me alejé cuando el computador en la sala comenzó a sonar. También tenía llamadas perdidas en el teléfono. Él bebió de su café cuando me arrastré a responder, con su permiso.

Viena apareció en pantalla, con un almohadazo en la cabeza, y me preguntó si estaba leyendo en el grupo lo que le escribieron a Leany.

—NOS ESTÁ QUERIENDO SANGRAR LA PERRA ESA LO QUE NI TENEMOS.

—¿De quién hablas? —me desconcertó. No había una persona a la que le tuviéramos tanto coraje.

—¡¿Cómo que de quién?!

Miré de reojo al rubio. Él se giró, como quien no estaba prestando atención a mi intervención. Resoplé.

—¿Tienes un hombre en tu casa? —la pregunta de Viena me hizo dar un brinquillo. Giré de inmediato a verla.

—No es nadie —escupí, arrepentida al instante—. Es el ilustrador de mi novela. Vino a recoger algo. Zero, ella es Viena, mi colega…

—Es el que dices que está bieeen guapo, ¿no? —me delató, antes de que el rubio siquiera levantara la mano para saludar—. Sí, está carita. No tanto como te esmeraste en describir, pero es guapo. Eres guapo, ah, hola, ¡mucho gusto!

—¡Hola! El placer es mío.

Llevé ambas manos a mi cara. Estaba segura de que se reía, o al menos tenía una gran sonrisa por el tono en que lo saludó. Elevé los dedos para pedirle que se apartara, no quería seguir viéndolo por hoy.

—Fue un gusto, pero tengo que retirarme —sentí su rostro cerca del mío, despidiéndose de Viena en la videollamada—. Ya bajó la lluvia, así que volveré a casa para trabajar en su libro. Gen, ¿puedes abrirme la puerta?

Giré el computador para no tener a mi amiga observándome. Zain permaneció sonriente todo el camino hasta la puerta, con el sobre en sus manos y la mochila colgándole de un hombro. Guardó también su ropa húmeda en una bolsa que le entregué.

—Te aviso si hay algún evento cercano. Espera mi correo con los detalles.

—Gracias —abrí—. Nos estaremos viendo.

—Por cierto, no creo ser menos inteligente que tú, Gen —habló, una vez fuera—. Así que no sé si tomar como halago el que creas que soy guapo.

—Lárgate.

—Ten un lindo día —mantuvo una gran sonrisa aun cuando le cerré la puerta.

CAPÍTULO 14

Orgullo y prejuicio

Es una verdad universalmente aceptada que todo escritor recibe entre el siete y el diez por ciento de regalías sobre su obra.

Y no es algo por lo que discutir o verse ofendido, ni siquiera exigir a la editorial un mayor porcentaje. Para poner un libro a disposición se requiere bastante inversión de terceros y un buen manejo de distribución, lo que siempre deriva en personal al que liquidar. Por supuesto, nunca falta la editorial abusiva con contratos infames.

Por eso cuando aceptaron mi trabajo en Vaud, pegué un grito al cielo. No solo no me pedirían dinero para publicarme como algunos fraudes de editoriales, sino que además le pagarían a un profesional para hacerme mi foto de autora. Y si había algún problema, ellos lo resolverían.

Sus abogados, sus contratos, sus contadores. Editorial que resuelve, en pocas palabras.

—Le pidió a Leany que mínimo le dé una respuesta y no la ignore. Toda la noche de ayer estuve ocupada con Pececito, ¿no puede esperar siquiera a que sea lunes?

—¿Qué le dijiste? —suspiré, volviendo al computador. Se le veía el rostro pálido.

—¿Pues qué más? Que sí, que se le pagará por su trabajo en *La herencia de la diosa* hasta finales de año. Quería saber si usaremos de todas formas su trabajo para la publicación en físico, lo que, por supuesto, dije que no. Esa corrección la hiciste tú.

—La odio, la odio —Leany entró a la videollamada mientras maldecía, envuelta en una toalla y con el cabello mojado.

—También quiere un pago de los EPUB, porque dice que generó y sigue generando ganancias para la editorial. Que no lo tendría en cuenta, pero que tiene algo que pagar y debe ser justa con ella misma.

—¿Los EPUB qué tienen que ver? ¿Habla de *Zmaj*? Eso se le liquidó en la última reunión —solté, incrédula. Mis cejas casi se volvieron una—. ¿O de qué demonios habla? Ella sabía, y se le especificó, que una vez abandonara el proyecto, no recibiría regalía alguna a partir del siguiente mes. Ya de eso hace meses.

—Le ofrecí un *meet* para hablarlo, pero se corrigió con que no busca que se le pague constantemente, sino que se defina un valor por el trabajo que hizo.

—¿Que hizo en dónde o qué?

—En *Día Cero.*

Torcí una mueca.

—¿Me estás jodiendo?

—No. Le insistí a Viena que la metiera a un *meet,* pero la muchacha no quiere. Y que si entonces los pagos de *Zmaj* y *Día Cero* se realizarán a finales de diciembre, para que le confirmen una vez sea liquidado.

La innombrable, o Mara, como suele llamarse en internet, fue una de las fundadoras de Dione Editorial, originalmente un proyecto que nadie pensó que era en serio porque Viena siempre tiraba monedas al aire: juntó a una diseñadora, a una escritora y a una correctora ortotipográfica y de estilo para unirlas con sus dotes de maquetadora. Y ahí estábamos, sin un peso, en un chat grupal, viendo por dónde empezar.

Claro, nadie le pagó a Leany por hacer la portada de *Zmaj*. Nadie me dio dinero por encargarme de organizar la preventa. Viena se conectó cada mañana a reuniones con la editorial amiga y distribuidores. Así que Mara tampoco obtuvo dinero por trabajar *Zmaj* junto a su autora, pero todas nos dimos por pagadas cuando recibimos el dinero de la preventa, que, claro, volvió a irse con gastos de la editorial.

Pero estábamos empezando algo. Teníamos algo. Porque Viena me lo dijo una vez: «Prefiero hacerme mierda vendiendo mis libros que hacerme mierda por la empresa de alguien más».

Pasamos de querer autopublicarnos en Amazon a montar una editorial. Nos desvelamos, porque nadie veía potencial en nuestros manuscritos. Llamadas sin respuesta, ningún contacto vigente, rascando a librerías porque nos dejaran entrar. Esperando *esa* oportunidad.

«Pese a todo, no quiero renunciar a esto. Confío en lo que escribimos y creo que es importante. Que hay algo que decir. Nadie puede arrebatarnos eso y estoy dispuesta a pelear para lograrlo», le escribí.

«Wna, nos veremos en unos años más y no vamos a poder creer lo lejos que llegamos.»

«O lo bajo... que caímos.»

«GEN, LPTM JAJAJAJAKSKSK.»

Aunque Leany bromeaba con dejar la editorial cada día, decía solo importarle la plata y aunque nos acusaba de escribir mierda, sabíamos lo mucho que nos quería. Si amaba a Dione, nunca se lo pregunté, pero tuve su respuesta cuando rechazó un trabajo que le ofrecía una mejor paga. Le dijo a Viena que no tendría tiempo para la editorial si se unía a ese equipo. No me lo dijo a mí, pero sabía que esa mujer nos amaba.

Mara, por su parte, no hablaba mucho por privado. A menudo nos comunicaba sentirse inútil por no poder hacer más que corregir, lo que le reiteramos que era el corazón de una editorial, pero no pudimos evitar que se sintiera así durante los meses de preparación del libro, ya que ella no tenía más trabajo.

Para cuando se acercó la fecha de publicación de *Día Cero*, Viena encontró algunos errores de edición mientras maquetaba.

—Hermana, falta poco para anunciar la preventa, pero las correcciones que hice me tienen bien estresada y Mara parece confundida. No hay dinero para pagarle a alguien externo que le eche el ojo, ¿será que podamos verlo juntas?

—Ya, ¿ahorita? —un ojo se me cerraba por pasar la noche recortando *stickers*—. Abre el archivo.

El primer capítulo fue una tortura. Pero si para mí fue doloroso, para Viena, que ya había diagramado, fue peor.

—Mara corrigió esto desde el año pasado. ¿Cómo no lo vimos?

—Uno, yo creo que lo hizo borracha. Dos, NO TENGO NI PERRA IDEA, GÉNESIS.

—Ya, demos de baja la editorial.

—HERMANA.

Nos reunimos con Mara. Quisimos examinarlo en compañía, pero esa temporada su computador estaba presentando fallas, así que lo revisó sola. Por nuestra parte, Viena y yo pasamos día y noche leyendo la obra, corrigiendo, editando, cambiando oraciones que dejaron de gustarme después de un tiempo. Leany estuvo en reuniones donde nos oía leer en voz alta.

La preventa se retrasó, pese a la expectativa ya creada en redes.

Estábamos acostumbradas a trabajar contrarreloj, pero a los tres días, ver mi rostro junto al de Viena era como ver a dos ancianas leer ciencia ficción.

«Internamente, al analizar detenidamente», nos dolía la cabeza al encontrar cosas así.

Tras unos días de completo agotamiento mental y físico, Mara confesó:

—Chicas, sé lo que pasó con *Día Cero.* Les envié el archivo sin corregir.

Más de quinientas páginas, horas y horas de revisar el texto sin ella, porque se sentía mal, para que el problema fuera un archivo incorrecto.

—Mara, no recuerdo cuántas veces te pedí que eliminaras los archivos viejos. Por favor, ya no hagas esto. Ahora lo resolvimos, pero es muy delicado.

Viena ya había maquetado el texto tres veces para ese momento, con todas las nuevas correcciones que hicimos. Anny, con su habilidad para encontrar errores, nos hizo el favor de leer la obra en dos días para asegurarse de que lo dejamos limpio.

Nunca supimos por qué cometió semejante error, ni nos lo explicó. Pensamos que era el estrés, quizás fuimos muy demandantes.

—No te voy a endulzar el asunto, sí nos jodió bastante el tema con el manuscrito. Me molestó saber que esto estaba desde el año pasado y que a última hora estemos encontrando el problema. Pero también sé que es un error. De los errores se aprende y se corrige. Y me ha quedado claro que debemos involucrarnos en el proceso de corrección también, porque te hemos dejado sola. Necesitas un par de lectoras cero. Y las tendremos. Vamos a poder con esto, pero solo si cuidas tus correcciones en general, porque hasta el «corregido» tenía errores graves.

—Chicas, la verdad es que ya no puedo renegar lo inevitable —añadió Mara—. Lamento mucho ser así de irresponsable, pero prefiero dejarlo antes de seguir prometiendo cosas que no estoy segura de poder cumplir. No entiendo este mundo, así que deberían buscar a alguien que lo comprenda más. Yo me voy. Es más necesario de lo que creen.

Mara nos abandonó una semana antes de la preventa de *Día Cero*. Tuvimos que retirarla de aquel boceto que representaba al equipo de Dione.

Era un proyecto de amigas que por desgracia nos superó. Estábamos tan estresadas, agotadas y molestas la una con la otra, que casi nos disolvimos. Nos culpábamos por la decisión de Mara mientras pretendíamos públicamente tener todo bajo control.

—Le ofrecí un cuarto de lo que le pagaríamos ahorita por *La herencia de la diosa* —informó Viena—. Le expliqué que en *Día Cero* el proceso de revisión y edición requirió la intervención de cuatro personas adicionales. Eso refleja la proporción de trabajo que quedó de su parte en el proyecto.

Enviaron un *screenshot* al grupo. Ella preguntaba que si era solo esa cantidad por dos días sin dormir.

—Le estoy diciendo que entremos a una reunión, ya que también tengo opiniones al respecto —suspiró Viena. Le temblaban las manos—. Varios días estuvimos sin dormir, incluyéndote a ti, la autora…

«Y no lo niego, pero ¿te parecería justo ese pago, de estar en mi lugar? Tampoco espero que se me pague el cien por ciento, pero ¿el veinticinco por ciento?»

Vi nerviosa aquellos mensajes.

—DILE, DILE —Leany saltó—. Dile que si no está de acuerdo y quiere discutir el pago, que entremos a una reunión. Tengo que decirle unas cosas a esa perra.

—Mira, le diré que no tiene por qué ser ahorita, pero que es algo que se tiene que hablar en reunión para mayor transparencia. Sobre todo cuando yo creo estar en lo correcto y ella también.

Llevé mis uñas a la boca. Leany me miró de reojo, pálida. Ese tipo de cosas nos asustaba, no teníamos ni que comunicarlo. Sabíamos lo que podía desencadenar una discusión por dinero, más si a la vista pública nos convertíamos en una editorial abusiva con sus trabajadores.

Pero ella era parte. Incluso si era novata o cometía errores, solía ser nuestra amiga.

«Para qué? No vamos a poder llegar a nada si dices tener la razón. Ni aunque nos reunamos vamos a resolverlo, yo sigo firme en lo que dije. El veinticinco por ciento me parece poco y solo te pido que lo comprendas.»

—¿No podemos darle un poco más? Ya para que deje de joder y no vaya a…

—Leany, no tenemos dinero —escupí, exaltada—. No tenemos nada hasta diciembre. No nos liquidarán hasta entonces.

—No puedo más con esta mujer, no quiero ni hablar con ella. Lea, ¿puedes fingir ser la buena y escribirle para renegociar?

—Ofrécele el cincuenta por ciento.

Ambas me miraron como si hubiese dicho una broma. En Dione todas nos aferrábamos hasta el último centavo. Nos molestaba perder dinero. Pero la editorial nunca fue una pérdida para mí. Mis novelas sí, mi ex sí, mi trabajo sí… pero no mis amigas.

—Yo lo pagaré. No arriesgaré por orgullo lo que construimos. Total, ya puse cinco mil dólares en esto, ¿no?

—No, paguémoslo con los fondos editoriales en diciembre —Viena mandó al carajo mi iniciativa.

—Sí, con los fondos —Leany también—. No te queremos más precaria de lo que ya estás.

—OYE.

—Tú concéntrate en tu siguiente título —murmuró Viena, todavía de mal humor—. Nosotras resolveremos esto. Tú, bonita; tú, carita, atendiendo *Día Cero* en redes, escribiendo, chambeando. Así te quiero. Oh, y préstale más atención a ese rubio que tenías en casa.

—¿Metiste a un hombre a tu casa? Qué asco —Leany se apresuró a criticar. Yo seguía con la cabeza abarrotada de nuestra correctora.

—Me arruinó el día por completo —confesé—. No sabía que era capaz de estresarme más con ella que cuando nos dimos cuenta de que hizo dos correos editoriales. ¿Por qué hacía su trabajo con las patas?

—Yo qué sé, pregúntale a ella —Leany también seguía enfadada.

—Me impresiona Mara. Empezó mal, y jamás mejoró.

Se rieron del mal chiste.

—¡Hemos terminado!

El fotógrafo levantó una mano.

Marta me había pedido ir a su oficina apenas terminara con la sesión en el cuarto piso. Para mi foto de autora había usado un vestido negro que cubrí con un saco. Tan pronto llegó el ascensor, descendí en el pasillo de siempre, mirando a algunas personas avanzar con paso rápido.

Paré al ver a mi ilustrador charlando con un joven de cabello teñido. Llevaba su mochila, como de costumbre, y una chaqueta azul vibrante idéntica a la amarilla, la verde, y la negra que le vi alguna vez. ¿Acaso compraba el mismo modelo en distintos colores?

—De verdad, muchísimas gracias, Zero —el chico posó su mano sobre su hombro. Era más bajito, diría de mi estatura—. Estaba viendo la ilustración final de la portada y el detalle de la bolsa de harina sobre ellos es bellísima. No pensé que lo plasmarías así.

—Ya sabes que cuentas conmigo para cualquier detalle adicional que desees —Zain metió ambas manos en su bolsillo antes de verme de reojo.

—La publicación es pronto, así que me gustaría invitarte a firmar algunos ejemplares junto a mí. Sé que siempre quieren que les firmes libros por tu trabajo como ilustrador, así que…

Nos miramos como quienes no se conocen. Él no había tenido tiempo para conectarse en *Wild Caves* cuando yo estaba conectada, así que no hubo progresos en el DLC. Me había enviado correos con avances, pero nada nuevo para conversar. Digo, fue solo la semana pasada que entró a mi departamento, pero no teníamos más motivos para interactuar.

Me invitaría a salir, supuestamente.

Por eso nunca le creas a un hombre, Gen…

—Te envío la información por correo. Se lo comunicaré también a mi editora, ¿sí?

El chico corrió en el pasillo hasta la última oficina. Yo lo seguí a paso lento.

—¿Ni un saludito? —Zain me detuvo.

—Te vi muy ocupado con tu autor.

—Tú también eres mi autora —se cruzó de brazos—. Coralito, somos compañeros de equipo y ya fui hasta tu casa. Solo háblame, sin pena.

—¿Qué tal? ¿Todo bien? —le miré de soslayo y sonreí—. Espero tengas un gran día. Me dirijo con Marta, así que, con tu permiso…

—¿Por qué estás tan nerviosa?

Me paré en seco. Zain Arley sabía que lo consideraba atractivo y, conociéndolo, no dudaría en tomar ventaja de ello.

—Me llamas ermitaña y asocial, ¿por qué te sorprende mi actitud? —achiqué los ojos, aferrada a la correa de mi maletín—. ¿No te basta con jugar a mi lado y que te responda los correos? Porque si no es así, dímelo. Te ves algo necesitado por hablar conmigo.

—¿Yo? ¿Necesitado? —se le escapó una risotada—. Qué selección tan curiosa de palabras. ¿Y qué tiene de malo si estoy necesitado por hablar contigo?

Apreté los párpados. Ese sujeto quería matarme de un infarto.

—Me divierto hablándote. Eres chistosita.

—Si dices «chistosita» en lugar de «chistosa», es como llamarme curiosa o rara en un sentido negativo, así que… —permaneció sonriente mientras mi rostro se tornaba rojo de la vergüenza—. Ja, ja, qué gracioso, esa era tu intención. Bueno, con tu permiso, esta ermitaña se retira.

—Gen, me describiste bieeen guapo, ¿verdad?

Tenía una mano en su rostro para cubrir su sonrisa. En *Wild Caves* podía ocultar su chat cuando comenzaba a molestarme, pero en persona solo me quedaba callarlo.

—Lo único que tienes de bueno es tu rostro, Terrorista —me escuché confiada, aunque repetí internamente: *Eso no fue un insulto, mierda, eso no lo fue ni de cerca.*

—Ya, ¿es por eso que soy tu *crush*? —sacó sus lentes de sol. Se los colocó en el instante en que me acerqué, apuntándole con el dedo índice.

—¿De qué demonios hablas? Yo no tengo nada contigo. Ni nada para ti.

—Awww, qué lindo que intentes negarlo con tanta fuerza —posó las manos en su pecho—. No te preocupes, Coralito. Es inevitable que tengas un *crush* con el increíble Zero.

—No, no, no, no…

—Sí, sí, sí, sí —afirmó varias veces.

—Ya, déjame —empujé su mano, que movía cerca de mi rostro como si hablara por él—. DÉJAME, NADIE TIENE UN *CRUSH* CONTIGO.

—¿Estás tratando de convencerte a ti misma?

—Te voy a cortar la mano si no la bajas.

La bajó de inmediato, y la recogió sobre su pecho. Zain era realmente un perro, uno con mucha energía y poco cerebro para usarla.

—Solo bromeaba, tampoco te pongas tan de malas. Imagínate, yo aquí desangrándome. Hay cámaras, ¡eh!

—No me causa gracia. Y admito que eres atractivo, no soy ciega; es algo que ya sabes —di un paso al frente, esta vez más confiada en defender mi postura—. Pero no eres «el tipo» de todo el mundo. Tienes los aires bien alzados para suponer algo así, ¿no crees?

—Solo bromeo con un amigo, Tarner.

—Además, aunque me guste tu cara, jamás saldría con un...

—Si me dices «teto», te juro que me aviento de este piso.

—Un... No, ¿por qué te llamaría teto? —me descolocó su dramatismo—. ¿Por los videojuegos? Hermano, eso sería escupir al aire. No sé quién de los dos está peor.

—Oh, olvidé que también eres una *tetaza.*

—HIJO DE...

Marta abrió su puerta. Mi mano estaba al aire, a punto de agarrarlo del cuello. Opté por darle una palmada cordial y sonreír para disimular.

—De lo más gracioso, Zero. Muchas gracias por todo el esfuerzo que ha puesto en mi libro, lo aprecio bastante.

—Sabe que cuenta conmigo siempre —apartó mis manos para estrecharlas.

—¿Génesis?

—¡Voy! Ya, nos estaremos viendo, Zero. Éxito en su trabajo.

El rubio me observó entrar a la oficina con las manos en los bolsillos. Tan pronto le cerraron la puerta, mi atención se fue al chico de cabello azul que se acercó a saludarme con emoción, un poco más exaltado que el promedio.

—¡Mucho gusto! Soy Elías, uno de los autores de Marta. Pronto estaremos compartiendo eventos, así que me emociona encontrarme contigo desde ahora. Tal vez conozcas trabajos que tenía con Grupo Tierra o mi canal en YouTube —besó mi mejilla, sonriente—. Venía a presentarle un nuevo proyecto a Marta, así que disculpa por robar su tiempo, no sabía que tenía una reunión contigo. Es que si le escribo por correos, tarda muchísimo en responderme, ji, ji. Pero tengo una presentación formal de mi nueva idea, si quieres verla.

Me extendió su laptop. Marta de fondo me hacía señas, casi desesperada, de que no le diera cuerda.

—Eli, espera, los presento formalmente —mi editora se interpuso—. Génesis, él es Elías Sorel. Su novela es novedad del siguiente mes. Elías, ella es Génesis Asceta. Y como verás, tenemos algo de prisa…

—Tengo una novela de un chico malo, pero no de los que visten de cuero, sino maquiavélico. Bueno, tampoco de esa forma, a él le gusta llamarse así, pero solo es malpensado. En fin, se mete en un problema gigante en su escuela y teme que lo *funen*.

—Eli, cariño, sabes que por el momento tengo catálogo lleno hasta dentro de dos años —Marta le tomó una mano, casi forzándole a cerrar la laptop. Él no retiró su sonrisa—. ¡Oh, pero nuestra querida autora también es codirectora de una editorial! ¿Has escuchado de Dione? Podrías preguntar sobre su recepción de manuscritos.

—¡¿De verdad?! ¿Están recibiendo? —el chico se acercó a mi cara—. Sí los sigo en Instagram. Voy a enviar mi manuscrito la siguiente semana.

—Claro, sin… —le vi salir sonriente— problema.

Tomé asiento en el sofá de cuero, estreché la mano de Marta y recibí una taza de té. Yo no comprendía lo que había pasado, pero tampoco me pareció anormal. Supuse que cada autor tenía lo suyo.

Zain se las arregla bastante bien.

—Es buen escritor. No es que no quiera revisar su propuesta, es que no puedo solo tomarlo así porque sí —suspiró. Se sirvió agua antes de sentarse—. Deberían echarle un ojo en tu editorial, su público es estable y tiene buenos números. Es un poco extravagante, pero viene de lo que es *booksta-gram* y YouTube, si me comprendes.

—Estamos teniendo algunos cambios en la editorial, pero podríamos evaluarlo…

Elijah firmó, después de todo.

—Gracias —murmuró, con las manos en plegaria—. Bueno, hermosa, a lo que íbamos. ¿Cómo te encuentras?

Me peiné detrás de la oreja y posé. No tenía ni idea de cómo responder a eso. Estaba nerviosa desde el último correo que me envió.

—Bien, ¿y tú?

—No, mira. Quiero saber si todo se encuentra bien, especialmente con tu ilustrador, Zero.

—¿Le dijo algo de mí? —la expresión me cambió por completo.

Maldito traicionero.

—No, no realmente…

—¿Qué le dijo?

—Ah, querida, no sé bajo qué circunstancias estuvieron intercambiando correos, pero me parece que para escribirse iban a los inicios de conversación en que los presenté —balbuceó. Yo permanecí sin expresión alguna—. Supuse que, quizás en el calor del momento, presionaban «Responder para todos» en lugar de «Responder a…», así que varios en la oficina estábamos preocupados por las cosas que se decían. Igual han sido pocos los que terminaron en nuestro buzón, pero uno en particular destacó, en el que le preguntas si acosa a todos sus autores.

Zain, yo soy quien se aventará de este piso.

—Ja, ja… —me reí—. Ja, ja, ja, ay, Marta, no. Entiendo la confusión de que se leyeran sin contexto, pero son chistes internos que tenemos entre nosotros. En realidad nos llevamos bastante bien, también compartimos intereses.

—Te llamó «alérgica al éxito».

—Zero es todo un personaje —me reí más fuerte.

—Bueno, si pasa algo serio, de verdad, infórmanos; no me parece correcto que les hagamos trabajar entre ustedes si tienen problemas personales. Y me siento bastante responsable porque cedí en darles comunicación directa, lo que no es usual; espero lo comprendas. De igual forma, ya están terminando, ¿no?

—No, para nada, lo comprendo. Somos adultos, así que cualquier cosa lo comunicaré, no te preocupes por ello. ¡Y sí! Faltan dos ilustraciones interiores y terminamos.

—Fantástico, fue en menor tiempo del esperado. ¿Qué tal estuvo la sesión de fotos, por cierto?

—Estoy segura de que me veo igual en todas. Nunca cambié de pose, apenas parpadeé.

Cuando dejé su oficina, caminé entre cubículos pensando que ya se había corrido la voz de nuestros primeros roces. Agradecí que no tuvieran ni idea de nuestros mensajes personales. Si fuese alguno de mis personajes, habría incendiado el lugar para desaparecer evidencias.

Cuando llegué a la planta baja, encontré a Zain sentado como vago en una de las salas junto a la salida. Tenía un café en mano y sus lentes de sol puestos mientras veía el celular. Pensé que esperaba a algún editor, pero su voz me detuvo a medio camino.

—Ni te despides.

Cuando usaba lentes de sol, no tenía ni idea de a quién le hablaba.

—Sí, te hablo a ti. ¿Ya terminaste?

Suspiré.

—Sí, voy de salida. ¿Aún atrapado en reuniones? —negó—. Ya, bueno, tengo prisa. Quería aprovechar a jugar un poco antes de trabajar.

—¿Resolvieron su incidente?

Me encogí de hombros.

Se reincorporó con la chaqueta en mano. El sol de la tarde le creó una sombra enorme que distintas personas pisaron al pasar. Me acerqué a él sin pensarlo.

—Me quedé con antojo de comer en Zhong aquel día. ¿No quieres acompañarme? También quería aprovechar a preguntarte qué planes tienes para la siguiente ruta —sonó confiado. Sus manos en el bolsillo le hicieron ver indefenso mientras mostraba su gran dentadura—. ¿Dejaremos a Hachi vagar en el castillo? Puede ser inseguro.

—Hablemos de eso durante la comida.

—¿Sí? ¿Segura? Súper —habló con cierta emoción—. Oh, entonces prefieres convivir con una persona a estar encerrada en *Wild Caves*...

—Estás como que muy interesado en lo que hago, ¿no?

Su risilla fue vaga. Corrió por su mochila antes de seguirme el paso por las puertas de cristal que daban a la avenida.

—Hay un evento este jueves, firma y presentación de libro, en Candelaria —tosió, e hizo una pausa—. Estaba pensando si ir y que me acompañaras. Me pareció un plan divertido. Claro, no estás obligada.

—¿Es entretenido el libro?

—Meh.

—No suena mal. Dime la hora y ahí estaré. Ya es un plan.

—Ya es un plan... —repitió con sospecha. Parecía haberse atrevido demasiado al invitarme, quizás no esperaba una respuesta positiva de mi parte.

—Zain —recuperé su atención—. Marta me informó que han leído algunos correos míos porque no sé si me pasé de estúpida o tú de pendejo, pero usamos la función de «Responder a todos» en varias ocasiones.

—¿Qué? —se quitó las gafas.

—Hay que tener más cuidado. Me pone de nervios imaginar lo que dicen de mí en las oficinas ahora.

—Dios, con razón escuché a alguien decir que la escritora Asceta se pelea con todo el mundo. Cito: «Esa mujer se pelea hasta con su sombra».

—¿En serio dicen eso de mí?

—No, pero deberían, JA, JA, JA. Hey, no empujes. Gen. ¡Auch!

CAPÍTULO IX

Museo Británico

Me ha gustado el rojo desde hace tiempo. Nunca supe con precisión cuando le agarré el gusto, pero tenía muy claro lo que me atraía de él: era vibrante, contradictorio y provocador.

Que alguien como Génesis lo odiara tanto me pareció hilarante, sobre todo cuando el rojo le brotaba de las ojeras con tanta intensidad, volviéndome incapaz de quitarle la mirada.

—Le falta color a tu diseño —musité, mirando de reojo a Tarner, que permaneció con el bastón en el aire sin responder—. Es que solo usas negro.

—¿Me vas a criticar o me vas a ayudar?

Pisé la fogata para llegar a su lado y tiré de la otra palanca, pese a que Tarner podía hacerlo solo. Circe comía detrás, con el mismo atuendo de las últimas semanas; parecía no querer cambiarlo desde que sus mecenas la bloquearon.

—¿Dejaron a su niño? —preguntó.

—¿Hachi? Dijo que buscaría el anillo de Irina, la Grande —le explicó Tarner—. Solo volvimos a la rama principal para ver si encontrábamos pistas de cómo atravesar los abismos. Un amigo murió accidentalmente en la misma ruta.

—Oh, ya sé de qué hablan… —Circe se recostó en las piedras.

—¿Un amigo? —miré a mi compañero, sin estar seguro de quién hablaba.

—Herneyl. Cayó en un abismo accidentalmente.

—¿Son amigos?

—Algo así. Trabajaremos juntos.

Ni siquiera a mí me llama amigo, habiendo ido a su casa.

Después de activar palancas y no abrir pasajes a cofres secretos o siquiera despertar a un jefe que nos diera lo necesario, permanecimos de pie tratando de descifrar lo que haríamos: arriesgarnos a ir sin encantamientos porque no quedaba de otra o, en contra de la voluntad de ambos, buscar un tutorial.

—¡Oh, Rizz está conectado!

—¿Rizz? —Tarn se giró hacia Circe—. ¿Mi Rizz? Desgraciado, me dijo que estaría ocupado.

—Lo invocaré.

Su Rizz… repetí internamente, mientras movía la cabeza en su dirección. Quise reírme. *Creo que solo tiene algo personal contra mí.*

El bárbaro apareció casi al instante. No le prestamos atención, pues en ese mismo momento comenzaron a caer algunas piedras de la parte superior en la cueva. Pensamos que era un derrumbe, así que retrocedimos.

—¡Rizz! No he sabido nada de ti desde que te envié la pizza… Pensé que compraríamos algo en el mercado que combinara con mi estilo.

—¡Circe! Perdona, no había tenido tiempo para conectarme. Oye, pero te ves guapísima así, ¿por qué cambiarlo?

Tarner y yo nos miramos, no por los estafadores a nuestras espaldas, sino el fuego que apareció sobre ambos, a las escamas azules con cristales incrustados y a las garras que se aferraban a la pared de piedra mientras esta se desmoronaba junto a su paso; a su nombre en plateado, junto a la barra de vida roja que anunciaba su hostilidad.

—Nos vemos en dos horas, ¿no?... —Tarner retrocedió.

—Sí, deberíamos ir poniéndonos de acuerdo...

Pensé que agarraría su bastón, pero lo cambió por su escudo gigante. Guardé mis armas y lo miré al añadir:

—Ya cerremos sesión.

Comenzamos a correr sobre el musgo, lejos de los dos sujetos que nos miraron confundidos. El bárbaro seguía hablando, pero Circe se inclinó detrás de él hasta observar a la criatura caminar hacia ellos.

—HIJOS DE... —gritó en nuestra dirección.

Le arrojé su pocillo de agua a Tarner, quien parecía cambiar de elementos como si registrara sus últimas adquisiciones. Se arrebató el manto oscuro, botó un par de hierbas y, tras pisar un charco, lo vi consumirse en fuego antes de desaparecer.

Detrás, Rizz era cocinado mientras la chica corría lejos del ataque. Fue lo último que vi al cerrar sesión.

Me arrebaté los cascos y respiré exaltado. Quise llamarle en ese momento, solo por molestar, o escucharle, o saber lo que pensaba que había pasado.

Quise decirle tantas cosas.

—Dios, sí estoy necesitado por hablarle... —me reí, dejando mi espalda caer sobre la cama.

Debía ser paciente, la vería en un rato.

—La veré —me repetí.

Me reincorporé de inmediato en búsqueda de las cosas que llevaría. Tenía un ramo pequeño de flores, que ordené con antelación, dentro de un florero con agua. No le explicaría el porqué de mi regalo, pero pensé que sería bueno para que se alegrara en lugar de amargarse durante la presentación. Solo eso.

No quisiera decir que sentía lástima, pero, cuando vi las flores artificiales dentro de la caja de ropa que me dio, me pareció que aquel cínico gesto ameritaba un cambio de perspectiva. Gen me había explicado que siempre se le morían las flores y que su exnovio le había dejado una nota con el ramo artificial, como si aquello fuese el gesto más romántico: «Perdón por lo de hace un rato. Es solo que me parece una pérdida de dinero comprarte algo que solo vivirá unos días. Mejor algo que puedas tener siempre contigo. Te amo.»

Abraham era curioso. Del tipo que se merecía un buen golpe en el rostro.

Saqué la corbata que tenía guardada para eventos especiales. Solo la había usado una vez, en la alfombra roja de Vaud Editorial, hace ya dos años que me invitaron. Creí que era lo ideal junto con un traje para la presentación de ese día, ya que mi acompañante siempre vestía formal, como si fuese a su propio funeral.

—Iremos combinados… Si llego con una de mis chaquetas, seguro se reirá.

Mi autora se rio de todas formas al verme llegar.

—¿Qué traes puesto? —cubrió su boca, ahogándose en risas—. Con esos lentes parece que vienes de guardaespaldas.

—Me agradas muchísimo, Génesis —articulé una sonrisa—. Me caes fantástico.

—Soy chistosita, ¿no? —se rio sola.

Llevaba mi cámara digital en una mano; en la otra, el ramo, que le entregué. Se vio fascinada de inmediato.

—¿Y este ramo chiquito? Qué lindo —lo inspeccionó, con los cabellos yéndose al frente al agachar la cabeza—. ¿Siempre traes flores a las presentaciones? Para los autores, me imagino.

—Es para ti.

Estábamos sobre la avenida Candelaria, a unos metros de la librería. Gen llevaba su característico abrigo negro, unas botas altas y el cabello recogido con una pinza para darle un aspecto sofisticado. Usaba delineador negro, lo que hizo destacar más la rojez en sus ojos cuando los elevó hacia mí.

No sabía si era horror o sorpresa, pero se le encogieron las pupilas.

—¿Por?

—¿No te gustan? Es solo un regalo, de colegas.

—¿Conseguiste «lirios del valle» para tu colega? —cuestionó, aturdida.

—No soy pobre —escupí en defensa—. Trabajo honestamente.

—No, se nota, pero…

—YA, se me olvida que no sabes aceptar regalos. Dios, solo déjalo así, Coralito —bufé, y estiré mi dedo índice para callar su boca, que insistía en hablar—. Pensé que sería un lindo detalle, por *Wild Caves*. Son las hierbas que recolectamos en todas partes para vender. Y yo soy del tipo que le regala cosas de videojuegos a sus amigos.

—¿Somos amigos?

—¿Vienes o te quedas? —me enojé.

Se acercó a olerlas, aunque para mí solo olían fresco, lo que fuese que fuera eso. Pensé que tendría preguntas sobre la presentación, pero tuve que guiarla con las manos sobre sus hombros porque no dejaba de oler y ver sus flores, cual artículo raro.

—Nunca me habían regalado flores.

—Siempre hay una primera vez —palpé la coronilla de su cabeza.

De lejos podía ver los grandes libreros. La tienda tenía dos pisos, madera de color cedro, y por cada dos sillas, una pequeñita mesa auxiliar de cristal, como bloques, que sostenían un folleto y un kit de *influencer*. No era una presentación para el público general.

Antes de cruzar el pasillo con obras de arte para llegar al salón, Gen apartó la vista del ramo y preguntó:

—¿Por qué la cámara?

—Quiero grabar el momento en que le arruinamos la presentación a alguien.

Dirigí el lente hacia mi izquierda, donde recién había tomado asiento el autor. Era castaño, de cabello corto y la mandíbula un poco a la derecha. Tenía unos ojos claros, que se encogieron al vernos. No quisiera decir que era atractivo, pero no era desagradable.

El rostro de Abraham se quedó sin color.

Me gustaba el drama, ya fuese parte de él o como observador. Por su escritura, intuí que a Génesis también le gustaba. Debía gustarle, ¿no? Por ello acepté la invitación de un editor con el que trabajé para asistir a su presentación, grabar contenido y comer gratis. Me pareció increíble joderle el día a un patán.

Apunté con la cámara a mi autora, quien había tropezado con una de las mesas de cristal, creando un fuerte estruendo. En el suelo, el abrigo negro, las flores a un costado y la mano que sostenía a mis espaldas. Se había cortado en el filo de la mesa.

Por supuesto, la sangre no tardó en aparecer.

Dejé la cámara en una de las sillas y me arrodillé en el piso para tomarla de la espalda. Gen estaba sudando e intentando agarrarse torpemente de la mesa con la que se había cortado. Aunque intenté hablarle, levantarla, hacerme escuchar, trató de deshacerse de la sangre mientras tallaba sus manos contra su pecho, aún tumbada. *Mierda, mierda.*

—No, no, no hagas eso… —traté de rodearla con ambos brazos, pero temí lastimarla.

Sacó unas pastillas, alguna receta médica de su bolsillo. No me escuchaba, así que se las arrebaté para intentar sacarlas.

La luz de la librería era cálida, volvía su cabello y la sangre de un tono más intenso. Algunas personas se congregaron y el personal de la librería corrió por un botiquín. La hilera de sillas era estrecha y que aquella autora no escuchara a nadie hizo que cada pequeño segundo donde solo la vi limpiarse con desesperación se sintiera eterno.

No pasó más de un minuto cuando su expareja me apartó con un empujón a mi pecho. Ahí me di cuenta de que me estaba costando respirar.

¿Por qué demonios no pensé que a ella también le afectaría?

—¿Qué haces aquí? Dios, ¿qué haces aquí? —el hombre vestido de beige posó sus manos en la espalda de Gen—. Mírate… No hagas esto, te vas a lastimar. Génesis.

Retrocedió para evadir la mano de Gen, que intentó sostenerse de su abrigo, dejando que volviera a caer contra el suelo. Abraham lucía angustiado. Miró a su alrededor y le hizo señas al sujeto que antes estaba sentado con él para presionar a alguien que la atendiera. Creí que esperábamos a un doctor o algo. No lo sé. Mi mente estaba en blanco y a través de los lentes todo se oscurecía.

—¿Eres de seguridad? —me preguntó Abraham. Abrí la boca sin poder formar palabra—. ¿Podrías sacarla? Ella no debería estar aquí, teníamos un acuerdo escrito…

Mis manos se destensaron a los costados de mi cuerpo. ¿Hablaba en serio?

—Gen, te llevarán afuera. Por favor, solo vete —le murmuró.

—Necesito agua —le oí susurrar.

Él se reincorporó, dando un pequeño paso para brindarme el espacio necesario para sacarla a la fuerza. Aquel sutil gesto quebró mi límite.

Di unos pasos hacia él mientras tiraba de mis mangas antes de impactar mis nudillos contra su mandíbula.

Durante nuestra comida en Zhong hablé de varias cosas con Génesis, también me atreví a comentar sobre mi familia. De cómo estos llegaron al país por trabajo, de la fascinación que tenían por el arte y del papel tan importante del dinero en esa ecuación.

—Mis padres siempre han admirado el arte y a sus artistas —suspiré, removiendo la pajilla en mi café helado—. Ya sabes, esa idea de «Lo acepto, siempre y cuando no se meta con mis hijos».

—¿Eres hijo único?

Confirmé con un movimiento de la cabeza.

—Creo que los hijos únicos tienen un peso distinto encima. Bueno, después de todo, eres lo único que crearon ellos.

—Correcto. Diez puntos para ti.

Se rio de mi chiste.

—¿Has visitado el Museo Británico alguna vez? —fui curioso.

—Te soy sincera: no he abandonado este país ni un instante de mi vida. De igual forma, visitarlo no me interesa mucho que digamos… ¿Por qué la pregunta?

—Aquel lugar es la perspectiva que tienen mis padres del arte. Pueden despojar de sus tierras y su cultura cualquier obra solo por admirarla. En mi caso, las cosas que hago son lindas, siempre y cuando solo se puedan apreciar —hice una pausa, posando mis ojos sobre sus dedos, sobre sus uñas cortas. Respiré mientras formaba una sonrisa—. Me llevaban bastante seguido a ver el museo, como si fuese suficiente para mí.

—¿Ver arte robado? —se carcajeó, pero paró al ver mi sorpresa—. Disculpa, ya sabes lo que dicen… En el Museo Británico, ¿hay algo que sea británico?

—Sí, yo creo que el letrero.

—Seguro dice «Hecho en China».

Escupí parte del café. Extendí mis manos rápidamente hasta las servilletas y comencé a limpiarme.

—Ahora sí fui chistosa.

—Sí, has descrito el robo a la perfección.

—Mi ex compite contra ellos como el mayor ladrón. Estoy preparada para hacer chistes sobre ese tipo. Creen que cualquier cosa se puede despojar fácilmente de su creador.

—Mis padres dicen que todo puede despojarse de su dueño, es como una ley de empresarios.

—¿Lo crees?

—No realmente. Creo que incluso si asesinas al dueño, su trabajo sigue siendo suyo.

—Me tranquiliza. A veces sueño que me asesinan.

Nos reímos. Era solo una posibilidad. Una idea extraña. Un chiste. ¿En qué consistía realmente matar a un artista? ¿O matar a un escritor?

—Solo se la acomodé, oficial —juré, sacando de mi cabeza aquella comida con Génesis—. ¿No ve que ya está en armonía con su rostro?

—¡¿De qué demonios hablas?! —Abraham me gritó, o gritó al piso, sin querer voltear la cabeza hacia mí pese a estar sentados uno junto al otro en la estación de policía.

—Usted sabe de lo que hablo —testifiqué.

Le preguntaron si quería denunciar o ir por una compensación monetaria. Reflexionó sobre la segunda. Génesis estaba sentada detrás de nosotros, ya con la mano vendada. Había sido la izquierda, a lo que pensé: *Bueno, es diestra, podrá trabajar a gusto.*

No, no cuando escribes en computador.

—¿Te falta dinero? Pudiste empezar por ahí... —saqué mi billetera—. Dios, lo que hace la gente en momentos de necesidad.

Abraham se levantó, sacudiendo una mano.

El oficial giró su silla hacia el computador. No había intención del autor de obtener dinero o siquiera una disculpa, aseguró. Alguien había llamado al 911 por el accidente, no por la pelea.

—Estamos demorando esto... Juraste que no pisarías ni una presentación mía —aseguró de pronto Abraham.

Gen, quien había estado sentada con los brazos en el regazo y la vista hacia el exterior, giró la cabeza. Me miró primero a mí, cansada. Después vio a Abraham, y frunció el ceño.

—Aparte de no saber escribir, también eres mal lector —escupió—. ¿Quieres que te cite el maldito mensaje o qué? Yo te dije, *te dije*, que si tenías los huevos para sacar mi libro, en mi vida nos volveríamos a ver. Y juré nunca pisar tus presentaciones, porque jamás apoyaría a un ladrón.

—Es que tú, aparte de cínica, también eres una mentirosa —él caminó hacia ella.

Me puse de pie cuando vi a Gen levantarse de su asiento, colocándome delante de ella con las manos al aire para evitar que se le fuera encima a Abraham. Negué con la cabeza, indicándole que parara.

Mi autora juntó las cejas, claramente molesta.

—¿En qué he mentido?

—No eres la única dueña de ese libro. Tú me desechaste desde antes, cuando no te servía más de inspiración. Y si hablamos de ladrones, tú me...

Me planté con fuerza en el suelo cuando sentí las manos del sujeto en mi espalda, con la esperanza de apartarme.

—No tengo interés en tu vida, pero ¿puedes quitarme de encima a tu pareja? —se asomó detrás de mí. Lo miré sobre el hombro. Aún tenía un trozo de papel metido en la nariz.

—Si son discusiones de pareja, solo retírense, por favor —nos indicó el oficial. Otro hombre se aproximó para pedir que nos fuéramos.

—Salte tú primero.

Abraham encogió los ojos. Gen lo estaba corriendo. En ese instante, su editor volvió al interior de la comisaría, oliendo a nicotina. Ya había llegado un vehículo por ambos.

—Eres una sinvergüenza y egoísta —le dijo Abraham desde el umbral—. Ojalá algún día todos sepan lo que invertí en esta relación, porque créeme, Génesis, yo perdí más que tú, y jamás te interesó saber qué fue. Y si no reclamaste nada es porque dentro de ti, en alguna parte, sabes que escribes gracias a mí.

Permanecimos ahí unos minutos, sentados junto a la entrada. Había cubículos azules alrededor y unas luces blancas del tipo fuerte. Al salir por ese cuadrado de cristales que parecía un exhibidor, mi vista se centró en la parte superior que exponía el nombre de la estación. Después miré a Génesis, quien se había abrigado y mantenía sus manos cerca del rostro. El ramo que le di estaba metido por la fuerza en su abrigo.

Me sentí fatal.

—Lo lamento. Fue inconsciente de mi parte traerte sin avisar.

—Sí, eres un imbécil.

Ay…

Llevé mi mano a la nuca. Saqué las llaves de mi carro del saco y pensé si ponerme mis lentes. No quería verla a los ojos.

—Pero gracias por las flores.

—No, no intentes ser menos dura conmigo. No pensé en ti.

—Creo que si me hubieras dicho que era su presentación, igual habría asistido. Solo me agarró por sorpresa, así que no te tortures.

—No mientas por convivir, Gen. Te llevo a tu casa —le informé—. No es pregunta.

—*Cool.*

Me reí de su expresión. No alcancé siquiera a abrir la puerta cuando me habló otra vez. Para ese momento, mi autora pasó de ser una novela que quería terminar de leer a una novela gráfica. Sé que la comparación es burda, poco ingeniosa por mi falta de habilidad literaria, pero no encontré una mejor expresión. Era una imagen contándome una historia, tan espesa como atrapante.

Podía escuchar el sonido de su corazón, preso, y ver el llanto en sus ojos, silencioso. Gen siempre parecía al borde de las lágrimas. ¿Cómo podía ser el único viendo eso?

—Hace un año, mi hermano intentó quitarse la vida —bajó la cabeza hasta entrar en el vehículo—. Sufro de estrés postraumático desde entonces.

Me puse de cuclillas. Sostuve su falda negra y la acomodé para que no se asomara por la puerta. Tenía botas altas que no permitían ver ni el color de su piel. Permanecí allí, con los ojos sobre su perfil, preguntándome qué giro tomaría su historia.

—De alguna forma, siento que ya lo sabías —bajé la cabeza al intercambiar miradas—. A veces creo que todos lo saben. Y también que es culpa mía. Lo he escupido en tantos libros que me asusta la idea de que algún día me lea.

—¿Salías con Abraham cuando pasó?

—Me terminó por ello, supongo.

Mis ojos ardían. Había pasado la noche en vela dibujando, así que los rasqué con rapidez para no perderme ni una expresión suya.

—Desde entonces no puedo ver sangre, me paralizo. Actúo irracional —suspiró, dejando ver el vapor de su boca—. Mi hermano salió adelante, por fortuna, cada día intenta superar aquello, su vida cambió para bien. Solo dejó atrás un baño con sangre, y a mí en él.

Talló su vendaje.

—Odio tanto no poder salir de ahí —y se llevó las manos al rostro, ocultando el momento en que rompió en llanto.

—¿Quieres... que el rojo de la portada se cambie?

—No, has conseguido que se vea perfecto —balbuceó—. No podría eliminarlo, mataría tu trabajo. Jamás haría algo así con algo tan bueno.

—Te dejaría matar mi arte si es lo que te hace daño. Yo mismo lo haría para no hacerte daño —bajé la cabeza, angustiado—. Es la portada de tu libro, Génesis. No puedo permitir que te recuerde lo que más te duele.

—No, no estás comprendiendo. Es tan bueno que olvido lo que significa ese color para mí. Y creo que es la primera vez que considero enfrentar lo que siento en lugar de solo borrarlo —sentí su mano caer en mi cabello—. Gracias por la sugerencia. Pero así es maravillosa.

—Gen, cambiémosla.

—Ya deja de presionarme, Terrorista. Sabes que aquí no se hace lo que tú quieres.

—Solo porque estás herida, por MI culpa, no te voy a pelear, pero te advierto que no volveré a usar rojo en las ilustraciones que te haga. Lo prometo —me levanté, sacudiéndome las rodillas—. Hazte para allá, no te vaya a pegar con la puerta. Y deja de reírte, me desquicias.

Me lastima verte mal, como si me estuvieran quitando el aire.

Corrí al otro extremo del auto. Estaba estacionado justo debajo de una farola amarilla, así que cuando subí y la vi con el asiento reclinado, su rostro era amarillo. El cabello negro le caía en los hombros y parte de su pecho. Cerró los ojos para intentar descansar, como si fuese un chofer que la sacó de una fiesta y la llevaría segura a casa.

Le arrebaté el sueño cuando hablé:

—Hey, organicemos una firma.

—No me hables —pidió—, solo maneja.

Le insistí pese a sus quejas.

—No entiendo qué quieres. ¿Compartir *stand* en un lugar o algo así?

—Quiero que firmes tu libro. No has tenido una firma formal, ¿no? Solo charlas de autopublicación, por lo que he visto —se reincorporó—. Solo te pido una firma. Ahora que tu libro es novedad en librerías, es una oportunidad que debes aprovechar. Puedo organizarlo.

—¿Puedes?

—Tengo bastantes contactos y amistades del medio, Coralito —los ojos se le iluminaron, llenos de vida—. Déjame compensar lo de hoy.

CAPÍTULO 15

Las mujercitas

Su rostro era rojo debido a los vehículos delante.

La luz cubría todo su perfil, al menos lo que alcanzaba a ver. Podía distinguir su piel, los cortos vellos, esa barba que insistía en crecer. Tenía el asiento reclinado, así que, desde mi perspectiva, alcancé a ver el tatuaje de su cuello. Era como un número y una letra.

Poco sentía el ardor de mi herida debido al frío. De fondo estaba su música, que en el tablero brillaba con el nombre *Body Paint*, de Arctic Monkeys.

Cuando paró en un semáforo, sin hacer contacto visual conmigo, estiró su mano para encender la calefacción. No era la primera vez que hacía eso cuando yo estaba en el auto, ni la primera vez que comenzaba a darme sueño en su vehículo. Me sentí agotada por llorar.

En lugar de devolver sus manos al volante, pasó sobre mí. Cerré los ojos y pretendí dormir.

Zain rozó mis dedos y con delicadeza levantó mi mano izquierda hasta posarla en su pierna. Él estaba caliente, la temperatura más envidiable en un clima como ese. A su lado, yo me sentía como escarcha reacia a derretir.

Los dientes me temblaron.

—Perdona, te la devolveré cuando no esté tan fría —murmuró. Aquel cálido gesto amenazaba con hacerme llorar otra vez.

—¿Te gusta Arctic Monkeys?

—¿Mmm? —le bajó a la música.

—No, no le bajes… Fue una pregunta tonta. Si los escuchas, es porque te gustan.

—Ja, ja, sí, me gustan —su mano derecha ejerció presión en mis dedos. Sentí el calor aumentar, borrando cualquier rastro del sudor frío que me provocó recordar el pasado—. Me identifico con Alex Turner. Somos uno mismo.

—¿Te identificas con Alex Turner?

—Sí. Si yo fuera Alex Turner, también me moriría por ser parte de The Strokes.

No pude contener la carcajada, a esa hora todo me causaba gracia. Zain Arley disfrutaba el arte, los videojuegos, la música y hasta mi novela, como confesó con una brutal honestidad. Pude imaginar su hogar, quizás lleno de vinilos, pinturas decorando su sala, un armario lleno de prendas coleccionables. Y a él en medio, con una lata de café, trabajando pasada la medianoche.

Un completo apasionado. Inusual, fascinante, lunático. Siempre me gustó ese tipo de escenario.

—Qué lindo —susurré, fascinada por la imagen.

No dijo nada, pero se tornó de un rojo más intenso.

Aquel color, el de su rostro, se volvió mi favorito.

—¿Ya tienen establecido su catálogo del próximo año?

—Estamos evaluando una historia para cerrar el siguiente año —lo miré de reojo—. El autor es un *influencer* de libros con una gran base de lectores. Si firmamos con él, probablemente sea tu primer autor dentro de la editorial... ¿Por qué luces constipado?

—Ya firmé con ustedes. Me ahorraré comentarios —Elijah desvió la mirada hacia su teclado.

Bueno, es profesional. Qué bueno que no sabe que estoy ayudándole a Elías con su propuesta.

Dios quiera que Viena la apruebe.

—La dejaré retomar sus tareas o... descansar —elevó una mano, señalando mi vendaje—. Recupérese pronto. Nos mantenemos en contacto.

—Claro, nos mantenemos... —cortó la videollamada.

Qué violencia despierta en mí el entorno laboral.

Suspiré al cerrar el computador y el dolor punzante de las últimas semanas volvió a mí con ese simple gesto. Posé una mano en mi cadera y gruñí, no por el dolor de espalda, sino por la mano aún vendada que tenía.

Me estiré una última vez y reposé. Nunca tuve mala visión; por el contrario, me llamaban «halcón» en mi época de estudiante porque atrapé a un profesor siguiéndonos, como acosador, a metros de distancia. Pero desde que comencé a trabajar detrás de un computador, a distancia todo se volvía borroso, hasta la luz en mi techo. Estaba resignada a usar lentes en un futuro, cuando me gustara cómo se me veían puestos.

Desvié la vista hacia el borrón de textos en la pared, los trazos y el hilo negro que colgaba de aquel espacio vacío donde antes estaba *Cuando cante el sol.* Yo misma había arrancado casi toda la información sobre la obra el día que

Abraham me dejó, llevándose el manuscrito impreso sobre el escritorio. No había otra imagen más que la de un ladrón. Hipócrita de mi parte reportar el robo ahora, así que no, así lo dejaría. Sin sirenas ni avisos.

¿Escribo gracias a él realmente?

Detrás estaban mis demás obras, observando el vacío... o a mí. Nunca le había prestado tanta atención a mi entorno, lo consideraba atroz como para ser digno de admiración. Solo a Zain le gustó, quizás porque le atraía lo voraz.

—Quisiera ver su habitación. Es como el alma de un artista —me levanté, arrancando la hoja que tenía junto al computador. Tomé un pedazo de pasta para pegar la nota en la pared de ideas.

«AQUEL COLOR, EL DE SU ROSTRO, SE VOLVIÓ MI FAVORITO.»

Sí, cualquier oración mínimamente cursi que pronunciara se iba a mi pared de reserva.

Abrí la puerta del estudio a la sala. Ahí estaba Zain con anteojos que, imaginé, bloqueaban los rayos UV, mientras rayoneaba en una pequeña tableta sin pantalla. Elevó la vista al verme salir.

—¿Necesitas algo o...? —preguntó. Sus ojos me siguieron hasta la cocina. Yo negué con la cabeza.

—¿No quieres café? Pondré agua a calentar.

—Un segundo —volvió la vista al computador y con la tableta cerró un archivo—. Yo pongo el agua. No uses la mano, que por eso estoy aquí, ¿no?

Me quitó el pocillo con agua y se paró a un costado de mí, mientras encendía la llama. Zain había decidido trabajar en mi casa durante mi recuperación, dijo que se hacía cargo de sus errores, como provocarme un accidente.

Pero eso era: «un accidente».

No lo culparía por nada de esa noche.

—¿Qué tal tu reunión con Herneyl? ¿No le sorprendió que tú estuvieras detrás de Tarner?

—Creo que lo lógico en un videojuego es no asumir el género del jugador.

—Bueno, pasa que todos los hombres en *Wild Caves* tienen un *crush* conmigo. Y por lo que sé, eso también te incluye —me sonrió, como si no acabara de decirme una estupidez.

—Ya vas a empezar. Estás aburrido, ¿verdad? Quítate, yo cuido el agua.

Zain reía, pero no se movió. Achiqué los ojos e insistí en empujarlo; no lo moví ni un poco. Tenía puesta una playera blanca de manga larga de una tela suave, cómoda, para estar en casa. Su cabello, como quien se duchó y lo dejó secar naturalmente. Cubrí mi nariz para no estornudar al verlo.

—¿Estás enferma? —quiso acercar su mano a mi rostro, pero retrocedí.

—No creo.

—¿Por qué retrocedes como si fuese a morderte? Dios… —avanzó más y sostuvo mis mejillas por la fuerza hasta aproximar su rostro—. Te ves pálida. ¿Desayunaste algo antes de que llegara? Puedo hacerte una ensalada. ¿Tienes pollo?

—Solo hay comida prehecha. No tengo ingredientes frescos —balbucí.

—Entonces deja te compro algo —ofreció. Sus ojos sobre los míos no duraron mucho, pues tosió al separarse—. ¿Hay alguna tienda cerca que prepare comida casera o algo así? Un caldo, no sé. Uh, olvídalo, vi que hay un mercado debajo, así que compraré las cosas.

Se apresuró a tomar su chaqueta blanca. Sostuve mis propias manos mientras lo veía dar vueltas antes de llegar a la puerta. Dijo que volvería pronto, sin apartar la mano del picaporte. Yo estaba por reírme, pero mi expresión se borró cuando le pegó a alguien con la puerta.

—¡Auch! —junto al gritillo, vi al gato naranja saltar y rodear la puerta para entrar al departamento.

Mi hermano se asomó con la mano en la nariz, roja. Zain retrocedió por vergüenza.

—Perdón.

—¿Perdón? ¿Y tú quién eres? —chilló Bel.

—NADIE —me apresuré a decir—. No es nadie. ¿Tú qué tal? ¿Fue duro el golpe?

Zain enarcó una ceja y se cruzó de brazos mientras me veía cubrir con papel la nariz de mi hermano, tirando de su suéter gris para llevarlo a la sala.

—¿Te duele mucho? ¿Quieres que traiga pomada?

—No, no, estoy bien… —miró de reojo al rubio, aún parado en la puerta—. ¿Quién es ese?

—Soy Zero —mi ilustrador no me dejó responder—. Trabajamos juntos. ¿Tú eres…?

—¿Es el que dibuja? —Bel se dirigió a mí. Mi hermano, si podía, evitaba conversar con cualquier hombre. Le caían mal con rapidez, en especial cuando estaba soltero.

Arley lució cabreado. Señaló el asunto, a ambos, dándole vueltas a su índice sobre nuestras cabezas. Quería una explicación, y rápido.

—Es mi hermano —le sonreí.

—¿Tu hermano? —sonó sarcástico—. ¿Tu hermano? ¿De verdad? Dios, no se parecen en nada.

Lució aterrado. No lo culpé. Como había dicho antes, Bel y yo éramos polos opuestos físicamente. Desde la altura hasta el color de cabello, la forma de ojos y su piel apiñonada, que parecía estar ausente de sangre. Él era frescura; yo, un trozo de rama seca.

Zain solo suspiró antes de salir para comprar los ingredientes. Me sentí bastante culpable cuando regresó, decidido a hacerme una sopa, para encontrar una orden de comida a domicilio en la mesa y dos personas más en mi departamento.

Yo alcé ambas manos y negué con la cabeza. No era mi intención hacerle eso.

—¿Ahora qué pasó? ¿Hiciste una fiesta mientras estaba fuera? —llevó una mano a su frente.

Mis invitados, que incluían a mi hermano, en la sala, a Viena, en la cocina, y a Leany, en el comedor, giraron a verlo.

Lea estaba horrorizada. Vie se cruzaba de brazos con esa sonrisa pícara suya.

—Les dije antier que quería organizar contigo una firma de libros. Dicen que ni locas nos dejan solos.

—Viena Quinn —mi amiga estiró la mano—. Soy su jefa.

—La de la videollamada, ¿no es así? —Zain cambió su expresión de inmediato. El saludo fue cordial, agradable. Se dirigió hacia mí nuevamente en un bajo tono—. Gen, creo que me retiraré. Les daré tiempo para hablar sin terceros. Solo guardaré mis cosas, ¿vale?

—No, no, quédate al menos un rato. No has comido, ¿cierto? Trajeron para todos.

—Preferiría cenar en mi casa.

—Pensé que eras alguien sociable —se rio—. Quédate una hora. Escuchemos qué ideas tienen para la firma, ¿sí? Ya conocías a Vie, pero te presento con Leany, mi mejor…

Guardé silencio cuando vi a Lea extender la mano, removiendo su abrigo largo que volvió a reacomodar para intentar ocultar las botas blancas con florecitas que llevaba puestas. La miré con decepción hacia su compra impulsiva y, como si estuviésemos en *Mujercitas*, me respondió con un:

—«¡Es tan triste ser pobre para algunos!»

—Dios… No tienes remedio. Bueno, esa es la diseñadora de la editorial —me carcajeé antes de preguntarles qué planeaban hacer por mi novela.

—Están conscientes de que soy la única que cree en *Día Cero*, ¿no? —añadí—. Quizás nadie vaya a la presentación. Solo ustedes y mi mamá.

—Nosotros no faltaremos —agregó mi hermano desde la sala, en su celular.

—CÁLLATE, ESTÚPIDA, ¿CÓMO QUE LA ÚNICA? Gen, a ti no te cabe que no fuiste la única que creyó en tu trabajo, ¿verdad? Fui yo quien tuvo fe en ti, y todavía la tengo.

—A mí me dan risa tus personajes. Me la paso bien leyéndote —confesó Lea. A diferencia de Viena, ella no era fan de mi trabajo, ni de mis lectores, ni de la editorial.

—Ya, mira, el lugar se lo pido a los distribuidores. Podemos contactar con una librería a la que le distribuyan y tengan un espacio de presentaciones. Tengo una en mente que también es cafetería, así que cobran el *catering* —Viena fue directo al punto—. Podemos programarla para las primeras semanas del siguiente mes, ¿te parece? Que sea después de las cinco, porque varios de tus lectores son estudiantes. Y, por favor, habla más con ellos. Sé que eres de pocas palabras, pero he visto cómo reaccionan cuando interactúas.

—Siento que me odian.

—Te aman. Odian que los tortures —tosió Leany. Le di palmaditas para que no se ahogara con el refresco.

Zain se rio con ese comentario. Lo miré de reojo. Se había sentado en la sala con mi hermano, pero en el otro extremo, casi como si intentara huir del entorno. Tenía una lata de café en mano que había comprado en el súper, un anillo de plata que golpeaba en la bebida, y esos ojos que a distancia me encogían. Sentía que me veía hasta la sangre con esa mirada.

—Zero —le hablé por su seudónimo inconscientemente—, ¿por qué no pones algo de música? Mi bocina está en la mesita a tu lado.

—Que ponga a Milo —musitó Lea.

Yo solo le hice señas de que la ignorara. Ya le había dado luz verde a él para poner lo suyo.

Viena me tomó la mano por encima de la mesa cuando quise agarrar un poco del pollo que compraron. Fue seria al decirme que no le quitara el peso a la fe que ellas tuvieron en mí. Que si Leany pensara por un segundo que no íbamos a ser grandes, hace rato nos hubiese dejado.

—No porque seamos amigas nuestra opinión es menos válida. Sabes que hablamos en serio.

—Lo sé, discúlpame por decir cosas así. Soy asquerosamente pesimista.

—Somos una dualidad. Por eso somos amigas.

«But I'll try my luck with you. This life is on my side.»

No estaba segura del nombre de la canción de fondo, pero sí que era una de sus bandas favoritas.

—POR CIERTO, ¿tú crees que los perros de Ediciones Maroon nos debían UN SOLO PAGO, con el que teníamos pensado pagarle a Mara, y me escribió hoy el dueño para decirme que tuvo un «pequeño problema»?

—Basta, ¿por qué siempre hablamos de trabajo? —me dolió la cabeza de solo escucharla.

—Es reunión laboral de emergencia —irrumpió Lea.

Maroon era la editorial amiga que no nos liquidó hace meses la preventa internacional de *Día Cero*. Quedó saldada poco después, cuando se pudo pagar la deuda a la imprenta, pero los ejemplares restantes de la venta general ya se habían agotado hace dos meses, por lo que se estableció ese mismo mes la liquidación final.

—Nada, pues veníamos para acá cuando me respondió a los mensajes preguntándole por la fecha. Dijo que se compró unas pantallas porque las suyas ya estaban malas y que quién sabe si alcance a juntar el dinero este mes.

—O sea, ¿ocupó nuestra plata para comprarse una pantalla? —sonreí.

—Ya demanden a ese sujeto —bramó Bel, levantándose del sofá para acercarse a las alitas en el centro de la mesa. Se había quitado su suéter; debajo llevaba una playera gris de tirantes.

—Es lo que les digo. Gracias —añadió la diseñadora.

—Es que ya en la preventa internacional les quedó mal, y ahora usó el dinero de ustedes otra vez, sin consultar. Es un ladrón.

—¿Qué haremos con Mara...? —dijimos al unísono Lea y yo.

Mis amigas eran bastante sociables cuando se trataba de otras mujeres. Si había otro hombre en la habitación, le hablaban, pero no lo integraban. Con Bel ya estaban acostumbradas, pero era evidente que evitaban mirar en dirección a Zain. Aunque ambos estábamos en el mundo artístico, mi ilustrador y yo éramos agua y aceite. Tampoco tenía idea de cómo incluirlo

Agarré mi vaso lleno de refresco y arrastré la silla de madera junto al sofá para estar cerca del asiento donde él estaba. Podía ver nuestros reflejos en el piso blanco. Bel les preguntó sobre la editorial amiga y si ya no habría más amistad con ellos. Estaba por responderle, pero Zain se robó mi atención con el simple gesto de bajarle a la música, esta vez era alguna canción de Arctic Monkeys.

«*With the exception of you, I dislike everyone in the room. And I don't wanna lie, but I don't wanna tell you the truth.*»

—Cuando dijiste que invertiste tu dinero en un emprendimiento, ¿hablabas de Dione Editorial? —juntó ambas manos en su lata con la cabeza baja, casi mirando el interior. Las manos de Zain me parecían las de un artesano—. No tienes que responder, pero de escucharlas me dan ganas de invitar a la firma a todas las personas que pueda. Soy bueno haciendo videos, así que me encargaré de difundirlo, ¿sí, Coralito?

—Me asusta que *Día Cero* llegue a más personas.

—¿Por los comentarios negativos?

Negué con la cabeza. Él se inclinó a mí, con su oreja cerca de mi rostro. Nuestras manos estaban apenas a unos centímetros de distancia.

—Porque hay más probabilidades de que lean *Nunca digas que no* —musité—. Estoy en un punto de mi carrera en que he experimentado mucho. He escrito *thrillers* policiacos, novelas absurdas, ciencia ficción y dramas complejos. Pasé de escribir cosas simples por mero gusto a crear trabajos profundos, con significado, importantes de llevar al público, a un público reducido. Esta novela me parece un retroceso. Me asusta que se haga público y lo comparen con mi trabajo en *Día Cero.*

—Gen, me gusta tu obra. No he terminado *Día Cero*, pero me impresiona bastante y reconozco tu trabajo en *Nunca digas que no.*

—No se vive del reconocimiento.

—Ni de lo que a uno le gusta, ¿no? —giró el rostro a mí. Bajé los ojos a su lunar—. Vas a poder vivir de tus obras, yo lo sé. Hay personas que confían en ti, por lo que veo no solo yo.

Sus ojos lucían cansados, tal vez por la hora.

—Te dije que a mis padres les gustaban mis dibujos, pero nunca creyeron que pudiera vivir de esto, solo me dejaron hacer lo que quisiera siempre y cuando no les pidiera dinero. Ahora están felices de que viva bien, claro, sin ver mis tarjetas de crédito, ja, ja —sus pestañas se enredaron al reír. Me costó parpadear, no quería perder los detalles de su expresión—. Ellos tenían dinero, bastante, y aun así me fui de casa antes de los dieciocho con la excusa de que me estaba yendo bien. No saben cuántas veces comí salchichas partidas en dos ni cómo lloré en Navidad por no poder visitarlos. Fui orgulloso y me perdí el acto de disfrutar. Pero cuando me sentía, o me siento ansioso, voy a distintos museos, ya sea el de Arte Moderno para ver a Remedios Varo o los valles que pintó Velasco en el Museo Nacional de Arte. Hay toda una sala dedicada a sus valles, pero la única obra allí de Eugenio Landesio me quita el aire.

—¿Ver arte te ayuda en esos momentos? Pensé que dibujarías para lidiar con ello.

—No, en esos momentos no puedo dibujar. Solo salgo, recorro algún museo o veo algo en casa. Los artistas me ayudan, no tengo que estar creando o ser productivo, necesariamente —paró un segundo—. Se vale descansar. El ocio es la mejor inspiración, abre espacio a la reflexión.

—No pensé que podría aprender nada más de otro artista. Soy del tipo que solo sigue trabajando hasta que le regrese la inspiración.

—Pero, Génesis, a lo que voy... No te pierdas una maravillosa experiencia por el miedo a que hieran tu orgullo —su mirada cambió. Era certera—. Sabes que criticarán tu escritura por la obra que le vendiste a Vaud, que verán con otros ojos *Día Cero*, pero ¿no puedes siquiera valorar las críticas positivas? Mira, yo soy una crítica positiva. *Nunca digas que no* me parece una obra cliché, pero bastante buena. Ahora que conozco *D. C.*, me parece impresionante lo que hiciste con ese cliché. Ver que rompiste por completo con tu línea, que creaste una comedia romántica enganchante debido a tu experiencia y el nivel de investigación que pusiste en el género, me es brutal. Eres increíble, una escritora de pies a cabeza. Lo que entregaste no es ni de cerca mediocre.

»Pese a ser fan de la fantasía oscura, jamás he dedicado tanto tiempo a hacer ilustraciones con esos temas. Solo he puesto excusas.

—Eres bueno consolando.

—¿Te consuelan mis penas, Coralito? —su hoyuelo apareció en compañía de la sonrisa que me brindó.

—No, es la facilidad con la que te expresas solo para animarme. Como si no pudieras continuar tu noche sin alegrar la mía.

—Me preocupo por mis amigos.

—¿Somos amigos?

—Déjame en paz —bufó al desviar la mirada, sacándome una risa.

—Gracias por creer en mí. Nunca lo hubiera imaginado.

—Yo menos. Aún creo que tienes un gusto visual terrible.

—Oye —él se rio esta vez—. Pero me gusta lo que haces, por algo lo he aceptado.

—Exacto. Tu sentido del gusto apesta.

Como escritora, sé que debería describir esos momentos con Zain como mágicos. El instante en que el agua y aceite hicieron emulsión. Incluso si lo habíamos forzado por intereses personales o razones egoístas, nos reíamos sinceramente del otro.

Pero no, me gustaría solo decir, como alguien en confianza, que estábamos «jiji jaja» riéndonos a lo tonto, cuando sentimos miradas ajenas. Viena, Bel y, en especial, Leany nos veían horrorizados.

—Me voy —Lea fue la primera en ponerse de pie—. ¿Qué carajo fue eso? Estoy comiendo.

—Yo también, vuelvo al hotel, que salgo temprano de la ciudad… —Vie agarró su mochila y laptop.

—¿Puedo irme con ustedes? —Bel estaba ansioso—. Iba a quedarme a dormir, pero lo pensé mejor.

—¿Por qué actúan tan raro…? —los miré confundida.

—Weona, no dejan de coquetear, solo les daremos espacio.

—NO ESTAMOS…

Al intentar ponerme de pie, apoyé mi mano derecha en el sofá. Fue el quejido ahogado de Zain y las manos que el resto llevó a sus bocas lo que me alertó.

Giré a verlo mientras retiraba los dedos de su entrepierna, que golpeé accidentalmente.

—Yo soy quien se va —su voz salió como un hilo, apenas entendible—. Tengo que terminar tus ilustraciones. Me falta nada…

—Dios.

—Ya así quedarás libre de mí —posó su mano en mi hombro al levantarse—. No necesito más señales de que me odias.

No podía ni caminar. Me levanté y borré todo rastro de horror en mi rostro para sostenerlo. Tiré de su mano izquierda y lo monté sobre mi hombro. Mantuvo su mano alzada, como pidiéndome que ya lo dejara, pero lo acompañé hasta la puerta mientras negaba con la cabeza hacia mi grupo de amigas.

—Las odio con mi alma —les murmuré. Miraron a los costados como si escucharan a un fantasma.

Terminaron por darnos la espalda cuando abrí la puerta. Le di un empujón ligero a su mochila hasta quedar ambos fuera, con la puerta entreabierta. Su cabello era un desastre, como de costumbre, pero lo sacudió a un costado mientras se recargaba en la pared con una mano, esperando lo que fuera a decir.

—Gracias…

—Genial, adiós —estuvo por marcharse—. No, ¿gracias de qué? ¿Otra vez?

—Por ser mi amigo.

Zain relajó su expresión, esa que le fruncía las cejas. Me sonrió como si le hubiese hecho un favor, pero él me lo hizo a mí.

Me parecía tan bueno que me decepcionaba ser su compañía esas últimas semanas. Él no sabía que tenía a una pecadora a su lado. A alguien que pensó, por varias noches, si acaso sus acciones eran distintas a las de un asesino. Yo tenía serios problemas, nada pequeño. ¿Aceptaría ese lado también, el obsesivo e inestable que ya era parte de mí?

—Supongo que me portaré bien contigo a partir de ahora —dijo.

—¿Puedes hacerlo aún más?

—Quizás, si no vuelves a golpearme en los huevos. Linda noche, querida autora.

CAPÍTULO X

Fuego y sangre

Tomé el brazo de Tarner cuando este resbaló en el descenso. No habíamos hablado en privado desde hace días de otra cosa que no fuese la planificación de su firma de libros o para enviarnos el prerregistro acompañado de cientos de *reels* con ideas, uno que otro sobre *Wild Caves*.

—Aún no sana por completo tu herida, no te fuerces —le pedí, mirándolo de reojo.

—Puedo jugar. He estado con la cabeza llena de la presentación, así que quiero sacarlo un rato de mi mente.

—Señor Tarner, ¿necesita un rehabilitador? —Hachi se interpuso entre ambos, sonriente. Llevaba una mochila más grande que su torso—. Recuperé el anillo de Irina. Regenera su energía lentamente, pero hace gran diferencia en combate.

—¿Ya estás trabajando en la última ilustración? —Tarner lo ignoró por primera vez. Parecía más interesado en mí.

—Ando haciendo pruebas de color. Nada me convence.

—Las ilustraciones interiores estarán en blanco y negro, no debes preocuparte tanto por ello…

—Me gusta tener contenido inédito, lo sabes.

—No tengo interés en arriesgar mi vida buscando el cadáver de mi padre, solo sé robar. Nací siendo un ladrón —soltó Hachi de pronto.

—Herneyl se unirá a nosotros, deberíamos verlo más adelante…

—¿Lo invitaste en campaña? —arrugué el entrecejo—. ¿Se cansó de ser asesinado?

—Me pidió ingresar.

—Tienes muchos amigos, ¡eh! También juegas bastante con el tal Rizz.

—¿Rizz? Ah, lol.

—¿Lol?

—Hay dos rutas que podemos seguir, aunque una requiere de un sacrificio mayor en equipo —intervino Hachi—. Les recomendaría aplicar a…

—Tar, ¿puedes callar a Hachi de una vez? Me está crispando el nervio, y si me crispa el nervio, no juego —escupí. No me dejaba concentrarme si lo tenía a nuestras espaldas brincando y estirando sus manos, me cubría por momentos la cara del jugador.

—¿Estás molesto conmigo? Perdón por haber aplastado ahí, si es lo que te tiene de malas.

—Se acercan las ratas —la voz de Hachi nos interrumpió una vez más.

—No, no es lo que me da coraje. Me da coraje que… —me agaché cuando lo vi apuntarme—. Bestia.

Las ratas, que si se pararan en dos patas alcanzarían los dos metros de estatura, desprendían peste al intentar atacarnos. Tomé el brazo de Tarner y lo arrastré detrás de mí, donde se hallaba Hachi. Yo cubriría un lado, le dejaría a él lidiar con la protección del chico.

—¿Qué te da coraje? —preguntó.

Desenvainé mi katana junto a mi estoque, cruzándolas para activar las runas de fuego. Por la toxina que los animales desprendían, era más fácil herirlas si los incendiaba. Eran cuatro, así que me concentré en las dos que estaban delante, cubriendo el paso.

—Nada, Tar. Solo esperaba ser el único jugando contigo.

—¿No te lo comenté antes por mensaje?

—No, habría sido bueno que me consultaras, pero aun así mi respuesta hubiera sido «no». No soy bueno compartiendo partidas.

—Lo siento, creí que sí.

—En realidad, no soy bueno compartiendo mis momentos contigo.

Una rata me tomó de los hombros. Sus dientes se abrieron sobre mi cabeza, a punto de arrancármela del cuerpo, pero terminó solo arañando mi rostro al recibir el ataque de Tarner. Nuestras heridas eran mayores desde que nos distrajimos escribiendo. Hachi dejó caer su mochila y se echó a correr al frente, donde ya yacían dos cuerpos de ratas asesinadas.

No veo la cuarta...

Nos apresuramos a matar a la que teníamos enfrente y corrí con prisa para alcanzar a Hachi.

Herneyl ya estaba allí.

—Otra vez vienen con este niño —bufó, deslizándose por debajo del animal.

Estuve por clavar mi estoque, pero retrocedí al ver el arma que portaba el otro jugador: una ballesta.

Con una mano sobre la criatura, casi tirando de su melena, le clavó tres virotes en el rostro, haciendo que esta se desangrara sobre él. Miré la escena, absorto. Tardé en acercarme para retirarle el cuerpo, como idiota, porque olvidé que este se haría ceniza de inmediato.

—¿A qué te refieres? —Tar me habló desde el extremo opuesto del lugar, sin ver al otro jugador en su punto ciego—. ¿Estás celoso, Terrorista? Qué lindo. Oh…

—Buen día, Génesis —Her lo saludó, aún tumbado en el piso.

—Llámame Tarner aquí…

—A sus órdenes, jefe.

—No traigan el trabajo a los juegos, ¿quieren? —llevé mi mano a la frente.

—Ya, ya… —Tarner avanzó entre risas, con la mochila de Hachi en su espalda—. Me adelantaré para entregársela. Los veo allá.

Le extendí una mano al sujeto tirado. Ambos, casi sincronizados, comenzamos a *lootear* los cristales de la zona, pero le pedí que avanzáramos un poco; no quería dejar a Tarner solo, consciente de que se lanzaba a cualquier trozo de historia durante el viaje sin importar si eso lo ponía en riesgo.

—Estamos en el mismo gremio, ¿cierto? Supe que expulsaron a Circe.

—¿Lo estamos? —me confirmó—. Y sí, expulsaron a Circe de Nenatum hace unas semanas…

—No supe cuándo pasó. Estuve un tiempo como jugador ausente —al decir aquello, me vino el recuerdo de la última reunión en la mesa redonda, en la que faltó Midas y un tal Herneyl, los dos fundadores del gremio. Tuve que verlo dos veces para confirmarlo; a mí me había reclutado Midas—. Le había comprado su pase anual meses atrás. No sabía que era hombre.

—Eres algo inecente, ¿no crees?

—Inocente.*

Odio a los que escriben, de verdad que los odio.

—Me dijo que me lo devolvería, fue solo un préstamo. Que ustedes se conozcan me hace difícil el confiar en ti.

—Zero, ¿tienes más tartillas? Quiero darle algunas a Hachi... —Tarner volvió corriendo hacia ambos. La capucha oscura se le desprendió y estiró sus manos para recibir el pedazo de tarta que le entregué. Se regresó feliz por el mocoso.

Bueno, solo odio a algunos que escriben. Otros me agradan.

—No pido dinero. Eso no es lo mío.

Clavé mi estoque en las piedras del suelo para desenterrar más minerales. Mi vista se mantuvo fija en la sombra del exprisionero, que se reflejaba al fondo de la cueva antes de girar. Her me hizo unas señas.

—¿Se conocen en persona también?

—Trabajamos juntos —musité.

—¿Eres el diseñador de Dione? —negué con la cabeza—. Oh, pero trabajas en el medio, ¿no? ¿Algún sello en particular?

—Otelo. Es un sello relativamente nuevo de Vaud Editorial.

—Oh, felicidades, es muy buen sello... Otelo.

En Otelo se publicaban romances para jóvenes y jóvenes adultos, todos lo sabían. Un sello bastante rentable, pero que a menudo se veía en el ojo del huracán, ya fuese por su reciente enfoque publicitario que ponía el *spicy* por sobre la trama o autores que se veían envueltos en polémicas de internet. Para el público general era un sello de ensueño; para la crítica, un desperdicio de papel.

Yo solo había ilustrado para Otelo desde que firmé con Vaud.

—¿Trabajas con alguna editorial de tu gusto? —pregunté.

—Mmm… Casi todos mis trabajos son para Watson & Holmes.

—Eso es genial.

Su sello era de renombre. Mantuve una sonrisa pese al silencio que se hizo. No sé si fue consciente de la tensión, o quizás yo lo fui en exceso. Felicitarme por ser parte de Otelo era como felicitarme por ganar el premio de mi ciudad, siendo él un ganador internacional. Como sea, no me molesté más por ello. Era lo que quería.

Estoy donde quería estar.

Al menos Génesis y yo compartimos casa editorial.

—Oigan… Hay sellos de Ramned en el área, junto a esqueletos ambulantes —Tarner nos habló—. Por lo que entiendo, el traficante Guilde y su mano derecha están trabajando con el diplomático de Naverlo, pero no estoy seguro de que el rey haya aprobado el tráfico de *tieflings*. No porque no sea un hijo de puta, sino que esta ruta… ¿no lleva al Mar Oculto? Comparte territorio con las tierras del norte.

—A Ramned se le conoce por traicionero. Fue diplomático del anterior rey, ¿no? —acribillé a un esqueleto que bajó por una empinada de la cueva—. De Zeron.

Herneyl encendió una antorcha.

—Yo llegué acá persiguiendo a Letrades, la mano derecha de Guilde. Pensé que estaban trabajando para las tierras del norte al llevarles esclavos, pero no me sorprendería que Ramned estuviera coludido —añadió y ajustó su casquete antes de seguirnos—. Si sus sellos están aquí, supondré que le importó poco la orden de Naverlo de recuperar las tierras que secuestró Rodrik.

—Cada uno es peor que el anterior —escupí.

—Nunca he peleado con Letrades… ¿Tienes información importante sobre él? —Tarner se dirigió a Herneyl.

Me habría encantado responder, pero, aun con mi experiencia, no sabía nada del nuevo personaje, ya que era exclusivo del DLC. Mi conocimiento estaba a la par del de Tarner.

—Le encanta observar la traición.

—Se nota. Sigue a dos tipos como Guilde y Ramned...

—¿A qué te refieres con que «le encanta»? —mi compañero lució serio.

—Ya lo verás. Sé paciente —se abrió paso entre ambos, apuntando los proyectiles de su arma a la parte baja donde se encontraban prisioneros trabajando en la extracción de minerales.

Aquello me tensó. Descendí a la parte baja, dejándolos a ambos junto a Hachi. Nos dividía un gran desnivel de piedra lisa, pero las reducidas construcciones de madera que tenían los esclavos para tallar y minar las paredes me permitieron llegar más profundo sin heridas.

Di ataques críticos por la espalda a un par de herreros esqueletos reunidos junto a un punto de reanimación. Recogí los elementos que tiraron. Cuando me di la vuelta para inspeccionar el terreno y la enorme puerta que anunciaba un salón, quizás de jefes o alguna guarida, Hachi se interpuso para quitarle unas piedras que la decoraban.

—HEY, SUELTA ESO —me aproximé, apartándolo de inmediato—. Puede ser peligroso. Dios, ni siquiera sé por qué hablo contigo. Le diré a tu señor lo que andas haciendo.

Lo tomé del brazo para guiarlo hacia arriba. No iba a dejar que lo mataran, ya se había tragado demasiadas tartas que debía pagar con objetos para Tarner. El mocoso iba sonriente señalando los murales a su alrededor, pero ambos nos detuvimos al percibir la oscuridad adueñarse del salón.

Todo se volvió negro. Hachi y yo nos veíamos, como dos sujetos programados sin fondo.

—Mierda, ha de ser un ataque… —desenvainé ambas armas y las uní, tratando de encender el fuego que las poseía. No hubo ni rastro de chispa.

Traté de avanzar en la oscuridad sin soltar al mocoso. Aún se escuchaban las armas que usaban para minar desde distintos puntos. No habíamos sido trasladados a ninguna otra parte, solo nos estaban cegando con algún tipo de sombra. Recordaba haberme enfrentado a un sujeto así pero no en *Wild Caves*, sino otro título de la misma compañía.

—¿Zero?

—¿Tar? ¿Siguen arriba?

—AH, SÍ. Está todo oscuro. Deberíamos juntarnos, estoy con Herneyl. Creo que es una especie de ceguera de poco alcance, se liberaron dos hechizos por ser un grupo grande.

—Saben cómo torturarme —expresé, mirando de reojo a Hachi.

Ha de haber distintas soluciones… Piensa, Zero.

—¿No terminó algún esclavo con ustedes? —escribí—. Prueben a atacar a los alrededores, creo que es del tipo que requiere sangre.

Miré una vez más al mocoso. No lo mataría, pensaría en una mejor opción. ¿Requería sacrificio o sangre en general?

—Es un hechizo de traición —el texto de Herneyl detuvo mis manos.

Carajo, por eso quería entrar en campaña.

Escuché el tironeo de ropas, junto al arma de Tarner golpear con acero. No era posible que aquella fuese la solicitud, no era conveniente obligar a los jugadores a matarse entre ellos. ¿Se debía asesinar a alguien como Hachi? ¿Desbloquear la ruta con algún hechizo? ¿Atacar a la oscuridad?

—¡¿Qué carajos te pasa, Elijah?! WTF.

—Discúlpame, Gen, aquí no somos socios.

Oh, no, hermano. Tú te uniste por aquella conexión.

Agarré a Hachi del cuello. Su rostro temeroso cuando le puse la katana a punto de atravesar su frente me detuvo un segundo. Realmente se parecía al hermano de Tarner. Quizás eran los ojos de bambi o ese aire de fragilidad que lo rodeaba… pero no podía concentrarme en lo que pasaba dentro de ellos, sino en lo que pensaría Tar al asesinar a su compañero.

—Mierda, hablas en serio… —sus voces distantes se detuvieron un momento.

Bajé el arma y me atravesé a mí mismo. Una vez no bastó, fueron dos ataques críticos los necesarios para que el velo se retirara de mi pantalla.

Empujé a Hachi para abrirme paso. Di un salto hasta agarrarme de las construcciones de madera, haciendo pedazos una de ellas. Pude blandir de fuego ambas armas antes de adentrarme en el domo oscuro que poseía la zona, pero este no se apagó cuando lo crucé.

Tarner yacía tumbado, con dos virotes atravesando sus brazos para crucificarlo en el suelo, mientras Her, sobre él, le apuntaba a la cabeza. Giró su torso para clavar una saeta sobre mí, pero me agaché.

Si me asestaba un golpe, con mis heridas ya podía darme por muerto.

—Hay que hacer sacrificios. Sin rencores, ustedes me agradan —me apuntó.

—Lol, qué bueno que te agradamos —Tarner fue sarcástico. Me trajo recuerdos.

—Bueno, a mí no me pasas ni en pintura —me acerqué, haciendo que retirara los ojos de mi compañero y volviese a centrarse en mí—. No me va a asesinar un sujeto que se deja estafar en videojuegos.

Como le enseñé, Tarner se mordió la lengua. La sangre que se tragó le dio la fuerza para soltar sus brazos y tirar del abrigo de Her. Posé mi bota sobre su pecho y metí mi katana en su boca como si fuese mi funda personal, dejándolo paralizado.

—No se trataba de un hechizo de traición. Era sacrificio, ya fuese de uno mismo.

—Nunca sacrificaría ni un poco de *stamina*. No sé si la necesitaré más adelante.

—Qué bueno que avisas —apliqué presión hasta atravesarle el cráneo. Fue expulsado de la campaña, no sin antes sancionarme por media hora.

Génesis me marcó de inmediato. Yo ya estaba fuera de la cama, preparándome la cena con un trozo de carne asada, cuando tomé su llamada. Le pedí un segundo para servirme, apagué las luces de la cocina y me senté en la sala.

—¿Preocupada por mí, Coralito? No me mataron —abrí una lata de Monster—, solo me desconectaron.

—No, quería disculparme. No debí aceptar la solicitud de Herneyl. Incluso si reclutamos a Elijah, los videojuegos son distintos, ¿sabes? —la oí suspirar. Me pareció que sorbía algo, quizás su amado matcha—. Nunca se sabe qué manías tiene un jugador.

—Está bien. Como dices, no lo sabes hasta que juegas con ellos… Digo, sabes que soy un invasor por naturaleza.

—Un terrorista, totalmente.

—¿Me llamaste para ofenderme o querías escucharme?

Sonreí a su silencio. La oí suspirar y añadió que tenía sueño. Yo chequé la hora: apenas eran las dos.

—Hey, quédate un poco más, hazme compañía mientras ceno.

Toqué el botón para solicitar una videollamada.

Los ojos de Gen se cerraron por el brillo en la pantalla. Nos vimos un par de segundos, yo con el tenedor en la boca y ella echada en cama como si viese un *mukbang*.

—Me estás dando hambre.

Contuve mi risa cuando la vi hacer una mueca.

—Te debo una comida, entonces. ¿Qué se te antoja?

—Un melocotón asiático.

—¿Por qué asiático?

—Es rosita. Se ve bonito —me carcajeé, pero ella continuó hablando—. Nunca he probado uno. Hubo un tiempo en que me obsesioné viendo videos de postres que hacían con esa fruta, así que busqué quién lo vendiera, pero solo venden árboles importados para cultivo. Más que árboles, diría retoños.

—Creo que tendrías que ir a comprarlo en el continente donde crece.

—Cuando gane dinero por mis libros, lo haré. Si logro juntarlo…

—¿Eres ahorradora? —afirmó—. Debería aprender de ti. Hace tiempo lo era, pero después de un rato comencé a comprar cosas solo para sentir que valía la pena lo que hacía.

—Bueno, es que eso también es importante —su teléfono enfocó su frente y medio ojo, el resto era su almohada—. Pero vale la pena lo que haces, Zain. He visto la cantidad de personas que apoyan tu trabajo, siempre te agradecen por aligerar sus lecturas y conseguir la imagen perfecta de los personajes.

«Hasta un perro podría hacerlo.»

Aquel comentario, encerrado en mi cabeza y perdido en alguno de mis videos, me hizo sonreír con cinismo. No quería decepcionarla, no después de decirle que su trabajo era bueno, que lo disfrutaba. No le confesaría lo mucho que me torturaba hacer lo mismo, dibujar las mismas escenas, limitarme a un solo género porque nadie veía en mí la chispa para hacer algo más. Terminé por sacar de mi portafolio todos los viejos conceptos de fantasía que tanto amaba.

Pensé que había olvidado lo que era sentir vergüenza. Pero con Génesis Asceta, lo viví peor que nunca.

—¿Vas a seguir publicando comedias románticas? —cambié de tema.

Ella negó.

—Quizás uno que otro, si es con Vaud, pero quiero seguir agrandando mis títulos. Por más que odio *Nunca digas que no*, siempre lo vi como el medio. No es mi destino ni lo que quiero. Sé que soy ambiciosa, pero preferiría morir a no escribir lo que quiero escribir, aun si me tachan de desarrollar cosas sin sentido o me dicen que no encaja en lo que buscan.

—¿Qué quieres escribir?

—Estoy descubriéndolo.

Me crucé de brazos. Siempre supe que ella apuntaba más alto, se lo dije en nuestros primeros encuentros. Por la fórmula que había usado al escribir, el género, su historial, Gen sería una gran escritora. No estaba acostumbrada a la crítica, pero porque no había mucho para criticar en sus obras más allá de decir que eran complicadas de leer. Quizás por eso le aterraba y odiaba tanto la idea de publicar su nuevo trabajo; era inexperta en el género, pese a aferrarse con uñas y dientes a este.

Pero ahí estábamos, a dos meses de la publicación y a tres meses del evento de los desarrolladores de *Wild Caves*, por lo que hacía todo eso.

Eres rastrero, Zain.

—Eres increíble —sorbí de mi lata.

—Zain, no hablo contigo para que me halagues. Sé sincero, sé lo que piensas de lo que hago.

—No tienes ni idea.

—Yo también lo pienso, que es hipócrita y ruin publicar algo solo para levantar mis ventas y posicionarme. Estoy robándole la oportunidad a alguien que realmente escribe esas obras, que las disfruta —se reincorporó en la cama, e insistió, aunque yo negaba con la cabeza—. No le he puesto alma, eso es lo peor que un artista puede hacer. No merezco que alguien, sobre todo tú, que conoces mis intenciones, me dé esta oportunidad. Estoy usurpando el terreno.

Tenía el ceño fruncido. El cabello negro, aún más oscuro que el fondo a su alrededor, destacaban su piel y el rojo que violentamente comía de sus párpados. Ella siempre me olía a ceniza, como si fumara o prendiera cerillos, ya fuese por las velas en su hogar o encender algún electrodoméstico. Comprendía lo que me decía, lo que quería hacerme ver, pero yo no estaba ciego.

Solo veía más allá de lo que ella me mostraba. Porque era sincera, a diferencia de mí.

—Te admiro.

—¿Siquiera me escuchaste?

—Admiro todo de ti.

—Zain, para. No tienes ni idea de lo que es realmente estar cerca de alguien como yo, no le doy importancia a nada que no tenga que ver con mi trabajo —sonó abatida. Me miró como si tratara de decirme que nuestra conexión se debía a que estábamos en *esos* meses de trabajo, hasta que todo terminara—. No puedo mantener las cosas que no se relacionan con lo que hago. Ni siquiera mi salud. Por eso comprendo a

Abraham, ¿sabes? Es difícil estar con alguien tan obsesionado que prefiere escribir las cosas a vivirlas.

La vi llevarse las uñas a la boca y desviar los ojos. Sus acciones demostraban con facilidad su persona. Me decían, con cada sutil movimiento, que la escritura no había significado nada más que padecimientos para Gen.

Para su desgracia, a mí siempre me gustaron las cosas torcidas. Para mi mala suerte, este no era el caso. Ella estaba completamente bien.

—Me llena de admiración ver tanta resiliencia en una persona —dejé los cubiertos de lado—. Sé que han rechazado tus obras, que por eso tuviste que recurrir a esto. Y aunque te han robado tu trabajo, sigues escribiendo porque sabes que puedes hacerlo otra vez, que puedes repetir ese éxito. Aun con tu miedo hacia el rojo, lo has dejado estar en tu portada. Pese a todas las veces que mueras en el intento, seguirás dedicando horas a mejorar. Nunca has bajado la cabeza, Génesis. Y me aterra, tanto como me sorprende, que no te hayas dado cuenta de eso.

—Yo…

—¿O lo has hecho? Sé sincera. ¿Has soltado todo?

—Creo que lo hice cuando empecé esta mier…

—Génesis, ¿realmente fue así? —soné molesto—. Pudiste hacer algo más. Dedicarte a otra cosa. Un escritor no deja de serlo porque pause sus historias, mucho menos porque no tenga un libro publicado. Si sigues subiendo un *post*, si escribes unas líneas, si estás aquí, tú no te has rendido. No puedes escapar del deseo de intentar hacer arte, porque te lo juro… Eres una artista.

—Zain.

—Dilo. Vamos, te espero.

—¿Qué cosa? —suspiró con una risilla. No apreciaba bien su rostro, ya que trató de cubrirlo con una mano.

—Dime que te has rendido. Sinceramente.

—No.

—No te escuché.

—QUE NO. Yo no me he rendido. Jamás. No podría vivir con el dolor de no haber hecho esto, no podría soportar ver a otros disfrutar este mundo o trabajar en algo para lo que no sirvo y odio. No lo soportaría.

—¿Verdad? Por eso uno se aferra, incluso si no es lo que le gustaría hacer. Porque es mejor ser cualquier cosa a no ser nada.

Miré hacia mi ventana para evitar hacer contacto visual. Sus ojos, esos de grajilla, me comerían vivo.

—¿Por eso sigues dibujando lo que odias? —elevé mi dedo índice para decirle que sí—. Zain, ilustra mi siguiente título. Quiero escribir fantasía.

—No es necesario. Tienes muchos proyectos ya…

—Ninguno donde estés tú, y creo que me harás falta en todos.

—Eres cruel —esbocé una sonrisa.

—Oye, imbécil.

—Es que eres. Dios, tú eres… —torcí el cuello sin encontrar las palabras—. No sé qué pensar de ti.

—No sé si es un cumplido.

Me gustas, Génesis. Eres el color rojo que tanto me gusta.

—No, no lo es, chistosita. Me estás atormentando. Ya cuélgame, terminé de comer —resulté molesto. Me daba coraje verla últimamente. Nunca me había atraído alguien como ella, que tardaba en comprender mis expresiones, que soltaba comentarios cínicos y negativos cada vez que podía, que hacía arte como si fuese el oxígeno que necesitaba.

Que nunca vería cariño en algo más que no fuese su trabajo. Y que hasta su trabajo le parecía una porquería de a ratos. Vaya forma de autosuicidio había escogido yo, siempre me gustaba lo que no estaba a mi alcance.

La forcé a colgarme y permanecí arrepentido en la sala, extrañándola al instante.

EL BUEN LADRÓN

Lo que todos esperan del hijo de criminales, así sean simples timadores, es que no sean distintos de sus padres. Aunque, bueno, pasa lo mismo con cualquier profesión: la familia espera al médico, al ingeniero o al artista.

Por eso crecí con las manos tras la espalda. Si alguien me veía tocar algo sin permiso, me volvería un criminal, igual que mis padres; prendía un cigarrillo por cada ocasión en que me sintiera necesitado por poseer a algo.

Dicen que la mejor forma de luchar contra una adicción es con otra.

Génesis nunca les prestó atención a esos detalles. Para ella siempre fui alguien de confianza, un alma taciturna, lastimera, alguien con quien identificarse. Ahora que lo pienso, frente a sus ojos no era más que un huérfano al que podía amar como a su propio hijo, uno consentido.

Tuvimos la fortuna, o la casualidad, yo diría, de que nuestro encuentro fuera inevitable, un fin de semana que salí de incógnito de una tutoría.

—Agáchate.

Los estudiantes tiraron de mi chaqueta hasta ponerme de rodillas en el concreto.

Varios de ellos estaban pegados al camión, ocultos del profesor que dijeron me seguía. Yo juraba que había ido con cuidado. Sabía que era una reunión de primer año para meter una queja contra el rector, quien desviaba fondos. Asistí para demostrar apoyo, pese a no conocer profundamente a ningún alumno.

—Ella reconoció a uno de sus profesores siguiéndote —quien me había arrastrado detrás del vehículo señaló a una chica de cuclillas detrás de él.

Aquella estudiante llevaba una mochila enorme; quise creer que cargaba todos sus libros. Tenía unas uñas lindas, largas, pintadas de negro, y un flequillo que enmarcaba sus ojos. Pero lo que más captó mi atención, reteniéndola durante toda la reunión que se llevó a cabo poco después, fueron sus ojos, de un azul muy claro, como el agua, que veían como si fuesen capaces de desenterrar cualquier secreto.

Me hizo preguntarme si acaso detectó el olor de cigarro o vio en mis manos los cortes de papel o si me prestaba atención cada vez que empinaba otro vaso de alcohol. Capaz no, el grupo de alumnos se aseguró de hacer chistes sobre mi apellido; les recordaba a los estafadores de propiedades que atraparon hace tiempo, lo que significaba «matar» toda oportunidad que tuviera con una chica. Y, aun así, con toda la situación en contra, me armé de valor para hablarle. Pese a su apariencia intimidante, conversamos sobre el incidente con el profesor que me siguió esa tarde. Halagué su buen ojo, lo que la hizo sonreír. Después le confesé, mientras nos sentábamos en una mesa aparte, que era hijo de las personas de las que hablaron.

Así conocí a Génesis Asceta. Ambos presos, pero no víctimas, de nuestras situaciones familiares. No tardé en quererla. Diría que me fue más difícil dejar de hacerlo.

Quizás fue por su falta de malicia o la extraña relación que tenía con sus padres. Era, en apariencia, independiente: hacía todo sola y rara vez me hablaba de cómo se sentía. Pensé que habíamos comenzado a salir solo porque nos gustábamos e invertía todo su tiempo en mí fuera de los estudios, así que no me molestaba su rareza.

—Felicidades por pasar los parciales. Te compré una tartita para celebrar.

Así me alegraba los fines de semana después de largas jornadas de estudio y, cuando estas debían volver a empezar, me enviaba con un almuerzo. Me invitaba a su casa a comer con frecuencia y comenzó a adaptar su habitación para recibirme.

Poco a poco me contó las historias de lo que vivía su hermano, y creo que llegué a conocer más de su hermano que de ella. Supe sobre los amores de Bel, su etapa *emo*, su adolescencia, sus heridas.

No creí que fuera algo serio o real. Sus padres eran bastante alegres, amorosos, atentos. Me molestaba que Génesis mostrara cierta distancia emocional de ellos. ¿Por qué rechazaba algo así? No todos teníamos la fortuna de una familia como la suya.

Mi perspectiva cambió al llegar una tarde a su casa, después de un año de relación, por unas cosas de mi proyecto que dejé en el sótano. Ella lucía más seria de lo usual, recostada en su cama; dijo que su madre acababa de pelear con su hermano porque le descubrió algo íntimo.

Pero, aunque el aire era pesado, nada parecía fuera de lugar.

Quedé helado cuando vi a Bel tumbado en uno de los cuartos que daba al jardín. El sol se reflejaba en el piso y en el charco de sangre que brotaba de sus brazos. Mi primera reacción fue gritarle a Gen repetidas veces y le describí lo que veía en cuanto escuché su voz.

Ella no bajó. Se apresuró a marcarle a cualquier miembro de su familia. Fue su tío, que era casi vecino, quien llegó corriendo y me pidió ayuda para levantar a Bel. Lo metimos juntos a su camioneta, condujimos al hospital más cercano con las ropas apestando a sangre y, para ese mismo día, lo cosieron y lo devolvieron a casa.

Aquel suceso despertó algo en mí, algo de lo que me arrepiento profundamente: empatía hacia Génesis, cariño a su familia, preocupación. Tanta, que decidí abrirme con ella, y llevarla de paseo para que se despejara de aquel suceso.

Le mostré mi lugar seguro. Una feria de libros a la que asistía con mis padres, cuando todavía tenía la fortuna de escucharlos leer y promover la cultura. Conferencias, firmas, talleres. Nunca había visto tanta emoción, tanta vida, en Gen.

Su felicidad me contagió. Ella fue quien comenzó a pedirme asistir a bibliotecas y ferias, sin importarle si yo no estaba interesado en el evento. Dejé de ser capaz de recomendarle libros cuando ya se había devorado todos mis favoritos y no me atreví a mencionar los muchos que deseaba adquirir, pues también se habría adelantado.

Siempre me gustó el arte, pero nunca pude crearlo o siquiera comprenderlo. Después de todo, el arte no es de los ladrones. Y creo que ella lo sabía.

—Abandonaré mi carrera, Abraham. Creo que buscaré algún trabajo para poder pagar mis estudios aparte, con el profesor que conocí en la feria —me confesó un día mientras comíamos una pizza con piña—. De pequeña siempre soñé con escribir, aún sin sostener un libro, pero ahora… creo que es realmente lo que quiero hacer.

—¿Y ya has escrito algo? —su sonrisa me lo confirmó—. Sabes que puedo ser tu lector beta. Me pagas siempre con comida, ja, ja.

—Tengo un par de relatos. Aguarda —se apresuró a sacar su teléfono, dejando entrever sus uñas recién cortadas para facilitar sus movimientos al teclear—. «Había llegado al corredor de la muerte con el estómago lleno. Los tubérculos en mis entrañas se revolvían como mariposas de adolescentes enamorados, sentimientos ajenos a un cerdo o cualquier animal condenado de granja…»

La escuché en silencio. Cuando concluyó, le pedí que me lo enviara para leerlo.

Pensé que era cosa de una vez, que no se repetiría, así que lo leí y la felicité con una sonrisa; la halagué de más para no desanimarla. Ya había abandonado la carrera; fracasar con algo tan tonto como la escritura le jodería aún más la cabeza. Tenía suficiente con su familia, con Bel.

Pero aquello comenzó a darse con más frecuencia. Siguió escribiendo cosas buenas.

—Tienes que conocer a Viena. Dios, su trabajo es buenísimo y ella como persona es toda una escritora.

Me presumía de su entorno a menudo mientras yo permanecía ocupado con textos sosos de «buena alimentación».

—¿Dónde dices que la conociste?

Cerré el computador y me levanté con urgencia para sacar un cigarro de mi mochila.

—Nos seguíamos en Instagram. Respondió a la historia de las flores que me diste, quería saber dónde adquirir flores artificiales para un evento literario —explicó. Maldije con fuerza cuando el fuego llegó a mis dedos—. Oye, ¿estás bien? Déjame traigo agua.

—Sí, sí —me reí tras llamarme torpe.

Génesis solo negó con la cabeza, divertida, mientras su cálida mirada acompañaba las palabras que formó solo con la boca: «Te amo».

—Lo sé.

Moví los labios sin hacer ni un sonido.

Para cualquier hombre, ella se había convertido en la pareja perfecta: atenta, proveedora, decidida. Con los años, desde que la conocí, había desarrollado su personalidad y también su forma electrizante de relacionarse. Me atrevo a decir que escribir la hizo más guapa. Y pese a las discusiones, sus uñas cada vez más cortas y el dinero que en ocasiones se cortaba gracias a su hermano, solo un imbécil la terminaría.

—Tengo la idea de escribir sobre un estafador, hijo de criminales —me pareció que hablaba de mí, de alguna forma—. A Viena le encanta la idea, así que…

—¿Se lo contaste a ella primero? —me reí, incómodo, cerrando los párpados mientras echaba el libro de nutrición sobre mi rostro.

—Ya tengo la sinopsis. Si quieres, te la comparto.

Se rio sola. Aquella manía suya de murmurar o reírse sin nadie alrededor, jamás la comprendí. Me perturbaba.

—Ya.

Génesis había comenzado con ideas de un proyecto editorial. Yo, que comencé a leer *Cuando cante el sol* poseído por una fascinación hacia los personajes, que parecían haber diseccionado cada parte de mí, me arrepentí con fuerza de haberle mostrado ese mundo.

Le fue tan fácil aprender a escribir… Bueno, más que fácil, le fue natural. Yo, que jamás pude hacer algo que no corrigieran mis profesores por deficiencias al redactar, había quedado sepultado por su sombra. Yo, que siempre tuve el deseo de escribir, de que las personas me leyeran, que conocieran mi apellido por la literatura y no por un acto criminal, comencé a temer que, incluso después de casarme con aquella mujer, solo su apellido destacaría.

Yo la metí en ese mundo, yo era el bueno escribiendo… y me superó sin esfuerzo.

Me quitó lo único que me hacía feliz. Y, con ello perdí toda motivación de seguir en el mundo del arte.

Yo, que amaba leer, que estuve en ese entorno por años… Años de escritos incompletos, secretos, de ideas que deseaba publicar, de sueños de infancia, anhelos de adolescente, frustraciones de adultez. Jamás podría escribir lo que ella, aun si hablaba sobre mí, si tomaba toda la idea de mi vida y la encerraba en un libro.

Fue cuando me llamó, en ese baño lleno de sangre por limpiar, que encontré al culpable.

Si tan solo su hermano hubiera muerto años atrás, yo habría estado ocupado atendiendo el funeral a su lado y no habríamos ido a aquella feria. Ella habría concluido sus estudios sin ideas delirantes sobre vender libros. Habría seguido siendo la pareja perfecta. No habría asesinado cada sueño mío con su talento si por mi puta culpa no hubiese descubierto lo mucho que le apasionaba escribir.

Porque si yo era un ladrón, Génesis era una asesina. ¿Cómo habría de recuperar aquella victoria?

—No sé cómo ayudar a Bel, de verdad, no lo sé… —se aferró a mis brazos mientras le besaba la frente y la acunaba en mi pecho.

¿Cómo podía estar la balanza de mi lado? De alguien como yo, condenado a estar al margen.

—Está bien dejarlo ir, amor…

—No, eso jamás —apretó la tela de mi camisa—. Sabes que no soy ese tipo de persona. Aunque sea inútil, no puedo rendirme, no hasta haberlo dado e intentado todo. Eso es de cobardes y perdedores. Sabes que mi madre me ha criado así.

«Es de perdedores no haberlo intentado todo.»

Acepté mi destino como ladrón en lugar de rendirme. Tomé con mis propias manos la historia de mi vida, de la esquina en su habitación, de los archivos que me había enviado al teléfono. Había lanzado mis últimas jugadas, lo último que me quedaba bajo la manga, para robar *Cuando cante el sol* creyendo que así recuperaría un poco de lo que se me había arrebatado. Que, con ese incentivo, escribiría cosas mejores.

Pero la vida siempre da vueltas, y este es el único escrito que pude concluir después de debutar como novelista. Sin nudos atrapantes, sin clímax, sin lógica. Sin siquiera poder conseguir que la narrativa me favoreciera.

—Mierda… —arrojé el computador y me aferré a los cabellos en mi cabeza—. ¿Qué le diré a mi editor? Mierda, no puedo escribir. MIERDA.

CAPÍTULO XI

Pigmalión y Galatea

Me di cuenta de que me gustaba Génesis cuando, en lugar de molestarme por algunas actitudes que se perciben como negativas, yo sonreía por no poder imaginar una mejor compañía que ella.

Siempre me gustó el café enlatado, lo que en exceso es malo. A ella me la bebería en cada oportunidad que tuviera, así me costara horas de sueño, alimento de reserva o arriesgar mi equipo para compartir la pantalla con ella un rato más. Me encantaba oírla hablar de datos genéricos de *Wild Caves*, de filosofía, de cómo casi muere tragándose un *dumpling* o lo mucho que odiaba tener más de dos fuentes en una portada.

Y si debía renunciar a usar rojo por no causarle recuerdos dolorosos, lo haría. Yo era un hombre simple, quizás por eso tampoco me ofendió que le pareciera atractivo. Si era el primer paso para tener más miradas suyas, lo aceptaría.

Pero, al final del día, estábamos hablando de café… una sustancia que surgió como veneno.

—Oh. Me preguntaba quién ordenó lisianthus… El mismo joven de los lirios —la señora, ya de arrugas prominentes y alta estatura, me entregó el ramo envuelto en un papel blanco traslúcido a través del marco de la puerta—. La orden me sorprendió, pero más cuando apareciste tú para recogerlos. Ya viene mi esposo con tu otra orden.

—Me disculpo por mis pedidos urgentes, sé que no es fácil conseguir estas flores fuera de temporada… —rasqué mi nuca, aferrado con la otra mano al ramo. La señora se inclinó como si tratara de ver mi apartamento, lo que me recordó el pago—. Oh, volveré a transferirles. ¿A la misma cuenta?

—Sí, a la misma —mantuvo una sonrisa cuando se enderezó—. ¿Vive con alguna persona afortunada? ¿O serán para algún familiar?

—Una colega —sonreí, con los ojos sobre mi pantalla y el dinero fuera de mis apartados.

—¡Es muy detallista con sus compañeros! —rio y arrojó una mano a mi hombro.

Su esposo apareció cargando el otro pedido.

—Es tan guapo como lo describió mi mujer…

Continuaron sacándome sonrisas. Tenía algo que les agradaba a las personas mayores.

Metí las cosas en el apartamento y terminé de arreglarme el cabello antes de salir con las flores en dirección al lugar donde quedamos. Llevaba mi mochila, cubierta de tachas en el exterior y, dentro, el equipo de siempre: mi tableta, un cuaderno de hojas A5, un *sketchbook* A6 y todo tipo de lápices y lapiceros. Rara vez sacaba mis cosas para dibujar en público, era más por si me encontraba en alguna situación donde requiriera exportar un archivo o bocetear algo rápido para un cliente.

—Quizás practique mientras espero a que salga…

Ella siempre estaba escribiendo, al menos con su computador cerca.

Me senté en el área de comida de la plaza donde me dijo que estaría. Ordené un café, saqué mi libreta y comencé a bocetear la bebida frente a mí. Antes la habría bebido sin pensar, pero esos días mi cabeza estaba llena del deseo de mejorar en mi trabajo, por lo que me propuse hacer un estudio de dibujo diario.

—¿Estás trabajando fuera de tu hoyo? —apreté los párpados al reconocer ese chillido, seguido de sus manos sobre mis hombros—. Hermano, ¿estás bien? ¿Te enfermaste…? Préstame diez dólares.

—¿Por qué lo primero que haces al asumir que estoy enfermo es intentar estafarme? —elevé el rostro sobre el hombro, fijándome en la expresión enérgica de Héctor y el color rojo de sus mejillas, como si acabara de correr. Bajé la vista hacia su ropa de gimnasio. Con la iluminación cálida del lugar que destacaba todavía más las manchas de sudor—. ¿Hiciste ejercicio?

—Mi gym está aquí, ¿lo olvidas? Te vi mientras salía, así que volví… ¿Tienes cinco dólares, al menos?

—Da una vuelta.

Héctor giró de inmediato, como si fuese un perrito. Aunque arrugué el entrecejo al percibir las miradas extrañas, me apresuré a sacar el teléfono para transferirle.

—Espero estés satisfecho con mis servicios.

—No, son terribles. Me siento estafado.

—Hey —tiró de la silla a mi costado. Llevé ambas palmas a mi rostro, en parte por vergüenza y en parte para cubrir su olor—. Siquiera dime que leíste el libro que te presté, o que ya lo vas a terminar, porque te ando esperando para ponerlo en mi estante.

—Nunca prestes libros, es una ley general…

Reconocí la voz a mis espaldas y cerré mi *sketchbook* mientras giraba el torso en su dirección.

Fue la primera vez que me pareció verla descansada, como quien había dormido sus ocho horas o más. Llevaba puesto un pantalón color café latte, con una blusa de botones y mangas que le llegaban casi al codo. Su maletín colgaba de su hombro y en una mano sostenía un té helado con hielo que sorbía.

La apreciaba como alguien elegante, aunque me gustaba la simple idea de verla en casa, como quien no ha salido de ahí en días.

—Hoy no te ves acabada.

—Gracias por recordarme el por qué a veces te tengo coraje —profirió con la mirada absorta en mí—. Luego se me olvida y me agradas… Disculpa, mucho gusto, soy Génesis.

Extendió su mano hacia Héctor. Este me miró antes de devolver el saludo, presentándose con una tarjeta que ilustré para él en la que se hallaban sus redes sociales. Siempre que tenía la oportunidad promocionaba sus canales de *stream*.

—¿Las flores son tuyas, entonces? —murmuró, señalando el ramo en la barra. Le hice señas cerca de mi cuello para pedirle, rogarle, suplicarle, que se callara—. ¿Para ti? ¿No dijiste que eras Génesis? —se dirigió un segundo a ella, antes de volver a mí—. OH, ES DE LA QUE TE QUEJASTE LA OTRA NOCHE.

—YA, no me quejé de ella, sino de sus gustos… —volví hacia la autora—. No de ti, de tus decisiones creativas. Contigo no tengo problemas, ya no, ¿verdad? Te traje unas flores porque no tenemos problemas entre nosotros.

—No, no tenemos problemas entre nosotros… —miró con sospecha la situación y el ramo que ya había extendido frente a su rostro. Se inclinó a un costado para verme—. ¿Estás seguro de que no tenemos problemas entre nosotros? Parece que tú sí y andas tratando de ocultarlo.

—Para nada. Si los tuviera, no te habría dicho que nos viéramos después de mi trabajo. Habría vuelto directo a casa.

—¿Cuál trabajo, hermano? Si trabajas en casa…

—Jódete —solté, con los ojos bien clavados sobre Héctor.

Génesis comenzó a carcajearse. Le pedí que recibiera las flores, no podía seguir sosteniéndolas en un lugar público sin avergonzarme. Ella sacó una de las sillas a mi costado para sentarse y dejó sobre la barra la tarjeta de Héctor.

—Haces análisis y guías de *Wild Caves*, ¿no? —le preguntó. Yo estaba por levantarme para tomar aire, sentía que me asfixiaba.

—¡Sí! ¿Me has visto? —mi amigo se animó por su interés.

—Es que me recuerdas a alguien —sonrió ella, como si no supiera que se trataba de Circe. Yo ya había expuesto el nombre y también que era mi mejor amigo; Gen era inteligente, ningún detalle se le escapaba.

No era una sorpresa que descubriera mi identidad antes de que yo la viera en Tarner.

—¿Verdad? —le seguí la corriente a Gen y me dirigí a Héctor antes de que él volviese a hablar—. ¿No te ibas ya, amigo? Pensé que tenías un directo que empezar hoy.

—Hasta las ocho, Zain. Es como la una.

—Igual deberías irte temprano para dejar todo listo —me incliné hacia él, chasqueando los dedos cerca de su cara—. Así como vas —ordené.

—Ni loco te dejo solo con una mujer —chasqueó los dedos de igual forma mientras susurraba—. Hace tiempo ninguna te habla, debo cuidar que no te dejes en mal.

—Me las arreglaré.

—¿Le vas a contar sobre el significado de tu tatuaje? Evítalo. Tampoco menciones deudas —me recomendó.

—Tenerte de amigo ya es mala carta de presentación.

—Bueno, te dejo morir solo… —se levantó del asiento. Me rodeó para estrechar manos con Génesis y dejarle un beso en la mejilla—. Fue un placer. Cuida a mi muchacho, que si no lo vigilo se muerde la lengua solo.

Cuando se fue, Gen tenía una mueca en su rostro idéntica a la mía cuando veía mis bocetos antiguos, de disgusto con risa. Dejé escapar un suspiro y le dirigí la palabra.

—¿Qué pasa? ¿Por qué la rancia expresión facial?

—Se portan igualito que en *Wild Caves*, es bien curioso.

—Nos descargamos el videojuego al mismo tiempo, queríamos probarlo y hacíamos campaña siempre —confesé—. Nos tomamos un tiempo separados para mejorar de forma *individual*, pero de repente apareció con falda y su nombre era Circe. Yo creo que le dañó ser *youtuber*.

—No, no creo, en general algunos juegos te cambian. ¿Has visto cómo se ven los jugadores de LoL?

—Sí, creo que prefiero caer en las drogas a caer en LoL —Gen se atacó de la risa. Yo sonreí de lado—. Pero lo entiendo, me pasó. Antes de Zero, me hacía llamar ArleyEspresso.

—¿ArleyEspresso?

Su mirada se suavizó mientras reía sola. Aquel gesto me volcaba el corazón. Removió la pajilla entre el hielo de su bebida, se apoyó en una mano y me miró. Una mirada única, la suya, me otorgaba la sensación de ver cosas en mí que yo no veía.

—Así que prefieres ser adicto, eh. Nunca dejas de sorprenderme —bebió de su té helado mientras posaba su maletín sobre la barra, junto a las flores—. Gracias por el detalle, son hermosas. Nunca había visto este tipo de flor.

—¿En serio?

—¿No te habías dado cuenta de que sabes más de lo común? —se inclinó a mi rostro.

—Solía dibujar flores, bastantes. Le gustaban a mi mamá, así que quería hacerle un regalo cada día de madres —comenté emocionado—. Aunque nunca la había visto tan feliz como cuando le regalé un bolso. Es que antes no ganaba dinero propio, ja, ja.

—Puedes regalarme un boceto, creo que me haría aún más feliz una pieza tuya.

Sí, a ella podía creerle que quizás lo que hago es arte.

—¿Cómo estuvo la reunión con Elías?

—Cierto, te conté de la reunión —volvió en sí, arrebatando la mano de su barbilla, que detenía su cabeza de echarse a descansar en la barra—. Fue bastante buena. Hablamos sobre su manuscrito y los detalles técnicos para generar el contrato. Es buen chico. También conversamos de ti, le encanta tu trabajo en sus novelas.

—¿Te gustó su obra?

—A Viena le encantó. Dice que necesitamos algo así de refrescante en la editorial.

—Y a ti…

—Tiene pasión al escribir. Y te sumerge en sus personajes, sonríes mientras lees. Independientemente de si me gusta el género que escribe o leer sobre adolescentes, creo que tiene aún más futuro como autor, sobre todo cuando ama tanto lo que hace.

Ambos asentimos. Sabíamos lo que era eso, amar con intensidad nuestras creaciones. Siempre me pareció que valía la pena desvelarse, tener dolor en la muñeca, requerir lentes frente a la pantalla, no conocer otra cosa que no fuese el papel; todo eso lo valía por la emoción que me daba ver un conjunto de trazos transformarse en un dibujo.

No lo hacía por una razón en particular. Solo me divertía. Quería ser un gran artista. Lo quería muchísimo.

—Se siente algo agobiado por las críticas que le dejan en Goodreads, pero la creación no está ausente de dudas y quiero compartirle eso: la duda es buena para mejorar el trabajo —expresó, regresándome a la conversación.

—Igual me parece que está bastante bien así, no me gustaría que alguien como él perdiera esa chispa. Luego terminas como yo, sin recordar por qué perseguía el arte.

—No todo lo que hacemos es arte —aseguró, con un tono serio y áspero—. Algunas veces solo debes disfrutar lo que haces. ¿A quién le importa si le falta descripción al entorno? ¿Si el personaje es insufrible para algunos, o si dicen que es una historia aburrida? La crítica es buena, buenísima, para ser profesional, pero lo mejor que puedes hacer para tu salud mental es arrojarla por la ventana cuando lo único que quieres hacer es volver a divertirte. Si piensa en ello, puede concentrarse en hacer un manuscrito profesional después, algo solo para pasar el rato.

—¿Ese es tu plan?

—¿De qué hablas?

—Para volver a divertirte.

—No sé, ya no me perdono no hacer algo por mero gusto—se agobió ante la pregunta. Debí morderme la lengua como dijo Héctor, no le podía preguntar esa clase de cosas a nadie, ya debía tener suficiente con su entorno y propia cabeza—. Pero es buena idea. Extraño escribir porque quiero, no hacerlo más de seis horas seguidas para cumplir un plazo.

Yo quería ser un artista. Envidiaba a cada persona que comenzaba a seguirme y deseaba aspirar a ser como yo, ya sea porque sus trabajos me parecían mejores o extrañaba la bella sensación de crecimiento. La primera vez que hice un círculo perfecto, que entendí la teoría del color, que pensé haber creado algo único, de volver a tomar un lápiz y confiar en mis propias manos, fue increíble.

—Oh. No te pregunté si querías quedarte aquí… —aparté la mirada de sus ojos, preocupado por mis acciones. Yo solo quería verla, así que me inventé estar ocupado con algo cerca de ahí para poder encontrarnos—. ¿Quieres ordenar algo o visitar una tienda? Digo, no sé si querías comprar algo o si tienes prisa.

—Para nada, estoy libre —se apresuró a responder—. Solo podría ocuparme con *Wild Caves*. También estoy descansando los pies. Se me ocurrió venir con calcetines cortos, así que me lastimé horrible los tobillos.

Bajé la vista a su calzado. Volví a sus ojos al instante.

—¿Por qué te lastimas siempre que nos vemos?

—Ya sabes, nací en viernes 13. Cosa de gente desafortunada. En algún punto te acostumbras.

Me levanté para pagar mi café. Antes de retirarnos, le pregunté si podía caminar un poco, solo un poquito, un par de metros hacia la izquierda para entrar a la tienda departamental de la plaza. Le ofrecí mi brazo para que se sostuviera todo el camino hacia el área de calzado.

—Busca algunos zapatos bajos, me tortura verte —le pedí en voz alta para evitar que mi voz se perdiera entre la multitud—. Recomiendo unas pantuflas o tenis, toma algo cómodo.

—Ah, bueno, disculpa… —tomó asiento en el pequeño espacio para probarse zapatos. Lucía confundida, pero no se opuso a mi solicitud—. Déjame revisar mi banca antes.

Di algunas vueltas por el área hasta cruzar la zona de perfumes y llegar a los expositores de ropa interior. Busqué allí calcetines que llegaran a la mitad de la pantorrilla y compré los que me parecieron adecuados para Génesis. Me apresuré a regresar una vez me dieron el ticket.

—¿Qué te parecen estas pantuflas?

Gen estaba absorta en su calzado, pero se dirigió a mí al verme parado frente a ella. Me relajó sentir que no se hacía más daño.

—Están cómodas, creo que me las llevaré… Oh, ¿calcetas?

Recibió el par que le extendí. A un costado de sus rodillas, sobre el asiento, estaban unos zapatitos blanco crema de tacón bajo y acolchados que llamaron mi atención.

—¿Te gustaron esos?

—Seh, pero no los puedo costear ahora. Volveré por ellos cuando me paguen la preventa que me deben —volví a retirarle el par. Ella solo me miró atenta señalar el diseño dibujado en la tela.

—Me recordaron a ti —abrí el paquetito con calcetas y me agaché para intentar sostener su pie envuelto en los tines—. Es que tienen coralitos dibujados.

—Yo me las pongo, espera —trató de apartarse, pero la sostuve con fuerza—. Auch, me lastimas, Terrorista.

—Ya, ya. Déjate querer… —insistí hasta tenerla quieta—. Es para afianzar la relación laboral.

—Es como la traición de Judas —reí a carcajadas.

—De verdad eres chistosita.

Aunque no podía tener las rodillas en el piso por mucho tiempo, puse todo mi peso en ellas mientras la vestía. Podía ver el inicio de su ligero bronceado en las piernas y cómo su piel se tornaba pálida hacia los tobillos. No tenía las uñas pintadas.

Por su evidente nerviosismo, me apresuré a ponerle ambas calcetas.

Apoyó una mano sobre mi cabello, en el centro de mi cabeza.

—Se esponja —Gen palpó sin cuidado—. Qué lindo. No sé si te lo había dicho, pero desde que pasamos más tiempo juntos, especialmente en videojuegos, le he agarrado gusto al cabello rubio.

Agradecí tener la cabeza inclinada, así no vería el rostro enrojecido que me provocó.

—Perdóname.

—¿Mmh? ¿Ahora qué pasó o qué?

Yo suspiré. Ya le había puesto las calcetas, pero le hablé sin pensar dos veces en mis disculpas o el por qué estas tendrían sentido para ella.

—Creo que no podría darte jamás un boceto, sobre todo de algo como las flores... —continué—. Quería advertirte de antemano que quizás nunca recibas algo así de mi parte.

—Es entendible, no debes trabajar gratis —la imaginé sonriendo, aunque con el ceño fruncido.

—No es eso. Tengo miedo de seguir dibujando cosas naturalmente bellas o retratar paisajes, personas. Todo en mis manos termina siendo una pieza más para vender. Eventualmente, transformo lo bello en una moneda de cambio. Es como si lo asesinara, de alguna forma. Soy naturalmente un comerciante —dejé ir un suspiro. Génesis recogió mi mejilla hasta hacerme elevar el rostro y mirarla fijamente—. No podría entregarte algo muerto.

—¿Por qué no? —no me preguntó por qué lo consideraba muerto, dañado o atroz.

—Me asusta tu opinión. A todos les asusta escuchar rechazo de quien admiran.

—No considero que tu admiración hacia mí sea válida o justificada.

—No necesito tu consideración.

—Ni yo la tuya, entonces —apretó mis mejillas con fuerza. Casi olvidé lo que hablábamos, pues pensé que estaba intentando matarme al apretarme así—. No sé de dibujo, pero me encanta lo que haces. Creo que cumple los estándares de una buena pieza, independientemente de si solo se trata de flores o un paisaje. Sé que suena hipócrita viniendo de alguien que odia la literatura comercial, pero este caso es distinto: su fin no es vender, es una creación personal, y eso me parece valioso.

—¿La literatura comercial no tiene valor? —guardó silencio—. ¿Aún piensas así? Sinceramente.

—Bueeeno, creo que tiene otro tipo de valor... Dios, conseguiste que me retractara. Es difícil sacudir mis ideas, Arley —se mostró nerviosa—. Me aportas algo, y no sé si es bueno o malo.

—Qué linda —sonreí. El rojo de nuestros rostros combinó a la perfección.

—Solo soy directa. Estoy soltando ideas ya planteadas.

—Voy a pedir que empaquen tus zapatos, pero ¿puedes probarte los otros? —torció un poco el cuello y me miró, confundida por la idea de volver a ponérselos—. Quiero verlos, ¿sí?

Se puso en los zapatos. Le pedí que diera algunas vueltas con ellos para ver si le eran realmente cómodos mientras agarraba un par idéntico, una talla más chica, para ver el precio. Me levanté tomando las pantuflas que planeaba llevar y el teléfono de Gen, que dejó sin cuidado sobre el asiento.

—Se llevará los zapatos puestos —informé tan pronto llegué al área de cobro—. Pagaré con débito.

Bueno, qué son unas comisiones más a tomar.

—También las pantuflas.

Dejé las cosas sobre la caja. Coloqué su teléfono con la pantalla hacia abajo cuando comenzó a vibrar por notificaciones en una de sus cuentas; parece que también manejaba el Instagram de Dione Editorial. Saqué la tarjeta y esperé a que prepararan la terminal de pago. Aguardé así unos instantes.

—Ya puede ingresarla.

Pasé la tarjeta. Al poner el pin, sentí un repentino dolor en mi sien.

Achiqué los ojos para concentrarme en el pago, pero la idea se estaba abriendo paso en mi cabeza, un pensamiento intermitente e intrusivo igual que un chirrido de tiza contra la pizarra.

Me sentí mal.

Miré de reojo a Génesis, quien también me devolvió la mirada. No solo una vez, fueron dos, en que miramos hacia atrás solo para encontrar los ojos del otro. Tenía su cabello recogido en una coleta corta. Le sonreí en ese fugaz momento, deseando que no fuese real. Que hubiese una explicación, como mi terrible visión desde que comencé a dibujar. Pero bajo la inseguridad, tomé su teléfono y lo giré.

Lo revisé.

No, no había nada más que explicar. Las notificaciones de su otra cuenta estaban a la vista. Entre Dione y Génesis se hallaba el usuario que agredió contra mi salud mental.

«Y se hacc llamar artista.»

—Zain… ¿Acabas de pagarlos? —se cubrió la boca al verme parado con las bolsas y su celular en mano—. Dios, qué te pasa, estaban carísimos. Deja te devuelvo una parte ahora, aunque no tengo débito para transferirte lo demás. Déjame busco… ¿Me envías tu clabe interbancaria?

—¿Puedes desbloquearme tu teléfono?

Despegó su vista de las bolsas para centrarse en mí, aturdida. En cualquier otra situación me habría visto como un controlador celoso, posesivo. O loco, porque no teníamos ese tipo de relación. Y aunque lució severamente confundida, accedió.

—Claro —acercó su rostro para desbloquearlo—. ¿Te encuentras bien? Luces enfermo.

Su Instagram saltó a mi pantalla. La foto de perfil, ella con *Día Cero* en manos, más de veinte mil seguidores, ciento cincuenta publicaciones. Presioné la parte superior de su nombre, dejando ver las otras dos cuentas.

Dione y…

—¿Es tu cuenta falsa o algo así?

Giré el teléfono para encararla.

Gen achicó los ojos, picó con el dedo la pantalla y me miró sin sorpresa. Parecía dudosa, pensativa, callada. Al cabo de unos segundos, confirmó. Las bolsas en mis brazos se sintieron pesadas.

—Ah… —esbocé sonriente, atónito.

¿Qué le pasaba? Estaba silenciosa, como si hubiese desenterrado a un muerto que ella misma había sepultado. Con esos ojos de terror, sin comprender qué me causaba tanta gracia.

Tiré de su mano para dejarle el celular en la palma.

—No quiero volver a verte.

—Zain… —me habló, mientras rebuscaba mis lentes oscuros en la chaqueta. Tomó mi brazo e insistió—. Zain, espera. Escúchame.

—Pues habla, te escucho. Que te has estado tardando mucho, como de costumbre.

—No hablemos con esa actitud. No quiero discutir.

—Ajá. Ya, aquí me tienes.

—Zain, no te hagas el santo —balbuceó, aferrada con uñas a mí. Un bufido se me escapó ante esa oración—. Eres Lector Escarlata, ¿no es así?

Mencionó mi usuario en Goodreads. Supe qué ruta tomaría la conversación.

—Me reseñaste con una estrella varias veces. Vi las cuentas creadas el mismo día —llevó su mano hacia la frente. Yo permanecí estático pese a que me soltó—. Piensa que estamos a mano.

—¿Hablas en serio? —me agaché hasta su altura, con las manos hechas puño—. Gen, dijiste que un perro podía hacer mi trabajo. ¿Cómo puedes decir que estamos a mano cuando usaste una expresión como esa? Como si fuese nada.

—Sabes que no estábamos bien en ese tiempo, Zain —dio un paso adelante. Su nariz casi rozaba con la mía—. Pero ahora es distinto, ¿no? Tú dibujas, yo escribo, terminamos el trabajo y recibes tus regalías, ya sean mil dólares o catorce mil.

—Eso no vale mi salud mental, ni siquiera catorce mil —escupí—. Me está cabreando que actúes tan retorcidamente, sobre todo sacando esa cifra.

—¿Y qué quieres que haga? —bufó—. No eres el primero en acusarme de retorcida, si te sirve de algo.

No concebía que Génesis me preguntara aquello. No sabía si era tonta o realmente cruel. Cínica, como le llamé tantas veces. No concebía que me hubiese gustado pese a que conocía el fuego de sus palabras.

—Al menos, que te disculpes —suspiré—. Sabes el poder abismal que tienen las palabras que usaste en alguien como yo. Me jodiste la mente por días.

—Me pusiste una estrella. Una maldita estrella. Tú sabes el poder que tiene eso en mi calificación y pese a ello, no te lo mencioné. Me hice de la vista gorda... ¿Eres incapaz de controlarte e ignorarlo también?

Oh, en ese instante, entendí lo que decía su exnovio: a la escritora Asceta no le interesaba saber cómo se sentían los demás.

—¿Que me controle, dices? —bajé ambas manos, casi arrastrando las bolsas con sus dos cajas de zapatos contra el suelo—. Ese es tu problema, Génesis. Estás tan ensimismada en tu trabajo que dejas pasar cualquier cosa que te afecte. ¿Siquiera le preguntaste a Abraham por qué te robó la novela? ¿Por qué actuó así? No, ¿cierto? Porque te importa un carajo la gente, si ya no te estorba.

Los vellos en sus brazos se erizaron.

—¿Y a ti qué mierda te importa lo que pasó entre él y yo? No eres nadie en mi vida para opinar al respecto. Y sí, soy artista. Si tengo que sacar a alguien de mi vida para poder seguir creando, LO HARÉ. No les pediré opiniones, me tragaré cualquier insulto y haré lo único que sé hacer —clavó su dedo en mi pecho—: ignorarlos.

—Eso odio de ustedes. Si pueden pasar por encima de alguien en favor de su arte, lo harán —aseguré, elevando ambos brazos mientras sostenía con más fuerza los artículos para no soltarlos. Sentí las ganas de correr de ahí, me asfixiaba estar en el mismo espacio que ella—. Prefiero morir antes que ser un artista... Y qué asco que alguna vez haya pensado lo contrario.

Retrocedí con los pies pegados al piso, dificultando mis pasos hacia la salida. Quería, debía, huir.

—¡Se nota! —gritó.

Pero me detuve en seco. Giré sobre mi hombro, sintiendo mi piel helada y el cosquilleo incómodo en mi nuca. Gen parecía estar al borde del llanto por el rojo en sus ojeras, pero no había rastro de lágrimas en sus mejillas.

—Se nota en cada trazo que das, en cada color que eliges, incluso en tu pantalla de mierda, que no eres un artista.

Realmente se aseguró de derrumbar por completo lo que sea que estábamos construyendo. Le fue de lo más sencillo.

—Puedes pudrirte, tú y tu arte —escupí, arrojando las bolsas a sus pies.

CAPÍTULO 16

La hija del tiempo

Recuerdo el ardor en mi lengua, la pintura de una ola colgada en el comedor, azul, profunda, de un autor desconocido, la música del reproductor ambientando el comedor, la cena picante en casa de mis tíos.

Allí se me ocurrió reescribir la obra inspirada en Shakespeare.

—¿Estás bien? ¿Necesitas algo?

—Necesito escribir.

Sentí mi sonrisa articularse.

—Gen, no aquí… Es el cumpleaños de tu abuelo.

Mi entonces pareja me estaba sosteniendo la mano minutos antes, tratando de consolarme. Habían rechazado una obra que escribí hace años, sin mucha experiencia. Me puse a llorar en el baño ante el rechazo; yo sabía que no la iban a aceptar, pero ya no me importaba pues fundamos Dione para darle voz a mis nuevos trabajos.

Pero me ahogaba ante el temor de que *Día Cero* tampoco fuese buena. Y si escribía más libros, ¿alguno lo sería?

—Se me ocurrió algo increíble. No creo que rechacen esto y puedo hacerlo mejor. Me dijeron que necesito pulir más la obra, que solo tiene un esqueleto de lo que puede ser... Debo esforzarme más y no cometer esos errores. También debería leer más del género.

—Siempre estás en las nubes —Abraham sostuvo aquello con una sonrisa, casi de perdedor—. Dame más de tu tiempo, ¿sí? Deja de lado un rato tus novelas.

Siempre fui egoísta con mis metas, en eso no se equivocaba Zain. Y quizá debido a ello, Abraham me desgarró como página dañada. Yo no valía tanto como mi arte. Eso me hizo pensar que era igual para los demás.

Peor aún, por un simple hobby desplacé a quienes amaba.

Vi apilarse los mensajes silenciados del grupo de la editorial. Eran mi chat fijado, el único. Vi también los mensajes privados de Viena diciéndome que estaba bien tomarme un tiempo si me sentía agobiada por el trabajo, que ella se encargaría del asunto con Elías, de pagarle a Mara con lo que nos había transferido nuestra editorial amiga (que fue solo la mitad de lo que nos debían) y de tratar de cubrir aspectos de mi trabajo.

Yo solo le dije que necesitaba un descanso o no volvería a la escritura, porque en ese momento, ni siquiera leer tres líneas o escribir dos palabras me estaba resultando sencillo. Simplemente no podía.

El control a mi lado, sobre las sábanas que cubrían mis pies del frío, había comenzado a parpadear. Moví una de las palancas y acomodé el cable con fallo para que le llegara energía. Removí mi cabello del rostro, grasoso, con un almohadazo; tenía ya más de dos meses que no permanecía en casa sin bañarme ni ahogada en mis propias lágrimas, sin recaer.

Ese día solo me faltaban lágrimas, sin bañarme, rompiendo así mi racha.

Quise dejar de lado el teléfono, pero permanecí en Instagram, tratando de leer la descripción de un *post* de una de las autoras más vendidas del país, probablemente quien ha vendido más novelas románticas esos últimos años. Al inicio, como cualquier otro internauta, pensé que estaba agradeciendo a los lectores por el recibimiento que tuvo durante su gira de presentaciones en otros países, pero cuando las primeras líneas concluyeron, arrojó la bomba. Se retiraba indefinidamente porque, una vez la fama le llegó, el precio a pagar fue su salud mental y el amor que le tenía a la escritura, la cual ahora se había convertido en su peor pesadilla. Ya no tenía ningún valor para ella y para los demás solo se traducía en lecturas y ventas, cosa que odiaba.

Cualquiera, si pudiera dejarle un comentario sincero, le preguntaría por qué renunció al sueño de muchos. «Si yo fuese ella, sería la persona más feliz del mundo. Si yo tuviese la oportunidad, sería una gran escritora.» Yo pensaba así hace más de cinco años. ¿Qué nos asegura que no terminaremos igual? ¿Que eso no le puede pasar a quien sea?

—Qué pena… —suspiré ante la pérdida. Traté de sostener el control, pero los temblores me habían vuelto. Tiré de mi suéter para cubrir las ronchas por estrés que se estaban formando en mi antebrazo.

Solo falta la última ilustración para que envíen mi libro a imprenta…

Desde nuestra última expedición subterránea, en la que habíamos asesinado a Letrades y nos arrastramos hasta llegar al Mar Oculto, habíamos pausado la batalla final contra el jefe de la zona para cuando nos encontráramos más disponibles.

Eso no pasó.

Hachi, mi acompañante, me preguntó por qué no recogía los sellos de Ramned que encontramos en nuestra última sesión. Aquellos se usaban para marcar rutas seguras de transportación, indicaban el área donde habían sido colocados y era una prueba de comercio real aprobado por el rey. Si mi teoría era correcta, fueron colocados allí sin un permiso real.

—Gracias por la idea…

Me agaché a arrancar las estacas con el símbolo grabado. Para salir, tomé la ruta que desbloqueamos antes, volviendo a la rama principal de la historia.

En la superficie, junto al Mar Oculto, la nieve caía sobre la arena y la cueva a mi espalda se bloqueaba por picos de hielo en las rocas negras.

Me aferré a la tela oscura que cubría mi cabeza y tiré de mi mascarilla como respuesta contra el gélido viento. Apenas podía caminar, no tenía protección contra el frío, así que cada paso se tornó doloroso. Y el sol gris, apenas sobre el agua, moría sin siquiera cubrir las olas con su calor, mucho menos mi rostro.

—No te quedes atrás —le ordené al joven que iba a metros de distancia. Llevaba casi a rastras su equipaje.

—Voy, deme un segundo…

Di un pisotón sobre trozos de hielo formados por el agua que se encontraban con la tierra. Cubrí mi rostro con una mano, pero la aparté de inmediato al ver los destellos azules que brotaron de las plantas enterradas en la zona. Estos se elevaron al cielo como cientos de luciérnagas desviándose hacia los montes.

Habría sido hermoso verlo en compañía. Pero estaba solo, como de costumbre.

El viaje al este, donde el sol se ponía antes que en el resto de los valles, fue largo. Allí se hallaba el castillo del rey actual, Naverlo. Ubicado en la provincia de Heringon, Gracia al Sol estaba rodeado de lagos y se coronaba con aquel nombre por ser el único terreno donde el dorado del sol descansaba.

Detuve a Hachi en la entrada mientras solicitaba una audiencia con el rey. Mis manos estaban alzadas al cielo frente al imponente rastrillo de cobre que ya dejaba entrever el verde azulado de la oxidación y sobre la barbacana flechas se asomaban con intención de formar huecos en mi piel si se me consideraba un invasor.

Fue cuando expuse en el aire los sellos de Ramned que el rastrillo se elevó. Acababa de desbloquear aquella ruta.

—Aférrate a mi espalda, porque intentarán separarnos —sostuve las manos de Hachi y lo arrastré tras de mí.

Los chismes se propagan rápido, el doble de rápido si se trata de una traición. Después de todo, la verdad es la hija del tiempo.

—¿Oíste del sujeto que llegó a las puertas del castillo esta mañana? Dice que el diplomático de Naverlo lo ha traicionado, a su propio rey…

—¿Ramned? No se podía esperar mucho de alguien que solo conoce de traiciones. Era diplomático cuando Zeron gobernaba, le había jurado lealtad a la casa de Rumier —murmuró un hombre viejo con una pipa, sentado entre los tambos de la entrada—. Pero Ramned siempre apoya a los vencedores.

—¿Se aliaría con el señor del norte? Eso significa que estamos en el bando perdedor. No tardaremos en perecer con esta guerra.

Un frondoso árbol, que por momentos lucía dorado, se levantaba en el centro de los jardines rodeados por muros de construcción llenos de pequeñas ventanas. La intensa luz del sol se colaba entre las hojas, la piedra misma y los orificios de los barandales a lo largo del pasillo. Caminé con la vista hacia el exterior, anonadada.

En todo mi tiempo de explorador, nunca había visto un escenario tan lleno de vida humana. No era algo común en *Wild Caves*, por no decir improbable.

—Pasará la noche aquí. La audiencia será al amanecer —me guiaron dentro de una habitación dos veces el tamaño de mi apartamento. Alcé la vista hacia el arco que daba a la ciudad y el atardecer entre esta—. Su acompañante puede permanecer al final del pabellón.

—¿No te da la opción de permanecer conmigo, Zero? —giré, pero mis manos se detuvieron al ver a Hachi sonriente detrás del soldado.

Estaba escribiéndole a nadie. Igual que siempre.

Me senté en el umbral hacia el balcón. Este no tenía barandales que cubrieran la vista, nada se interponía a lo lejos más allá de mis propias prendas oscuras pegadas al rostro. Me descubrí poco a poco, posé un brazo sobre mi rodilla y observé el grillete oxidado en mi pantorrilla, solo detenido por mis botas.

Las estrellas bajaban temprano en *Wild Caves*. En el instante exacto en que el sol se asfixiaba y la oscuridad aún no se tragaba el cielo veías el polvo cósmico robarse el escenario, ese azul vibrante, por momentos turquesa, sobre la ciudad de piedra blanca, la iluminación amarilla, por instantes anaranjada debido al fuego.

Puntos rojos en los barcos sobre los lagos.

Se sintió irreal. ¿Había visto aquello antes? *No vi nada así camino acá.*

Desvié la vista hacia el texto que anunciaba la conexión de Zero.

Él tenía razón en casi todo. Yo estaba un paso adelante, ocultándole cosas, no porque quisiera burlarme, solo no le dábamos la misma importancia. Estábamos ahí por el dinero, ¿no?

Los juegos no tenían nada que ver con nuestro trabajo, por ello no le quise revelar mi identidad como Tarner, no fuese a entorpecer aún más nuestra relación laboral. Pensé que estábamos a mano desde nuestras cuentas falsas porque yo ya lo sabía. Lo había perdonado, pensando que él también a mí. E incluso ahora, cuando le oí decir que su antiguo usuario era ArleyEspresso, no le agradecí animarme cuando comencé a jugar *Wild Caves* porque no consideré que fuese importante para él.

Yo era esa clase de persona poco emocional. Debía acostumbrarme a estar sola, no podía forzar a los demás a quererme, porque así me enseñaron.

«Vive sin causarme problemas.»

—Repito lo mismo que mi madre —farfullé, desplegando el usuario de mi colega.

No tardé en invadirlo.

La pantalla se me oscureció antes de levantarme de entre el fango y el campo luminoso que destacaba la noche. El cielo, de un azul que lucía morado en contraste. Las tumbas apiladas y ese intenso color sangre que teñía las flores me rodaban.

Me levanté a espaldas de Zero. El explorador, mi compañero, pateaba con frenesí las piedras al costado de una tumba. La oscuridad reinaba, así que el reflejo luminoso de las flores se observaba en su armadura de oro. Desconocía el porqué de esa violencia empleada, pero imaginé que tenía un propósito.

—Perdón por lo del otro día.

Su estoque se deslizó debajo de mi cuello, rozando mi piel hasta hacerme daño. Permaneció con esa postura, sin girar a verme, sin torcer la mano, con los pies sobre los muertos enterrados. Yo elevé la barbilla por inercia, pero me prohibí retroceder.

—Estás en todo tu derecho de estar molesto. Pero también mantengo parte de mi perspectiva: no nos agradábamos, era lógico que nos dijéramos cosas hirientes. De cualquier forma, lamento las cosas que te dije y...

Vi mi vida reducirse por el efecto de pérdida de sangre en su arma. Me había desangrado a la mitad. Arrugué el entrecejo y apreté los dientes antes de sacar un frasco rehabilitador y beberlo. Mi cuello tomó distancia de su arma.

El resplandor dorado del frasco, junto a las pequeñas partículas mágicas, salieron desprendidas de mi cuerpo.

—¿Con quién te disculpas? —bajó el estoque sin volver a enfundarlo.

Llevé una mano a mi cuello. Aunque no había dolor, en mi mente estaba la imagen de aquel baño y ese corte al cuello de mi hermano. Pese al recuerdo intrusivo, me enfoqué en su capa roja y el cabello rubio sacudido por el viento.

—¿No te parece que ya estuvimos aquí?

—No, no había estado aquí antes —musité, pero me arrepentí al instante. Zero no hablaba de forma literal. Y pese a todas las veces que estuvimos en el mismo lugar, como enemigos, no me arrepentía de ninguno de esos encuentros, situaciones y silencios. Quería estar allí o en cualquier otra parte, pero con él.

Me divertía mucho con él. Y eso hacía tiempo no pasaba; mucho menos lo había sentido con alguien.

—Lo imaginé. Nunca aprendes, pese a la experiencia.

—Ya, entiendo lo que dices —suspiré agobiada—. No es la primera vez que se me acusa de cruel o retorcida, pro-

bablemente tampoco la última. Y no me molesta que se me perciba así, aparentemente todos pueden ver a través de mí, pero eso no me daba derecho a opinar sobre tu arte con tanta crueldad. Estaba molesta, no fui realmente crítica...

—¿No fuiste crítica?

—No, no lo fui. Y de verdad lo siento.

—Lárgate de mi mundo —ordenó.

Di un paso, pero volvió a elevar su arma. Bajé la vista a mis pies. Las flores también eran venenosas, diabólicamente contagiosas. Alcé los ojos a su perfil, el casco dorado cubría cada trazo de piel detrás; ya no recordaba bien sus facciones, rara vez le prestaba atención.

A Zain Arley. Su sonrisa, su lunar en el pómulo, sus cejas oscuras.

No pude pelear por más tiempo a su lado, estaba en todo el derecho de odiarme. Después de todo, solo lo había decepcionado.

Ah... era realmente él, pensé. Su cabello rubio, la forma tonta en que a veces reía y esos ojos llenos de vida con los que me observaba. Él siempre veía más en mí, más que una construcción derrumbada o un incendio que mantenía vivo por temor a quedarme a oscuras; yo tenía un futuro.

Voy a arrepentirme de esto.

—Gracias. Te dejaré ya, disculpa por el mal rato.

Tomé con una mano los dos dedos de traslado temporal. Pensé en autosabotearme con un hechizo para ser expulsada, pero antes de que lo hiciera, mis manos se negaron a actuar.

No, no puedo solo dejarlo así.

—Zain, nos queda una ilustración. No quiero que dejemos nuestra relación personal solo porque terminemos nuestro traba...

Asestó el estoque contra mis entrañas, presionando hasta el fondo mientras me arrastraba hacia atrás. El corazón se me detuvo y estiré las manos para intentar sacar el arma, pero sin poder tocarla desapareció junto al escenario rojo. Reaparecí sobre el piso de la habitación que me brindaron en el castillo, expulsado de la invasión, con un hueco oscuro en mi cuerpo que apenas se desvanecía.

Zero me había asesinado, como en el pasado. No, peor: a mi persona fuera de su vida. Y si eso no me lo dejó claro en un videojuego, se encargó de hacérmelo saber cuando envió la última ilustración a través de Marta.

Era la versión en blanco y negro de lo que era la escena final: ella corriendo a los brazos de él; de fondo, el mar. Los valores eran maravillosos, la iluminación, los pequeños destellos. Aunque Marta mencionó que la versión a color no era algo que se fuese a ver, parece que Zain le había enviado un archivo comprimido a color en caso de que quisiera descargarlo. Lo abrí como si se tratara del último pedazo que tendría de él.

El mar, del color espeso de la sangre. La piel, roja, el cielo casi tirando a naranja. Permanecí en la oscuridad de mi habitación, con el rostro lleno del reflejo de la pantalla. En algún punto las lágrimas me brotaron.

No me equivoqué al compararnos con el agua y el aceite. El tiempo se encargaría de separarnos y, aunque volviéramos a forzar lo nuestro, nunca habría una unión verdadera… tan solo una desfavorable emulsión.

CAPÍTULO 17

Descalificado de ser humano

—Viena quiere saber si sigue en pie tu firma de libros —bostezó Lea a través del teléfono sobre mi cama—. Se pagará un *catering* con lo que nos liquide Maroon Ediciones. ¿Está bien?

—Sí, no tengo problema.

—¿*Quieres*? ¿O solo no tienes problema, Gen?

Arrojé mi mano contra el celular. Lo levanté hasta ver la fecha y hora, faltaban menos de dos semanas para la firma de *Día Cero*. Por otro lado, *Nunca digas que no* seguro ya se había enviado a imprenta, pero no había compartido nada respecto a su publicación más allá de tener un proyecto en puerta, pese a que debía empezar la publicidad y difusión.

—Qué importa lo que yo quiero.

—Mira, si estás así por lo que pasó entre tu ilustrador y tú, déjame decirte que estoy de tu lado.

Cerré los ojos, consciente de lo que diría.

—Ambos se atacaron. Normal, tenían problemas. Y solo porque dijiste cosas más duras no quita el hecho de que él también se metió directamente con tu trabajo. Una maldita estrella nos jode en ventas y a mí particularmente me enoja porque se traduce en menos plata para la editorial. Yo odio perder plata.

—Esto no es sobre dinero…

—No, Gen, te equivocas. Y muchísimo. Ambos están haciendo esto por dinero. Tú escribes lo que no te gusta por plata y él lo dibuja por la misma razón. Que con el tiempo se hayan amistado no quita sus intenciones principales. Y fuiste sincera con él, le dejaste claro que su relación es laboral. Él se tomó atribuciones que no le corresponden y metió a tu ex en la discusión solo para sentirse mejor.

—Le dije que un perro dibuja mejor que él.

—Él seguro pensó que convivir con un perro es mejor que hablar contigo. Yo a veces lo pienso. Hasta un perro es más animado.

—Oye —quise detenerla—. Ya, es mejor cualquier cosa antes que hablar conmigo. ¿Debo seguir escuchando esta mierda?

—Sí, déjame terminar porque soy una de tus mejores amigas y sabes que no me quedo callada. Ambos están siendo insufribles y se dijeron cosas horribles, así como yo te las estoy diciendo ahora a ti. Eso no quita el hecho de que te quiero muchísimo y que estoy de tu lado.

—Pues yo no estoy de mi lado, Lea.

Me levanté de la cama y por instinto comencé a organizar los papeles en mi escritorio, sin tomar asiento. Escuché la voz de mi amiga tararear una canción para distraerse y después un silencio, como si no supiera qué más decir.

Me detuve frente a mi pared, frente al área que había destinado a *Nunca digas que no*. Miré los hilos negros que conectaban escenas, el rojo con el que uní sus ilustraciones a mis letras. Los retazos de fotografías para inspirarme. El blanco de la pared enterrado…

Di un paso hacia atrás.

—Me dijo que le fascinaba mi estudio.

—¿Tu cuevita?

Asentí, aunque no me vio.

—Sí, mi cuevita…

Di otro paso hasta tener todo el panorama de la pared. Si me alejaba usualmente veía el progreso, todo lo que me había llevado hasta ahí, y fue progreso lo que noté en su arte: desde los primeros bocetos que tenía en sus redes hasta los últimos.

Zain mejoraba e iba a mejorar pese a que él no pudiera verlo. En poco tiempo había crecido mucho a base de un esfuerzo sobrehumano. Quizás no era el arte que quería hacer, pero como ilustrador era impresionante. Por algo las personas confiaban en él y se morían por tener su trabajo en sus libros.

—Él podrá superar las cosas que le dije —sonreí frente a esa última ilustración roja que imprimí y pegué en el centro—. Yo no tengo más allá de esto.

—¿A qué te refieres?

—Creo que seguiré aquí toda mi vida, Lea. Estancada. Escribiendo sobre las cosas que quiero vivir, que me alegran o me entristecen. Pero sé por qué no puedo descansar, ni escribir, ni hablar: no tengo alma para vivir o salir de la cueva donde estoy.

—No repitas lo que dice tu madre, Gen. Sabes que se equivoca. No seríamos amigas si no tuvieras alma.

El día que encontré a mi hermano, el silencio que guardé hasta que supe que se hallaba bien perturbó a mi madre. Lea sabía, porque se lo confié con los años, que crecí limitando mis emociones para no causar problemas a mi familia y que para nuestros conocidos siempre fuimos Bel, «el homosexual con problemas mentales», y yo, «su hermana, la que escribe».

Pasé tanto tiempo sola en casa, como invisible, como la última persona a quien recurrir si había una emergencia, porque nadie creía que fuese a interesarme. Después de todo, nunca parecí estar inclinada a vivir, a sentir, a ser rebelde. Y eso le parecía perfecto a mi mamá. Me lo agradecía. Lloraba diciéndome lo mucho que me agradecía el no vivir como mi hermano.

El no vivir.

—Así me crio ella —esbocé una sonrisa, retrocediendo hasta dar en la puerta con la espalda—. Ya no me avergüenza, Lea. Si no me hubiese educado así, no podría dejar ir a Zain. No estaría acostumbrada a la pérdida.

En su silencio, me deslicé sobre la madera hasta sentarme en el piso. Nunca tuve explicación para las cosas que me callé porque no creí que hubiese un problema en ello, asumí que me entendería como si lo hubiese leído en cualquier escrito que dejé en internet.

Pero él no tenía ni idea de la ausencia de mi alma en todas las cosas.

No es que le faltara corazón a mi trabajo. Me faltaba a mí.

—Así no funcionan las personas, cariño. Nunca se acostumbra a vivir así.

—Siempre he sido diferente, en el sentido negativo de la palabra. Y creo que todos lo saben, pueden notarlo en mis libros —bajé la cabeza, escondiendo la sonrisa entre mis rodillas—. Soy escritora. Si me parezco a alguien, seguro es un autor muerto al que admiro. Todo lo que he querido ser, lograr o imitar, han sido ellos.

»No sé si el autor muere cuando nadie lo comprende o cuando todos ya han visto a través de él. No sé si las personas se han detenido a pensar en lo que lleva a un escritor a decir las cosas que dice o en el poder que tienen sobre él cuando se ha expuesto de esa forma. Yo me he expuesto desde hace tiempo y me he blindado para resistir lo que dicen de mí, incluso si es odiando lo que hago antes de que lo haga alguien más, incluso si tengo que atacar antes, si tengo que despedazar a alguien con mi crítica o alejar a quienes eventualmente serán mi competencia, que me traicionarán apenas cometa un error y se llevarán toda mi obra.

—Abraham nunca valió la pena.

—Pero Zain sí. Y preferí ser cruel antes que decirle la verdad de cómo me sentía, lo agradecida que estaba con él por ver más humanidad en mí que en mi trabajo y no ver a la persona asustada en que me convertí, incapaz de ver sangre o superar el pasado. Porque no te conté, ¿o sí? Creo que a nadie… No le conté a nadie… Estuve a nada, a nada, Lea, de no marcarle a una ambulancia. Fui por mi suéter, por mi teléfono, me tardé, me tomé mi tiempo. Pensé que las cosas serían mejor si Bel descansaba como tanto quería, si lo dejaba tomar sus decisiones solo. Pensé… pensé que si lo dejaba ir podría abandonar ese lugar donde todos me encerraron, que me convirtió en una cruel y retorcida artista, como todos los demás. Que Abraham sería feliz. ¿Y qué creí? ¿Que le agradaría a Zain si le ocultaba aquello? ¿Si no lo confesaba?

El aire me hizo falta. Bajé la cabeza mientras sostenía mis manos temblorosas.

—Soy una gran escritora, lo que él tanto admiraba, porque no pierdo el tiempo con esta mierda. Porque no pienso en si alguien me agrada, en si quiero ser amable o en si les gusta o no lo que opino. No, ni siquiera permito que me ganen mis pensamientos. Por eso eres mi amiga, ¿no? Porque también priorizo el dinero, porque me sobrexcedo en el trabajo, porque si mi hermano me estorbaba, lo habría dejado morir. No necesitaba nada más. No necesitaba sentir más que desprecio. Estaba perfectamente bien sin él, sin nadie como Zain. Sin su simpatía, yo no me sentiría tan mal.

—Sis…

Aparté el teléfono de mi oreja. Había estado llorando, pero no fui consciente de ello hasta que dejé de hablar.

—No sabía que te sentías así —escuché la voz de Bel, al otro lado de la puerta—. Te traje algo de comer, me dijo Viena que no estabas saliendo de casa. Pensé quedarme aquí hasta tu firma de libros, pero creo que me quedaré en casa de una amiga.

Me cubrí la boca. No sabía cuánto había escuchado, pero no había pasado nada de tiempo desde que comencé a hablar sobre su accidente.

—Siempre me sentí repudiado por nuestra familia, hasta por tu ex, como si no fuese digno de ser humano. Me consolaba que tú no pensaras así y que siempre quisieras ayudar a pagar mi recuperación, pero creo que te he arruinado bastante la vida.

—Bel —no me respondió. Colgué la llamada antes de insistir—: ¿Bel? ¿Bel?

Oí sus pasos alejarse. Me levanté con prisas y abrí la puerta, pero él estaba dejando las cosas en la cocina. Traté de correr hasta él, pero me golpeé con la mesa frente al televisor.

—Ten cuidado.

—Bel, no arruinaste nada. Absolutamente nada. Yo siempre he estado así.

—No, Gen, no estabas así —estrelló la bolsa vacía contra la cocineta. Su semblante era duro—. Incluso si mis papás te pedían no causarles molestias, tú te divertías estudiando y escribiendo. Nunca fuiste para mí solo la hermana diligente;

eras tú quien amaba escribir. Fue a raíz de mis múltiples, patéticos y fallidos intentos de morir que te destruí la cabeza.

Se llevó ambas manos a las sienes, aferrado al cabello cenizo que recién había cortado. Al elevar las manos, sus mangas dejaron ver aún más cicatrices. Por primera vez las miré sin sentir náuseas.

—Y me recuperé. Todos me dijeron que me centrara en mejorar. Abandoné ese estado sin mirar atrás. ¡¿Por qué no has podido hacer lo mismo?! POR MÍ, por mi culpa... Ni siquiera eres capaz de decir que quieres a alguien o que te duele perderlo porque lo único que te enseñé fue a tener miedo.

—Bel, lo estás malinterpretando. Yo no tengo miedo de nada.

—Estás temblando, Gen.

Dio varios pasos hacia mí, tirando de su camisa para exhibir la gran cicatriz. Quise retroceder, pero la mesita me lo impidió. Bajé ambos brazos, pero tiró de mi mano para posarla sobre su herida.

—¿A qué le tienes tanto miedo?

—Suéltame —rogué, y desvié la vista hacia la pequeña ventana que daba al pasillo—. No me hagas esto, por favor.

—Gen, ¿qué te tiene tan asustada?

Yo debía estar acostumbrada a eso. Yo debía ser fuerte, por si pasaba otra vez. Yo podía con ello, era mi trabajo, era experiencia.

—Perderte —escupí, con los brazos llenos de temblores, envenenada de ansiedad—. No puedo pasar por eso otra vez. No estoy lista, Bel, jamás estoy lista para dejarte ir, da igual si es lo que quieres. No puedo perderte.

—No es que no tengas alma, Génesis. Solo estás asustada de tenerla porque conoces el dolor de sentir —aclaró, bajando mi mano hasta la altura de su pecho—. Perdón por haberte formado así. Pero yo ya salí de ahí y no quiero volver. Espero que tú también puedas hacerlo, porque si algo he aprendido es que siempre has sido más fuerte que yo. Eres la única persona a la que he visto escribir con la mano rota o sentarse por horas teniendo discopatía, Dios santo.

—Bel, eso no es un halago…

—No viajé dos horas para halagarte.

El desahogo era bueno, incluso surreal. Me había dormido ahogada en mi propia saliva un centenar de veces por la incapacidad de decirle a alguien cómo me sentía o las cosas que pasé, pero, como un remedio mágico, llorar por horas me dejó drenada. En algún punto, me hallé comiendo sin emoción ni sabor en la boca, pero vacíamente tranquila.

Después de aquel arrebato, Bel pasó los días conmigo en el sofá viendo *The Vampire Diaries*, *Teen Wolf* y *Hannibal.* Yo propuse esa última. Era solo con mi hermano que no nos preocupábamos por ver ganadores del Oscar, los Emmy o cualquier otro premio, solo disfrutar nuestros gustos culposos. Y se atrevió a ver unos capítulos de *Saiki K*, pese a que no le gustaban las cosas animadas, pero, vamos, unos panes con queso y ajo convencen a cualquiera.

Estábamos ahí, como hermanos después de una discusión. Y volvimos a pelear, aunque esta vez por el último panecillo. Fue sencillo.

—¿Te arreglaste con Lea?

Bel me miró desde el umbral de la puerta. Permanecí sentada en la cama, tratando de verme en el pequeño espejo para aplicarme delineador con la luz natural que entraba por la ventana.

—Qué le voy a andar diciendo a esa, es una insensible.

—Sigo en la llamada —habló ella.

—Lo sé.

Bel se rio de ambas. Me dio la espalda para volver a la sala, donde estaba expuesto cada envoltorio de chatarra y el plato con moronas de pan con huevo que desayunamos.

—Yo llego la siguiente semana. Ya renté mi Airbnb —continuó mi amiga—. Voy a llegar unos días antes de la firma para forzarte a inscribirte en el gym. Me voy a colar como invitada para que hagamos ejercicio juntas.

—Desde que vas al gimnasio quieres que haga lo mismo…

—Hermana, es que ya estás casi en tus veinticinco. Mi mami me dijo que nuestros cuerpos comienzan a decaer a esa edad, es bien difícil controlar nuestra salud si no empezamos a cuidarnos en esa etapa —dijo aquello con tanta seguridad que me entró ansiedad—. Te has descuidado mucho, por eso ya andas malita. Imagínate, a mi prima ya le dio diabetes y apenas tiene veintinueve.

—No quiero llegar a los treinta.

—Pues ni modo, mami, así es la vida. Mira el lado positivo, las escritoras más exitosas están en sus treintas. ¿No has visto a la hermosa de Ali Hazelwood?

—Me animaste de repente.

—Fantástico. Ahora ve a hacer tus pendientes, que tengo que marcarle a Viena para organizar los *posts* de la siguiente semana… ¿Tú crees que Mara no nos ha confirmado a qué cuenta pagarle?

—Lea.

—Ya, perdón, ahora sí me voy. Recupérate para que pueda viborear sobre la editorial.

Dejé el calentador encendido antes de abandonar mi casa, porque sabía que Bel no tomaría cobijas más gruesas pese al frío. Era la tercera vez en la semana que salía a esa hora. Era mi último intento por terminar de recorrer el Museo de Arte Moderno y sus alrededores y visitar el Museo Nacional.

Había ido a un sinfín de bibliotecas, cafeterías fusionadas con tiendas de libros y museos de historia, pero mis encuentros con los museos de arte se limitaban a estar de paso y con poco tiempo. Dediqué una hora al día para visitar el castillo de la zona, comprar unas cosas y pasar a las exhibiciones, solo para encontrarme con aquellas pinturas de Remedios Varo y Velasco. Creí que no me alcanzaría el día para viajar al segundo lugar, pero cuando llegué, descubrí que era noche de museos, por lo que había bastantes visitantes.

El recinto era enorme. Paredes blancas y de un café latte con ornamentaciones de cobre que imitaban marcos en el techo, exponiendo pinturas de ángeles celebrando a los cielos y tallados de los mismos. Había un programa de conciertos del que, sin haber entrado, podía escuchar el piano de Chopin y Johannes Brahms en cada paso que di por sus escaleras de caracol.

Era como estar en aquel castillo de *Wild Caves*, irreal, majestuoso, imponente, por los grabados debajo de los escalones, las flores en las columnas, las luces nocturnas, las estatuas de mármol. Escuchar al resto de visitantes asombrarse como si en cualquier momento fuesen a sufrir el síndrome de Stendhal… quizás fue el día correcto para asistir.

—Gracias por aceptar salir conmigo.

—¿De qué hablas? Yo te insistí que me trajeras —oí risillas de un par de jóvenes, que rozaron brazos conmigo.

Había algunas banquitas frente a los valles de Velasco. Cielo azul, montañas, lagos y trenes. Era un paisaje, pero no como cualquier otro; ya no encontrarías ese valle en el mismo estado. Ahora estaba inmortalizado un pedazo de tiempo, en los pequeños cuadros y los grandes.

Me quité la bolsa que ya me había causado rojez en mi hombro. Pasé una mano por mi cabello para que no me estorbara y suspiré al sentarme, con el torso en dirección al valle de Eugenio Landesio.

Era hermoso.

—Hay que venir a la siguiente noche de museos… —escuché voces detrás de mí.

Me removí hacia la izquierda para ceder espacio a quien quisiera sentarse. Un tipo aprovechó el lugar pero sin siquiera mirar las piezas, solo usando su celular. Podía sentir la luz de su pantalla a mi costado, distrayéndome por completo de la obra.

Apagó el teléfono al cabo de un minuto y tiró de su abrigo para meterlo en su bolsillo.

Allí me di cuenta de que Zain Arley estaba sentado a mi lado, observando la misma pintura de cielo rosa.

No sé si tengo mala suerte o si soy muy afortunada.

Estuve buscándolo esos días. Si se hallaba intranquilo, visitaría las pinturas y los museos de los que me habló. Lo encontraría si Dios o cualquier otro ser así lo deseaba. Había rogado por esa posibilidad, así que me armé de valor para hablarle.

—Ah, Zain. Hol…

Se levantó antes de que pudiera terminar.

Tenía las manos en los bolsillos de su abrigo. Se inclinó sobre la obra para apreciar mejor los detalles y, antes de que pudiera ponerle una mano encima, me miró de soslayo.

—No hagas eso —pidió—. Solo he venido a distraerme y disfrutar el evento. No tengo intención de interactuar contigo.

—Yo solo he venido para encontrarme contigo. No tengo más propósitos para estar aquí.

Fui sincera, como si le escribiese; no hubo mentira en mi pluma. Pero Zain, que llevaba sus lentes de sol en el cuello de la camisa, el cabello ligeramente húmedo, como si hubiese tomado una ducha hace poco tiempo, y ese lunar que tanto me gustaba asomándosele en el rostro, tenía una expresión a la que no estaba acostumbrada. Lucía agotado, me pareció que las venas que le rodeaban las pupilas destacaban más de lo usual.

¿Se había golpeado el ojo? ¿Chocó con un estante? ¿Peleó con alguien? ¿No ha dormido bien por su trabajo?

Tenía tantas preguntas.

—Intenté marcarte, pero jamás respondiste —murmuré, sosteniendo mis propias manos para evitar tocarlo. Porque, Dios, ahí estaba yo, a solo un paso de arrojarme sobre su rostro para preguntarle todo lo que quería saber, para sentirme parte de su vida—. El tiempo se ha sentido como nada, siento que estoy en la misma semana desde entonces... Me gustó la última ilustración, por cierto. A veces olvido que ya se envió el manuscrito a imprenta.

—Sí, me alegra que ya se haya terminado —retrocedió cruzado de brazos—. También pensé en marcarte, porque te había enviado el correo con la ilustración final, pero no respondiste. Opté por enviarla a través de Marta.

—¿Me la habías enviado antes? —traté de sacar mi celular, pero me detuve al ver su exprcsión. Estaba moviendo sus zapatos de arriba abajo como ansioso por irse; igual que la primera vez que nos conocimos.

—No importa, si ya la viste... Estaré pendiente de los *posts* colaborativos que hagas. ¿Y podrías hacer presión con Marta para mi liquidación? Le he enviado ya mi factura.

—Claro, le recuerdo... Creo que igual está programado para fin de mes, o al menos así programaron parte de mi anticipo.

—Ya. Si me disculpas...

Vi sus manos alejarse mientras ajustaba sus mangas.

Solo había sostenido su mano, conscientemente, el día que me corté con cristal. En su vehículo, con la música que le gustaba, el calefactor empañando las ventanas.

Realmente tenía que dejarlo ir. Si ya me había disculpado, si ya habíamos charlado como colegas, si ya lo había intentado todo y él aun así no tenía más interés en acercarse a mí, era hora.

Volveré a casa para emborracharme. Mi primera vez alcoholizada será por motivos válidos.

—Adiós —elevé mi mano, él me miró sobre su hombro—. Espero que disfrutes del evento. Yo no he podido escribir desde lo que pasó, así que también buscaba algo de inspiración. Me alegró encontrarme contigo.

—¿No has podido escribir? —arrugó el entrecejo.

—Sinceramente, pensar en ti me hace incapaz de hacerlo. Te debía una mejor disculpa, así que me removía la conciencia.

—Bueno, escribirás como de costumbre pronto, si se trata solo de tu conciencia. Disfruta la exhibición, Génesis. Toma todo lo que necesites, si te ayuda a crear —sonrió al darme la espalda.

No puedo tomar lo que más deseo.

Vi la espalda de Zain abrirse paso entre la multitud para acercarse a la salida.

Yo no me encariñaba ya con las cosas ni las personas, con lo que tenía emociones propias y no podía poseer, porque, como dijo Bel, estaba asustada de perderlas. Todo lo que llegaba a tocar se convertía en una pérdida.

Al carajo. Es peor estar muerta si no puedo tomarlo a él.

Corrí dando empujones para acercarme a él. Unos adolescentes que venían con sus uniformes tiraron de mi brazo, avisándome que había dejado mi bolso sobre la banca de madera, pero me soltaron al ver mi expresión, ansiosa por partir. Giré el cuello en dirección de Zain, sin verlo ya dentro de la habitación.

Zain, ¿por qué eres tan emocional?

Mi ilustrador apareció de repente, cruzando el umbral con prisa mientras se abría paso hombro a hombro con los demás visitantes.

¿Por qué no tienes control de tus emociones? ¿Por qué no te pareces a mí…?

Corrió hacia mí, o hacia mi bolso. Giré el rostro para ver si también se le había olvidado algo en la banca, pero sus manos se aferraron a mis mejillas para redirigir mi mirada.

El piano de fondo, golpeando teclas como si cobrara vida la música misma, presenció el instante en que me besó.

Bajé mi mano hasta su pecho. No pude apartarlo, no había razón para hacerlo. Sus latidos eran arrítmicos, como si le faltara un trozo que hubiera dejado conmigo. Sentí en mi cerebro, a la par, una falta y un exceso de oxígeno, que volvió nuestras manos calientes cuando se volvieron a encontrar en mi rostro.

La presión de sus dedos contra mi mejilla me hizo retroceder. Sus brazos se extendieron hasta pasar por mi cabello, soltándome una vez nuestros labios se separaron para respirar.

Ya había estado aquí, en este museo. Cuando era estudiante, sin saber de arte o escritura.

—Escribe sobre eso —musitó a un costado de mi oreja antes de retroceder para marcharse. El pecho se me hinchó de aire, aire que olía a café y pintura.

Solo he vuelto a donde pertenecía.

¿A quién le importaba el dinero? ¿A mí? ¿En ese instante? Si el dinero pudiese comprar otro de sus besos, renunciaría a cualquier obra, a mi pluma y lápiz por uno solo de esos.

Pero no era suficiente para comprarlo, no a él.

—¡ZAIN! —le grité, atrayendo las miradas, en especial la del oficial en la esquina que monitoreaba la sala—. Desde hace mucho, yo… solo no…

No me había dado cuenta. De nada. Ni siquiera si estuviera parada sobre el cielo me daría cuenta de que estaba allí.

—Me gustas…

Lo vi salir, dejándome sola con una mano en el corazón.

CAPÍTULO 18

El retrato

No había nada más romántico que *El retrato de Dorian Gray* y podía pelear con quien fuera, por horas, para defender mi postura.

Conocer a Zain Arley reforzó aquella idea. Las palabras de Basil se sentían como mi propia voz hacia un joven de cabellos rubios y fuertes emociones:

«Cuando alguien me gusta muchísimo nunca le digo su nombre a nadie. Es como entregar una parte de esa persona.»

—Me retuerzo cada vez que me dices que Zero te besó. ¡En un museo, hermana! Qué le pasa, maldito loco… —Lea jadeó, arrojando una mano contra el botón de la caminadora para quitarle velocidad—. Y ya deja de llorar, que me estás desquiciando. Estoy molesta por lo que le hizo a mi muchacha… me agradabas más cuando no estabas enamorada; eras de las mías, solo en búsqueda de plata.

—Hacer ejercicio te vuelve más emocional. Es normal que llore, lo provoca algún proceso químico.

—Déjame adivinar el nombre de ese proceso… «Zero me besó como si terminara conmigo».

—Nunca fuimos nada.

—Eso lo hace peor. Patética.

Leany era la persona más cariñosa del planeta… si la humanidad estuviera extinta.

—Viena apenas llegará a la ciudad —presioné el botón para detener gradualmente la caminadora—, dice que salió con retraso por dejar a Pececito con su tía, así que llegará directamente a La Casa de Piedra. Nosotras ya deberíamos volver, quiero bañarme.

—Sigo pensando en Zero.

—¿Por qué tú estarías pensando en él? —la miré confundida, diría que hasta molesta.

—Si no lo hubiese visto con mis propios ojos en tu casa, no creería que es real. Ni siquiera te dijo su verdadero nombre. ¿No andará en algo ilegal? —me rendí a las risas.

—Lea, creo que tanta serie criminal ya te dejó frito el cerebro. Por eso ya no acepto tus reuniones de películas «únicas».

—Hablo en serio, es raro que no te lo dijera.

—Sí, es raro, ¿no? —sonreí con la vista hacia la máquina, ya sin movimiento. Jamás compartí su nombre con ellas. Después de todo, para el mundo era ZeroArts.

Para la firma, usé el mismo vestido negro que tenía puesto en mi foto de autora. Leany me maquilló y por supuesto que Bel solo me secó el cabello, porque no tenía ni idea de cómo usar algo más que no fuera el secador. Era mi firma de libros, la primera, así que usé la joyería más cara que había comprado en mi vida: un conjunto de quince dólares.

—Preciosa, la próxima vez te presto yo un collar —Lea me abrió la puerta del vehículo. Yo sonreí, sin pena—. Al menos se ve cara. Me gusta cómo te lucen los collares cortos.

—Se ve preciosa, señorita —Nelson me sonrió, restando los nervios en mí. Tomó mi mano y me ayudó a recoger mi falda para no rasgarla al subir—. Será un éxito su presentación.

—De verdad, mil gracias.

En la librería nos pidieron, como editorial, llevar personas de apoyo para que ayudaran a mantener el orden entre los invitados, así que arrastré a mi hermano disfrazado de *staff*, a mis dos amigas y colegas y a mi mamá en videollamada con Bel, solo para rellenar. El espacio y *catering* se pensó para un máximo de cincuenta personas. La firma comenzaría a las 4 p. m. y concluiría a las 4:55 p. m. para empezar la charla a las 5 p. m. Si había libros por firmar al terminar, lo haría.

Llegamos desde las 3 p. m. Viena todavía no pisaba la zona, así que, como la inversionista principal de Dione, me preparé mentalmente para presentarme como autora y editorial.

—¡Oh!, Génesis, ¿cierto? —un chico rizado se levantó con rapidez de la mesa habilitada. Yo apenas ponía un pie en la librería—. Pasa, pasa. No hemos terminado el acomodo. Llegaron bastante temprano… no sé si quieran esperar en cafetería.

—Claro —Lea dio un paso al frente, luciendo sus preciosas botas con un pantalón blanco—. Pero ¿podrían mostrarnos el foro primero? Quisiera tomarle unas fotos antes y después del evento.

Nos llevaron al foro. Las sillas aún no estaban colocadas y Bel y yo nos ofrecimos a ponerlas, pero Lea me mandó a sentar a la cafetería mientras ellos se encargaban del acomodo.

Pedí una soda italiana y un panini que a duras penas comí por los nervios. Sentía el estómago cerrado y a las personas a mi alrededor mirándome extraño por vestir tan elegante.

Es más incómodo que cuando salgo sin bañarme.

—Sí, es ella…

Miré de reojo a una mesa a mis espaldas.

Dos adolescentes se giraron al hacer contacto visual conmigo, sentados junto a una señora que les insistió en mirarme. Ambos tenían mi libro junto a sus platos de comida, uno de ellos atascado de *post-its*.

Sonreí, devolviendo la vista a mi mesa.

PERO SALÚDALOS, GEN.

—No, capaz quieran pasar a la mesa de firmas… —balbucí y me llevé las uñas a la boca. Me detuve al ver que estaba por morderlas.

¿No se vio terrible que me girara? Estoy más nerviosa que ellas.

—Ah, si gustan, puedo…

Me callé al verlas absortas en la comida, devorándola como si fuese su último bocado. Pensé en insistir, pero luego vi la hora.

—*Sis*, ya faltan como dos minutos… —Bel se asomó en el área para llamarme. Asentí con rapidez y medio panini en la boca, tratando de comer un poco a la fuerza porque no había siquiera desayunado—. Pero córrele, que empiezan sin ti.

Agarré mi teléfono y me dirigí al área principal. Evité mirar hacia el área exterior porque los cristales permitían a los transeúntes verme. Me senté en la mesa ya habilitada con un *flyer* de la portada de mi libro, algunas plumas para firmar y dos botellas de agua. A mi costado había dos arañas publicitarias: una sobre el evento y el lugar donde nos encontrábamos, y la otra con una ilustración que Leany hizo.

Volteé dos veces a observar la imagen. Ella jamás tomaba el lápiz ni aunque se lo pagáramos. Dibujaba cuando se le daba la gana. Y ahí estaban mis personajes de perfil, uno contra el otro.

—Te amo —le dije, cuando la vi sonriente a mi costado. Ella me reclamó por hacerle perder el tiempo así y me apuró para que dejara de tomarle fotos a la araña.

Volví la vista al frente. Tomé una de las plumas y, mientras averiguaba cómo cambiar su color entre rojo y azul, un chico teñido ya estaba frente a mí. Pensé que era alguien del *staff*. La fila que se hizo detrás de él era de máximo cinco personas.

Sacó su libro y comenzó a hablar:

—Me salí de clases para llegar a la firma a tiempo, así que discúlpame por el sudor —se rio nervioso, acomodándose el cabello a los costados. Tomé el libro de la mesa y lo abrí en la primera hoja con una sonrisa—. No puedo creer que esté viendo en persona a quien me hizo llorar dos noches seguidas. Me debes terapia, lo juro.

—En mi defensa, yo lloré toda la semana, ja, ja, ja —me defendí. Señalé dos hojas, una en blanco y otra con el título—. ¿En cuál te gustaría la dedicación?

—Uy, junto al título. Se verá lindo en las fotos.

Asentí. Cuando estuve por preguntarle su nombre, habló otra vez.

—¿Podrías escribir «Para R»? Es que quiero presumírselo a mi madre, como muestra de que sí vine para acá y no me escapé nada más de la escuela. Pero ella no sabe que soy trans.

—Claro que sí. Igual si quieres que te haga otra notita con tu nombre, te lo escribo acá —saqué un *post-it* de mi bolso, debajo de la mesa. Él sonrió sobremanera—. Ya, entonces lo dedico y ahora te lo escribo, ¿sí?

Cuando le di el libro, tenía en sus manos un par de caramelos y un dibujo hecho a mano de la pareja secundaria.

—Tú me debes terapia, siento que ya estoy llorando…

Me reí, recibiendo los obsequios. Ambos teníamos los lagrimales húmedos. Nos tomamos una fotografía.

Después pasaron las adolescentes, que traían unas flores tejidas y unas ilustraciones e impresiones con frases del libro que querían que firmara.

—Júntense más —la madre de las chicas nos hizo señas. Levantó sus lentes sobre la cabeza y comenzó a tomar las fotos—. No sabes cuánto me insistieron para venir. Tuvimos que viajar siete horas en autobús desde el norte. Me dijeron que no podrían vivir si se perdían tu primera firma de libros.

—¿En serio?

Ambas asintieron, aún nerviosas, uniéndose más a mí. Sonreímos cuando nos dijeron: «*Cheese*».

Entonces los organizadores dejaron pasar a más personas: al parecer la fila era afuera, pero iban entrando en grupos de cinco para que no hubiese incidentes en un área tan reducida.

Me tomé bastantes fotos, apreté manos de desconocidos, firmé libros. Ni siquiera sabía qué decir cuando veía a mis conocidos, como una excompañera que dijo ver la publicación en mi Insta, también a Anny, que lucía sonriente unos aretes de *Día Cero* que ella misma fabricó. También me dejó una postal de otra novela que me gustaba mucho.

Les hablé como si no las conociera, luego como si sí, luego, no… no sabía cómo tratarlas. Firmé con el rostro ardiendo de la vergüenza, apresurándome cuando ya tenía la hora encima para la presentación.

Siempre me pregunté si estaba donde quería estar o si había perdido el rumbo persiguiendo mis sueños, que ni siquiera habían resultado como lo esperé. Si aquel día en mi primera feria de libros no fue cosa del destino, solo un delirio. Si seguía siendo la misma persona después de una ruptura como la que tuve o si la sangre en mis manos me había deformado ya.

Creo que tuve mi respuesta cuando me senté delante de todos junto a Viena, lista para recibirme con una sonrisa cómplice, mientras me miraban en silencio.

Me pasaron un micrófono y mi amiga dio inicio a la charla.

—Mi nombre es Viena Quinn. Para quienes no me conocen, soy una escritora y lectora apasionada, además de fundadora de Dione Editorial, un proyecto que nació por la idea de la autopublicación, pero, en un abrir y cerrar de ojos, bueno… estamos en librerías, ahora en sus manos —podía ver a Bel en el centro de las hileras de sillas, grabándome con su celular—. Sé que aquí conocen a Génesis Asceta, y algunos desde hace años… pero quiero presentarla para los acompañantes de quienes la conocen.

»Gen es una escritora enfocada en el drama y la ciencia ficción. El existencialismo suele rodear su narrativa. Como lo diría ella, es una *emo* que escribe desgracias, muchas de ellas amorosas. Pero les dejo escucharlo de sí misma.

—Gracias, Vie. Gracias —sentí el rostro entumecido por la felicidad que me causaba verla. Ella también vestía de negro—. Y quiero agradecerles también a todos los presentes por reservar su tiempo para mí, por leer mi obra, por acompañar a sus seres queridos a la presentación y apoyar tanto este proyecto. Realmente no creí ver esta cantidad de rostros, se siente irreal.

Siempre pensé que le escribía a la pared o a estudiantes que querían aprender de lo que hacía.

—¡Hola! —una chica me hizo señas para que mirara a su teléfono. Intuí que me grababa, así que levanté los dedos hacia su funda con forma de pato. Los de aquella fila me saludaron de vuelta.

—Soy Génesis Asceta. Escribo desde hace ya cinco años, cuatro profesionalmente. *Día Cero* fue mi primer libro en físico.

Zain Arley estaba sentado al fondo. Le murmuraba algo a Héctor, que su amigo le susurró a otra muchacha a su costado.

Mi pausa hizo que su atención volviera a mí.

Tenía puesta su chaqueta roja, del mismo modelo que las anteriores, pero ese color que tanto amaba no podía faltarle. Ni las palabras más complejas describirían el momento en que hicimos contacto visual, como una flecha lanzada al aire que atestó contra un pichón.

Tuve que mirar hacia abajo, entre balbuceos, esforzarme por continuar, y me aferré al saco sobre mi vestido como si tratara de ocultar la herida. Nada me había perforado, mi cuerpo estaba intacto, pero mis emociones se desbordaron como nunca.

Pasé parte de la charla al borde del llanto, feliz, conmovida, extraña. Era un sueño febril, algún libro que leí y apenas recuerdo, una memoria de mi juventud o una ilusión que tuve.

¿Zain estaba realmente ahí? ¿O me había vuelto loca?

—¿Tiene nuevos proyectos en marcha? —quisieron saber durante los minutos de preguntas abiertas.

—Me moría por responder esa pregunta. Sí, como sabrán, en dos meses se encontrará a la venta mi nuevo libro, una comedia romántica, *Nunca digas que no*. También será mi primera novela ilustrada. Estaré compartiendo más información en mis redes a finales de este mes.

Al cabo de un rato, cuando observaba cómo Leany hacía una dinámica para que se llevaran postales con la ilustración que hizo, busqué con la mirada al rubio en alguna esquina del foro. Me levanté una vez terminó, tras un largo conteo interno de los segundos que se sintieron eternos.

—Hola... —bajé la vista hacia la voz aguda. Una chica, empapada y con las manos temblorosas, sostenía mi libro. El cabello le cubría los decaídos ojos negros—. ¿Aún puede firmar mi...? Disculpe, no pude llegar a tiempo a su presentación. De verdad quería verla. Felicidades por su nuevo libro.

Di un paso para bajar del escenario, que nos dividía por solo medio metro. Le dije que sí, mientras extendía los brazos, buscando su aprobación para abrazarla.

—¡Estás helada! Déjame firmarlo, pero toma mi abrigo —comencé a sacármelo. Ella me miró sorprendida mientras se retiraba las gotas del rostro. Podía escuchar la lluvia caer con violencia en el exterior—. Me lo devuelves cuando te retires, pero mientras pasa a comer algo y entra en calor, ¿sí?

—Sí, muchísimas gracias...

Le debía las gracias a ella. Después de todo, sí: estaba donde siempre quise estar. Cualquier pensamiento de posesión, egoísta, material, se sintió efímero. El compartir ese momento con una desconocida lo fue todo para mí.

Tuve que volver a sentarme cuando detrás de la chica se hizo una larga fila. Dediqué libros para quienes se perdieron la primera firma y para quienes llegaron a media presentación. Dejé de pensar en Zain para darles toda mi atención a quienes también tenían su atención en mí.

Era aquel escenario de mis sueños.

La siguiente persona en la fila señaló el nombre que escribiría en el libro.

—Abraham...

Alcé la vista hasta encontrarme con un rostro familiar, ese de falsa expresión.

—Gen, lamento las cosas que dije la otra noche. Fui hipócrita.

Escribí su nombre sin decirle nada. La dedicatoria, en agradecimiento por la compra.

—Estamos en la misma industria ahora. Creí que lo mejor sería mejorar nuestra relación.

—Gracias por venir a mi firma —le entregué el libro, sonriente, y observé a los chicos detrás de él, que me miraban emocionados—. ¡Hola! Pasen, pasen. ¿A qué nombre les dedico?

—Gen, quiero hablar con…

—Esta es mi firma —le sonreí entre dientes y me incliné hasta llegar a su oreja—. Lárgate si no puedes soportar que tenga un solo momento para mí.

Abraham era un narcisista, pero le retiré el poder que tenía al recordarle que no era su día, ni su firma, ni su libro. No poseía ya nada de mí. Claro que tenía algo mío, pero no era yo. Yo volvería a escribir, a sentir, a enamorarme; eso no lo decidía nadie más.

—¿Me firmas el brazo? —uno de los chicos se arremangó la camisa.

Cuando terminé de firmar la segunda fila, solo quedaba en el *catering* un dedito de queso y unas botellas de agua de naranja. Me metí el bocadillo a la boca, casi ahogándome cuando Marta apareció a mis espaldas y me presentó a Antonio, un colega suyo del sello Orión, el más destacado dentro de Vaud.

—Ho-Hola. Gracias por venir —extendí la mano, pero la recogí y estiré la otra donde no sostenía medio dedito de queso—. ¿Qué tal están? ¿Disfrutaron la presentación?

—Sí —Marta sonrió, tan alegre como de costumbre—. ¡Me reí un montón! Tú y tu colega tienen una dinámica súper interesante, se ve que se conocen a la perfección.

—¿Viena y yo? —vi a mis amigas al fondo, hablando con el *staff* de la librería—. Sí, desde hace tres… cuatro años ya.

—Qué maravilla. Igual, por lo que me has contado, las cosas con Zero también van genial, ¿no? —se giró hacia su colega, un hombre de buen porte, trajeado, con algunas arrugas y un gran tatuaje que cubría su cuello hasta debajo de su oreja—. ¿Recuerdas a ZeroArts? Han estado trabajando juntos en su nueva novela desde hace tres meses. Hicieron un arte excepcional, me muero por que lo vea el público.

Apreté los párpados y maldije a mis adentros cuando la vi saludar a Zain, que iba cruzando el umbral de salida con un grupo más de siete personas, amistades o conocidos.

Él les pidió un segundo.

—Hablando del diablo… Este muchachote vino a la firma —Marta tiró de su hombro, posándolo a un costado mío como si estuviesen por sacarnos una foto—. ¿No hacen un bello dúo?

Me reí. Zain también se rio. Ambos asentimos. Cumplíamos nuestro papel a la perfección.

—Bueno, ¿y cómo han estado?

Marta esperó algunas palabras de nuestra parte.

—Espero ansioso el libro que están por publicar —Antonio, su acompañante, se inclinó con una mano en el pecho y la otra extendida para estrecharnos las manos—. Yo siempre leo los libros que pasan por mi querida Marta y, por lo que veo en la presentación y por el trabajo que ya conozco de ilustración, puedo imaginar que este es encantador y visualmente hermoso. Espero tener una copia cuando sea publicado.

—Le haré llegar un ejemplar de los que se me otorgan por contrato —Zain extendió ambas manos, cerrando su promesa al posar una de ellas sobre el hombro del señor. Yo elevé los ojos hacia su barbilla, después sus labios, que me parecían más rojos entre más los veía—. Y cualquier cosa que necesite, sobre todo si de ilustración se trata, cuente conmigo. Me gusta cumplir peticiones sin costo para los amigos de Marta.

Está haciéndose publicidad…

«Gen, hoy te tienes que hacer la linda con quien puedas», me había rogado Viena, a sabiendas de que yo no tenía ni idea de cómo hacerme la linda. «Nuestros distribuidores enviarán a alguien de su equipo para que haya suficientes ejemplares y nunca sabes si habrá gente con quien puedas trabajar en el futuro.»

—Muchas gracias por haber asistido, de verdad. Y sin problema yo le envío uno de mis ejemplares —sus ojos se posaron sobre mí, al igual que los de Zain, quien retiró la mano del hombro de Antonio. Marta asintió rápidamente—. ¿Ya conocía mi obra actual, *Día Cero*?

—Lo he visto en librerías, así que por curiosidad acepté la invitación de Marta —él miró a su compañera, y tocó su barba de tres días antes de volver a mí—. Por cómo te expresas sobre la obra, me pareció súper interesante.

—Deme un momento, que le alcanzo un ejemplar… ¿Me permite firmárselo?

—¿De verdad? —comenzó a sonreír—. ¡Por supuesto, me encantaría! Muchísimas gracias. Por lo que he visto, el trabajo de edición es espectacular.

Ah… si supiera que Mara nos dejó la cagada.

—Me alegra mucho escucharlo, tenemos un gran equipo en Dione.

Me incliné hasta aparecer en el campo de visión de Bel y le hice señas, pidiéndole que me pasara un ejemplar de mi libro. Un grupo de chicos aún presentes me saludaron.

—Ha sido un proyecto que levantamos a finales del año pasado, así que ya imaginarás cómo han tenido que ser los plazos —terminé.

—De muerte, lo imagino —rio Antonio. Zain se limitó a escuchar con los brazos cruzados—. ¿Entonces en Dione no eres únicamente autora? Es una editorial independiente, ¿correcto?

—Soy codirectora —sonreí, orgullosa, consiguiendo una mirada de sorpresa de Marta pues ella sabía que no era algo que compartía así nada más; usualmente me avergonzaba, sobre todo al recordar las miradas de mis familiares cuando oían que, dentro de todo, me autopubliqué. ¿Qué había de malo con eso?—. Deme un segundo.

Me incliné para recibir el libro de Bel y, antes de darme cuenta, Zain ya estaba estrechando manos con Antonio y Marta para retirarse. Me forcé a no verlo y mantenerme en el momento mientras se iba.

—Wow, es increíble lo que han logrado en este tiempo —Antonio me observó al firmar de pie. Tomó parte de la cubierta mientras Marta sostenía el libro para que fuese más sencillo—. Y la calidad de impresión es muy buena. Me alegra ver editoriales que se toman con tanto amor y seriedad su trabajo. No sé si conoces a Enol Ediciones, una de las editoriales más grandes de España. Veo que publican ciencia ficción, así que, si gustan, los puedo poner en contacto. Eran una editorial independiente hace diez años y ahora también es distribuidora en todo Europa, por lo que siempre dan prioridad a ciertas editoriales independientes que entran en su catálogo.

—Dios, sería maravilloso si pudiese concretar una reunión con…

Viena estaba sonriendo a un costado de los tres. Quedé con el libro por entregar cuando comprendí que seguro escuchó a metros de distancia la palabra «concretar», llamándola como una luz. Ella era la mejor buscando contactos y *concretando* reuniones. La presenté con mi editora y su acompañante, y los dejé platicar entre risa y risa.

Yo salí por un poco de aire. También me robé el muffin que mi hermano sostenía para combatir el hambre.

El frío era horrible. Tan pronto pisé la calle, sentí que el viento me desnudaría. Caminé dos metros hasta girar en la callejuela junto a la librería. Vislumbré la luz de algún puesto de comida al fondo, a una señora agachada alimentando a un par de perritos y a Zain, bebiendo un café que parecía caliente por el vapor que emanaba.

Me posé en la esquina. No me atreví a acercarme más, su rostro me era difuso en la oscuridad y no estaba segura de si me mataría al verme. Permanecí cerca de la iluminación de la calle, comiendo mi muffin, en quietud.

—Vinieron muchas personas, ¿eh? No fue necesario traer a mi gente. Creo que ocupamos sillas de tus lectores.

—Sí, no fue necesario… Pero me hace feliz que hayas venido tú.

Sorbió de su vaso. Me centré en mi pedazo de pan. Con los dedos temblorosos traté de retirarle parte de su barquillo de papel, para no comerlo accidentalmente cuando le diera otra mordida.

—Perdón por lo del otro día. No debí besarte así.

No, no debiste. Alteraste toda mi química.

—Me dejé llevar por mis sentimientos, a pesar de haber peleado contra ellos, porque no podía permitirme querer a alguien como tú —hizo una pausa—. No a alguien a quien considero tan sincera como cruel. Eso me creó resentimiento, supongo; me tomé demasiado personal lo que pasó entre ambos pese a ser consciente de que también me equivoqué. Mi orgullo fue herido. Y creo que eso fue lo más difícil de admitir.

Era sincero, sin demostrar dificultad para admitir sus errores, sobre todo sentimientos tan juzgados como el orgullo. Ningún ser estaba ausente del ego, por eso la crítica repercute siempre en nuestro trabajo o en nuestra cotidianidad como una astilla. Pero, igual que él, tuve la necesidad de desprenderme de mi orgullo por primera vez.

—Tampoco fui sincera. Te dije esas cosas porque no podía soportar la idea de quedar como la mala. En consecuencia, actué más cruel de lo que nadie merece.

—Ya somos dos crueles, entonces... De verdad, lamento lo ocurrido.

Bebió un último sorbo de su café, profundo, antes de pasar a mi lado, donde la luz caía sobre sus cabellos dorados, sobre sus cejas bien pronunciadas. La diferencia de altura me hizo encogerme. Sus labios se abrieron un instante para decirme algo, pero se cerraron otra vez. Zain Arley era en verdad atractivo, pero en esa situación me pareció distinto. Me atraía como no me había atraído nadie en todos mis años de vida.

—Me gustabas mucho —pronunció, sin apartarme la mirada—. Perdón por hacerte un medio para descargar mis emociones. Ha sido mi peor pecado, como alguien que solo se prometió observar, no poseerte. Discúlpame ahora... me retiraré. Y disfruta tu noche. Fue la mejor.

Agarré su chaqueta, aunque las manos me temblaban por la baja temperatura. Apreté los labios, alcé la frente y le sostuve la mirada pese a los ojos de juicio que pudiese dirigirme.

Tragué cuando nada salió de mi boca. Me mordí la lengua, apreté los dientes y aspiré el aire.

Tú... tú puedes. Habla de...

—Sé que siempre he sido del tipo que no compra decoraciones hermosas porque no les voy a dar un uso más allá de observarlas —pronuncié. Sus cejas se contrajeron y ladeó la cabeza—. He vivido toda mi vida seleccionando lo más eficiente, de uso diario, las necesidades, antes que el gusto o cualquier sentimiento pasajero. He renunciado a muchas cosas todos estos años. Toda mi vida.

Era la hermana menor que tuvo que actuar como la mayor. La que nació después de que mi familia ya no tuviera dinero para mí. La novia a la que no le gustaban las flores porque no quería hacer gastar a su pareja. La chica que, si quería algo, debía ganárselo, debía merecerlo, y debía conseguirlo sola o renunciar a ello.

Así que, Dios, por todo lo que he dejador ir, por todos estos años de pérdidas y solo observar de lejos... quiero conservarlo a él. Lo quiero a él.

—Me veo en la indecorosa situación de expresar mis sentimientos más retorcidos a ti. Quizás porque nunca te has burlado de cómo me expreso, porque me has brindado cosas sin pedirlas, porque me has exigido cuando sabes que puedo ser más de lo que soy ahora... quizás por eso carezco de vergüenza —mentí—, porque no tengo nada más que perder que no haya perdido por mi propia responsabilidad.

Quiero amarlo, sin recibir nada o esperar nada a cambio. Solo quiero amarlo.

—Me gustas. Y no puedo renunciar a ello cuando ya me has dado la conciencia y el valor de decir en voz alta lo que siento. Sería como fallarte a ti, cosa que no puedo permitirme otra vez.

Yo lo...

—Aaah.

Incliné la cabeza. Zain había intentado retroceder, como si le estuviese contagiando algo venenoso. Solté su chaqueta con rapidez.

Me voy a golpear con una pala y le pediré a alguien que me entierre.

—Perdón, sentí escalofríos... ¿No te estás helando aquí afuera? Produces poco o nada de calor, autora.

—Sí, no siento frío ni calor. Ni nada... Creo que estoy muerta ya —confesé. Sentía que me habían chupado el alma. Como cuando escribes un largo mensaje y te responden con un *sticker*, exactamente así me sentía.

Me dejó en visto. ¿Cómo haces eso en persona? Maldito loco.

—Dios...

Dejó caer su chaqueta sobre mí, caliente por su calor corporal. Yo me aferré a ella con ambas manos, sin acomodarla para que no golpeara contra la pinza de mi cabello recogido. Zain se agachó para acomodarle el cuello.

—Eres toda una poeta —murmuró en mi oído, sin parar de acomodarme la prenda—. No es bueno para mi corazón, Génesis. Sabes que soy débil cuando me hablas como si escribieras tu obra favorita.

—Probablemente eso seas para mí. Estás por encima de cualquier otra materia.

—Dios, Dios, para, ¿estás loca? ¿No sientes vergüenza?

—Siento que hasta me muero.

Me reí, pero paré al recibir su beso en mi mejilla. Sentía mis piernas débiles de repente.

—Me arde la cara. Vuelve tú adentro, que necesito enfriarme, ¿sí? —me dijo.

—Ya, perdón. Me encanta la palabrería…

—Para qué mentirte, a mí me fascina.

Nos reímos los dos.

Mi primera firma de libros fue mágica, inolvidable. Jamás superaría el día en que pude, por primera vez, pedir a Dios, o a cualquier ser lunático, que me dejara querer algo.

CAPÍTULO XII

El beso de la muerte

Por supuesto que me enfermaría, y no de la forma en que me habría gustado: un poco de dolor de cabeza como excusa para no sentarme seis horas frente al computador, con dinero para gastar sin culpa en una sopa y postres como consuelo, tal vez una malteada de chocolate con café y, por qué no, un maratón de alguna serie.

No, por supuesto que debía enfermarme con alta temperatura, con una necesidad inmensa por dibujar y con la responsable de mi situación ofreciéndose a llevarme una copia del libro en el que trabajamos juntos. No digo que no quisiera verla, porque la realidad es que moría por ello, pero al menos un aviso hubiese sido bueno.

Quién quiere ver a quien le gusta sin bañarse, ¿no?

—Ay, Dios —abrí la puerta, tratando de sostenerme del marco—. Génesis, autora, a veces siento que usted me odia.

—Yo a veces siento que tienes nula comprensión de los mensajes implícitos —exhaló con desgano, mirándome como si fuese un triste cachorro enfermo. Cubrí mi boca antes de estornudar—. Déjame pasar. Y no, no te voy a explicar.

—No es necesario explicarme, sé que te gusto. No fuiste para nada implícita, más bien… —estornudé otra vez, rodeando mi cuerpo con ambos brazos por un escalofrío mientras la veía entrar— …directa. Adelante, gracias por pedir permiso para entrar. ¡Achú!

Gen cargaba con dos bolsas de plástico y una de papel. Dejó una de las de plástico sobre la mesa recién entró. Estuvo por avanzar con la de papel hacia la sala, pero al girar después de la barra de cocina, se detuvo. Miró al piso. Acababa de pisar mis bloques de hojas y casi tirar los vasitos con agua y pintura diluida expuestos a lo largo de la sala.

—¿Estás trabajando en algo? Zain, deberías descansar —me sermoneó, con las manos en su cadera—. Creo que el único que te odia eres tú mismo.

—Ja, ja.

Se agachó a intentar recoger mi desastre. Quise detenerla, pero los escalofríos volvieron.

—Toma asiento en tu sofá, yo me encargo —me pidió, apresurada por levantar las hojas.

Génesis llevaba puestos los zapatos que le compré.

—¿Estás practicando rostros femeninos? Wow, hasta usas un color rojo para esbozar.

—Rostros, en general. Me gusta hacer retratos y es lo que más me piden en el trabajo… —apoyé una mano en el reposabrazos y dejé caer mi cabeza—. Cuando me enfermo me dan ganas de dibujar. Es contradictorio.

—Me pasa a mí con la escritura —giró uno de los papeles—. Se parece a mí, ¿no?

Achiqué los ojos para enfocar mejor la imagen. Sí, se parecía a ella, demasiado si posaba la hoja a lado de su rostro.

Los ojos y el cabello oscuro, sus características ojeras, hasta el mechón que caía sobre su nariz, a diferencia del resto de cabellos. No me quedó de otra más que asentir confundido, dándole la razón.

Mierda, no debí dejarla entrar.

—Este también —levantó del suelo otra de las hojas sin tinta negra.

Dejó de reírse cuando removió una hoja volteada y pudo ver los bocetos debajo. Posé ambas manos sobre mi rostro para ocultarme de la vergüenza.

No me había dado cuenta de lo perturbador que puede ser dibujar lo que me parece lindo.

—Oye.

—No digas nada… ¿Qué trajiste? ¿Comida? Me muero de hambre —quise cambiar de tema.

—¿Me veo así?

—No, es solo una versión estilizada de ti.

Génesis elevó una ceja.

—¿Me hiciste más linda de lo que me veo en persona?

—Sí, así te percibe mi cabeza —escupí. Después me arrepentí—. Suena terrible. No, no es que seas más linda en boceto. No sé cómo explicárselo a alguien que no dibuja…

Fue inconsciente que la dibujara. Si hubiese sido consciente, lo habría evitado con todas mis fuerzas. No era del tipo que hacía eso, encerrar lo que me gusta en algo que consideraba un medio para ganar dinero y, como alguien que admiraba a los artistas, me rehusaba a tener una especie de musa.

Yo nunca fui el tipo de hombre, ni siquiera adolescente, que se sentara a dibujar a la persona que le gustaba, mucho menos considerar aquello un regalo. No creía que alguien fuese capaz de valorar el esfuerzo que costaba siquiera tomar las medidas de su rostro o afilar el carboncillo de mis lápices. No, no era tan tonto, no me haría pasar por eso de nuevo. En la cara de mi madre podía ver que habría preferido un regalo costoso; eso era suficiente.

Pero pasé toda la noche dibujándola a ella. Había algo en su expresión, sus ojos, que me inundaba como gotas de pintura cayendo sobre el agua. Sin darme cuenta, ya me había teñido de cada detalle entre sus pestañas o uñas mordisqueadas. Me fascinaba verla, pese a que mis dibujos nunca podrían atrapar lo que sus palabras me hacían sentir. Después de todo, me gustaba una escritora. ¿Quién no había padecido de esa dulce enfermedad?

—¿Puedo tomar uno? —preguntó mientras bajaba la mirada al suelo. Alcancé a ver sus orejas enrojecidas a través de su oscuro cabello.

—Eso sería más incómodo.

—Nunca me habían dibujado, es una sensación extraña. Siento que si no lo conservo, perdería una parte de mí o de ti —se rio solita.

—Recoge lo que quieras… ya es tuyo.

Probablemente siempre lo fue.

—¿Habías estado aquí antes?

—¿En el castillo? ¿A punto de tener una audiencia? Sí. Pero no en esta situación, por supuesto, no creí que fuese posible conseguir una audiencia a este punto, mucho menos que Ramned fuese a traicionar a su rey.

Me preocupó que sus pensamientos sobre lo que pasaba lo hiciesen débil al momento de pelear. Yo no me quemaba tanto la cabeza con ese tipo de cosas, solo asumía la batalla, pero Tarner no era así: fruncía el ceño, dejaba por completo su postura de combate y, si algún extraño le ofrecía una copa de vino para restablecer energías, la tomaría.

—No consumas nada de aquí —lo detuve pasando mi mano sobre su brazo. Miré por encima del hombro a los sirvientes, quienes lucían pieles brillantes, una salud anormalmente buena y ropas blancas con detalles dorados—. No dejes que te engañe la opulencia del reino. Nada en este mundo se salva de la putrefacción.

—Cierto… Perdona, he estado en las nubes.

Tarner se aferró a la funda de su arma. Llevaba su bastón amarrado a la espalda con el cuero negro que cubría parte de su ropa debajo de la armadura de plata. Una vez llegamos a las puertas principales, anunciaron nuestra presencia, y con ello, nos permitieron el paso a la sala real.

Grandes ventanas daban paso al brillante sol sobre el mármol blanco del piso y la alfombra que marcaba el camino hasta el trono, limitado por soldados en hileras paralelas, con escudos bordados en sus capas y ojos tallados al costado de sus armaduras que rendían homenaje a los dioses. En el centro, sobre el trono, y un órgano musical de cientos de tubos, la estatua de un enmascarado con alas parecía elevarse a los cielos: Saghar, dios de la humanidad y la música.

En el lugar del rey, una silueta desentonaba allí, entre tanto oro y resplandores rojizos, por la plata de su corona, el blanco pálido de la seda sobre su cabello y la ausencia de color en el mismo. En una de sus manos portaba una espada *claymore* con su hoja apoyada sobre el suelo y, a su costado, una figura femenina con el rostro oculto por una máscara que cubría cualquier rasgo humano en ella.

Tarner avanzó al frente y se arrodilló ante el rey. Aquel sujeto de largos cabellos que lucía en una eterna juventud era el usurpador al trono, Naverlo. A su lado estaba su espada humana, Nayera, su hermana mayor.

Aunque me mantuve al margen, sentía las miradas puestas sobre mí, tratando de perforar mi casco. Yo venía de una familia que recibió la espalda de los cielos; Naverlo no era distinto. Por ello, quizás, no dudó de la traición de Ramned que Tarner le expuso. Incluso nos ofreció equipamiento para aniquilarlo.

—No tengo tiempo ni interés en enviar tropas por un sucio traidor —suspiró Naverlo, recargando sus dedos en la frente. Los cabellos blancos le enmarcaron el rostro, lacios como la seda. Abrió los ojos con esfuerzo; me pareció adolorido—. Si me traen su cabeza, pueden quedarse con las ganancias que haya hecho comerciando esclavos y con sus hombres, o lo que quede de ellos.

—Guilde, su colaborador, posee la matarreyes de Zair... —le recordé a Tarner, quien guardó silencio.

—Le traeré su cabeza y la plantaré a los pies de su trono —mi acompañante se apoyó en una rodilla, rindiéndole honor.

Lo observamos toser. Naverlo volvió a apoyar su frente en una mano, dejando ver signos de enfermedad alrededor de su boca y ojos carcomidos. La luz que nos rodeaba pareció esfumarse, reemplazada por noche, neblina, ruinas. Fue solo un instante en que la ilusión del reino tambaleó, los guardias lucieron como cadáveres.

Naverlo golpeó su báculo contra el mármol y volvió la luz. Nos ordenaron retirarnos al instante, pues el rey necesitaba descansar.

—Está enfermo... todo esto es una proyección —masculló Tar. Pude imaginarlo mordiéndose las uñas—. Me parecía extraño todo el escenario.

—Ahora debemos conseguir la matarreyes de Guilde.

—La espada que forjó Zair Rumier, ¿no? El hijo de Zeron —un tercero robó mi atención, llevaba a Hachi bajo el hombro—. Estamos en la misma ruta otra vez. Conseguí un sacrificio hace poco para superar a Letrades.

Al ver aquello en la pantalla, me levanté del sofá. Tenía delante a Herneyl, quien sostenía su casquete militar igual que un juguete en sus manos. Un traidor hablándole a Tarner, como si aquello no hubiese pasado. Arrojé el control hacia las almohadas decorativas de mi sala y caminé hasta la habitación, abriendo la puerta de golpe.

—¿Por qué tengo a ese imbécil en mi pantalla? —cuestioné recargado en el umbral de la puerta.

Génesis levantó la mirada. Lucía inocente sentada en la orilla de mi cama. Tenía a un costado las nueces que le ofrecí y en el piso, junto a la esquina, el té con tapioca que ordenamos a domicilio. La invité a jugar antes de revelar el libro, ya que aún no me sentía preparado para verlo.

—¿A Herneyl?

—¿Quién más?

—No sé. ¿Hachi?

—No te hagas la chistosita —bufé, caminando hacia ella. La vi escribir antes de dejar el control y mirarme. Su sonrisa solo la hizo ver sospechosa—. ¿Hace cuánto juegan juntos? Suena a que han estado en contacto.

—¿De verdad? Bueno, sí, hemos estado hablando por trabajo. No suelo mezclar trabajo con videojuegos, así que, no sé, supongo que no le tengo un resentimiento particular. Estoy acostumbrada a que me asesinen —me miró de reojo, antes de agacharse por su bebida y pegarle un sorbo—. En especial mis colegas.

—No me compares con esa criatura sin corazón —señalé el televisor—. Yo jamás te haría lo que intentó hacer, mucho menos cuando te acercaste con tanta confianza.

—Zain Arley… Me perforaste las entrañas el mes pasado.

—¿No te gustó? —me arrojó una nuez—. Hey, espera, no juegues con la comida. Ya, volveré a la sala… No, ¿sabes qué? Salte en este instante, cerremos sesión. Yo no pelearé con ese sujeto ahí.

—Déjame despedirme de Hachi. Le diré a Herneyl que haremos nuestro viaje solos.

—Maravilloso —me retiré sonriente.

Vi a Tarner comunicarle que tomaríamos una ruta separados. Herneyl me miró como si supiera que era obra mía, así que solo me senté mirando hacia los costados, sin pena. Hachi, que tenía interés en ver dentro del salón, fue apartado por Tar, quien lo agarró de los hombros.

—¿Nos acompañarás a las cuevas? ¿No puedes permanecer aquí? —le preguntó Tar. Hachi lució pensativo ante el interrogatorio, rascándose la nuca y torciendo el cuello—. No deseo que nos acompañes, puedes enfermar.

—Todos morimos algún día, explorador. No debe preocuparse por mí.

—¿Alguien sabe cómo puedo evitar que nos siga?

Negué con la cabeza. Herneyl comentó que nunca lo ha tenido de acompañante.

—Ya… Quizás… ¿Puedo pedirte un objeto? Necesito mármol de estas ruinas. Están bajo influencia del rey, así que almacenan su maná. Volveré por ti para pagártelo.

Le dio un beso en la frente. No solía ver ese tipo de movimiento, pero recordaba dónde podías desbloquearlo: era el beso de la muerte, que te otorgaban después de diez muertes consecutivas en el espacio de veinte minutos. Sonreí al ver aquel gesto.

—¡Cuídate, nos encontraremos pronto!

Hachi elevó la mano y la sacudió con rapidez en el aire.

—¡Lo esperaré aquí! Racionaré mis tartillas para su regreso. Gracias por permitirme ver el sol.

Tarner volvió a encimarse en su cabeza, lo que me hizo desviar la mirada.

Me dediqué a revisar mi inventario en las afueras del castillo, pero cuando volví a escena, ya no había nadie más allá de unos guardias a escasos metros. Era el único que seguía conectado. Solito.

—Creo que ya debería irme —escuché su voz.

Gen cruzó la puerta hacia la sala con confianza. Llevaba la bolsa en sus manos, mirando a su alrededor como si no hubiese recorrido cada rincón cuando llegó. Me había preguntado por algunos materiales de dibujo, dijo nunca haber sentido una goma moldeable y se interesó mucho en la silla ergonómica que usaba.

Me paré de inmediato.

—¿Quieres que veamos el libro?

Estuve por apoyarme en su cara debido al mareo, así que me sostuvo de la cintura. Su cabeza parecía pequeñita desde ese ángulo. No me resistí a ponerle la mano encima mientras comparaba nuestras alturas.

—No soy baja —se defendió sin siquiera dejarme decir algo.

—Ajá.

—Ya, solo veamos el…

Trató de levantar la bolsa a mi altura, aunque con el peso de las copias se le resbaló de las manos. Me balanceé para evitar que cayeran al suelo, pero Gen intentó hacer lo mismo sin soltar su agarre de mí.

Nos caímos de boca sobre el piso. Si ya tenía dolor de cabeza, el borde de mi sofá terminó por arruinarme el cerebro. Permanecí con las sienes palpitándome, la bolsa debajo de mi espalda y Génesis a un costado, aplastando mi brazo. Tomé una fuerte bocanada de aire. No me recuperaría tan rápido del golpe.

—¡¿Estás bien?! —Gen casi pegó un grito cuando vio mis ojos cerrarse—. ¿Te pegaste? ¿Dónde te duele?

—La maldita espalda… —metí mi brazo debajo de esta y tiré de la bolsa hasta posarla sobre mi pecho.

Uno de los libros se deslizó fuera de la bolsa y ambos lo miramos por accidente.

La sorpresa no duró mucho.

Recogí el libro para verlo mejor mientras Gen sostenía mi cabeza con ambas manos mientras me removía el cabello para revisar si me había golpeado en la frente o el cráneo, diciendo que había sido peligroso, pero yo no podía apartar la vista de la portada. Lucía linda, de verdad, aunque ya había visto la portada impresa, era distinto visualizarla como la cubierta de cientos de hojas.

—¿Lista para ver los interiores?

—Me preocupa más tu estado —suspiró Gen, apoyando su frente sobre mi hombro—. En lugar de traerte medicina para que mejores, te di pollo frito, te arrastré a jugar y ahora creo que te queda poco tiempo de vida.

—Podría morir ya.

Abrí el libro.

—Hey, no te adelantes —metió su mano para arrebatármelo. Sonrió al instante en que visualizó la primera ilustración interior.

Estaba en blanco y negro, pero ahí teníamos al protagonista en los brazos de su secretaria, quien lo agarró cuando se fue de boca al abrir la puerta con manecilla rota. Ambos acercamos nuestras mejillas al libro, sin poder apartar la vista de los detalles. Estiré mis dedos para sentir la impresión y el grosor del papel.

—¿Te gusta cómo luce?

—Me encanta, el gramaje es ideal. Déjame observar tantito las letras, no sé si te parecen más grandes de lo usual o si lucen bien, ¿qué dices?

—He visto que ponen ese tamaño en libros juveniles, quizás para amenizar la lectura. Pero me parecen perfectas, considerando la estética.

—Ya, entonces me tranquilizo...

Le dedicó una cálida sonrisa.

—Creo que he conseguido apreciar esta novela, hasta el género de la misma. No sé qué es, pero me gusta.

Aquellas palabras me sorprendieron. Gen había cambiado su forma de ver su trabajo desde hace rato. Me gustaría atribuirlo a nuestra conversación nocturna mientras comía, cuando le recordé que ella nunca había soltado la toalla. Pero eso sería darme un mérito ajeno.

Posé mi mano junto a la suya, sosteniendo el libro mientras ella movía las hojas. Era una sensación única ver algo que creaste desde cero, una idea convertida en obra. Era algo que ojalá todos pudieran experimentar alguna vez, no solo con el arte, sino en cualquier medio. Creo que eso nos unía como personas, el deseo de crear.

Tal vez por eso no me fue difícil perdonar a Génesis por las cosas que dijo ni reconocer lo que yo también critiqué. Éramos la misma cara de una moneda, ambos persiguiendo el dinero o cualquier cosa que devorar para poder seguir creando.

—Entonces ¿te gusta?

—Sí, luce bien. Caro.

—¿Te gustan mis ilustraciones? —entrometí mis manos para detener las suyas. No me había percatado del leve temblor en sus dedos hasta que paró—. Sé que dijiste que las cosas que me comentaste fueron bajo circunstancias distintas, pero a mí de verdad me importa tu opinión acerca de mi trabajo. No importa si no es de tu gusto, solo deseo saber qué opinas realmente.

—Mira, yo creo en la crítica, aunque me asuste. Debo reconocer tu conocimiento en anatomía; es realmente notable. Aunque no sé muchas cosas sobre dibujo, tus trabajos nunca me han parecido fuera de lugar, no hay manos deformes ni cuellos rotos. Ni hablar de cómo dibujas rostros: todos tienen un atractivo particular y nunca te veo sufrir de lo que llaman «síndrome del mismo rostro» —aquello me provocó una risilla, pero ella conservó su seriedad—. No suelo seguir artistas porque no veo diferencia en sus personajes, pero tú eres bueno, muy bueno, en tus diseños. Publicas trabajos pulidos, familiares a la vista y agradables para quienes no saben mucho de ilustración. Lo ideal para tu rubro, que es la ilustración editorial.

Su cabello estaba enredado con el mío sobre el suelo. Había pegado el libro a su pecho mientras miraba al frente, sin hacer contacto visual. Mi mente permaneció en blanco escuchándola.

—He pensado que temes equivocarte. Le temes al cambio.

Aquello eran hechos que prefería ignorar. Cerré los párpados un momento para hallar tranquilidad en mis emociones. Yo le había pedido sinceridad.

—Que quizás deseabas tanto estar donde estás que tienes miedo de caminar a otra parte y perder tu posición, como si no hubiese otros lugares para recorrer que te ofrezcan más. Estás cómodo —me miró de reojo. Aguanté la respiración en ese instante, y abrí los ojos, atento solo a sus labios rojizos, que también parecían estar reteniendo aire—. Veo tu potencial para estudiar algo diferente, llevar las cosas a la práctica, volver a cometer errores. Tú mismo lo dijiste: no todo lo que hacemos será arte y me enseñaste que tampoco debe tener un significado profundo. Pero sé lo mucho que has querido dibujar cosas nuevas, intentar cosas más arriesgadas. No tengas miedo a equivocarte, Zain.

—Pero si te equivocas y te funan..., hasta ahí llegó tu vida —me reí, intentando cambiar de tema.

—No, no —se carcajeó—. La vida se termina cuando dejas de cometer errores. Habrás frenado el aprendizaje y, bueno, el ser humano vive para aprender. Al menos recuerda que siempre habrá alguien, inclúyeme ahí, a quien le fascina observar el progreso de los demás. Vas y puedes llegar aún más lejos. El arte es el mayor medio de expresión para el artista. No le pertenece a nadie más. Tu trabajo es hermoso, y aún más junto al mío —su sonrisa fue pícara.

Estiré una mano, al inicio sin pensar, pero entre más me acercaba a su cuello, el movimiento se ralentizó hasta detenerse detrás de su oreja. Pese a todas nuestras discusiones, al primer encuentro, a aquel correo que empezó con el pie izquierdo y a los muchos problemas que tuvimos de comunicación, jamás mentía, si le preguntaba de frente algo, ella me respondería sin pudor.

Cosas como «No entiendo qué te molesta tanto», dándome paso a explicarle; «Sí, esa cuenta falsa me pertenece», sin buscar excusas; o «Ya sabía que jugaba contigo», en lugar de mentir. La honestidad era extraña, inaccesible para quienes pertenecíamos a este mundo. En cualquier reunión me elogiarían, me pedirían favores, se esforzarían por mantener una apariencia, hasta un regalo se interpretaría como un intercambio comercial. Pero a ella parecía no importarle ni sentía la necesidad de agradarle a nadie.

Si veía drogado mi dibujo, me lo diría. Si veía potencial en mí, me lo comunicaría. Si la besaba en ese instante, quizás detendría mi boca y me pediría no hacerlo. Incluso si lloraba y le derramaba mis sentimientos, ella bebería de su té sin inmutarse ni intentaría consolarme, y se sentiría más honesto que cualquier palabra de consuelo que me dieran. No despertaría en mí falsas ilusiones.

Por eso solo la miré mientras le sostenía la mejilla. Arrugué el entrecejo, miré la textura de su nariz y la rojez en sus orillas, parecía cuperosis. Tomé aire, lento, sin mirarla a los ojos. Yo quería un beso, pero era un cobarde, tanto en mi trabajo como fuera de este. No podía con el rechazo. Quizás por eso jamás fui un artista.

—Perdón... —bajé mi mano por su oreja hasta apartarla.

Gen se inclinó para besarme. Acomodó sus palmas sobre mi cabello y presionó sus labios contra los míos con fuerza, sin moverlos realmente. Parpadeé varias veces, pero cuando nuestros dedos se cruzaron al intentar tocar sus manos, me desprendí del temor a equivocarme que me perseguía. Ya estaba allí, ¿qué me detenía? Quizá la idea de no querer incomodarla al estar en mi casa, no querer asustarla, no querer que se arrepintiera.

Me apoyé a un costado sobre el piso, besándola mientras mi cabello caía sobre su frente. Sentí el sudor helado que desprendía su piel y la respiración entrecortada que reposó sobre mis labios. Mi brazo flaqueó y, aunque sabía que no podía apoyarme en mi codo, lo hice por solo unos segundos más de ella.

—¿Cómo está mi querido enfermo? ¿Se está muriendo de...? —interrumpió una voz.

Mi codo no soportó más, dejando caer mi cabeza hasta golpearla contra la madera del piso. Nuestras orejas quedaron pegadas.

—Perdón, no sabía que... —comenzó Héctor.

Génesis levantó una mano para detenerlo.

—No te preocupes. Pasa. Zain ya se encuentra mejor.

Apreté los dientes al escuchar la tranquilidad con la que le hablaba a Héctor. Yo no estaba tranquilo, tenía una especie de ira repentina acumulada.

—Ya vi que se encuentra MUCHÍSIMO mejor.

Le voy a quitar la llave después de esto.

CAPÍTULO 19

Corazón delator

Después de la conversación que tuve con mi hermano, era lógico que no pudiese olvidar aquella noche de su último accidente, me dijo. Me decidí a agarrar mis cosas y abandonar el espacio sangriento donde quedé varada, pero no olvidaría las imágenes. Tampoco él, me confesó. No olvidaría el rostro de Abraham al subir las escaleras después de mi llamada y ver a Bel sobre mis hombros mientras la sangre le cubría toda la playera. El terror de alguien externo a la familia.

Yo no olvidaría estar de pie frente al lavabo, mirando el bisturí que se asomaba debajo de este entre el charco de sangre. Carecí de expresión en ese instante, incapaz de escuchar mi propia voz, solo las vagas palabras de mi expareja tratando de limpiar con desesperación.

Nunca le pregunté a Abraham si él había olvidado esa noche. Asumí que deseó terminarme después de ese día. O quizás ya lo había pensado, cuando años antes tuvo que ser la persona que cargara en brazos a Bel para llevarlo al hospital.

—Siento que tu novio ha de odiarme con ganas —mi hermano suspiró en aquel entonces, con los ojos entrecerrados, mientras reposaba en la cama de mamá. Tenía los brazos vendados y unos tranquilizantes encima. Fue la primera vez que llegó tan lejos, y yo deseaba que no se repitiera, pese a que la escena del baño fue mucho peor.

—¿Por qué lo dices?

—Está en una relación contigo, pero te comparte conmigo. Siento que en algún momento tú también me odiarás... Cuando sientas que estás por hacerlo, múdate y haz tu vida, Gen.

—Jamás voy a odiarte, imbécil. Somos hermanos —bufé, dejando caer mi cabeza sobre sus piernas arropadas. Recién volvía de la universidad, así que el peso de los libros sobre mi espalda se sentía, pese a que ya no llevaba la mochila.

—Me asusta que me odies —se rio—. Cuando odias a alguien, deseas que desaparezca.

Ese día no le había avisado a nadie, Abraham lo había encontrado en el sótano inconsciente. Bel no solía pedir ayuda cuando pasaba por esos momentos; la excepción fueron los mensajes que me envió tres años después, cuando yo ya había dejado la universidad y estaba persiguiendo mis sueños de escribir profesionalmente.

Entendí de qué hablaba y también me asustó odiarlo, porque cuando odias a alguien de verdad eres capaz de matarlo o dejarlo morir.

—Hay demasiados enemigos, no podemos matarlos a todos —Zero derramó la sangre que se venía acumulando en su arma. Retrocedí para que la infección de los enemigos no cayera sobre mí—. Hay que entrar a la sala del jefe y ya.

—Ah, ¿qué te pasa, cabrón? —Héctor, quien decidió hacernos compañía en la sala para jugar, pasó su mano sobre el hombro de Zain, casi ahorcándolo. Yo de reojo los miré pelear sobre el sofá—. Me hicieron seguirlos y ahora piensan dejar a mi bella Circe solita afuera, rodeada de cadáveres. ¡¿Quieres que me la pase *spameando* ataques en lo que terminan?!

Habla en tercera persona…

—Detenme —desafió Zero antes de cruzar la puerta de neblina. Yo miré a Circe con algo de pena mientras caminaba hacia atrás para cruzar de la misma forma.

—Gracias por el apoyo, Gen —farfulló el chico de rasgos asiáticos.

—Lol, cuando quieras —evité hablar en persona.

—Cariño, estamos en la misma sala, no es necesario que escribas en el chat… —yo me reí ante sus palabras, pero ya no dije nada.

Zain me había prestado a Americano, su control, y sacó el televisor de su habitación con ayuda de Héctor porque, aunque enfermo, insistió que en que jugáramos. Héctor siempre llevaba su consola encima, así que tomó una de las pantallas del *set-up* de Arley y la colocó en la mesita de centro. Ahí estábamos los tres, en el mismo mundo, el mismo espacio.

Durante el DLC, me pegué a la espalda de Zero, desenvainando mi arma para prevenir los ataques. El agua nos llegaba casi a los tobillos y su nivel de contagio era alto, así que pensé en aplicarle un hechizo a mi acompañante para que no enfermara. Cerré un ojo para ver mejor en la oscuridad, pero nos separamos de golpe al recibir una flecha de cristal.

Elevé la vista hacia el fondo de la cueva. Las dos figuras, Guilde y Ramned, capturaron mi atención. Nunca había visto en persona al supuesto diplomático de Naverlo, así que, al vislumbrarlo recargado en una especie de trono con su báculo en mano y flechas de hielo, me sorprendió el busto que destacaba con el vestido. No supe si era una mujer de largos cabellos rubios o si era alguien de ambos sexos. Y pese a usar la misma ilusión que su rey, la cual lo hacía ver joven, alrededor de sus clavículas se presentaba la enfermedad.

Guilde, su socio, tenía el torso desnudo hasta la cadera. La matarreyes parecía ser presa de su brazo, como si una planta hubiese decidido crecer sobre la mitad de él. Su piel era oscura y sus ojos plateados resplandecían igual que el acero.

Su ataque fue brutal, con una velocidad que apenas me permitió reaccionar. Se había abierto paso hasta nuestra posición con el arma; las rocas por las que pasó se habían quebrado como si un huracán cruzara. Zain vertió las llamas en sus espadas y se lanzó al ataque, sin ceder a los fuertes golpes del arma.

Lo apoyaré con magia.

Traté de alejarme de ambos y señalar al enemigo con mi bastón, pero apenas invoqué un hechizo, una hiedra me ató los brazos al suelo.

—¿Estás bien? —Zain me habló. Yo asentí, tratando de cortar la hierba.

Ramned era un diplomático y hechicero, no era del tipo que usaba magia ofensiva. Por órdenes de Naverlo, tenía un sello tatuado sobre la nariz que le impedía usar magia. Me sorprendía que pese al control que ejercía su rey, decidiera traicionarlo de igual forma.

Evité un ataque de Guilde que Zero desvió. Lo vi tomar distancia para pasarse dos frascos para regenerar HP. Yo hice lo mismo y me posicioné en una esquina lejos del agua para arrojarle destellos de energía. Como era costumbre, mi compañero sabía manejar a los jefes, pero pronto entraría en su segunda fase y, por lo que notaba, los ataques que no lograba esquivar le hacían más daño de lo normal.

—Gen, si te alejas del área de ataque, Ramned frena a Zero —miré a Héctor, quien lucía serio al dirigirse a mí fuera del videojuego—. Decide si serás señuelo o si atacarás, si no los matarán a ambos.

—Entiendo.

Volví a la escena, avanzando contra la maleza de Ramned mientras bebía otro frasco regenerativo.

Cuando la vida de Guilde llegó a la mitad por los ataques, este separó su torso de sus caderas, conectándolo a un ciempiés que se arrojó con desesperación hacia Zero para matarlo. Me pareció que lo controlaban, algún tipo de magia cruda le había oscurecido las pupilas, la maleza parecía tener más vida que él, como pequeños animales violentos.

Pronuncié un hechizo contra Ramned con la esperanza de que en esa segunda fase pudiese causar daño. La explosión de energía destruyó parte de la cueva e incineró la hiedra que lo rodeaba. Mi siguiente ataque fue desviado por su magia defensiva, así que corrí hasta su posición y le clavé mi arma en su pecho.

Zero, quien había vencido a Guilde, le dio el golpe de gracia.

Ambos arrojamos los controles al sofá y pegamos un grito de victoria.

—TENEMOS LA MATARREYES —clamó Zain, volviendo al asiento para recoger los artículos.

—Solo tú puedes usarla, no tengo el nivel de fuerza para levantarla…

—Yo necesito que me pasen esa última grabación. Tu *Play* graba los treinta segundos previos a asesinar a un jefe, ¿no? —preguntó Héctor.

Zain asintió en respuesta y me sonrió.

—Lo hiciste bien, Gen. Lo hiciste excelente.

No estaba segura de lo que palpitaba en mí. A menudo me llenaba de ansiedad, me daba taquicardia cuando entraba en combate. Sé que para muchos jugadores era normal mantener la calma y aprender los movimientos del enemigo, pero nunca fue así para mí. Tenía tan poca habilidad con el control y estaba tan concentrada en no resultar herida que a menudo dejaba escapar los patrones.

Zain desde hace tiempo me había enseñado a ganar, a dar ese paso después de años siendo la perdedora. Y aunque creí que no me perdonaría, lo que significaba mi derrota, él me recibió en su casa como si jamás nos hubiésemos peleado.

Por primera vez, con él no había fracasado, pese a haber perdido con la escritura mis relaciones pasadas y hasta a mi familia.

Debería contárselo a Bel. Le hará feliz.

Posé mi mano sobre mi pierna al percatarme de que las vibraciones venían de mi celular y no solo de mi corazón delator. Un número desconocido me estaba marcando, así que me puse de pie y le pedí al dueño del lugar su balcón. Este me miró pensativo antes de decir:

—No. Si quieres ve a mi cuarto o sal del departamento, Coralito.

—Oye... —Héctor giró el cuello como poseído, echándole ojos de muerte. Sabía lo que pensaba.

—Perdón, es que tengo lleno el balcón. Encima tengo plantas, no quiero que mates a mis bebés —balbuceó Zain, centrándose en la pantalla a escasos metros. Achiqué los ojos sin comprenderlo. Su amigo le dio un codazo.

—Bueno... —suspiré, dejando caer los brazos y encogiéndome de hombros—. Volveré pronto, Terrorista. Saldré al pasillo.

—¿Qué te pasa, imbécil...? La estás echando.

Para cuando salí, ya no estaban llamando. Afuera hacía un fuerte frío por las corrientes de aire. Tenía puesta la chaqueta con la que llegué y unos pantalones delgados que no me calentaban en absoluto. Tomé el teléfono con las manos heladas y observé el número de la llamada perdida, que revelaba ser de la ciudad. Con la terminación de sus dígitos supe de quién se trataba, así que me apresuré a responder cuando volvió a marcar.

—¿Qué quieres? —respondí, dando algunos pasos por el pasillo exterior de solo un largo barandal que impedía la caída—. Tienes el descaro de marcarme.

—Quiero verte. ¿Dónde te encuentras? —la voz de Abraham, tan directa pero en un tono pasivo, me hizo alejar el teléfono un segundo para observar su imagen en mi pantalla. ¿Realmente me hablaba él?—. Vamos, Pingüina, necesito decirte unas cosas. Y creo que necesitas escucharlas, ¿sí? Estoy dejando mi orgullo de lado.

—¿Por fin me dirás por qué? —dejé ir un suspiro.

Siempre frené aquel pensamiento, después de todo, ¿realmente había un motivo? ¿Una razón por la que decidió robarme? No creía que hubiese algo detrás, mucho menos algo que yo tuviera que entender. No creía que necesitáramos comprender el por qué las personas nos herían.

—Ah… —guardó silencio. Nada nuevo para él.

—Encontrémonos. Estoy en la Zona Valle.

Me pidió vernos en algún café de inmediato, pero al decirle que no bebería nada con él, insistió en reunirnos al menos afuera. Tenía tanto tiempo sin escuchar su voz por más de un minuto que hacerlo ahora me fue extraño, no familiar. Era tan fácil olvidar cosas de alguien con quien te besabas cada mañana…

—Te veo en quince —avisé al colgar.

Giré para guardar el teléfono, pero me detuve al cruzar miradas con Zain. Llevaba puesta su chaqueta gris, de ambas manos colgaba una pequeña manta de tela de peluche con líneas azules. Sus mejillas estaban rojas y sus dedos, pálidos.

Apenas está saliendo de la enfermedad…

—¿Te sentiste culpable de sacarme como animalito sin hogar? Estás loco, con tu estado febril podrías morir por la noche —me reí mientras bajaba la manta—. ¿Estabas escuchando?

—Pensé que tendrías frío… ¿Ya te vas?

Asentí. Su expresión seria se acentuó.

—Te llevo. Ya es bastante noche y las calles no son seguras.

—Tengo que encontrarme con alguien.

No cuentes las cosas a medias. Él te lo pidió, me recordé.

—Quedé en reunirme con Abraham de paso.

Movió la cabeza de arriba abajo con lentitud y sonrió. Zain y yo éramos aceite y agua en constante movimiento, a veces a punto de mezclarnos. Ese pequeño intercambio de miradas, en el que su lunar parecía moverse con cada pestañeo, me hacía cuestionar cuántas veces podía posicionar ahí mi dedo o un beso antes de que él me detuviera. Era atractivo, pero sobre todo lindo.

No era mío. Pero si él me pidiera darle algo de mí, le entregaría una de mis novelas, ya que eran mi parte favorita. Me habría mezclado una y otra vez con él.

Y eso lo guardaré para mí.

Metí mis manos al pantalón y di media vuelta, comenzando a bajar los escalones que eventualmente me dejarían sobre la calle.

—Hey… —se aferró a mi brazo y dio un paso al frente para no detenerme ni hacerme tropezar. Cuando lo miré, era él quien se estaba sosteniendo con fuerza del barandal para no caer por la rapidez del movimiento.

La pequeña manta había quedado atrás, en el piso, en el silencio que ahogó los sonidos exteriores. Su respiración se hizo presente, sus cejas se juntaron, pero no dijo nada. Él se parecía a mí. Si había algo que decir sobre nuestra relación, lo guardaríamos para nosotros mismos. Al menos yo no era el tipo de persona que funcionaba en una relación.

Cosas como el romance no estaban a mi disposición. Me quedaba refugiarme en historias de amor.

—Te aviso cuando llegue a casa —retiré su mano con una risilla para quitarle peso de encima.

Zain me apretó con más fuerza.

—Soy alguien serio —habló—. Quiero comprometerme con esto y con cualquier cosa que tenga relación contigo. Si tú me lo permites, si acaso hubiese en ti el deseo de acercarte más a mí, quiero que sepas que no hay nada en lo que te subestime ni habrá un segundo en el que no te tome con importancia. Y seré honesto, no guardaré nada para mí mismo. Todo lo compartiré, lo repetiré, lo aclararé. El tiempo tampoco tiene influencia en mí, puedo apreciar algo hoy, mañana y ayer. Esa es la clase de persona que soy.

—También soy alguien serio, Terrorista. Es alguien más el que cree que soy chistosita.

—Entonces no te guardes las cosas para ti —aquello me robó la sonrisa, haciéndome contraer el ceño—. Sé que es difícil, pero me aseguraré de ser también el tipo de hombre al que le puedes hablar por horas sobre lo que sientes. Y si no puedes decírmelo, lo leeré. Y si no puedes escribirlo, permaneceré a tu lado, Génesis. Estaré aquí siempre.

Estornudó hacia abajo.

—Me gustas mucho —confesé.

—Qué directa, ugh —tuvo un escalofrío y dio un respingón cuando sintió mi golpe—. Qué linda eres… Le diré a Héctor que tú te has declarado primero… ¿Puedo?

Rara vez escucho de alguien que se reúne con su expareja sin una gota de alcohol en el sistema, pero nunca me gustó beber. Deseé que Abraham estuviera ebrio, porque no necesitábamos que ambos estuviéramos en nuestros sentidos si estábamos por pelear. Quería tener un poco de ventaja, pero no olía a alcohol ni a ese característico olor a desinfectante de fresa que usaba todos los días para ocultar la peste del cigarro, si es que lo seguía usando o lo dejó cuando ya no había nadie que se lo comprara. Tampoco estaba peinado hacia atrás como lo usual: tenía un corto flequillo, los rasgos de la adultez más pronunciados y un abrigo de marca que lo hacía destacar afuera de la cafetería. No era la persona con la que compartí mi vida.

—Tardaste bastante… —se reincorporó al encontrarse con mis ojos, sacudiendo sus manos.

—Caminé hasta acá.

Achicó los ojos. Yo quería un rato para pensar, aunque él parecía estar congelándose.

—Está bien —tomó aire con fuerza—. ¿Cómo has estado, Génesis? Felicidades por tu primera firma de libros, le fue bastante bien en audiencia. Desde entonces no dejan de aparecer publicaciones de tu libro en redes.

—Ah —me encogí de hombros. No tenía el ánimo de escucharlo.

—Entré a tu perfil de Insta la otra noche. Me alegró ver el anuncio de preventa para tu nuevo libro. En general…, estoy bastante feliz por ver tus sueños realizados.

—¿Querías verme solo para eso? —me crucé de brazos al recargarme en la pared de piedra con el nombre del café—. Dijiste que era algo que necesitaba escuchar y, sinceramente, no has dicho ni una sola palabra necesaria desde que llegué.

—Te extrañé bastante —sus ojos verdes se entrecerraron al sonreír.

Su cabeza, que me pasaba por ocho centímetros, se inclinó hacia el frente con la intención de abrazarme. Retrocedí confundida.

—¿Qué demonios quieres, Abraham?

—Pensé que te traería tu novio en su auto o algo así —se encogió de hombros—. Me sorprendió verlos juntos. No imaginé que fuera tu tipo. A mi parecer, siempre te inclinaste por las personas más formales. Te gustaban los castaños antes, ¿no?

No conozco a este sujeto, incluso habla distinto. Me ve distinto.

—Te cambió ser escritor, ¿no? —retrocedí, dándome cuenta de que la forma en que me miraba, de arriba abajo, buscaba intimidarme—. Ya no te trabas al hablar.

—Gen, no vine aquí a pelear —dejó escapar el aire y posó su palma en mi hombro. Se veía bastante relajado—. Fui sincero con todo, realmente estoy feliz por ti. Te vi soñar, trabajar… lo has conseguido. Pingüina, sabes que nunca miento, menos a alguien que fue tan importante en mi vida.

Creo que viviste mintiéndome.

Abraham nunca me fue infiel ni me hizo dudar de su fidelidad. Ambos éramos del tipo que amaba estar en casa, encerrados, con un libro en la cama o en la sala con el computador, entregando algún trabajo. Estábamos muy cómodos con el otro. Quién diría cómo terminaría.

—Me viste tan feliz con mi trabajo que te guardaste el PDF que te compartí y me bloqueaste —me mostré feliz—. Tú eras también lo más importante en mi vida. Por si alguna vez se te cruzó por la cabeza, yo no lloré tu pérdida, pero no porque no te quisiera. No era capaz de concebir que alguien a quien quise tanto me robara. Y lo peor fue enterarme por un *post* de anuncio, dejar un comentario y que me escribieras para pedirme que no dijera nada.

—Génesis.

—¿Qué? —traté de retirar su mano, pero se había prensado a mi brazo con fuerza.

—¿Por qué sigues diciendo que te robé?

Arrugué el rostro. No podía estar preguntándolo en serio. Quise soltar una risotada de solo pensar en su terrible broma, pero su seriedad, los ojos profundos que parecían empatizar conmigo, me dijeron lo contrario. Él quería comprensión mutua. ¿De qué?

—Gen, pasé noches a tu lado, escuchándote hablar cuando escribías escenas, sin poder dormir porque mantenías la luz de la mesita encendida —habló, pasando sus manos cerca de mi cuello, ejerciendo presión en mis hombros. Se veía ansioso—. Yo leí cada capítulo que actualizabas e incluso te inspirabas en los momentos que compartíamos, en nuestra intimidad, en mis gustos personales. Te di ideas cuando te bloqueabas y escribimos varios chistes juntos. Trabajamos esa obra juntos. Y sí, tú escribiste, pero fue compartido. Estoy en tus novelas, desde siempre. Sé, sin leer lo nuevo que publiques, que también estaré ahí.

No, no se equivocaba. Estaba en todo mi pasado, en el gusto musical de algún personaje, en la tacañería de otro, en el beso de dos sujetos que por primera vez conocían el valor humano. Y probablemente seguiría allí, porque era la experiencia de mi vida.

—Sé que también Viena leía tu obra, porque querías un lector cero que tuviera experiencia en literatura —desvió la mirada hasta clavarla en el piso. La luz del farol detrás me cegó—. Nunca te interesó saber si lo que yo estudiaba era mi pasión. Siempre fui «el de Nutrición» para ti, pero realmente deseaba escribir mi propia novela, vivir de eso, no tener que salir a trabajar bajo el sol por lo mismo que tú ganarías desde el sofá. Y jamás te lo expresé porque sabía que no podía competir contra ti. Me dijiste que jamás saldrías con otro escritor, lo considerabas una lucha de egos.

—Abraham.

—Déjame terminar.

Elevé ambas manos, dándole la palabra.

—Pero ambos, *ambos*, éramos realmente buenos, Gen. Demasiado. Lo he comprobado con las ventas que ha generado la novela. Les fascina. Es brillante.

Sus manos se deslizaron por mis brazos. Dobló las rodillas y se acercó aún más a mi rostro. Me rogaba, todo su cuerpo me gritaba a súplicas.

—No tenemos por qué ser pareja… pero sí podemos seguir trabajando juntos —expresó con los ojos destellantes—. Ya sea que escribamos una secuela o hagamos una reescritura de otra obra; me dijiste que escribirías un cliché comercial por dinero. Si trabajamos juntos, ganarás demasiado. Si se publica bajo mi nombre, ya es ganar-ganar. Aun así, te añadiré como coautora, como te corresponde.

Él no me conocía. Ni en el pasado, ni ahora. No puedo culparlo por eso, yo también me desconocí desde el accidente de Bel, comencé a escribir algo que no consideraba valioso por dinero, omitiendo cualquier cosa buena del manuscrito que pudiera tener. Pero originalmente, no comencé en este mundo por el dinero, si fuese solo así, no habría escogido este camino. No habría valido la pena todo esto solo por plata. Yo amaba escribir. Amaba crear. Vivía, y juraría que nací, para morir por cualquier tipo de arte. Zain veía eso en mí, y se aseguró de recordármelo. Ya no dudaba de ello.

—Abraham, para ti ¿qué es ser novelista? ¿Por qué quieres serlo?

Por unos instantes dudó, pero dejó de apretarme contra él cuando tuvo la respuesta.

—Quiero exponer mis ideas y que las personas se sientan atraídas por ellas. Quiero hacerme un lugar en el mundo, igual que tú.

—¿Nunca te ha atraído, como si se tratara de una fuerza magnética? Como… si no hubiera nada tuyo que expresar, sino que es ella, la misma escritura, que te incita a plasmar lo que quiere decir —murmuré, consciente de lo bajo de mi voz y la tranquilidad en esta—. El sonido de las letras cuando se encuentran, la fluidez de un texto que se compone por solo palabras que comparten tonos similares, esa pequeña grieta entre párrafos que te lleva a más ideas. Cuando un personaje ha cobrado conciencia y se ha apropiado de tus manos, de la escena, de cada diálogo que escupe como si tuviera vida propia. Y sientes que, si algún día desapareciera, la vida carecería de sentido, la imaginación habría muerto y con ella cualquier posibilidad de revolución, oposición o sentido que defina al ser.

—Sí, sé de lo que hablas… El poder de la palabra, de la creación, del cambio. Estuve leyendo sobre eso.

Apoyé mis manos en sus hombros. Él yacía casi arrodillado, así que me incliné hasta rozar mis pestañas con las suyas.

—Si lo sabes, seré directa —hablé—. No voy a compartir algo tan hermoso contigo, no otra vez.

No retrocederé. El arte siempre ha sido más que el dinero para mí, así sea en una novela que pueden considerar comercial o la mejor reescritura del siglo. En mi corazón, cualquier cosa puede ser un trabajo valioso, aún si tuve que sufrir y odiar para poder recordarlo.

—Génesis, no puedo escribir algo nuevo sin ti.

—Entonces renuncia. Si no eres capaz, ya has muerto como autor, Abraham. Y qué triste que ni siquiera hayas hecho las cosas como uno.

CAPÍTULO XIII

La muerte de Chatterton

—¿Tendrás los centavos? Es que no hay cambio.

Me incliné al frente con los labios sellados. No había escuchado bien la pregunta.

—No...

Podría usar la tarjeta, pero quería cambio de ese billete.

La mujer de la cafetería dentro de las oficinas de Vaud me miró sonriente. Le sonreí también mientras cargaba con la presión de la fila a mis espaldas. Pensé que pediría cambio alrededor, pero fue paciente, más que el sujeto detrás.

—Toma —se estiró el distinguido caballero para darle a la cajera los centavos que pedía. Antes de recibir el café, giré en mis talones para agradecerle.

Tenía los brazos cruzados, un traje negro y una camisa gris a su medida, con el cabello castaño bien peinado. No tenía una mirada de querer hablar conmigo, o con nadie, a esas horas, pero tomé el café y le hablé de todas formas, en tono bajo.

—¿Está bien si te transfiero los centavos? —fui directo. El sujeto alzó la mano pidiéndome que lo dejara así—. Gracias, y disculpa la molestia.

Me fui a sentar en la barra del centro. Saqué mi tableta, dejé mi mochila sobre la silla a mi costado y comencé a trabajar en la ilustración que tenía contemplada para la portada de mi nuevo portafolio. Mi intención era tener uno enfocado en conceptos fantásticos, algunos *landscapes*, diseños de personajes y objetos mágicos; todo orientado a la fantasía oscura.

Es difícil crear una historia solo para armar tu portafolio, así que me inspiré en mi avatar y en Tarner. Ya tenía un punto de partida.

—¿Eres ilustrador? —el sujeto de los centavos se detuvo a un costado de mí, mirando de reojo mis bocetos—. ¿Vienes por una oferta de trabajo?

—¿Por qué? ¿Trabajas aquí? —se me escapó una risilla sin girarme. El hombre jaló la silla en el otro extremo de la mesa y me miró—. En realidad, soy profesional externo de Vaud. Me encontraré con alguien, así que solo estoy matando el tiempo.

—Disculpa, pensé que hacías tiempo para una reunión. Es normal ver personas preparar sus portafolios momentos antes de sus entrevistas.

—¿Y tú?

Se detuvo con el café en la boca. Él me hizo plática primero y a pesar de ello se vio irritado por mi nueva interacción.

—¿Estás preparando tu portafolio? Intuyo que no.

—Vine a ver a un colega. Aún no termina su turno.

—Ya.

Sacó un libro, *Roma, Nápoles y Florencia*, de Stendhal. Tenía unas manos pulcras, acorde a su apariencia formal, así que destacaban más los cortes en los dedos producidos por papel. El sujeto parecía leer bastante, con ese ceño fruncido y los ojos achicados como si le costara ver las letras. Me produjo risa imaginar que no le gustaban los lentes, o que no sabía que los necesitaba. No dije nada. No era entrometido en el trabajo ajeno.

Volví a mi tableta.

—Ese texto debería comenzar con una mayúscula —me señaló.

—¿Mmm? —forcé una sonrisa. Él estiró su dedo índice para señalarlo—. Lo sé, es solo una nota de estudio.

—Ya.

Los hombres de esta industria me fastidian.

Traté de no darle importancia a sus ojos sobre mis notas. Quería estar tranquilo para ver a Génesis. Más bien, necesitaba estar tranquilo después de lo que sucedió esa misma noche en *Wild Caves*.

—Córtale la cabeza.

—Ya se la corté —espetó Tarner mientras caminaba de regreso a mí.

—No, le faltan tres.

—¿Dé qué carajos hablas? —se giró, molesto. El mago permaneció en silencio al ver la criatura marina, bastante parecida a una anguila, aún en modo ofensivo—. Dios. Hoy quería dormirme temprano.

—¿En serio?

—Seh…

Cabalgué hasta pasar su cuerpo y retiré el conjuro de mi caballo una vez sobrepasamos las piedras sobre el agua.

Desenvainé mi katana y corté la cabeza de la criatura al caer sobre su torso. Vi la figura de Tarner comenzar a aplaudir mientras rebanaba las otras dos restantes.

Le hice una reverencia al bajar.

—Podemos retirarnos ahora —le arrojé el ítem que dejó caer la criatura.

—Hombre presumido debías ser.

Me ataqué de la risa.

Abandonamos las cuevas en dirección al castillo de Naverlo. Allí nos esperaba un río desbocado y una entrada sin guardias cubierta por el agua que se desbordó de los escalones entre pasillos. No era diferente a cualquier área de *Wild Caves*, pero eso fue lo que alertó a mi compañero, quien tenía otra imagen del lugar desde la última vez que estuvimos ahí.

Pasamos el primer control. El castillo frente a nosotros estaba cubierto por la densidad del ambiente. Había flechas clavadas en el concreto, bañadas por el sol gris, y la maleza ya había crecido hasta romper el espacio de cada pisada. Los árboles se habían torcido, como adueñándose de la propiedad. Elevamos la vista a las torres dobles antes de entrar al edificio principal.

—¿Qué sucedió aquí?

—Siempre ha lucido así —hablé, taciturno. Comencé a dudar de seguir con esa ruta; nunca había visto la ilusión de Naverlo en el castillo hasta que acompañé a Tarner, así que no pude advertirle más. Para mí siempre fue un lugar en ruinas.

Los pasajes que habíamos recorrido antes con vistas al jardín estaban llenos de escombros, una planta había escalado hasta aferrarse a un candelabro. La luz fría entraba por algunos orificios, guiando nuestras sombras hasta el salón real.

Me apresuré a ser yo quien abriera las puertas dobles y corrí hacia el cuerpo en el centro, a pie del trono, para rodearlo con ambos brazos y bloquearlo de la vista de mi acompañante.

—No te acerques —le ordené.

Tarner se detuvo detrás de mi espalda con la frente en alto hacia el monarca, que tenía la mitad del rostro perforado por enfermedad. Bajó la mirada un segundo, pidiéndome que me quitara.

Yo estaba tratando de tocar alguna parte del cuerpo de Hachi, pero no había forma de hacer algo, ni siquiera resucitarlo. Tenía el rostro desfigurado, si es que podría considerarse que aún tenía cabeza. Algo le había pisado el cráneo, quizás una criatura de toneladas, como si se hubiesen deslizado con él. Su cuerpo pálido se aferraba a la bolsita donde guardaba artilugios. Una tarta yacía expuesta al polvo del entorno.

El joven e ingenuo ladrón que solo buscaba sustento y algunos lujos había perecido como cualquier cosa en ese mundo. Una muerte adolescente carente de romanticismo y, siquiera, de una imagen digna.

—¿Es el mocoso? ¿Lo hirieron? —Tar trató de apartarme, pero me apresuré a arrancarle a Hachi el collar en su cuello, que le impedía volverse ceniza—. ZERO, ¿qué haces…?

—Lo mataron hace tiempo —expliqué.

Me apartó de un golpe para intentar sostener el cuerpo, pero ya era polvo deslizándose entre sus dedos. Estaba molesto conmigo, pero no le dejaría ver aquella escena tan gráfica. Sabía que algunas cosas simplemente no debían vivir en nuestros subconscientes.

—¿Lo apuñalaron?

Negué con la cabeza. Aquello le hizo enfurecer.

—Siempre es lo mismo con ustedes —resonó la voz del rey, obligando a Tarner a ponerse de rodillas—. No son más que exploradores aspirando a la grandeza del trono, como todos los que recorren estas tierras. Sucios prisioneros, enfermos de la maldita herejía de Zeron. ¿Qué son ustedes sin su gracia? Si en esa chispa de falsa esperanza que los lleva a su muerte, una y otra vez, hasta que la peste los consume. La ingenuidad de que pueden reinar estas tierras sin Dios. Cuando YO soy el único gobernante de las Tierras del Este. YO he matado a Dios.

Tarner le arrojó una lanza formada de fuego. La espada de Naverlo, su hermana, desvió el ataque. La música del entorno, como cadenas siendo golpeadas junto a su posición de ataque, activaron el escenario.

La mujer, si es que tenía algún rastro de humanidad debajo de esa armadura de plata, desenvainó una clase de katana que doblaba el tamaño de la mía, casi la triplicaba. Aquella mujer solía ser cercana al rey Zeron y llevaba un amuleto colgando de su cintura, donde yacía encerrado el *ember* del anterior monarca. Ella siempre defendió el poder de los Rumier, pero cuando su hermano reclamó el trono, se aliaron. Le hicieron creer que Zeron deseaba sacrificar el legado de su familia y que él había provocado el asesinato de Namihr, su hermano menor. Todo el que se enfrentara a su espada, sufriría el resentimiento de su pérdida.

Así era la obra: un terreno de traición y malentendidos.

—Soy hija del acero, el filo de este reino —pronunció mientras rayaba el mármol con su arma—. Y no conozco la derrota a mano de hombres.

Nayera era el enemigo más fuerte de todo el videojuego, aunque en aquella ruta no había demostrado todas sus habilidades. Su nivel se había ajustado al de Tarner, quien le hizo frente sin esfuerzo, con ataques precisos, ambos tomando distancia para beber frascos de vida y volver al ataque.

Le pedí que me dejara el golpe final, ya que liberaría su contagiosa enfermedad. Tarner no retrocedió ni cedió las manos que sostenían su arma. Aunque podía hacer ataques a distancia con magia, parecía empeñado en cortarle la cabeza.

Tuve que entrometerme en la pelea.

—Aléjate, me estás estorbando.

—Yo me haré cargo. Ella le brinda energía a Naverlo, lo mantiene joven, así que lo tendrás en bandeja de plata de todas formas —bloqueé su ataque y continué haciéndole *parry* a Nayera mientras Tarner intentaba atacarla también—. Hablo en serio. Déjamela a mí.

—No vale la pena que te infectes por mis asuntos.

—Tar, ya estoy infectado —le di un golpe, apartándolo de la zona—. Desde hace tiempo, mucho antes de jugar contigo. Yo ya he conseguido un buen final en el pasado, te corresponde a ti vivirlo.

—¿Por qué no me lo dijiste antes?

Me reí en el oscuro espacio de la habitación. Realmente le preocupaban esos detalles.

—No quise preocuparte. Así que ahora confía en mí.

Tengo el recuerdo bastante fresco de cómo terminó esa noche: Tarner pudo sostener la cabeza de Naverlo por el cabello y arrojarla a los pies del trono. Habíamos concluido aquella rama secundaria de la historia y él, por primera vez, había concluido el juego. La primera vez de muchas.

Sabía que Génesis no estaba feliz, así que me había escapado para animarla.

—Deberías añadir aquí una coma…

—GRACIAS, LO HARÉ.

Apagué la tableta.

—¿Estás bien? —sentí la mano de Génesis reposar en mi hombro. Giré el rostro con rapidez, pero retrocedí al casi chocar frentes—. ¿Zain?

—Me sacas de mis casillas, mujer…

—¿Por hablarte y ya, Terrorista? —sopló a mi nariz—. No puedo recibir un simple halago tuyo tan solo vernos.

—Hueles bien —le dije, sin saber bien a qué—. Como a desodorante.

El sujeto a mi costado escupió un poco de su café. Si descubría su nombre, lo reportaría en su trabajo. Me estaba cabreando siempre encontrarme con Génesis en lugares donde cualquiera juzgaba mi interacción con el sexo femenino. Ya estaba oxidado.

—¿Elijah? —Génesis apartó su mano y giró todo su torso para dirigirse al otro—. ¿Qué tal todo? ¿Estás aquí por una reunión?

—¿Génesis? Qué coincidencia —él se levantó y yo me reincorporé en mi asiento, dando pequeños golpes en la barra con mis dedos—. He quedado con un conocido. Imagino que tú te has reunido con tu editora. ¿Vas de salida con tu… pareja?

El llamado Elijah me miró sobre el hombro. Génesis negó con la cabeza y me señaló.

—No. Él es Zain Arley —sus palabras me descolocaron—. Aunque ya lo conoces como Zero en *Wild Caves.*

—Zero… Zero… —habló en mi dirección—. ¿Eres el rubio? ¿«Ese» Zero?

—Si te refieres al «gran Zero» del gremio, sí —me puse de pie—. Soy yo. Creo que se nota.

—No, ni un poco. Me ha sorprendido.

Di un paso al frente, pero Génesis apoyó una mano en mi pecho y, sonriente, le volvió a hablar.

—Nos conocimos, o al menos de forma personal, debido a la editorial. Zero es mi ilustrador… *Wild Caves* fue una mera coincidencia —lo resumió sin todo el drama detrás de nuestra historia—. Me alegró verte, Elijah. Nosotros ya deberíamos retirarnos porque quedamos con unos amigos.

Destensé mis hombros por la idea de ver a Héctor. Mi amigo resultó estar pasándola solo sin mí para hablar de lo triste que le había parecido la muerte de Hachi en el DLC y necesitaba consuelo.

—Bueno, fue un placer —me apresuré a estrecharle la mano y murmurar para mí mismo—: *No deseo que se repita.*

—Igualmente.

Imaginé que pensamos lo mismo, aunque creo que no me escuchó

Génesis me pidió que la esperara un segundo e insistió en que podía adelantarme. Tomé mis cosas aún frustrado y me retiré mirando por momentos hacia atrás, para observarlos intercambiar palabras y sonrisas. Alguna vez Gen me dijo que le gustaban los hombres que no parecían pensar en nada, pero ella, a lado de cualquier tipo en traje, bien peinado y de porte recto, parecía hacer la combinación perfecta.

Era una escritora. Yo asumiría que lo correcto para alguien intelectual era estar junto a alguien que pudiese seguirle el ritmo o presentarle retos que ayudaran a desarrollar mejor su trabajo. No creo que jugar videojuegos conmigo por las noches le fuese de provecho. Ella aspiraba a más, sinceramente. A muchísimo más.

Y, en parte, reconozco su grandeza porque la amo.

—Debo esforzarme más para estar a su nivel…

—Perdona —me alcanzó por la espalda a media calle—. Estábamos organizando una reunión que tenemos pendiente con Viena.

Nos detuvimos frente a mi vehículo aparcado, pero le tomé ambas manos para que no se apartara. Giré cuando sentí que estaba por tropezar al ser jalada de esa manera.

—Perdón, sube al…

—Zain, ¿estás bien?

—Claro, me la estoy pasando viento en popa con esa espinilla en mi cabeza que me dice que no somos pareja, aunque nos besemos.

Sus ojos se agrandaron, pero en lugar de centrarse en mí, se desviaron al final de la calle como si tratara de ver quiénes me habían escuchado.

—Y que, por esa misma razón, no tengo aún respuesta clara sobre los sentimientos que te expuse la otra noche, ni el título, ni una promesa. Así que no tengo nada de ti, Génesis.

—Zain…

—Perdona que te suelte todo esto. No es mi intención ser dramático, solo… Siento que la pasas bastante bien con Herneyl.

—Con Elijah. Pero si solo nos has visto juntos una vez, HOY, fuera de los videojuegos.

—Elijah, Her, como se llame, y no sé qué más deba expresar o hacer para que puedas verme como una pareja potenci…

—Zain Arley.

Me dio un empujón, causando que me golpeara el codo con la puerta del carro. Di un brinquito del dolor y me tallé mientras la veía con el ceño arrugado.

—¿Qué?

—No me has pedido ser tu pareja —sus palabras me golpearon con el mismo impacto con el que la miré—. Fue muy lindo el otro día saber que ibas en serio, pero pensé que hablabas de conocerme mejor y después pedirme algo formal. No estaba segura de si esperar a que lo propusieras o abordara yo el tema.

—¿No te pedí ser novios?

—Creo que estabas lo bastante enfermo como para hacerlo y, si lo hubieras hecho, de igual forma no lo recordarías.

—Oh, fíjate.

—¿Fíjate?

—Es una expresión —tosí—. Como «Ohhh», pero descrito. «Ohhh, mira, no sabía».

—Ah.

—Dios, discúlpame.

Sentí unas ganas inmensas de ponerme de rodillas. Ella tenía razón, no le pedí nada. Y si quería hacerlo, debía ser de alguna manera que les hiciera justicia a mis sentimientos o a lo que provocaba en mí.

—Eres un dramático —expulsó con molestia, haciéndome agachar más la cabeza—. Ya me estabas echando la culpa, como si te hubiera negado.

—Oye… —levanté el rostro. Génesis estaba intentando no reírse.

Los cabellos negros, como húmedos, caían sobre su rostro y enmarcaban sus mejillas poseídas por el color rojo, al igual que sus ojeras. Sus ojos, como dos cuencas de cristal, se encogieron al sonreírme. Había cambiado desde la primera vez que la vi.

Si antes sentía un tipo de atracción producida por el morbo y la intimidación, ahora me asombraba, me parecían dulces hasta las venitas en su nariz y párpados. Era linda. Había esa chispa en ella que me contó que tuvo al conocer la escritura. ¿Sabía que yo la veía presente de nuevo?

No le había dicho que había terminado de leer *Día Cero* ni el consuelo que encontré en cómo, a través de sus letras, describía el miedo desgarrador a caminar, a atreverse. Ese sentimiento que a menudo me hacía pensar que ya era demasiado viejo para cambiar mi enfoque, poco artístico para dedicarme al arte, un extraño de la ilustración que debía limitarse solo a ser un fanático. Y creo que ni todas las palabras del mundo serían capaces de demostrarle, de hacerle ver, lo feliz que estaba de conocerla, porque a fin de cuentas las palabras nunca fueron lo mío. Pero estaba orgulloso de todo lo que estaba logrando sola. Cada meta suya era una alegría para mi alma.

—Te tengo un regalo, para que te animes —le mencioné. Ella lució confundida—. No lo hablaste conmigo, te fuiste a dormir tan pronto terminamos... Pero sé que querías mucho a Hachi.

—Está bien. Puedo revisitarlo si retomo la historia en cierto punto, no es que haya desaparecido...

—Yo he llorado cuando ciertos personajes mueren. No te voy a juzgar, teta —recibí otro empujón, aunque esta vez detuve el impacto con ambas manos y abrí el vehículo.

Le pedí que se subiera. Una vez estuvo sentada, me recargué con una mano en el techo del carro y estiré la otra hasta alcanzar la pequeña caja de madera en el asiento.

—¿Puedes ponerla en tus piernas? Para que te sea más fácil abrirla.

—Dime que es un juego de mesa...

—¿Querías uno?

—Siempre quiero uno. Y es que este parece un ajedrez.

—Bueno, ya no lo abras, que no es eso. Mejor luego te doy un ajedrez.

—ZAIN, ¿por qué eres tan...? —guardó silencio cuando vio de reojo el contenido. Volvió a cerrar con fuerza la caja—. No, no puedo. No me merezco esto.

—Se van a pudrir si los dejas ahí, ¿sabes?

—¿Estás loco? ¿Cómo conseguiste esto?

—Hay vendedores que te ofrecen la planta con sus retoños, es cosa de ir cultivándola. Digo, no lo hice realmente yo, me estuvieron visitando los dueños del vivero y los fui a consultar algunas veces —le expliqué con los ojos hacia abajo, observándola abrir de nuevo la caja—. Perdona por hacerte salir de mi departamento el otro día, cuando recibiste la llamada. Le había adaptado un espacio en mi balcón y no quería que lo vieras.

—Son rositas.

—Seh, aunque ni idea de cómo saben… No estaba seguro de si te gustarían. A mí no me gusta de por sí el melocotón, dudo que me fascine ese.

Tiró de mi playera y me tuve que sostener con fuerza de la puerta para no caerme sobre ella. Por la maniobra tardé en reaccionar a su beso, que me petrificó. No estaba acostumbrado a esas muestras de afecto en público, ni de su parte, ni por algo que yo haya hecho, así que comencé a reírme por los nervios cuando nos separamos.

Me pone más nervioso todo ahora que sé que le gusto. Era más fácil si se sentía unilateral.

—Están lavados —dije entre risas, con la mano en la nuca—. Así que puedes ir comiéndolos. Deja… me subo al carro… ¿Quieres ir a ver a Héctor? ¿No quieres plantarlo y tener una cita?

—Podríamos ir después de comer con él. Me gustaría.

—Ay, Coralito… No me mires así, mejor mete bien tus zapatos en el coche para que cierre la puerta.

Una de mis comisuras se elevó, como respuesta al estrés, cuando vi a Elijah detrás de mí, a punto de ponerme una mano encima. Se detuvo al intercambiar miradas, palpó su saco y me extendió una tarjeta.

—Pensé que ya se habían retirado —tosió con cierta elegancia que me pareció irreal—. Te dejo mi correo de contacto.

—¿Bueno...?

—En caso de que termines el nuevo portafolio en el que trabajas. Es de fantasía, ¿no? —tomé la tarjeta de sus manos. Me sorprendió su atención al detalle—. Quisiera pasárselo a un colega, creo que tu trabajo encajaría en su catálogo. Sobre todo si pienso en que juegas *Wild Caves*; ha estado buscando ese tipo de conceptos.

—¿Un colega de *Watson & Holmes*?

Me confirmó, y volvió a estirar la mano como esperando algo. Abrí de nuevo el carro y le pedí a Génesis que me alcanzara la cajita dentro de la guantera. Saqué rápidamente mis tarjetas de contacto.

—Toma, aquí está mi información. Te contactaré cuando lo termine.

—Perfecto —miró a Gen antes de volver a verme—. Tengan una linda tarde, ambos.

—¿Le preguntaste por trabajo?...

—No.

Subí al coche de inmediato. Génesis acababa de publicar su nuevo libro para abrirle camino a sus demás obras. Yo ya había pasado por ese camino, ya me había abierto el camino como ilustrador y la oportunidad para hacer cosas nuevas, pero jamás la tomé. Permanecí estancado todos esos últimos años.

A veces dibujar no era divertido, lo dejó de ser por mucho tiempo. Y durante cierto periodo lo odié, lo odié tanto que me volví mejor haciéndolo, mientras dejaba atrás toda sensación satisfactoria por concentrarme en mejorar mis errores, creyendo que así lo odiaría menos. Cambié conceptos, dejé ir los que fueron rechazados y abrí todas las latas de energizantes por haber. Después me limité a solo tomar el lápiz cuando tenía un encargo.

—Podemos ir a ver algo después de comer. Sé que te gustan las películas animadas —destacó Gen—. Creo que hay una nominada al Oscar aún en cartelera…

—Me fascina la idea.

Quería hacerle compañía a una amante del arte, a alguien que estaba por volver a lo suyo, a la creación sin límites. No le dije lo que producía en mí, ese deseo por alcanzar también mis metas, por revivir mis sueños, al menos no ese día.

CAPÍTULO 20

Iván Ilich

—Ping.

—Pong.

—Con.

—Génesis Asceta.

El micrófono de Elías, que medía lo mismo que dos pulgares, se alejó para que me hiciera la siguiente pregunta:

—¿Género de lectura favorito?

—Ciencia ficción y fantasía —respondí, mirando de reojo su celular sobre el tripié. De fondo veía las sillas del evento, algunas vacías porque la mayoría estaba a un costado platicando y degustando las tartillas de la barra—. Aunque me gustaría leer más fantasía.

—¿Leer en físico o digital?

—Mi vista me agradece hacerlo en físico.

—¿Qué es lo que más te gusta de la literatura?

—Mmm... —miré el micrófono volver a mí—. Me hace sentir acompañada.

—¿Libro favorito?

—*La muerte de Iván Ilich*.

Elías tenía un hermoso cabello teñido de azul. Ojos grandes, expresivos, una camisa de cuello debajo de su suéter y esa forma de enfocarse mientras reposaba su brazo en sus muslos, como si hablara con una amiga de toda la vida. No conocía muchos de los aclamados *influencers* de libros ni tenía contactos de ellos, pero se veía la pasión y experiencia de uno con solo escucharlo.

Se ofreció a documentar el evento y crear contenido no solo por la invitación, sino porque estaba en proceso de unirse a mi editorial como autor. Dijo que debíamos apoyarnos.

—¿Qué mensaje le deja a quien lo lee?

—No tenemos mucho tiempo de vida para desperdiciarlo en complacer a los demás —murmuré y desvié los ojos hacia Viena, quien estaba parada delante de la mesita, observando la dinámica—. Hay que aceptar que no hemos vivido la vida como queríamos, pero mientras haya vida, no es tarde para perseguir un sueño.

—Sobre lo que mencionas. ¿Crees que uno siempre debe superarse, ir por sus sueños o buscar ciertas recompensas?

—No es tanto la idea de una búsqueda de recompensa, porque la sensación de éxito es efímera y adictiva. Creo que uno debe superarse en el entorno que desee no solo porque lo anhele, sino porque es bueno para el estado mental de cada individuo.

—¿Por qué escribes?

—Quiero contar buenas historias y compartir mensajes que considero importantes.

—¿Últimas palabras?

—Me encantan los deditos de queso.

—¡No olviden adquirir su ejemplar de *Nunca digas que no* y acompañarlo de unos deliciosos deditos de queso! —se despidió a la cámara.

Viena le hizo el favor de cortar el video, a lo que Elías agradeció bastante. Volvió a mí sonriente para preguntarme cómo me sentía y para destacar que lo hice fantástico, como si acabáramos de grabar una serie. Sus ánimos me contagiaron también de emoción. Él era exactamente lo que necesitábamos en nuestro equipo.

—Disculpen que aún no he firmado el contrato. Primero quiero terminar toda la obra y, una vez firmado, ponerme a editarla y corregirla antes de la fecha de entrega —me explicó, estirando sus manos para tomar las mías—. No quiero darles una obra que no he concluido ni definido su dirección base, ya estoy en los últimos capítulos, así que igual les avisaré la siguiente semana para ir ajustando mis horarios con los tuyos.

—No te preocupes, ya quedaremos en reunirnos para la firma.

Viena nos interrumpió.

—Disculpa que los separe, pero es mi responsabilidad que esta mujer alcance a comer del *catering* —dijo, levantándome de la silla. Se dirigió a Elías mientras le ponía la mano en su hombro—. Gracias por estar aquí, querido. No sabes cuánto me alegra que Gen te haya pescado. Vamos a hacerte un gran evento y te haremos viajar a todos lados para tus presentaciones.

Promete cosas y exige otras en una misma oración…

—Hecho —Elías le estrechó la mano de lo más sonriente. Acababa de cerrar trato con el diablo.

Tan pronto bajamos del nivel con altura, Viena se apresó de mi brazo para hablarme de las ventas de esos últimos meses con los distribuidores pese a no ser mi horario laboral ni tener relación con Vaud.

—Igual escúchame, es importante, gorda.

Yo me reí. Ni así me dejaba descansar.

Tres meses tenían para hacernos la primera liquidación, ajustar cuentas y ver cómo se movían esos libros en tienda. Sabíamos que le había ido bien a *Día Cero* por la cantidad de *posts* de personas que lo habían adquirido y por las ilustraciones que una artista hizo por gusto personal. Entre ellas algunos *influencers*, como Elías, que le habían echado el ojo, y ni hablar de Zain, quien lo recomendó entre sus seguidores mientras hacía comentarios severos sobre la elección de la portada y destacaba la calidad del contenido.

Siempre tan honesto conmigo.

—La factura será de más de siete mil dólares… —me susurró.

—¿QUÉ? —cubrí mi boca sin creerle.

Asintió varias veces.

—Ya sé, hermana. Quedé pelada —se echó aire con la mano mientras se apoyaba en la mesa de alimentos. Agarré una servilleta y una tartita de frutas, idéntica a las que comía en *Wild Caves*, y no le quité el ojo de encima, casi ni parpadeé—. Quizás no nos comparamos a grandes corporaciones, pero es demasiado para nuestra editorial. Encima ya saldamos la deuda con Mara y solo nos queda apartar lo del contador, destinar un porcentaje para la recuperación, dejar un poco en el fondo editorial y listo, lo dividimos entre tres.

—Espero que consideren guardar un poco para mis servicios —Elijah se paró detrás de mí. Estuve por escupir la tartilla. Ese hombre, tan serio y correcto, era lo opuesto a todo Dione Editorial.

—Nah, eso lo veremos en el siguiente pago —aseguró Viena, honesta. Realmente le urgía que nos pagáramos nosotras, había rentas que cubrir—. Voy a buscar a Lea para la foto grupal, gorda. Ya vuelvo. Y come lo que puedas, que si no, te dejan sin nada.

Elijah Lambert permaneció de brazos cruzados, mirándome desde su altura. Me cubrí la boca para que no me viera masticar. No me atrevía a decir nada después de que mi colega y codirectora de Dione soltara algo así. Si yo a veces quería engraparme la boca, ella debía retirársela en un quirófano.

—Felicidades por la presentación. Vaud invitó solo a *influencers*, ¿cierto?

—No, también decidí extender la invitación a algunos lectores que tienen cierta antigüedad apoyándome.

Para presentar el libro al público se hacían algunos eventos orientados a *influencers* que promovían la lectura con la intención de que conocieran al autor. Hablaban un poco de lo que les esperaba y compartían sus opiniones sinceras sobre la lectura. Se les había dado a los invitados su caja literaria con las ilustraciones de Zain como impresiones, separadores y una corbata con diseño. Nos habíamos tomado un *break* de quince minutos para agarrar algo de comer y cerrar después con un sorteo donde otorgaríamos algunos títulos de Vaud Editorial.

Marta, que se había encargado de que todo saliera de maravilla y comía una tartilla desde una esquina, me levantaba el pulgar cada vez que veía en su dirección. Parecía disfrutar su charla con creadores que ya conocía.

También estaban algunos viejos lectores que me seguían desde antes de publicar *Día Cero.* Pensé que, si a los eventos para lectores iban algunos *influencers*, también podía hacerlo a la inversa.

—¿Qué onda con tus libros, mami? —pasó a mi costado una chica bajita de cabello largo y agarró una de las donitas con azúcar—. Ya parecen biblias. Como que ya es hora de que le bajes a la escritura, ¿no?

—Hola, Angie. Siempre es un gusto —sonreí sin girar por completo para no darle la espalda a Elijah—. Eres mi *hater* favorita.

—Ya sabes, tu *fandom* es tan pequeño que nos toca trabajar doble.

—Si es tan pequeño, deberían tratarla con más cariño —Elijah entró en la conversación. Estaba por reírme y hacerle saber que así nos llevábamos, pero añadió algo que me dejó en silencio—. Se hará más popular después de esto y, por ende, recibirá más críticas destructivas. Cambien su estrategia para que pueda tener un espacio cómodo en el cual estar, si no en ambos lados tendrá personas pidiéndole que pare de escribir.

—Oh… —Angie me miró de frente.

Jamás habíamos hecho contacto visual, en general no era algo que experimentara con mis lectores. Había cierta pena, como si pudieran ver a través de mí o si yo supiera cosas de ellos. Pasaba a menudo, una especie de complicidad entre dos personas que habían conectado por un medio tan ambiguo como las páginas. Yo había escrito lo que ellos sentían, lo que yo sentía, lo que hablaba de ambos. Hasta cierto grado nos sentíamos igual y puede que nos afectaran las mismas cosas. Es una relación íntima entre el lector y el escritor; nadie más puede decidir lo que pasa dentro.

—Está bien. Total, ¿quién quiere escribir para ustedes? —respondí sarcástica, dando una palmadita sobre el hombro de Angie para retirar la tensión que parecía cargar—. Nah, no es cierto. Les quiero mucho, me van a tener molestándoles con mis libros un rato más.

—Es que nos gusta la tortura —ella se rio mientras me seguía el juego.

Insistí en que agarrara más cosas antes de apartarnos para el sorteo y la firma.

Volví a Elijah, quien no parecía entender ese intercambio. Tenía las cejas fruncidas, y la cabeza ligeramente ladeada, en espera de una explicación o intentando organizar sus ideas.

—Nunca entenderé a los escritores independientes. ¿Por qué dejan que los traten así? —suspiró—. No digo que sigas siendo independiente, es solo que se repite mucho con los seguidores que los han visto crecer. Tienen la confianza para decirles cosas como si fuesen amigos, cuando solo han intercambiado comentarios y probablemente no tienes ni registrados sus números o no sabes sus nombres más allá de sus usuarios. Ellos saben todo de ti, o creen saberlo, pero eso no les da el derecho a hablarte como si fueras cualquier cosa.

—Mira, no te voy a mentir: me afectó por mucho tiempo recibir comentarios repentinos diciendo que les gustaba lo que hago y que luego añadieran: «Por cierto, ¿de qué se murió tu hermano?», asumiéndolo por mis escritos, me descolocaba bastante —solté una risilla y me retiré las moronas de los labios con la servilleta—. Ver a alguien diciendo que tiene una amiga que escribe libros, pero yo sin tener ni idea de quién es, me era extraño. A veces recibía llamadas de madrugada de personas que habían conseguido mi número. Y en las ocasiones en que quería compartirles mi emoción por algún nuevo capítulo, no sentía que pudiera hablar de ello porque me pedían que me callara o dejara de torturarlos. Estos últimos meses no les hablé de ningún avance, observé cómo convivían desde lejos y anuncié un mes antes de la preventa la publicación de mi nuevo libro. Ni siquiera lo reposteé en los grupos ya creados, solo dediqué un *post*. Me asustaba interactuar otra vez con ellos.

Viena había pasado por lo mismo hace años. Ella casi no tocaba sus redes personales ni se relacionaba con su vieja comunidad que la conoció por *fanfics*, ya que criticaban ciertos cambios en sus obras. Temía hacer grupos y abandonó los que existían.

Ni hablar de escritores con más trayectoria: entre más libros publicaban, más se dificultaba el contactar con ellos, ya sea porque no querían abrir redes donde los etiquetaban en criticas destructivas o porque no abrían sus solicitudes de mensajes por amenazas. Ni siquiera querían leer comentarios. Si había alguien apoyándolos de corazón y diciéndoles cosas lindas, se lo perderían, ya que entrar ahí era atentar contra su salud mental.

—Pero me he dado cuenta de que vale la pena tratar con quienes disfrutan mi trabajo, a pesar de que algunos comentarios me resulten difíciles de digerir.

—Pues con esos lectores, no me parece que valga la pena —señaló hacia atrás. Yo bufé—. Sé que intentas ser positiva, pero yo mantengo mi postura. No los entenderé. Supongo que soy solo un ávido lector, no escritor.

—No puedo permitir que las opiniones de quienes solo conocen mi seudónimo me limiten de algo tan bello como la literatura. Eso sí lo comprendes, ¿no? —sacudió la cabeza, con los ojos cerrados—. A ambos nos gusta mucho esto. Creo que el amor a todas las cosas o personas te reta a encarar esa clase de desafíos.

—¿El amor? —se le escapó un resoplido, riendo.

—Romántico, ¿no?

—De poetas románticos. Tampoco es lo mío… Pero lo comprendo, sí.

Poetas románticos…

—¿No vino Zain Arley o no lo he visto? —preguntó.

Elevé una ceja por su curiosidad y sonreí al ver a Elías hacerme un par de señas detrás de él, a varios metros de distancia.

—Te quiero presentar a alguien, nuestro próximo autor —le devolví las señas a Elías, indicándole que se acercara—. Lo más probable es que sea tu autor.

—¿El *influencer*? —asentí—. Oh, no, ahórratelo. No quiero conocerlo. Dudo reunirme con él en persona. Sé que si trabajamos cara a cara solo pensaré: «Estás escribiendo mierda sobrevalorada».

Tan honesto... otra bandera roja de Dione Editorial.

—¿A quién están criticando? —Elías lució sonriente, pero Elijah apretó los párpados con fuerza.

—Los presento. Él es Elijah Lambert, profesional externo de Dione —lo señalé—. Sus nombres se abrevian como Eli, así que son como tocayos.

—Tengo que ir al baño.

El futuro editor nos sonrió a ambos antes de darse media vuelta y caminar hacia la derecha.

—No ha de saber dónde están —mi querido *influencer* negó con la cabeza y se apartó diciéndome que iría a ayudarlo.

Los baños estaban a la izquierda, pero seguro Elijah ya sabía eso.

En la industria, los sesgos eran de lo más común. Rara vez podías cambiar la opinión de otros. Discutir solo reafirmaría la postura de cualquiera de los dos. Lo experimenté con cierto ilustrador, quien estaba llegando tarde.

Va a venir, tiene que firmar los ejemplares también...

—Hermana, no sé dónde está tu «querido», pero no se puede seguir retrasando la firma y el sorteo —Leany apareció a mi costado, de la mano de Viena. Tenía sus botas con florecitas y unos shorts cortos, junto a un fuerte olor de perfume y alcohol—. Al menos el sorteo lo cubriré yo, si les parece bien. O hasta el *influencer* ese.

Miré su margarita.

—¿Estás bebiendo? —se encogió de hombros—. No va a demorar. Me prometió estar aquí.

—Los hombres siempre prometen cosas —chasqueó la lengua, dándole otro sorbo a su copa—. Tú eres la pendeja por creerles.

—Creo que debería salir con chicas —suspiró Viena, agarrando un vasito de refresco.

—Si crees que un hombre te hace sufrir, las mujeres te arrancan el corazón y lo mastican —declaró Lea—. Y luego lo escupen. Si pudieran, lo harían enfrente tuyo.

Casi devuelvo la tartilla ya devorada. Le dije que no blasfemara, pero me calló, diciéndome que solo ella podía hablar de lo que era tener una relación con mujeres. Yo creía que todos eran distintos, así que las experiencias vividas formarían nuestras opiniones, pero si Zain no llegaba, comenzaría a repetirme «Todos los hombres son iguales, nada que ver con los ficticios.»

Confiaba en él. Decidí confiar en él.

—Oh, ese es mi tipo… —Viena señaló a un trajeado de cabello oscuro que caminó entre algunas sillas y las personas alrededor—. De los que parecen apellidarse «dinero». ¿Ya vieron su Rolex?

—Seh…

Bebí también un poco de refresco. Observamos, con nuestros distintos pensamientos, al sujeto, que lucía perdido, como buscando algo.

Escupimos las tres al ver que saludó en nuestra dirección.

—¿No es el maldito ZeroArts? —espetó Viena. Leany dio la espalda, aturdida por el escándalo, tratando de sostener su cabeza.

Llevaba una corbata roja, el cabello peinado de un costado hacia atrás, anteojos anchos, de marco delgado, y se había retirado el arete que usaba en la oreja derecha. Reconocí todo el *look*, en especial la cicatriz que cubría parte de su frente, como quemadura.

Estaba vestido de Cédric, mi protagonista.

—Perdona la demora, Héctor tardó bastante en terminar la cicatriz —llegó directo a tomar mis manos—. Te traje unas flores, aunque él está estacionando mi carro, así que le pedí que las trajera cuando terminara. Llego muy tarde, ¿verdad? ¿Aún puedo subir a dar los resultados del sorteo?

—Sí…

—Perfecto, tomaré el micrófono —se inclinó para darme un fuerte beso en la mejilla, y corrió al pequeño escenario.

—Dios, necesito una pastilla… —Viena también me dio la espalda, uniéndose a los mareos de Lea.

Zain reclamó el micrófono, familiarizado con aquel acto, y les pidió a todos volver a sus lugares para anunciar a los ganadores. Eran tres premios. El primero se llevaba un pequeño libro de arte conceptual con todos los bocetos que rechacé o Zain se abstuvo de desarrollar. Debían responder algunas preguntas sobre mí, cosas que hablé durante la presentación; él ya había escuchado las preguntas y respuestas la otra noche en mi departamento mientras practicaba con el contacto de Marta.

Sabía que era bueno haciendo *cosplay*, también lo mucho que lo disfrutaba. Pero no estaba acostumbrada a ver algo como esto. Ni siquiera concebía que alguien quisiera hacer algo así por mí.

El sorteo fue perfecto, no creo que pueda describirlo con más palabras. La mesita detrás de las sillas, adaptada para la firma, fue ocupada por ambos, y charlamos un poco con los *influencers* mientras les dedicábamos las páginas. Algunos decían gustar de mis libros, otros que no podían perderse un libro ilustrado por él.

—Amo el trabajo de ambos —una joven de cubrebocas nos dejó algunos *stickers*—. Por cierto, soy Temporal, je, je. Por fin se me hizo coincidir con ambos. ¡Si están libres más tarde, salgamos a comer!

¿Se habrá registrado en la convocatoria para asistir...?

—Uy, se nos hará difícil, ya quedamos de cenar con nuestra editora —Zain la rechazó con amabilidad. Agradecí su ayuda internamente—. Con cariño, para Temporal... ¡Listo!

—Oh, claro, claro. Muchas felicidades, Génesis. Me muero por leer tu libro. Sé que me encantará, yo también amo escribir romances de oficina.

—Sí, muchísimas gracias... —la vi alejarse. Ya no había más ejemplares por firmar, así que miré a Zain sobre el hombro, agotada—. Gracias por rechazarla. ¿Se me notó mucho que no es de mi agrado?

—¿Mmm? ¿No te agrada? A mí no, siempre me está pidiendo contactos de autores, aunque ya le expliqué que no puedo proporcionárselos —comentó. Había olvidado que ambos tenían casi la misma cantidad de seguidores, incluso diría que ella lo superaba—. Encima es amiga íntima de Muni.

—¿La de la foto donde pareces su fan? —suspiró en confirmación—. Ya, comprendo. Si quieres, luego compartimos experiencias.

—Tengo muchas que contar.

Me reí más fuerte. Pude imaginarnos esa noche intercambiando fotos de chats.

Salí del evento con mi ramo de peonías y una impresión a escala de mis personajes. Zain tuvo que hacer hasta lo imposible por meterlos en su carro sin maltratarlos. Y aunque cenamos cerca de ahí, todos se retiraron antes de las diez de la noche por el cansancio.

—Disfruté muchísimo trabajar en tu obra— me dijo Marta antes de darme un beso en la mejilla, acompañado de un pequeño ramo de margaritas.

No le había agradecido lo suficiente ni considerado tanto hasta esas últimas semanas. Después de haber tocado puerta tras puerta y correos sin respuesta que me desestimaban, fue ella quien me respondió con un «Tu escritura encaja perfecto en mi catálogo». Me había abierto la puerta al mundo que nunca creí poder pisar con una facilidad anormal, con esa insistencia de vernos en persona para afinar detalles ya que creía en el contacto cara a cara, en las citas más humanas.

—Gracias por creer en mí —le respondí, mientras el frío de la avenida golpeaba con fuerza mi espalda.

—Creo en los libros —volvió a sonreír—. Pero a mis autores, les amo. Felicidades por esto, mi Génesis. Solo había que tenerle cariño a cierto difícil ilustrador, ¿no?

—Hey... —Zain se interpuso—. Claro, apoya a quien conoces desde hace un año. A mí me conoces desde hace cuatro, Marta.

—Sí, sí... Suerte a los dos. Si tienen alguna idea a futuro, saben que tengo espacio de aquí a un año y medio. Bueno, para Zain siempre tengo trabajo, así que ahí nos mantenemos en contacto.

Al llegar a mi departamento y bajar las cajas con cosas que sobraron del evento, le pedí a mi ilustrador que pusiera algo en el televisor mientras le preparaba un café de capomo. Era una bebida sin cafeína ni gluten, muy alta en antioxidantes y triptófano, así que su consumo producía un efecto relajante. Estábamos tratando de ingerir menos cafeína de manera gradual.

—Zain, te tengo una pregunta… —hablé despacio, sirviendo las tazas.

—¿Sí?

—No te teñiste permanentemente, ¿no? —lo miré, allí sentado en el sofá, confundido—. Dime que no.

—¿No te gusta? Pensé que preferías el cabello oscuro.

—Ay, Dios, Zain —sentí que pasaba a mejor vida—. Amo tu cabello natural. No necesitabas teñirlo. Encima el negro es bien difícil de sacar…

Dejé las tazas en la mesita y agarré su cabeza con ambas manos.

—Espera, espera —trató de tomar distancia, pero no le solté—. Creí que te gustaba el cabello oscuro. Todos tus protagonistas tienen cabello negro, hasta Tarner.

Yo negué rotundamente el hecho. Es más, después de él, mis personajes seguro comenzarían a ser rubios.

—En serio, lo amo al natural.

—¿De verdad? —sonrió tontamente—. Maravilloso, porque no, se me caerá el color en unos tres o cuatro días. Hey, no me piques los ojos.

—Gracias por asistir hoy.

—¡Pero te lo prometí! No fue sorpresa, ja, ja.

Él no tenía ni idea, pero acababa de conseguir que volviera a confiar en la palabra de alguien. Que pudiera compartir mesa y firmar las mismas hojas, segura de que no nos estábamos robando el trabajo del otro, sino que habíamos construido algo juntos. Que a pesar de todos mis miedos y ese constante pensamiento de ser alguien incapaz de ser amada o amar, aún podía entregarme una vez más. Que podía amarle.

Porque eso era el amor: una constante presión a encarar lo que éramos o creíamos para mejorar nuestras relaciones personales o lo que sentíamos hacia nosotros mismos. Las palabras no me serían suficientes para hacérselo saber.

—Te dedicaré mi siguiente libro —prometí, dejándole un beso en la nariz.

Zain tiró de mi cintura para abrazarme y posó su barbilla en mi pecho mientras levantaba el rostro hacia el mío. Le quité los anteojos sin graduación y los cabellos oscuros que caían sobre su frente.

—No necesito eso, Gen. La escritura es tu espacio, no necesitas rastros de mí en algo tan preciado para ti… Pero si quisieras hacerlo, no te arrepentirás de encontrarme en tus páginas —estiró su cuello hasta rozar mis labios—. Te lo prometo.

EPÍLOGO

El último contacto que tuve con Abraham fue un intercambio de palabras en una reunión de autores nacionales que se llevó a cabo en la ciudad poco después. Dijo, en el amplio círculo donde nos hallábamos, que comencé a escribir gracias a él.

«La llevé a una feria», declaró y, pese a que no mentía, aquel encuentro que tuve con la literatura no lo relacionaba a él. Ni siquiera sabría decir si yo la encontré o me encontró a mí.

Creo que algunas cosas son así. Sin recordar a veces cómo, terminan abriéndose paso en tu vida.

—Llegaremos tarde y eras tú el que se moría, ansiaba, babeaba, por ir al evento del equipo de *Wild Caves*.

—Tener la razón no te hace estar en la verdad —declaró, sin despegar su rostro de la almohada—. Ya déjalo así.

—¿QUÉ CLASE DE LÓGICA ES ESA? Levántate, Dios.

—No, únete a mí —palpó la cama.

Me paré delante del colchón. Me remangué la blusa, metí las manos debajo de las sábanas y tiré de sus tobillos.

Zain se aferró a la almohada mientras pegaba un fuerte grito, hasta que terminó reincorporándose a la fuerza. Ya estaba bañado, incluso vestido, pero insistía en dormir un poco más ya que pasó la noche trabajando en una nueva obra.

—Te amo —me señaló amenazante. Tomó aire, acomodó su cabello hacia atrás, y continuó—: En serio, te amo muchísimo, Génesis.

—Tanta afirmación me preocupa.

—No, no debería —sonrió—. Solo tenlo en cuenta.

Cerró sus botas mientras me amarraba las agujetas. Se metió en su armadura a la par de que me cubría con una capa, y él enfundó su estoque cuando agarré mi bastón. Yo iría cómoda, con algunos elementos solo para hacerle compañía a su estilo, pero a mi manera.

Nos trasladamos a la exposición donde se encontraban los desarrolladores de WC.

Él me abrió la puerta del vehículo, aunque aún cargaba su casco y otras cosas de acero que terminaría de ponerse allá. Era mi segunda vez en un evento de ese tipo, pero su magnitud no se comparaba con el anterior. Me despertaba unas ganas enormes de haberme caracterizado como Tarner completamente para agarrarme a los golpes con Zero. Él me miró asustado cuando comencé a reírme fuertemente en la entrada. Pensó que algo más me pasaba.

—AH.

—OH —Zain retrocedió.

Delante de él estaba Héctor. Iba disfrazado de Circe.

Llevaba una peluca larga de azul oscuro. Pude ver sus alas ocultas por la capa, y unas botas altas que acentuaban su falda larga. Era fácil identificarlo, su traje estaba bien diseñado, casi a la altura de Zain. Ambos se señalaron.

—AHHH —pegaron gritillos, mientras se tomaban de la mano. Traté de contener la risa para dejarlos ser fanáticos juntos.

Héctor dijo que Rizz le había patrocinado los aretes, cosa que me confundió en exceso. ¿Había conseguido que Viena le enviara algo? Tenía que estar loca, bajo influencia de sustancias, para hacer algo así. Pensé en escribirle, pero la molestaría después, en alguna reunión formal.

—Hey, quiero pasar a la sección editorial —los interrumpí—. ¿Podemos separarnos un momento?

—Sabes que sí. Cualquier cosa, tienes mi ubicación en tiempo real —Zain me señaló el teléfono en mi mano—. Uno nunca sabe qué puede pasar en estos eventos.

—Ya, ya. Ahorita nos juntamos —dejé un beso en su nariz antes de que volviera a meterse en el casco.

Quería comprar algunas novelas gráficas y estaba segura de que se encontrarían ahí, ya que algunas adaptaban *Wild Caves* y otros videojuegos de la compañía. Claro, si se me cruzaba algún título de fantasía oscura, igual me lo llevaría. Iba mentalizada a gastar solo ese día, ya que recién había recibido mi pago de Dione.

Me metí en la capucha, pasé mi bastón al frente, donde pudiera cargarlo sin golpear a nadie, y avancé hasta la sección editorial. Había varios espacios dedicados desde a editoriales independientes que traían contenido importado hasta a grandes empresas que se dedicaban a conseguir las licencias de las obras a nuestro idioma.

—Deme un segundo, voy a revisar si lo tenemos… —una de las trabajadoras se dirigió al centro para consultar por mi pedido.

Esperé con la bolsa de tela entre mis manos su regreso. Si no tenían el tercer tomo, tendría que buscarlo en internet.

Imaginé que Zain estaría en su larga fila para conocer a los desarrolladores del querido videojuego o quizás ya estaría intercambiando saludos y comprándoles artículos especiales.

—¿Cómo dices que se llama la novela que buscas?

—*Día Cero.* Es la misma autora de *Nunca digas que no* —la voz me hizo mirar en la dirección. Era una chica hablando con otro joven—. No fue la mejor comedia romántica, estuvo OK, se ve que fue su primera vez tratando el género, pero la disfruté dentro de todo. Aun así, he visto muy buenas reseñas de sus otros trabajos.

—¿Qué más escribe? —el chico se detuvo frente a las novedades del *stand.*

—Ciencia ficción.

—Oh…

—Es que me gustaron las problemáticas que aborda. Quisiera ver si lo hace mejor en otros trabajos.

—Aquí tiene, señorita —me distraje cuando me entregaron lo que buscaba.

Pagué mis libros y salí de aquella área. Fue una experiencia nueva ver a personas intentando adquirir mis libros, como yo lo hacía con otros, y escuchar sus opiniones generales sin que supieran que estaba presente. Me alegró saber que, pese a no haberles dado lo que esperaban, les había dado curiosidad ver mis otros trabajos.

Nunca digas que no tuvo una buena preventa. Hasta el momento no había tenido noticias de «es la gran venta del año» ni nada parecido, pero habíamos dado de qué hablar gracias al trabajo de ilustración. De parte de mis lectores, la mayoría aseguraba tenerlo ya en su biblioteca.

No me fue difícil reencontrarme con Zain. Estaba rodeado por un grupo de personas esperando tomarse fotos con él. Se había quitado el casco y lucía un largo arete dorado que caía sobre hombro, con el cabello más largo de lo usual porque lo había dejado crecer para ponerse extensiones onduladas. Los ojos lucían pupilentes azules y su frente la marca característica del personaje. Si salir con un fanático era así, creo que podía estar más que acostumbrada.

Todas sus versiones eran atractivas. En particular cuando vestía como académico para ir al Museo Nacional de Arte.

Héctor también se tomaba fotos. Él, *ajá*, era él.

Les di la espalda cuando vi que en el puesto de enfrente había colgantes de madera. Saqué mi bolsillo con efectivo y señalé los que deseaba llevarme: un regalo para Zain, a juego con el mío.

—Hermano, pensé que les comprarías más cosas, ¿andas corto de dinero?

—Se me hizo mucho. Preferí comprar lo que realmente quería y sí le daría un uso.

Héctor se detuvo a hablar con Arley una vez se dispersó la multitud. Pensé dirigirme a ellos, pero quería seguir dándoles su tiempo.

—Quisiera comprometerme con Génesis, aunque primero necesito resolver lo de mis gastos excesivos. No había caído en cuenta de cuánto pago al mes de mis tarjetas, ya se me hacía normal pagar más de tres mil dólares mensuales, hermano.

—¿Qué carajo dijiste? —Héctor lo miró con sorpresa, al igual que yo, sobre mi hombro, sin cruzar miradas—. Oye, sé que ya te sientes grande, así que quizás tienes presión por...

—No es eso. Me gusta mentalizarme y tener metas a largo plazo —explicó Zain con la tranquilidad de quien me invitará a tener una cita.

—Ya... ¿Y por eso quieres convertir a Génesis en la señora Arley? —su amigo tuvo un ataque de risa, uno terriblemente poco agraciado.

—No, no quiero que lleve mi apellido, ni loco. Y no solo por mis cuestiones familiares.

Sentí la enorme necesidad de interrumpirlos. No deseaba seguir escuchándolo a escondidas, en especial un tema como ese. Me llevé las uñas a los labios, pero me detuve tan pronto sentí el largo de estas. Llevaba más de un mes sin morderlas.

Héctor le preguntó por Bel, a quien había conocido la semana pasada.

—Ya le había comentado mis intenciones a su hermano —se hizo el silencio—. Sí, Bel... lució horrorizado por la idea, ja, ja.

—Conoce a su hermana, supongo. Lol.

Se me escapó una risilla a sus espaldas por el acrónimo.

—No realmente. Pasa que él hace mucho dejó de compartir habitación con ella; después, su casa; finalmente, la misma ciudad. Dijo que si nos casábamos dejarían de compartir apellido y la perdería para siempre —sonó avergonzado, pero comprensivo—. Me lo dijo entre risas, quizás como chiste, no lo sé. Pero, para mí, Génesis siempre será Asceta. Ella brilla por sí misma. Odiaría interferir en algo como eso.

—Bueno, si te rechaza, que de una vez te advierto y preparo, puede ser así... Haremos tu despedida de relación. Será maratón de un nuevo videojuego que quiero presentarte.

Le di una vuelta al *stand* por la izquierda y, tras abrirme paso entre disfrazados y un montón de bolsos llenos de artículos coleccionables, volví a ellos por la derecha. Tiré del brazo de Zain para besarlo con la casualidad de dos personas que llevan años conociéndose, porque sabía que así sería. Me gustaba lo suficiente para imaginarlo atractivo de viejito y lo apreciaba aún más para saber que jamás me aburría de oírlo emocionado por sus gustos.

Zain Arley, igual que la literatura, llegó a mi vida en algún punto. No recuerdo bien ni las razones de por qué discutíamos. Supongo que ya no veo mi trabajo con los mismos ojos de antes.

Pasé los últimos meses, por no decir año y medio, cansada de las letras, de escribir, de crear, sintiendo que no tenía más propósito. Que, incluso si corría, estaba llegando tarde. Otros autores ya me habían superado sin siquiera debutar. Pero el conocimiento y amor que le tenemos al arte no se trata de una competencia con otros, pese a darnos una ventaja para crear. Es, simplemente, el alimento de nuestras almas.

—¿Puedes sacarnos una foto? —le pregunté a Héctor, quien se cubrió el rostro de decepción al ver a Arley atontado por el gesto.

—Me vas a matar, Génesis. Me matarás un día de estos —repitió Zain sonriente. Su hoyuelo resaltó—. No tengo problema si lo haces tú. Pero avísame antes, ya te iba a denunciar por acosar a un simple *cosplayer* de pasatiempo.

—Ya, hey. No abras la boca —Héctor, o Circe, ya nos estaba acomodando para la foto.

Acerqué mi bastón a su estoque cuando lo desenvainó. Levanté mi mascarilla para cubrir mis labios y me acerqué con confianza, pero intenté retroceder cuando me rodeó con un brazo. Desvié los ojos, que se me hicieron pequeños por los nervios, y me reí tontamente, imaginando que aún se me teñía el rostro de rojo con facilidad.

Zain me devolvió mi corazón, aquel que había encerrado en mis antiguos trabajos, al que le puse cuerdas y resguardé bajo letras. Quizás como ilustrador él no comprendía lo que eso significaba, lo que era volver a vivir a través de lo que uno amaba, pero como artista, porque Zain tenía en definitiva los ojos de un artista... me pareció importante hacérselo saber.

—Gracias por devolverle la vida a mi trabajo.

Torció un poco el cuello, dudoso.

—Debería agradecerte a ti, en realidad. Antes de conocerte, pensé que ya me había quedado ciego —esbozó una sonrisa y desvió los ojos hacia la cámara—. Esta vez pude retratar todo lo que aparecía en mis sueños, eso te incluye a ti. He comenzado a dibujar lo que siempre quise.

—Eres…

—No digas que un teto.

Me carcajeé.

—Un romántico

—Sí, sí, sí.

—Ya. SONRÍAN, O NO SE MATEN —dudó Héctor al capturar el momento.

Y lo que más amaba de eso, de él, es que si algún día me dejaba bajo presión o se marchaba por algún otro motivo, no estaría completamente sola. Mis libros, todo donde se encontraba reflejado, estaría para hacerme compañía. Ese era el maravilloso impacto de su presencia pese a nuestras diferencias que, hace ya años, olvido y recuerdo. A veces me rio sola mientras releo mis agradecimientos al final de cualquier obra, dirigidos al desgraciado, al terrorista, al más gracioso y lindo ilustrador.

¡Gracias!
Asesinos del arte

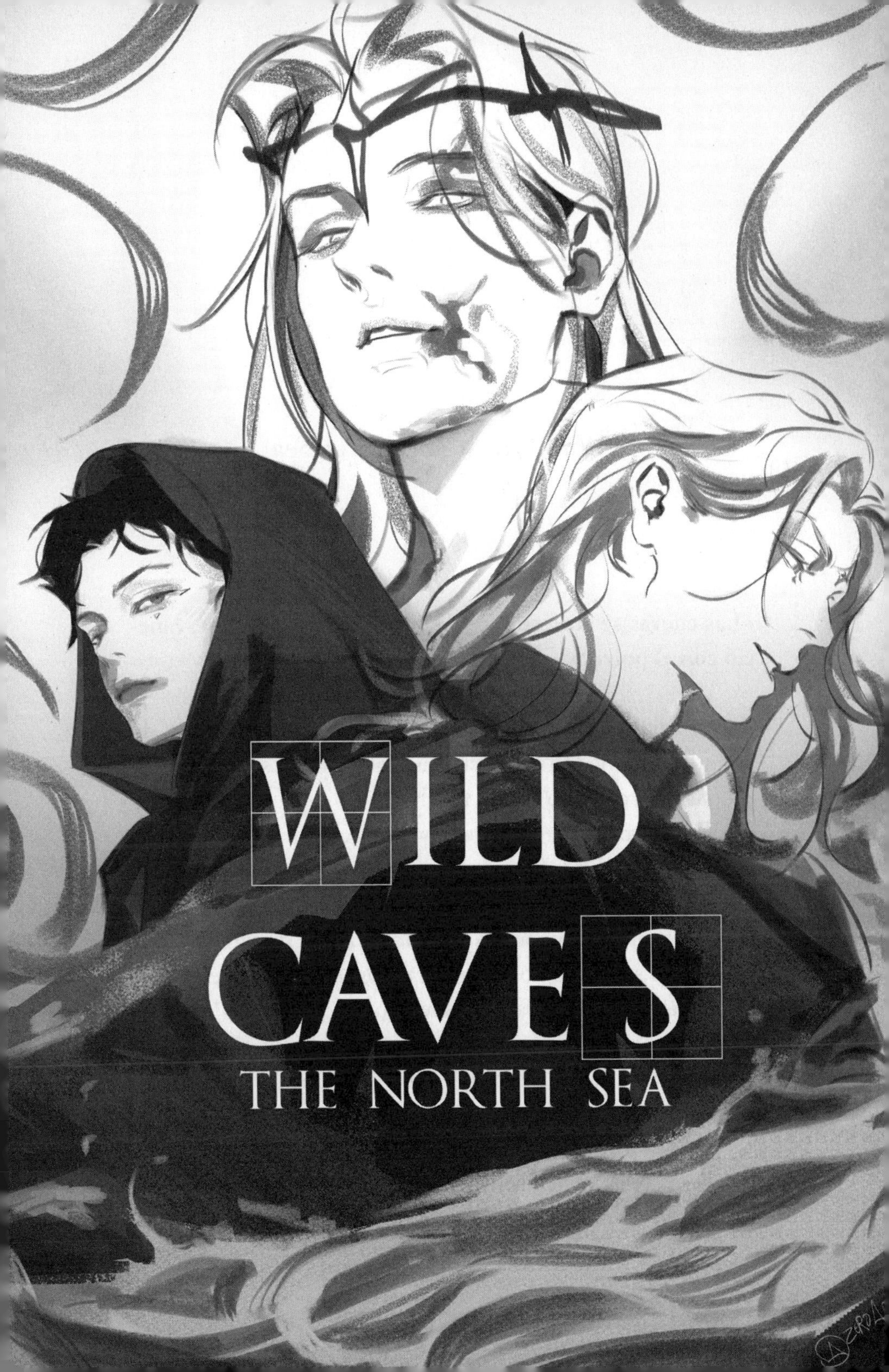
WILD
CAVES
THE NORTH SEA

Wild Caves: The North Sea

«Las cuevas se abrieron… y el linaje de Rumier se desvaneció con el polvo.»

Zeron Rumier, el último rey por sangre y el único capaz de sellar la enfermedad de las cuevas, gobernó el Este por siglos, preparando el trono de sus dos hijos.

Zair, el príncipe fiel, traicionado por sus vasallos. **En la Noche de las Cien Espadas**, los mató uno a uno y con sus hojas fundió una sola cuchilla: la matarreyes.

Zaul, su gemelo, amó a **Irina la Grande**, bastarda de Zeron, y con su unión contaminó la sangre real. Desde entonces, la casa de Zeron cayó en silencio.

Ante el castigo de los dioses que privó de gracia a los Rumier, **Naverlo**, su sombra, le robó el trono maldito y el don de curación sagrado se apagó.

Pero la traición no florece, se arrastra.

De Naverlo nacieron hijos marcados por enfermedad. **Rodrik**, el primero, encadenado por la herencia que nunca pidió, se convirtió en un enemigo al trono que bloqueó el paso de sus tierras.

Ramned, sirviente de Naverlo, junto a Guilde y Letrades, trafican *tieflings* por mares ocultos, venden esclavos… y conspiran con la misma arma que podría matar a sus señores.

Mientras tanto, las cuevas salvajes se abren otra vez, como bocas hambrientas, liberando la peste que ya nadie puede contener.

Tú eres uno de los errantes. Un sin nombre entre las ruinas. Un aspirante al trono.

Para enfrentarte a Rodrik, deberás caer primero. Para ver a Naverlo, deberás matar al hijo. Para sanar la tierra, deberás empuñar el legado de Zeron y reclamar el trono.

Pero el destino no es justo ni limpio, y tres caminos se abren en las cuevas:

Gobernar infectado, incapaz de sanar.

Usurpar y liberar las plagas dormidas bajo tierra.

O huir… y vivir libre, pero olvidado.

Los dioses juran que el trono no redime. Solo consume.

ZERO
STARTING CLASS: WARLOCK
Status
Level 345
Minerals 785000
Vigor 60
Mind 33
Endurance 70
Strength 63
Dexterity 70
Intelligence 30
Faith 34
Arcane 67
HP 1975/ 1975
FP 189/ 189
Stamina 177

TARNER
STARTING CLASS:PRISONER
Status
Level 111
Minerals 1298
Vigor 26
Mind 25
Endurance 36
Strength 22
Dexterity 20
Intelligence 33
Faith 15
Arcane 25
HP 882 / 882
FP 147 / 147
Stamina 137

AGRADECIMIENTOS

¡Hola a todos! Gracias por haber leído *Asesinos del arte* y acompañarme en este nuevo viaje.

Esta obra nació a raíz de un evento turbulento ocurrido el 30 de octubre de 2023, tan fuerte que me volvió incapaz de escribir o hablar sobre ello: ese día casi pierdo a mi hermana. Tras aquella situación, sentí la presión de hacer algo más, enfocarme e ignorar lo que sentía, lo que me hizo perder el propósito sobre lo que estaba haciendo o quería lograr con mi trabajo. No fue hasta que comencé y terminé esta obra en febrero de 2025, que me percaté del miedo disfrazado que tenía a perder a mi hermana, y cómo mis preocupaciones se vieron reflejadas en temas monetarios, y el desdén con el que traté algo tan poderoso como lo es el arte.

Un mes después de concluir este libro, perdí a mi hermana para siempre.

Es difícil seguir escribiendo después de esas líneas, pero fue la ansiedad lo que dio origen al texto de ADA. Y seguir con el aspecto visual, no era algo que me animara después de aquel suceso; pero aquí estamos, por lo que fue *el amor* lo que ha cerrado este proyecto.

Le agradezco profundamente a mi hermana Ireland, porque con ella en mente he podido terminar este libro para que ustedes lo tengan en sus manos. Ella amaba las novelas románticas. Me dijo que el primer beso debía ser después de una discusión, así que se lo he dado de lleno, jajaja. Estaba muy ilusionada por la idea de que lo leyera, pero asustada de que fuese a encontrar su presencia en cada hoja. ¡Yo sé que se lo leeré algún día sin pena!

Por otra parte, les agradezco a mis padres por siempre alentarme con mi trabajo. A mi mamá, que me veía repetir en la sala «Creo que no estoy escribiendo nada bueno». La última vez que mi mamá me vio así, me regañó, porque dijo que entregara algo BIEN HECHO, y yo de «ESO HAGO, ESTOY INTENTÁNDOLO".

A mi papá, por estar bien atento a mis redes sociales, pero dormirse cuando le contaba las cosas. A mi hermanito, que por estar peleados ni se enteró del nombre de mi libro, pero le andaba diciendo a todo el mundo que yo era su hermana la escritora.

Para Evelyn, mi hermana mayor, quien ahora cuida de mí como lo hacía mi mami, que es mi amiga como Ireland lo era, me juega bromas como mi papá, y jura que soy la viva imagen de mi hermano.

A mi novio, que me entrenó en videojuegos para escribir. A mis amigas y colegas que me echaron mano, me acompañaron, me sacaron canas verdes. A mis fuegos azules que andan siempre brillando. A Shula, que resolvió y sirvió grandes propuestas para este libro. A mi gata. A mi cama. OH, Y A MI EDITORA, QUE ME SACÓ DE UN HOYO AL ACEPTAR ESTA PROPUESTA, gracias Amanda, por confiar en mí. A ustedes, por leerme y amar el arte como muchos más lo hacemos. Me han hecho recuperar el cariño a esto una vez más. Siempre, siempre, siempre lo haré por ustedes.

Gracias por apoyar el amor, lo visceral, y la mayor expresión del ser humano. No hay nada más poderoso o transformador que decir algo, y hacerlo de corazón.

GLOSARIO DE TÉRMINOS (VIDEOJUEGOS Y CULTURA *GAMER*)

AFK (*Away From Keyboard*): Jugador ausente o inactivo. Literalmente «lejos del teclado». Puede ser una forma de avisar que no estará disponible por un momento.

Checkpoint (Punto de guardado): Lugar donde el juego guarda tu progreso. Si mueres, reapareces ahí. En algunos juegos, no guarda el avance, pero restaura vida, *stamina* o habilidades. También puede permitir viajes rápidos o gestión de recursos.

Cristalino (*crystalline*): Algo hecho de cristal o que tiene apariencia cristalina. En juegos, puede usarse para describir enemigos, armas o escenarios que tienen ese efecto visual.

Discord: Plataforma de comunicación muy popular entre *gamers*. Permite crear servidores con canales de voz, texto y video para organizar partidas o socializar.

DLC (*Downloadable Content*): Contenido descargable adicional para un videojuego. Puede añadir niveles, personajes, historias u objetos que amplían el juego original.

Ember: Objeto o estado que en juegos como *Dark Souls* activa al personaje para poder invadir, ser invadido o cooperar. También puede aumentar la vida máxima del jugador.

Espada *claymore*: Espada grande, pesada, generalmente de dos manos. En juegos representa un arma de gran daño y alcance, pero de movimientos lentos.

Farmear (*farm*): Repetir una acción para recolectar recursos, experiencia o ítems. Por ejemplo, matar repetidamente a los mismos enemigos para conseguir oro o subir de nivel.

GG (*Good Game*): Abreviatura de «buen juego». Se usa como cortesía al final de una partida, aunque también puede emplearse con sarcasmo.

HP (*Hit Points*): Los «puntos de vida» del personaje. Si llegan a cero, el personaje muere o pierde la partida.

Intercambio de cuentas (*account trading*): Práctica (frecuentemente prohibida) de vender, regalar o intercambiar cuentas de videojuegos entre jugadores.

Invadir (*invade*): En juegos multijugador (especialmente tipo *soulslike*), es cuando un jugador entra en la partida de otro para atacarlo.

Lootear (*loot*): Recolectar botines u objetos tras vencer enemigos, abrir cofres o explorar. El «*loot*» puede ser dinero, armas, pociones, equipo, etcétera.

Mimic: Criatura que se disfraza de objeto inofensivo, normalmente cofres. Ataca cuando el jugador intenta abrirlo. Es una trampa clásica en muchos *RPG*.

Mukbang: Contenido en el que una persona se graba comiendo grandes cantidades de comida, usualmente mientras interactúa con el público. Aunque no es de videojuegos, es común en el mundo *streamer*.

NPC (*Non-Playable Character*): Personaje no controlado por el jugador. Suelen dar misiones, vender objetos o formar parte de la historia del juego. Algunos pueden ser aliados, enemigos o simplemente parte del entorno.

Parry: Técnica defensiva que permite desviar un ataque enemigo si se ejecuta en el momento exacto. Generalmente deja al oponente vulnerable a un contraataque.

Pose (*pose*): Postura, actitud o gesto de un personaje, ya sea en una animación o imagen. Puede ser para estilo, humor o expresión dentro del juego.

Soulslike: Subgénero de juegos inspirado en *Dark Souls*, conocido por su dificultad alta, combate técnico, exploración exigente y mecánicas como la pérdida de recursos al morir.

Stamina: Medidor de energía del personaje. Se gasta al correr, esquivar o atacar. Cuando se agota, el personaje no puede hacer acciones físicas hasta que se recupere.

Tiefling: Raza humanoide con rasgos demoniacos, popular en juegos de rol como *Dungeons & Dragons*. Suelen tener poderes mágicos y una estética infernal o misteriosa.

Esta obra se terminó de imprimir
en el mes de octubre de 2025,
en los talleres de Impresora Tauro, S.A. de C.V.
Ciudad de México.